REI
DA
PREGUIÇA

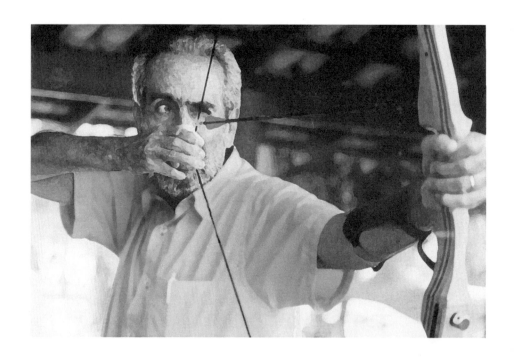

O Arqueiro

GERALDO JORDÃO PEREIRA (1938-2008) começou sua carreira aos 17 anos, quando foi trabalhar com seu pai, o célebre editor José Olympio, publicando obras marcantes como *O menino do dedo verde*, de Maurice Druon, e *Minha vida*, de Charles Chaplin.

Em 1976, fundou a Editora Salamandra com o propósito de formar uma nova geração de leitores e acabou criando um dos catálogos infantis mais premiados do Brasil. Em 1992, fugindo de sua linha editorial, lançou *Muitas vidas, muitos mestres*, de Brian Weiss, livro que deu origem à Editora Sextante.

Fã de histórias de suspense, Geraldo descobriu *O Código Da Vinci* antes mesmo de ele ser lançado nos Estados Unidos. A aposta em ficção, que não era o foco da Sextante, foi certeira: o título se transformou em um dos maiores fenômenos editoriais de todos os tempos.

Mas não foi só aos livros que se dedicou. Com seu desejo de ajudar o próximo, Geraldo desenvolveu diversos projetos sociais que se tornaram sua grande paixão.

Com a missão de publicar histórias empolgantes, tornar os livros cada vez mais acessíveis e despertar o amor pela leitura, a Editora Arqueiro é uma homenagem a esta figura extraordinária, capaz de enxergar mais além, mirar nas coisas verdadeiramente importantes e não perder o idealismo e a esperança diante dos desafios e contratempos da vida.

ANA HUANG

REI
DA
PREGUIÇA

Traduzido por Roberta Clapp

Título original: *King of Sloth*

Copyright © 2024 por Ana Huang
Trecho de *Partindo para o ataque* © 2024 por Ana Huang
Copyright da tradução © 2025 por Editora Arqueiro Ltda.

Todos os direitos reservados. Nenhuma parte deste livro pode ser utilizada ou reproduzida sob quaisquer meios existentes sem autorização por escrito dos editores.

coordenação editorial: Gabriel Machado
produção editorial: Guilherme Bernardo
preparo de originais: Beatriz D'Oliveira
revisão: Juliana Souza e Pedro Staite
diagramação: Abreu's System
ilustrações de miolo: © Elalalala.yandex.ru/Depositphotos, ARTSTOK/Depositphotos
capa: Cat/TRC Designs
adaptação de capa: Natali Nabekura
impressão e acabamento: Lis Gráfica e Editora Ltda.

CIP-BRASIL. CATALOGAÇÃO NA PUBLICAÇÃO
SINDICATO NACIONAL DOS EDITORES DE LIVROS, RJ

H86r

Huang, Ana 1991-
Rei da Preguiça / Ana Huang ; tradução Roberta Clapp. – 1. ed. – São Paulo : Arqueiro, 2025.
432 p. ; 23 cm.   (Reis do Pecado ; 4)

Tradução de: King of sloth
Sequência de: Rei da Ganância
ISBN 978-65-5565-774-6

1. Romance americano. I. Clapp, Roberta. II. Título. III. Série.

25-95727   CDD: 813
                  CDU: 82-31(73)

Gabriela Faray Ferreira Lopes – Bibliotecária – CRB-7/6643

Todos os direitos reservados, no Brasil, por
Editora Arqueiro Ltda.
Rua Artur de Azevedo, 1.767 – Conj. 177 – Pinheiros
05404-014 – São Paulo – SP
Tel.: (11) 2894-4987
E-mail: atendimento@editoraarqueiro.com.br
www.editoraarqueiro.com.br

Para toda mulher que foi obrigada a parecer feliz e sorrir o tempo todo. Que tudo se foda. Faça o que você quiser.

Playlist

"Midnight Rain", Taylor Swift
"Sex, Drugs, Etc.", Beach Weather
"Top of the World", The Pussycat Dolls
"The Lazy Song", Bruno Mars
"***Flawless", Beyoncé
"Most Girls", P!nk
"Talking Body", Tove Lo
"Rude Boy", Rihanna
"I Wanna Be Yours", Arctic Monkeys
"Te Amo", Rihanna

LINK DO SPOTIFY:

CAPÍTULO 1

Sloane

IR À GRÉCIA para invadir uma *villa* cuja diária custava 10 mil dólares não estava nos meus planos daquele dia, mas planos mudam e era preciso se adaptar, em especial quando se tinha clientes que insistiam em dificultar sua vida o máximo possível.

Ralei os joelhos no concreto quando passei por cima do parapeito da varanda e pulei para o outro lado. Se meu vestido Stella Alonso novinho estragasse por causa daquilo, eu o mataria, depois o traria de volta à vida para arrumar a bagunça e então o mataria novamente.

Para a sorte dele, aterrissei na varanda sem incidentes e voltei a calçar os sapatos de salto alto que havia atirado ali antes. As batidas fortes do meu coração me acompanharam até a porta de vidro deslizante, onde usei a chave mestra que havia "pegado emprestada" de uma das funcionárias.

Eu teria entrado pela porta principal, mas era exposta demais. A varanda dos fundos era a única opção.

O leitor de cartão zumbiu e, por um segundo angustiante, achei que não abriria. Então o leitor emitiu uma luz verde e eu me permiti respirar aliviada antes de firmar o queixo novamente.

Entrar era a parte fácil. Conseguir que *ele* estivesse em outro país ao pôr do sol era outra história.

Fiz um rápido desvio até a cozinha e depois atravessei a sala até a suíte principal. Fiz uma careta quando vi as garrafas de cerveja vazias espalhadas na bancada e precisei de toda a minha força de vontade para não jogá-las na lixeira, limpar o mármore e borrifar desodorizador de ambientes.

Mantenha o foco. Minha reputação profissional e pessoal estava em jogo.

A *villa* estava fresca e silenciosa, apesar de o sol do início da tarde entrar pelas janelas, e o quarto estava ainda mais fresco e silencioso.

Cheguei à cama e, sem qualquer cerimônia, virei uma grande tigela de água gelada sobre seu ocupante adormecido. Ele reagiu tão rápido que arrancou de mim um breve arfar sobressaltado.

Uma mão forte disparou e agarrou meu pulso. A tigela vazia caiu no chão e o quarto girou quando ele me puxou para a cama, rolou por cima de mim e me prendeu contra o colchão antes que o arquejo saísse completamente da minha boca.

Xavier Castillo olhou para mim, seu belo rosto franzido.

O filho único do homem mais rico da Colômbia e meu cliente menos colaborativo era, via de regra, extremamente despreocupado, mas não havia nada de despreocupado na maneira como seu antebraço pressionava minha garganta ou nos oitenta quilos de puro músculo que me prendiam à cama.

Ele relaxou quando a raiva deu lugar ao reconhecimento e a um toque de pânico.

– Sloane?

– Eu mesma.

Ergui o queixo, tentando não me concentrar no seu calor; ele estava bem mais quente que o colchão úmido nas minhas costas.

– Olha, se você puder me soltar agora, eu agradeço. Meu vestido de setecentos dólares está correndo sérios riscos.

– *Mierda* – esbravejou ele e tirou a mão do meu pescoço. – O que está fazendo aqui?

– Meu trabalho.

Eu o empurrei de cima de mim e me levantei. Era impressão minha ou estava exponencialmente mais frio agora do que cinco minutos antes?

– Hoje é dia 12. Você sabe onde deveria estar, e não é aqui.

Olhei para ele, desafiando-o a bater boca comigo.

– Achei que fosse um invasor. Eu poderia ter te machucado.

Depois que ficara nítido que eu não era uma ladra nem uma sequestradora, um sorriso familiar substituiu sua carranca. Xavier retomou seu lugar na cama, a imagem da tranquilidade.

– Tecnicamente, você *é* uma invasora, mas muito bonita. Se queria dormir comigo, era só falar. Não precisava ter todo esse trabalho. – Ele arqueou uma sobrancelha para a tigela no chão. – Como você entrou, aliás?

– Roubei uma chave mestra, e nem tente me distrair. – Depois de três anos trabalhando com Xavier, eu estava acostumada com seus truques. – É uma da tarde. Seu jatinho já está nos esperando no aeroporto. Se partirmos em meia hora, chegaremos a Londres a tempo de nos prepararmos para o evento de gala desta noite.

– Ótimo plano. – Xavier esticou os braços acima da cabeça e bocejou. – Só tem um problema… Eu não vou.

Cravei minhas unhas na palma das mãos, mas consegui me conter. *Respire.*

Lembre-se de que é ilegal assassinar um cliente.

– Você vai sair dessa cama, *sim* – afirmei, minha voz fria o suficiente para congelar as gotas de água na pele dele. – Vai embarcar naquele jatinho, vai ao baile com um sorriso no rosto e vai participar do evento até o final como um bom representante da família Castillo, senão vou passar a ter como missão pessoal garantir que você nunca mais tenha um segundo de paz. Vou invadir todas as festas onde você estiver, alertar todas as mulheres que sejam bobas de cair no seu papo e banir dos meus eventos todos esses seus amiguinhos que estimulam seus piores impulsos. Posso fazer da sua vida um inferno, então não me queira como inimiga.

Xavier bocejou outra vez.

Essa vinha sendo nossa dinâmica desde que o pai dele me contratara, havia três anos, pouco antes de Xavier se mudar de Los Angeles para Nova York, mas eu estava cansada de pegar leve com ele.

– *Quer dizer então que você é minha nova assessora.*

Xavier se recostou na cadeira e apoiou os pés na minha mesa. Dentes brancos brilhavam em contraste com sua pele bronzeada, e seus olhos cintilavam com uma malícia que me deixou alerta.

Dez segundos depois de conhecer meu cliente mais lucrativo, eu já o odiava.

– *Tire os pés da minha mesa e sente-se como um adulto de verdade.*

Não me importava que Alberto Castillo estivesse me pagando o triplo dos honorários habituais para que eu cuidasse de seu filho. Ninguém me desrespeitava dentro do meu escritório.

– *Caso contrário, pode ir embora e explicar ao seu pai por que foi dispensado pela sua assessora de imprensa no primeiro dia. Imagino que isso terá um impacto negativo no seu fluxo de caixa.*

– *Ah, então você é dessas.* – *Ele assentiu, mas seu sorriso endureceu à menção de seu pai.* – *Certinha. Entendi. Você deveria ter se apresentado assim em vez de usar seu nome.*

Quebrei minha caneta favorita por segurá-la com muita força.

Eu não era uma pessoa supersticiosa, mas deu para perceber que aquilo não era um bom presságio para o futuro do nosso relacionamento.

Eu estava certa.

Eu pegava leve com ele em algumas situações porque os Castillos eram meu contrato mais importante, mas meu trabalho era manter a reputação de sua família imaculada, e não lamber as botas do herdeiro deles.

Xavier era um homem adulto. Já era hora de agir como tal.

– Essa é uma baita ameaça – disse ele lentamente. – *Todas* as festas e todas as mulheres? Você deve gostar mesmo de mim.

Ele saiu da cama com a graça preguiçosa de uma pantera despertando do sono. Usava uma calça de moletom cinza, revelando uma pele marrom-dourada e uma entrada em V na barriga que não se esperaria de alguém que passava a maior parte dos dias em festas e dormindo. Tatuagens escuras subiam por seu peito e seus ombros e desciam pelos braços em padrões complexos.

Se fosse qualquer outra pessoa, eu teria admirado a pura beleza masculina em exibição, mas era Xavier Castillo. O dia em que admirasse qualquer coisa além de seu compromisso com a falta de compromisso seria o dia em que, de alguma forma, eu conseguiria chorar outra vez.

– Não se preocupe, Luna – disse ele, respondendo ao meu olhar inquisidor com um pequeno sorriso. – Não vou contar para os seus outros clientes que sou seu favorito.

Às vezes ele me chamava pelo meu verdadeiro nome. Outras vezes, me chamava de Luna. Não era meu apelido, nome do meio e muito menos parecido com Sloane, mas ele se recusava a me dizer por que o usava e havia muito tempo que eu desistira de fazê-lo explicar ou parar com aquilo.

– Você pode falar sério pelo menos uma vez? O evento é uma homenagem ao *seu* pai.

– Mais um motivo para não ir. Meu pai não vai estar lá pra receber o prêmio nem nada. – O sorriso de Xavier não mudou, mas seus olhos brilharam com uma centelha desafiadora. – Ele está morrendo, lembra?

As palavras pairaram entre nós e sugaram todo o oxigênio do quarto enquanto nos encarávamos, a calma imperturbável dele como uma rocha contra minha crescente frustração.

Aquela relação de pai e filho era notoriamente espinhosa, mas Alberto Castillo me contratara para administrar a reputação da família, não as questões pessoais entre eles – a menos que os acontecimentos privados chegassem ao conhecimento do público.

– As pessoas já te acham um herdeiro mimado e imprestável por se esquivar das suas responsabilidades depois do diagnóstico do seu pai – falei, sem pegar leve. – Se você perder um evento de premiação dele como Filantropo do Ano, a mídia vai te comer vivo.

– Isso eles já fazem. E "premiação"? – Xavier ergueu as sobrancelhas. – O cara assina um cheque de alguns milhões todos os anos e não só recebe uma redução nos impostos, mas também toda essa bajulação por ser um filantropo. Eu e você sabemos muito bem que esse prêmio não significa merda nenhuma. Qualquer pessoa com dinheiro suficiente no bolso pode ganhar. Além disso... – Ele se recostou na parede e cruzou os braços. – Mykonos é muito mais divertida do que qualquer baile lotado. Você deveria ficar. A brisa do mar vai te fazer bem.

Merda, eu conhecia aquele tom. Era o tom dele de "pode colocar uma arma na minha cabeça que mesmo assim não vou ceder, só pra te irritar". Eu já tinha passado por aquilo mais vezes do que gostaria.

Fiz um cálculo mental rápido.

Eu não tinha chegado àquele ponto da minha carreira travando batalhas perdidas. *Precisava* estar em Londres naquela noite, e nossa janela para partir a tempo estava diminuindo depressa. Perder meu compromisso não era uma opção, mas, se Xavier ficasse na Grécia, meu trabalho exigia que eu ficasse também e cuidasse dele.

Como não tinha tempo para fazê-lo se sentir culpado, ameaçá-lo ou convencê-lo a fazer o que eu queria, que eram as estratégias de sempre, recorri à última alternativa.

Barganhar.

Cruzei os braços, espelhando sua postura.

– Me fala.

Ele arqueou ainda mais as sobrancelhas.

– Qual é a sua condição – falei. – O que você quer em troca de comparecer à cerimônia? Qualquer coisa que envolva sexo, drogas ou atividades ilegais está fora de questão. Tirando isso, estou disposta a negociar.

Ele estreitou os olhos. Não estava esperando que eu fosse ceder tão facilmente e, se eu não precisasse estar em Londres às oito da noite, não teria cedido mesmo. Só que eu não podia perder meu compromisso, então a opção era negociar com o maldito.

– Está bem. – Xavier abriu seu sorriso característico, embora uma sombra de desconfiança permanecesse em seu rosto. – Já que você está tão disposta, eu também vou ser direto. Eu quero férias.

– Você já está de férias.

– Não pra mim. Pra você. – Ele se afastou da parede, com passos lânguidos mas deliberados, cruzando o quarto e parando a poucos centímetros de mim. – Eu vou ao baile de gala se você prometer sair de férias comigo depois. Três semanas na Espanha. Nada de trabalho, só diversão.

A proposta foi tão inusitada que tive dificuldade de entender.

– Você quer que eu tire três semanas de folga do trabalho?

– Sim.

– Você está completamente doido.

Eu havia ficado um total de dois dias sem trabalhar desde que fundara a Kensington PR, minha agência boutique de relações públicas, seis anos antes. O primeiro foi no enterro da minha avó. O segundo, quando fui internada com pneumonia (correr atrás de paparazzi no auge do inverno dava nisso). E, mesmo nesses dois momentos, fiquei me atualizando dos e-mails pelo celular.

Eu era meu trabalho. Meu trabalho era eu. A ideia de abandoná-lo, mesmo que por um minuto, fazia meu estômago se revirar.

– O acordo é esse. – Xavier deu de ombros. – É pegar ou largar.

– Esquece. Isso não vai acontecer.

– Está bem. – Ele se virou para a cama outra vez. – Nesse caso, vou voltar a dormir. Sinta-se à vontade para ficar ou ir para casa. Para mim, não faz diferença.

Cerrei os dentes.

Desgraçado. Ele sabia que eu não iria para casa e deixá-lo ali para semear o caos na minha ausência. Com a sorte que tenho, ele organizaria uma orgia na praia naquela noite só para causar burburinho e deixar evidente que não estava na festa como deveria.

Olhei para o relógio na parede. Precisávamos sair em quinze minutos se quiséssemos chegar ao baile a tempo.

Se não fosse pelo meu compromisso às oito em Londres, eu poderia ter peitado Xavier, mas...

Merda.

– Eu consigo tirar dois dias – disse, cedendo.

Um fim de semana não me mataria, certo?

– Duas semanas.

– *Uma* semana.

– Fechado.

Suas covinhas me ofuscaram de novo e percebi que tinha sido passada para trás. Ele deliberadamente começara com uma oferta maior para me fazer negociar até chegar ao que ele havia planejado desde o início.

Infelizmente, era tarde demais para arrependimentos, e, quando ele estendeu a mão, não tive escolha a não ser apertá-la e concordar com o período proposto.

Aquela era a pior coisa em Xavier. Ele era inteligente, mas se aproveitava disso das piores maneiras.

– Não me olha como se eu tivesse matado seu peixe de estimação – disse ele com a voz arrastada. – Eu vou te levar pra passear. Vai ser divertido. Confie em mim.

Seu sorriso se alargou diante do meu olhar gélido.

Uma semana na Espanha com uma das pessoas de que eu menos gostava no planeta. O que poderia dar errado?

CAPÍTULO 2

Xavier

NADA ALEGRAVA MAIS MEU dia do que irritar Sloane. Suas respostas eram absolutamente previsíveis e sua raiva, imensurável, e eu adorava ver aquela fachada de rainha do gelo derreter o bastante para revelar um vislumbre da pessoa de verdade por baixo.

Não era algo que acontecia com frequência, mas, quando acontecia, eu guardava aquela imagem na gaveta mental onde reunia tudo relacionado a Sloane.

– Ah, então você é dessas. – Dei uma olhada para o coque apertado e o vestido sob medida de minha nova assessora de imprensa. – Certinha. Entendi. Você deveria ter se apresentado assim em vez de usar seu nome.

O olhar que ela me lançou poderia ter incendiado um quarteirão inteiro.

Objetivamente, Sloane era uma das mulheres mais bonitas que eu já tinha visto. Olhos azuis, pernas longas, rosto simétrico... Nem Michelangelo teria sido capaz de esculpir um corpo feminino melhor que aquele.

Pena que nada disso vinha acompanhado de senso de humor.

Ela deu uma resposta ríspida qualquer, mas eu já não estava prestando atenção.

Queria que meu pai fosse para o inferno por me forçar a aceitar aquele acordo idiota. Se não fosse pela herança, eu o mandaria pastar.

Assessores de imprensa eram babás de luxo, e eu não queria nem precisava disso. E, por mais agradável que fosse olhar para ela, já dava para ver que Sloane seria uma grande estraga-prazeres.

Aquele tinha sido nosso primeiro encontro. Minha animosidade inicial

16

em relação a ela perdera o gás desde então, deixando em troca... porra, nem sabia dizer. Curiosidade. Atração. Frustração.

Sentimentos muito mais complexos do que hostilidade, infelizmente.

Eu não sabia quando a situação tinha mudado, mas gostaria de poder voltar atrás e desmudar. Preferia odiá-la a ficar intrigado com ela.

– Se endireita – disse Sloane, sem tirar os olhos do homem que vinha em nossa direção. – Você está em um evento black tie, não na praia. Tenta *fingir* que quer estar aqui.

– Eu tenho bebida, comida e uma mulher linda ao meu lado. É claro que quero estar aqui – respondi lentamente, dizendo uma verdade acompanhada de uma grande mentira.

Meu olhar passou por Sloane rápido o suficiente para que ela não percebesse, mas por tempo o bastante para gravar a imagem em minha mente. Em qualquer outra pessoa, aquele vestido preto simples ficaria sem graça, mas Sloane poderia vestir uma sacola de compras e ainda assim ficar deslumbrante.

A seda cobria seu corpo esguio, destacando a pele impecável e os ombros nus e macios. Ela havia prendido o cabelo em uma versão mais sofisticada do coque de praxe e, além de um par de pequenos brincos de diamante, não usava acessórios e quase nenhuma maquiagem. Ela obviamente tinha se vestido com a intenção de não chamar atenção, mas não conseguia se misturar à multidão, assim como uma joia não conseguia se misturar à lama.

Confesso que eu não esperava que ela aceitasse minha proposta. Torci para que sim, mas ela era casada com o trabalho e o baile não era tão importante assim. Era um evento qualquer em homenagem ao meu pai, não o Legacy Ball ou um casamento real.

Ela estava abrindo mão de uma semana de seu precioso tempo de trabalho em troca da minha presença ali? Isso não me cheirava bem, mas a cavalo dado não se olham os dentes.

Havia séculos que eu morria de vontade de tirar Sloane do escritório por um tempo. Ela andava tão tensa que acabaria explodindo, e eu não queria estar presente quando isso acontecesse. Ela precisava se soltar mais. Além disso, a viagem era a oportunidade perfeita para corrompê-la – fazê-la soltar os cabelos (e se soltar também), relaxar, se divertir. Eu *pagaria* para vê-la relaxando na praia feito uma pessoa normal, em vez de fazendo as pessoas chorarem ao telefone.

Sloane Kensington precisava de férias mais do que qualquer outra pessoa que eu conhecia, e eu precisava...

– Xavier!

Eduardo por fim nos alcançou. O melhor amigo do meu pai e CEO interino do Castillo Group apertou meu ombro, interrompendo meus pensamentos antes que se desviassem para um caminho perigoso.

– Eu não esperava ver você aqui, *mi hijo*.

– Nem eu – respondi em um tom seco. – Bom te ver, *tío*.

Ele não era meu tio biológico, mas isso não fazia diferença. Ele e meu pai eram amigos de infância. Eduardo fora um de seus conselheiros de maior confiança antes de meu pai adoecer e estava no comando até que o conselho tomasse a decisão final sobre esperar meu pai melhorar ou ir em busca de um novo CEO permanente.

Eduardo se virou para Sloane e lhe deu o habitual beijo colombiano na bochecha.

– Sloane, você está linda. Imagino que devo agradecer a você por esse rapaz aqui ter aparecido. Eu sei como é difícil negociar com ele. Quando ele era criança, nós o chamávamos de *pequeño toro*. Teimoso feito um touro.

A ira que ela demonstrara mais cedo se transformou em um sorriso profissional.

– Estou aqui para isso. Fico feliz em fazer meu trabalho.

Ela mentia tão bem quanto eu.

Conversamos um pouco, até que outro convidado atraiu Eduardo para longe. Ele receberia o prêmio de Filantropo do Ano em nome do meu pai, já que eu havia me recusado, mas todos pareciam ansiosos para conversar com ele sobre negócios e não sobre caridade.

Clássico.

Peguei Sloane consultando o relógio novamente enquanto íamos em direção à nossa mesa.

– É a décima segunda vez que você olha para o relógio desde que a gente chegou. Se está tão ansiosa para ir embora, podemos pular essa cerimônia chata e ir para o bar encher a cara.

– Eu não *encho a cara* e, se você quer saber, vou me encontrar com uma pessoa daqui a uma hora. Espero que você consiga se comportar depois que eu for embora.

Apesar de seu tom frio, uma tensão visível marcava seu queixo e seus ombros.

– Encontrar com alguém tão tarde em Londres? – Nós nos acomodamos em nossos assentos assim que o mestre de cerimônias subiu ao palco e aplausos preencheram o salão. – Não me diga que você tem um encontro *caliente*.

– Se eu tenho ou não, não é da sua conta.

Ela pegou o cardápio em letra cursiva e o analisou, sem dúvida buscando por nozes e afins. Sloane tinha uma estranha implicância com elas (e não era nenhum tipo de alergia, eu já tinha verificado).

– Estou surpreso que você reserve tempo para encontros.

O mestre de cerimônias começou o discurso de boas-vindas. Meu lado racional me disse para deixar o assunto de lado, mas não consegui. Havia algo em Sloane que sempre fazia meu bom senso desaparecer.

– Quem é o sortudo?

– Xavier. – Ela largou o cardápio e olhou para mim. – Não é o momento. Não queremos repetir aquele vexame de Cannes.

Revirei os olhos. Fui pego cochilando uma vez durante um discurso de premiação importante, e só por isso eu não prestava. Se eventos daquele tipo não fossem tão chatos, talvez fosse mais fácil ficar acordado.

As pessoas não sabiam mais o que era entretenimento. Quem queria ficar ouvindo música de elevador e tomando as mesmas bebidas sem graça servidas em todos os bailes de gala? Ninguém. Se eu me importasse minimamente, daria algumas dicas aos organizadores, mas não era o caso.

Os garçons passavam com comida, que ignorei em favor de mais champanhe conforme a cerimônia avançava.

Me desliguei completamente e comecei a refletir sobre o tipo de cara com quem Sloane poderia estar saindo. Durante todos aqueles anos trabalhando juntos, eu nunca a tinha visto com ninguém nem a ouvido mencionar um encontro, mas, obviamente, ela devia ter alguém.

Sloane tinha um pavio curtíssimo, mas também era linda, inteligente e bem-sucedida. Mesmo ali na festa, havia vários homens de olho nela.

Terminei minha bebida e encarei um deles até que desviasse o olhar, com o rosto vermelho. Sloane era minha acompanhante apenas formalmente, mas era falta de educação ficarem olhando para ela quando estava comigo. As pessoas não seguiam mais as regras de etiqueta?

A sala irrompeu em sua mais alta salva de palmas. Eduardo se levantou e percebi que o mestre de cerimônias acabara de anunciar meu pai como o Filantropo do Ano.

– Bate palma – ordenou Sloane sem olhar para mim. Um sorriso tenso surgiu em seu rosto. – As câmeras estão viradas para nós.

– E quando não estão?

Aplaudi com pouco entusiasmo, e só por causa do Eduardo.

– É uma honra receber este prêmio em nome de Alberto esta noite – disse ele. – Como vocês sabem, ele é meu amigo e sócio há muitos anos...

Sloane olhou para o relógio e juntou seus pertences enquanto Eduardo encerrava seu discurso, que pelo menos tinha sido curto.

Eu me endireitei.

– Já está indo?

Só tinham se passado cinquenta minutos, não uma hora.

– Para o caso de ter trânsito. Estou acreditando que você vai se comportar na minha ausência.

Ela enfatizou a última frase com um olhar de advertência.

– Assim que você sair, vou jogar minha bebida na cara de algum convidado e invadir o sistema de som – respondi. – Tem certeza de que não quer ficar?

Ela não pareceu achar graça.

– Faça isso e nosso acordo já era – disse ela categoricamente. – Nos falamos mais tarde.

Sloane se levantou discretamente da cadeira e foi em direção à saída. Eu estava tão concentrado em vê-la partir que só percebi que Eduardo havia se aproximado quando ele pousou a mão em meu ombro.

– Tem tempo para conversar? Precisamos discutir um assunto.

– Claro.

Sem Sloane, eu faria qualquer coisa para não ficar sentado ali com os colegas de mesa mais chatos do mundo.

Acompanhei Eduardo até o corredor. Com o fim da cerimônia, os convidados tinham voltado a beber e a circular pelo salão, e ninguém prestava muita atenção em nós dois.

– Eu ia ligar para te contar, mas pessoalmente é melhor.

Livre dos olhares atentos dos fotógrafos, os lábios de Eduardo formaram uma linha séria que fez meu pulso acelerar.

– Xavier…

– Deixa eu adivinhar. É sobre meu pai.

– Não. Sim. Bem… – Eduardo passou a mão pelo rosto, estranhamente hesitante. – A situação dele é estável. Não houve nenhuma mudança no quadro.

Uma pontada de alívio ou de decepção afrouxou o nó em meu peito. Seria eu um merda muito grande por ter sentimentos conflitantes sobre o que deveria ser uma boa notícia?

– Isso significa que ele não está piorando, mas também não está melhorando – disse Eduardo. – Faz meses que você não o visita. Deveria ir vê-lo. Pode ajudar. Os médicos dizem que ter pessoas queridas por perto…

– Esta é a questão: pessoas queridas. Já que minha mãe não está por perto, imagino que fodeu.

A única pessoa de quem meu pai realmente gostara na vida foi minha mãe.

– Ele é seu pai. – Meu tio postiço estreitou os lábios. – *Deja de ser tan terco. Haz las paces antes de que sea demasiado tarde.*

Pare de ser tão teimoso. Faça as pazes antes que seja tarde demais.

– Não sou eu que preciso fazer as pazes – respondi.

Não dava para ficar tentando para sempre, uma hora todo mundo desistia, e eu havia atingido meu limite anos antes.

– Enfim, a conversa está boa, mas eu tenho outro compromisso.

– Xavi…

– Boa volta para casa. Diz pra todo mundo que eu mandei um oi – falei, me virando.

– É a empresa da sua família! – exclamou Eduardo às minhas costas.

Ele soou resignado. Só havia aceitado o cargo de CEO interino porque eu me recusara, e eu sabia que ele tinha a esperança de eu magicamente "recuperar o juízo" um dia e assumir o legado da família.

– Você não pode fugir disso para sempre.

Não desacelerei o passo.

Com a cerimônia concluída, o baile estava basicamente encerrado, o que significava que eu não quebraria meu combinado com Sloane se fosse embora.

A lembrança dela e de onde estava naquele momento – provavelmente em um encontro com algum idiota – piorou meu humor já sombrio.

Eu normalmente tentava ver o lado bom das coisas, mas, porra, às vezes a gente tinha o direito de se sentir uma merda.

Peguei meu casaco no guarda-volumes e entrei em um dos táxis pretos que esperavam do lado de fora do evento.

– Neon – falei, me referindo à nova boate mais badalada da cidade. – Te dou uma gorjeta de cem libras se você conseguir me deixar lá em menos de quinze minutos.

O táxi deu partida. Olhei pela janela, vendo as luzes de Londres passarem, ansioso pelos drinques que afastariam qualquer pensamento sobre Eduardo, meu pai e certa assessora de imprensa que ocupava minha mente muito mais do que deveria.

CAPÍTULO 3

Sloane

O SINAL VERMELHO DE "PARE" me encarava. Eu o ignorei e atravessei a rua, fingindo não ouvir a buzina de uma caminhonete que se aproximava.

Já estava atrasada e, se não tirasse os calçados logo, meus pés ensanguentados me matariam mais rápido do que um atropelamento. Os sapatos de salto agulha de dez centímetros ficavam lindos, mas não eram feitos para cruzar dez quarteirões a pé.

Infelizmente, o trânsito de Londres era uma merda, então eu tinha abandonado meu táxi depois de passar vinte minutos presa na mesma rua.

Quando entrei no hotel, meu vestido estava grudado no corpo por causa do suor e eu mal conseguia sentir os pés, mas cheguei à cobertura sem maiores incidentes (tirando os olhares horrorizados dos outros hóspedes).

Por favor, não esteja dormindo.

Bati na porta, meu coração na boca.

Por favor, não esteja dormindo. Por favor, não esteja...

Soltei o ar aliviada quando um rosto redondo e familiar atendeu à porta.

– Até que enfim.

Rhea gesticulou para que eu entrasse, seus olhos se voltando para a porta como se George e Caroline fossem entrar a qualquer minuto. Ela colocava seu emprego em perigo toda vez que me mandava uma mensagem, mas nós duas nos arriscávamos pelo mesmo motivo.

– Fiquei com medo de você não conseguir chegar.

– Fiquei presa no trânsito, mas não perderia isso por nada no mundo.

Tirei os sapatos e suspirei. Bem melhor.

Com a ajuda de Rhea, limpei rapidamente o sangue dos pés antes de entrar na sala de estar da suíte. Fiquei de coração apertado quando a vi sentada no chão, assistindo a um desenho animado sobre bailarinas. Programas de dança ou esportes eram seus preferidos.

Ela estava de costas para mim, mas devia ter um sexto sentido, porque se virou no instante em que entrei.

– Sloane! – Penny se levantou e correu em minha direção. – Você veio.

– Mas é claro que eu vim.

Eu me abaixei para abraçá-la. Meu Deus, como ela tinha crescido desde a última vez que a vi...

Ela enterrou o rosto na minha barriga e, se eu fosse capaz, teria chorado com a força de seu abraço. À exceção de Rhea, eu provavelmente era seu primeiro gesto de carinho do dia.

A babá se retirou, dando-nos um tempo a sós, e, em determinado momento, com relutância, eu a soltei para poder pescar seu presente dentro da bolsa.

– Feliz aniversário, Pen. Isto aqui é para você.

Os olhos da minha meia-irmã se iluminaram. Ela pegou o presente e o desembrulhou, tomando muito cuidado para não rasgar o papel listrado prateado.

Os pais a chamavam de Penelope, o resto do mundo a chamava de Penny, mas eu sempre a chamaria de Pen. A irmã de que eu não sabia que precisava, a única que chorou quando fui embora, a única Kensington que eu ainda considerava da família depois da morte da minha avó.

Ela terminou de desembrulhar o presente e seu arfar de alegria trouxe um sorriso ao meu rosto.

– A nova boneca American Sports! – Ela apertou o precioso objeto contra o peito. – Onde você conseguiu?

– Eu tenho meus contatos. Sua irmã mais velha é muito descolada, sabia? – brinquei.

A boneca de edição limitada era um dos brinquedos mais procurados do mundo. Existiam apenas umas vinte, mas o marido da minha amiga Vivian tinha mexido alguns pauzinhos e conseguido uma a tempo do aniversário de Pen.

Ela não poderia brincar com a boneca na frente de todo mundo, mas uma das vantagens da negligência dos pais era que eles não notariam nem questionariam como ela havia conseguido o brinquedo.

– Então, o que está achando de fazer 9 anos? – Sentei-me ao lado dela no chão. – Está quase chegando aos dois dígitos.

– Eca. Em breve vou ser velha que nem você... Ai! – Pen explodiu em risadinhas descontroladas quando fiz cócegas em sua cintura. – Para! Desculpa! Desculpa! – disse ela, ofegante. – Você não é *tão* velha assim.

– Isso é o que você ganha por me insultar – brinquei, mas parei de fazer cócegas nela, tomando cuidado para não cansá-la.

Eu vivia no limite entre tratá-la como uma criança normal e saber que ela não era, pelo menos não em termos de resistência física.

Dois anos antes, Pen tinha sido diagnosticada com síndrome da fadiga crônica, ou SFC, após um período excepcionalmente longo com mononucleose. Caracterizada por fadiga extrema, problemas de sono e dores articulares e musculares, entre outras coisas, a SFC não tinha cura nem tratamento comprovado. Era difícil determinar a causa, embora os médicos suspeitassem que fosse desencadeada por uma alteração na forma como o sistema imunológico respondia a doenças, e o melhor que podíamos fazer era controlar os sintomas.

Não havia tratamentos aprovados pelo governo, por isso surgiram mil e um charlatões prometendo a "cura" com vitaminas especiais, antirretrovirais e outros medicamentos "milagrosos". Os pais de Pen gastaram rios de dinheiro tentando encontrar algo que funcionasse. Nada deu resultado, então por fim eles desistiram e simplesmente a trancaram em casa, onde não precisavam pensar nela.

Felizmente, o caso de Pen era leve, então ela conseguia realizar as atividades do dia a dia melhor do que pessoas com casos mais graves, mas não podia praticar esportes como queria nem ir à escola como seus colegas. Nos dias ruins, tinha dificuldades para caminhar. Ela estudava em casa, e Rhea ficava ao seu lado praticamente 24 horas por dia, sete dias por semana, para o caso de ela se esgotar.

– Eu fiz uma coisa pra você. – Pen soou sem fôlego, mas minha preocupação diminuiu quando ela caminhou até a mesa de centro e voltou sem perder o ritmo. Um nó se formou na minha garganta. Era um bom dia; ela merecia passar o aniversário bem. – É uma pulseira da amizade. – Ela a colocou cuidadosamente na palma da minha mão. – Eu tenho uma igual. Viu?

A pulseira de contas tinha apenas cinco corações. Os dela eram rosa; os meus eram azuis.

A pressão do nó subiu pelo meu nariz e pelos ouvidos.

– É linda. Obrigada, Pen. – Deslizei a pulseira pelo meu pulso. – Mas você deveria ganhar presentes no seu aniversário, não dar.

Ainda mais considerando que fazer as pulseiras provavelmente tinha exigido dela horas de energia.

– Eu nunca te vejo no seu aniversário – disse ela baixinho.

Ela estava certa, e eu odiava isso. Nós só nos víamos algumas vezes por ano, quando Rhea conseguia dar um jeitinho. Minha família era tão rancorosa que preferiria trancá-la em um cofre antes de me deixar visitá-la de boa vontade, e eu era orgulhosa demais para me desculpar por algo de que não tive culpa. Já tinha pensado a respeito, mas não conseguia. Nem mesmo por Pen.

– Bem, estamos juntas agora – falei, deixando de lado as lembranças do passado. – O que você quer fazer? Podemos ver um filme, brincar com sua boneca nova...

– Quero ver o jogo do Blackcastle contra o Holchester. – Pen me encarou com seus grandes olhos de corça. – Por favor?

Eu não gostava de esportes, mas ela adorava futebol, então concordei em assistir à reprise do jogo. A partida tinha ganhado as manchetes no início daquele ano, porque foi a primeira vez que Asher Donovan, o queridinho da Premier League e o mais novo jogador do Blackcastle, jogou contra seu antigo time.

Além de Xavier, Asher era meu cliente mais difícil, mas também era o herói de Pen. Ela quase rompeu meus tímpanos quando ele assinou contrato com minha agência, alguns anos antes.

Falando em Xavier...

Enquanto Pen se aconchegava a mim e assistia ao jogo com muita atenção, rapidamente verifiquei o celular em busca de novas fofocas. Ignorei uma mensagem de um antigo contatinho me convidando para sair – o cara *não* se mancava – e dei uma olhada nas notícias.

Eu tinha alertas para todos os meus clientes, mas havia apenas dois nomes que faziam minha pressão subir sempre que apareciam na tela. As iniciais de um deles: XC.

Nada. *Ótimo.* Ele estava se comportando. Eu tinha certeza de que era mais fácil Rhea cuidar de Pen do que eu manter Xavier na linha.

Pen e eu não conversamos durante todo o jogo, e não era necessário. A melhor parte de nossos encontros era que ficávamos à vontade juntas, mesmo sem nos vermos com frequência. Às vezes isso significava falar sem parar; outras, significava ver um filme em silêncio.

Ela se remexeu meia hora depois e, quando olhei para baixo, meu pulso disparou de preocupação. Rosto pálido, olhos vidrados: ela estava prestes a desmaiar.

– Eu tô bem – disse ela quando chamei Rhea. A babá entrou correndo na sala, o rosto cheio de preocupação. – Fica aqui. – Pen agarrou minha manga com sua mãozinha. – A gente nunca se vê.

Apesar do pedido, sua voz se transformou em um sussurro no final. A noite tinha cobrado seu preço. Ela estava tão cansada que nem insistiu novamente quando lhe dei um beijo de despedida na testa.

– Nos vemos em breve – afirmei, obstinada. – Eu prometo.

Gostaria que pudéssemos ter mais tempo juntas, mas a saúde de Pen vinha antes de qualquer coisa.

Rhea e eu a levamos para o quarto, onde ela apagou instantaneamente. Torci para que ela dormisse a noite inteira. Caso contrário, o dia seguinte seria puxado.

Com um aperto no coração, afastei seu cabelo do rosto. Outra visita que terminou cedo demais. Nosso tempo juntas nunca durava tanto quanto eu gostaria, mas pelo menos passei algum tempo com ela. Era o máximo que eu podia desejar, dadas as nossas circunstâncias.

– Que bom que ela conseguiu ver você um pouco esta noite – disse Rhea depois que voltamos para a sala de estar. – O Sr. e a Sra. Kensington não passaram muito tempo com ela antes de saírem.

Claro que não. Meu pai e minha madrasta consideravam a condição de Pen uma vergonha e a mantinham afastada do público o máximo possível.

– Obrigada por me avisar sobre essa brecha – respondi.

Rhea havia me ligado na semana anterior e dito que eles estariam em Londres. Naquela noite, George e Caroline tinham reserva em um restaurante e ingressos para um show, o que me deu uma janela grande o suficiente para ver Pen.

– Fico muito agradeci…

– … absolutamente *horrível.* – Uma voz familiar do lado de fora da porta nos interrompeu e fez meu estômago embrulhar. – Sinceramente, George, eu nunca comi uma lagosta tão terrível.

Rhea e eu nos entreolhamos, seus olhos arregalados espelhando os meus.

– Era para eles chegarem só daqui a umas duas horas. – Os lábios dela tremiam. – Se eles virem você...

Estaríamos fritas. Rhea amava Pen como a uma filha. Se ela fosse demitida, ambas ficariam arrasadas, e se eu não conseguisse mais ver Pen...

Faça alguma coisa. CEOs e celebridades me pagavam quantias exorbitantes para orientá-los em momentos difíceis, mas uma estranha dissociação manteve meus pés presos ao chão. Era como se eu estivesse assistindo a uma atriz me interpretar no quarto de hotel enquanto meu verdadeiro eu descia por um túnel de memórias indesejadas.

Namorar você é como namorar um bloco de gelo... Eu não sei nem se você gosta de mim...

Dá mesmo para culpá-lo pelo que ele fez?

Se você realmente se importasse tanto, choraria ou demonstraria qualquer sentimento que fosse.

Não nos envergonhe, Sloane.

Se você passar por aquela porta, não tem volta.

Senti uma pressão no fundo dos olhos, desesperada para escapar. Como sempre, não encontrei saída.

Uma chave zumbiu no leitor de cartões da suíte.

Anda!, gritou uma voz dentro da minha cabeça. *Você é idiota? Vão te pegar.*

O clique suave da porta sendo destrancada finalmente me tirou do transe e me colocou no modo de gerenciamento de crises.

Não pensei. Simplesmente peguei meus sapatos ensanguentados na entrada, examinei a sala em busca de qualquer rastro que pudesse ter deixado para trás e, satisfeita por não haver nenhum, me enfiei atrás das cortinas que iam do chão ao teto.

A porta se abriu, revelando um vislumbre de cabelos grisalhos antes de eu me esconder completamente atrás do pesado veludo vermelho. Minhas mãos se fecharam, escorregadias de suor.

Não estava nos meus planos esbarrar com a minha família naquele dia. Eu não estava preparada e, embora não fosse uma pessoa particularmente religiosa, rezei com todas as minhas forças para que eles estivessem cansados demais para fazer qualquer coisa além de ir direto para cama.

– Devíamos ter ido ao lugar de sempre. – O tom cortante de Caroline ecoou em meio ao som dos saltos. – É isso o que acontece quando se dá uma chance a essas estrelas em ascensão, George. Elas raramente fazem jus.

– Tem razão.

A voz grave e familiar do meu pai me atingiu como um trovão numa noite de sexta-feira, quando eu estava enfiada na cama com um livro e uma lanterna. Foi tão reconfortante quanto ameaçadora, e fez ruir um pouco o muro que eu havia erguido muito tempo antes, até deixar escapar um fiapo de nostalgia.

Fazia anos que eu não ouvia sua voz pessoalmente.

– Da próxima vez, iremos ao clube – disse ele. – Rhea, peça serviço de quarto para nós. Não comemos praticamente nada no restaurante.

– Sim, senhor.

– E *por que* as cortinas estão abertas? – A voz de Caroline ficou mais alta. – Você sabe que elas devem ser fechadas imediatamente depois do pôr do sol. Só Deus sabe quem poderia olhar aqui para dentro agora.

Ninguém, porque você está no décimo segundo andar e não tem prédio nenhum de frente para cá.

Minha resposta mental sarcástica não impediu que um gosto metálico tomasse minha boca quando os passos de minha madrasta se detiveram na minha frente. Fiquei paralisada, olhando para o veludo, a única coisa que me separava do desastre.

Não olhe atrás das cortinas. Não olhe atrás...

Ela segurou as cortinas com uma mão. Me espremi ao máximo junto à janela, mas ela estava a centímetros do meu rosto e eu não tinha para onde ir.

Tum.

Tum.

TUM.

As batidas ameaçadoras do meu coração se intensificavam a cada segundo. Eu já estava elaborando vários planos alternativos para o que diria, o que faria e quem contrataria para ajudar se Caroline me encontrasse e enviasse Pen para algum local remoto onde eu não pudesse vê-la.

Caroline segurou as cortinas com força. Por um segundo, meu coração parou, e achei que fosse o fim.

29

Ela então fechou as cortinas, escondendo-me completamente, e voltou a reclamar sobre o jantar daquela noite.

– De verdade, eu não sei como a *Vogue* pôde considerá-lo um dos chefs revelação do ano...

O som dos saltos dela desapareceu junto com a resposta murmurada de meu pai e o clique de uma porta se fechando.

Nenhum dos dois perguntou sobre Pen nem interagiu com Rhea novamente.

Meu corpo relaxou, leve de alívio, mas, quando Rhea puxou as cortinas, não perdi tempo. George e Caroline poderiam voltar a qualquer minuto.

Apertei a mão de Rhea em um adeus silencioso e me esgueirei pela porta. Ela sorriu, seus olhos preocupados, e não respirei direito até chegar à calçada.

O choque de me ver de novo, inesperadamente, no mesmo cômodo que meu pai me desorientou por alguns minutos, mas o ar fresco de outubro me envolveu como um banho gelado e, quando cheguei à esquina, o zumbido havia desaparecido dos meus ouvidos e as luzes da rua não eram mais um único borrão laranja.

Estou bem. Está tudo bem. Eu não tinha sido vista, havia passado um tempo com Pen no aniversário dela e agora eu podia...

Meu celular tocou com um alerta de notícias.

Olhei para a tela, meu estômago embrulhando no minuto em que vi o logotipo característico do portal de Perry Wilson.

Cliquei no artigo e uma névoa de raiva dissipou qualquer nervosismo que ainda houvesse em relação à fuga do hotel.

Só pode ser brincadeira.

Duas horas. Eu o deixei sozinho por *duas* horas e ele foi incapaz de seguir instruções simples.

Enfiei o celular na bolsa e fiz sinal para um táxi que passava.

– Neon. – Bati a porta, fazendo o motorista se retrair. – Eu te dou a maior gorjeta do mês se você me deixar lá em dez minutos.

Cada segundo contava quando eu tinha um cliente para estrangular.

CAPÍTULO 4

Sloane

OS JORNAIS DA ALTA sociedade os chamavam de o moderno *jet set*. As colunas de fofocas mais sensacionalistas os ridicularizavam, chamando-os de Titulares e Reservas – os filhos dos ricos que passavam os dias bebendo e festejando em vez de fazer algo útil da vida. Eu simplesmente os chamava de Xavier e Amigos (depreciativo).

Oito minutos depois de sair do hotel de Pen, entrei obstinada na Neon, onde Xavier e Amigos tinham ocupado a área VIP. A cena era quase uma réplica das fotos publicadas na última postagem do site de Perry Wilson.

Um dos amigos de Xavier cheirava cocaína na barriga de uma bartender, outro fazia um lap dance em alguém, e um casal parcialmente vestido estava praticamente transando em um canto.

Tranquilo em meio a todo o hedonismo, como um rei examinando sua corte, estava Xavier, um braço jogado sobre o encosto de um sofá de veludo enquanto o outro segurava uma garrafa de tequila.

Xavier, que deveria estar no baile de premiação que acontecia naquele exato segundo.

Xavier, que andava precisando muito de uma limpeza de imagem maior do que a habitual, depois da postagem no site de Perry Wilson sobre sua festa de aniversário que levara Miami à loucura, alguns meses antes.

Xavier, que me prometera que não pisaria em uma boate até darmos um jeito nessa imagem.

Mal senti a dor nos pés enquanto caminhei em direção ao sofá, parando bem na frente dele, bloqueando sua visão. As mulheres ao seu redor devem ter percebido minha intenção de matá-lo porque se dispersaram mais rápido do que folhas sopradas em um dia tempestuoso.

Xavier tomou um longo gole de tequila antes de se dirigir a mim.

– Primeiro Mykonos, agora isso. – Um sorriso lento se espalhou por seu rosto. – Você está me perseguindo, Luna?

– Se eu estivesse, você com certeza estaria facilitando meu trabalho.

Ergui o celular, que exibia uma foto sensacionalista de Xavier tomando uma dose de tequila com uma loira montada em seu colo. *Herdeiro dos Castillos dispensa baile de gala em homenagem ao pai moribundo!*

– Nada de boates até limparmos sua imagem, e era pra você ter ficado no baile até o final. Esse era o nosso acordo.

– Não, o nosso acordo era que eu ficasse durante toda a *cerimônia*, o que eu fiz. Cerimônia e baile não são a mesma coisa. Já em relação a boates... – Um dar de ombros casual. – Talvez você devesse ter registrado por escrito.

Peguei a garrafa da mão dele. O que eu *realmente* queria era agarrá-lo e sacudi-lo, mas estava atenta às câmeras "secretamente" apontadas para nós. As pessoas eram menos discretas do que pensavam.

– Levanta – falei com os dentes cerrados. – Vamos voltar pro hotel.

Onde eu posso ficar em paz para tentar colocar algum juízo na sua cabeça.

– Como foi o seu encontro?

Xavier ignorou minha ordem e olhou para meu rosto, para meu vestido e para meus pés. Uma pequena ruga se formou entre suas sobrancelhas.

– Fantástico. – Não desmenti a suposição dele sobre o meu motivo para sair mais cedo da festa. – Não tão fantástico assim foi receber a notificação de uma nova postagem de Perry Wilson a seu respeito.

Um estranho brilho de satisfação apareceu em seus olhos.

– Atrapalhou a sua noite? – perguntou ele suavemente. – Foi mal.

Mantive a expressão neutra enquanto me remexia e cuidadosamente enfiava o salto afiado do sapato no pé dele. A mesa escondia meu gesto de olhares indiscretos, então, à distância, não parecia haver nada de errado.

A arrogância de Xavier desapareceu instantaneamente sob uma careta.

– Você tem trinta segundos para se levantar, ou vai perder não apenas um dedo do pé, mas uma parte muito mais importante do seu corpo. – Inclinei a cabeça e bati um dedo na garrafa de tequila. – Você sabia que existem tutoriais on-line pra tudo? Incluindo sobre como castrar um invasor com utensílios domésticos simples.

Pelo menos Xavier não vacilou ao ouvir a palavra *castrar*.

– Deixa eu adivinhar. Você, sempre muito aplicada, assistiu a todos eles. – Ele se afundou ainda mais no assento e olhou para mim com indiferença. – Relaxa, Luna. É sexta-feira à noite. Para de ser pé no saco e se diverte um pouco.

Um músculo se contraiu sob meu olho. *Não morda a isca.*

– Não estou aqui para me divertir – praticamente rosnei.

– Isso é óbvio. – Xavier me deu outra olhada. – É uma pena que você esteja desperdiçando um vestido tão lindo em um fim de noite tão sem graça. Falando nisso, alguém ficou chateado por você ter ido embora cedo?

– A pessoa entendeu que é melhor fazer o que eu mando. – Pisei mais forte em seu pé, sorrindo com a nova careta dele. – Como estou tendo uma noite extremamente *sem graça*, fico tentada a apimentar as coisas. É claro que não posso garantir que minha ideia de diversão seja igual à sua... principalmente quando você está cercado de amigos e as chances de constrangimento são altas. – Meu sorriso desapareceu. – Pode ter certeza de que eu sou capaz de te arrastar pra fora daqui feito uma criança insolente fazendo birra, e não, eu *não* me importo de ter que resolver a bagunça depois. Só as piadinhas que você vai ouvir dos seus amigos pelo resto da vida já valem o sacrifício. Então, a menos que você queira que isso aconteça, é melhor se levantar.

Xavier ouviu meu discurso sem qualquer sinal de preocupação. Depois que terminei, ele bocejou, esticou o outro braço sobre o encosto do sofá e lançou um olhar penetrante para o calcanhar que empalava seu sapato de 5 mil dólares.

– Eu não tenho como me levantar se você não me soltar, querida.

Não tirei os olhos dele ao afastar o pé, suspeitando de sua súbita obediência.

Xavier se levantou do sofá e me encarou de cima com um brilho de diversão. Mesmo usando meus Jimmy Choos, ele era quase dez centímetros mais alto que eu.

Eu odiava isso.

– Em minha defesa, eu cumpri a minha parte do nosso acordo – disse ele. – Como falei, cerimônia e baile são coisas diferentes. A cerimônia terminou quando Eduardo encerrou seu discurso, o que por acaso aconteceu bem na hora que *você* saiu. Portanto, não tente usar isso como desculpa para fugir das nossas férias.

– Isso é questão de interpretação.

– Pode ser – disse ele com a fala arrastada. – Mas também é verdade, você sabe disso.

– E quanto à sua promessa de não ir a nenhuma boate até limpar a sua imagem?

– A minha imagem *foi* limpa. Há semanas não sai nenhuma matéria negativa sobre mim. – Os olhos de Xavier brilhavam de diversão. – Você nunca explicou o que "limpar a minha imagem" significa, Luna. Não é minha culpa se temos opiniões diferentes sobre o assunto.

Meu Deus, ele era insuportável. Ainda mais irritante era o fato de estar certo, mas eu preferiria me jogar do Big Ben a admitir.

– Só cala a boca e vem comigo – rebati, desejando ter uma resposta mais espirituosa.

– Sim, senhora. – As bochechas dele formaram covinhas. – Adoro uma mulher no comando.

Ignorei a insinuação sexual e me virei. Ele me seguiu até a saída sem se despedir dos amigos.

Eu não sabia se ele estava cansado de discutir comigo ou se eu realmente o assustara com a ameaça de constrangê-lo – duvidava muito –, mas os motivos de Xavier ter mudado de ideia não importavam. A única coisa que importava era que ele me ouvisse e ficasse longe de confusão.

– Qual é a história por trás dessa pulseira? – perguntou ele enquanto descíamos o elevador.

– É o quê?

– A pulseira. – Xavier apontou o queixo em direção à pulseira da amizade em meu pulso. – Você não estava usando isso na festa.

Meus músculos se contraíram. Apenas minhas amigas mais próximas sabiam das visitas a Pen, e não havia chance de eu adicionar Xavier a esse círculo de confiança.

– Foi um presente – respondi, sem entrar em detalhes.

– Hum.

Uma expressão perspicaz passou por seu rosto. Para alguém que tinha bebido a noite toda, ele estava surpreendentemente observador.

Felizmente, ele não insistiu no assunto e caminhamos em silêncio o restante do trajeto até a saída principal.

No entanto, eu deveria ter imaginado que a paz não ia durar.

– Novas regras – disse ele quando entramos em um táxi. – Você não pode ser tão estraga-prazeres quando estivermos de férias.

– Então não me leve com você.

Respondi a um e-mail de trabalho sobre um novo cliente em potencial sem erguer os olhos. Ainda era horário comercial em Nova York.

– Aham, valeu a tentativa. Para alguém que vive atrás de mim, você não parece gostar muito da minha companhia. – Ele colocou a mão no peito com um olhar fingido de mágoa. – Isso me dói muito. De verdade.

– Perder sua herança doeria mais.

Xavier herdaria bilhões de dólares se e quando seu pai morresse. No entanto, sua renda atual provinha de um extravagante subsídio anual que cessaria imediatamente se ele violasse um dos seguintes termos: 1) Me manter como sua assessora de imprensa; e 2) Não fazer nada que prejudicasse a reputação da família.

Ele tinha direito a três advertências sobre a segunda condição e, de alguma maneira, eu era encarregada de determinar se Xavier a estava respeitando ou não. Ele fez um estardalhaço quando soube disso, mas, apesar da relutância, acabou se conformando.

Abuso de poder não era muito a minha. No entanto, eu estava *bem* perto de acrescentar uma segunda infração ao seu histórico (a primeira foi em seu aniversário de 29 anos em Miami).

– Talvez – disse Xavier, parecendo despreocupado. – De todo modo, você não pode fazer isso durante as férias.

Ele meneou a cabeça na direção do meu celular.

– O quê, olhar meus e-mails?

– Exatamente. Não são férias se você trabalhar o tempo todo.

– Se você acha que vou passar uma semana inteira sem olhar meus e--mails, está delirando mais do que eu pensava. Eu administro uma empresa, Xavier, e se você quiser que eu vá para a Espanha, então vai ter que concordar com os meus termos.

– Entendi. – Ele ergueu uma sobrancelha. – Nunca imaginei que você fosse mentirosa, Sloane. A viagem nem começou e você já está voltando atrás no nosso acordo.

Suas palavras foram como um tapa na cara.

– *Como é que é?*

Já tinha sido chamada de muitas coisas na vida, mas nunca de mentirosa. Claro, em alguns momentos talvez eu tivesse distorcido a verdade – qual assessor de imprensa digno de nota nunca fez isso? –, mas, quando se tratava de promessas, eu cumpria as minhas. Sempre.

Esse foi um dos motivos pelos quais fiz esse acordo idiota com Xavier, para início de conversa. Tinha prometido a Pen que a veria naquela noite, e a única maneira de fazer isso foi cedendo às exigências dele.

– Zero trabalho, só diversão – disse Xavier. – Lembro claramente que esse era um dos termos quando você concordou com a proposta. Verificar e-mails é considerado trabalho, o que significa que você estaria quebrando sua promessa.

Merda, ele estava certo. *Outra vez.* De alguma forma, eu havia ignorado essa condição do nosso acordo, porque era absurda demais. Não podia abandonar minhas mensagens por uma semana, mas também não podia voltar atrás em minha palavra.

– Eu proponho uma emenda – disse com firmeza. – Posso verificar meus e-mails *pessoais* a qualquer momento e verificar meus e-mails de trabalho desde que seja só para delegar as coisas à minha equipe.

Xavier estreitou os olhos. Vários segundos se passaram antes que seu rosto relaxasse em um sorriso novamente.

– Emenda aceita. Agora…

O motorista deu um pigarro, interrompendo-o antes que Xavier pudesse terminar a frase. Aparentemente, estava cansado da nossa conversa.

– Para onde? – perguntou ele incisivamente.

Xavier e eu respondemos ao mesmo tempo.

– Para o hotel Claridge's.

– Para o aeroporto Stansted.

– Você me prometeu férias – disse Xavier quando olhei para ele. – Está na hora de cumprir sua palavra.

– Faz literalmente algumas horas que chegamos a Londres e só vamos pra Espanha amanhã.

Viajar tanto em um dia me dava vontade de morrer.

– Olha aí o relógio. É meia-noite e cinco.

Era, de fato, meia-noite e cinco. Estava sendo uma noite de muitas derrotas.

Nota mental para mim mesma: no futuro, especificar o horário de partida e não apenas o dia da partida.

– Minha mala está no hotel. Eu preciso ir buscar – argumentei, tentando protelar.

– Já resolvi essa questão. – Ele ergueu o celular. – Acabei de mandar uma mensagem para o mordomo do hotel. Nossa bagagem vai estar nos esperando no jatinho quando chegarmos lá.

– Está muito tarde. – Procurei outra desculpa para atrasar a viagem. – É perigoso voar a esta hora.

Xavier não se dignou a responder à declaração ridícula. Aviões decolavam depois da meia-noite o tempo todo.

O motorista do táxi se virou para nos encarar.

– Para o hotel ou para o aeroporto? – questionou ele. – Não tenho a noite toda.

– Para o Stansted. Desculpa, colega. – Xavier estendeu um punhado de notas para o banco da frente. – Obrigado.

Mais tranquilo, o homem pegou o dinheiro e saiu em disparada.

Acho que eu não era a única a subornar taxistas quando a ocasião exigia.

– Relaxa, Luna. – Xavier riu enquanto cruzávamos as ruas praticamente vazias em um ritmo alucinante. – Você está oficialmente de folga do trabalho pela próxima semana. Aproveita.

Franzi os lábios.

Eu só preciso sobreviver a essa semana sem vacilar. Não tinha certeza do que seria "vacilar", mas um pressentimento se espalhava por mim à medida que nos aproximávamos do aeroporto.

Eu não sabia o que aconteceria quando não tivesse o trabalho para me proteger, mas se Xavier achava que poderia me fazer baixar a guarda na Espanha, estava redondamente enganado.

De férias ou não, eu ainda era eu. Não deixava as pessoas verem mais do que eu queria que vissem, e nada mudaria isso – nem mesmo uma semana de folga forçada com meu cliente e inimigo número um.

CAPÍTULO 5

Xavier

SLOANE E EU VOAMOS até Maiorca em silêncio. Deu para ver que ela passou o tempo inteiro planejando a minha morte, mas felizmente todos os objetos cortantes continuavam sem sangue quando pousamos.

Àquela altura, estávamos tão cansados que ela nem discutiu sobre dividir uma *villa* comigo, e eu não protestei quando ela ocupou a suíte principal. Fiquei simplesmente feliz por cair na cama e desmaiar.

Apesar da exaustão, foi um sono agitado, atormentado por repetições do mesmo sonho. Eu atravessava uma ponte com Hershey, o labrador marrom que eu tinha na infância, mas, sempre que chegava à metade do caminho, os espaços entre as tábuas aumentavam. Não importava o quanto eu tentasse pular a distância ou me agarrar ao corrimão, caíamos pela abertura. Eu mergulhava em areia movediça e assistia, impotente, conforme o rio ao redor levava meu querido cachorro embora.

Hershey morrera anos antes, de velhice, mas isso não importava no sonho. A âncora esmagadora do fracasso me afundava mais que a areia movediça.

A queda se repetiu inúmeras vezes até que acordei, com o coração batendo acelerado e o corpo encharcado de suor.

Variações desse sonho me assombravam havia anos. Às vezes, eu estava com Hershey. Outras, com minha mãe, com um velho amigo ou com uma ex-namorada. Quem quer que fosse, o resultado era o mesmo.

Eu ficava preso vendo-os morrer.

– Foda-se essa merda.

Minha voz áspera afugentou alguns dos fantasmas enquanto eu atirava as cobertas para longe. Eram apenas oito da manhã. Geralmente, eu só me levantava depois das dez, mas não conseguia mais ficar naquela cama.

Abri o chuveiro no mais gelado possível e lavei os resquícios da noite.

Era apenas um sonho idiota. Eu não deixaria isso arruinar minha viagem e com certeza não ia me aprofundar no seu significado. A ignorância era uma bênção.

Esfreguei o sabonete com mais força pelo corpo.

No tempo de me secar e me vestir, já havia encurralado meu desconforto no fundo da mente, onde era seu lugar.

Fui em direção à cozinha, mas parei no meio do caminho quando um movimento chamou minha atenção.

Parei completamente.

Sloane estava se exercitando no deque dos fundos, vestindo uma regata e uma calça legging. *Uma legging.*

Ver alguém usando roupas de ginástica para se exercitar podia parecer normal, mas era Sloane. Fazia três anos que eu a conhecia e nunca, nem uma vez, a vira em outra coisa que não fosse um vestido de noite ou roupa de trabalho. Estava convencido de que ela dormia com aqueles terninhos bem cortados de que tanto gostava.

Aproximei-me, fascinado pela visão incomum.

Sloane mudou de uma posição de ioga aparentemente impossível para outra. A luz do sol cobria seu corpo ágil e transformava seu cabelo dourado em uma auréola. Ela ainda não tinha me notado, portanto sua expressão não continha desdém, frustração nem aborrecimento.

Era… agradável, mas também um pouco alarmante, como ver uma leoa sem as garras.

Seu celular apitou com uma nova notificação. Contraí os lábios quando ela se equilibrou para poder digitar uma resposta antes de voltar à posição original e fechar os olhos.

– Impressionante – comentei, sem conseguir resistir. Encostei-me no batente da porta e enfiei a mão no bolso da calça de moletom. – Você sabe que o objetivo da ioga é relaxar, né?

Sloane reabriu os olhos e girou a cabeça para me olhar.

– Há quanto tempo você está aí parado?

Ah, aí está a irritação que eu conheço. Vamos ver se conseguimos aumentá-la?

39

– Tempo suficiente para ver você mexer no celular. – Soltei um muxoxo de decepção. – É nosso primeiro dia e já está quebrando as regras. Eu esperava mais de você.

Meu sorriso aumentou ainda mais quando ela se alongou, se levantou e parou a centímetros de mim. De perto, pude ver manchas acinzentadas em seus olhos azuis e sentir um vestígio de seu perfume. Um cheiro leve e fresco, como lençóis recém-lavados com um toque de jasmim.

Eram coisas que eu não deveria notar em uma mulher que, no máximo, me suportava e em geral me desprezava. Mas eu notava e, assim que as assimilava, não conseguia mais parar de pensar nelas.

– Não são regras – disse Sloane. – São apenas condições definidas de comum acordo. Além disso, não era uma mensagem de trabalho. Era pessoal.

– Deixa eu adivinhar. Era o seu encontro de ontem à noite.

– Você está estranhamente obcecado por esse encontro.

Então tinha *mesmo* sido um encontro. Eu não estava preparado para o pequeno chute no estômago, que disfarcei dando de ombros.

– Não tem nada de estranho nisso. Você é famosa por dispensar os homens.

– Sorte a minha. Quem sabe eles pegam a deixa e param de me perturbar.

Sloane abandonou sua sessão de ioga e passou por mim a caminho da sala de estar. Fui atrás dela.

– Então, suas primeiras férias em anos. Quais são os planos para hoje?

Eu tinha chutado o tempo que ela passara sem tirar folga, mas Sloane não me corrigiu, o que foi muito triste. As pessoas podiam me repreender por "não fazer jus ao meu potencial", mas pelo menos eu não ficava grudado nos meus e-mails e nos caprichos alheios.

– Ainda não decidi. Talvez eu termine meu livro.

Ela ficou observando o ambiente luxuoso. A *villa* de três quartos ostentava uma piscina de borda infinita, uma jacuzzi e acesso a uma praia particular, mas ela não parecia impressionada com nada disso.

– O livro que você estava lendo no avião? – perguntei em descrença. – *25 princípios da crise na comunicação*? *Esse* livro?

Um rubor coloriu as bochechas e a ponta do nariz dela.

– É a edição mais recente.

– Meu Deus do céu.

Nem se a CIA me torturasse eu leria aquele livro, e ela estava fazendo isso por diversão.

Eu tinha presumido que, assim que chegássemos a Maiorca, a ilha faria sua mágica e ela automaticamente se soltaria. Obviamente, não foi o caso.

Se eu quisesse ver um lado diferente de Sloane, teria que dar um jeito de fazer acontecer; caso contrário, ela passaria a semana com a cara enfiada em algum livro chato de não ficção e toda a viagem seria desperdiçada.

As chances de eu convencer Sloane a tirar folga do trabalho novamente eram quase nulas, logo aquela era minha *única* oportunidade de tirá-la de sua zona de conforto.

Optei por não pensar muito sobre o motivo que me fazia achar aquilo tão importante. Às vezes, era melhor não fazer perguntas para as quais não se gostaria de obter respostas.

– Nada disso. Você está no melhor resort de Maiorca. Precisa aproveitar. – Uma ideia surgiu na minha cabeça. – Tive uma ótima ideia. Vem comigo.

Sloane não se mexeu.

– Não vou beber a esta hora.

– Nem tudo que faço envolve álcool. – Abri um sorriso com um ar malicioso. – Você vai adorar. Prometo.

– Eu não estou adorando nada. – O olhar fulminante de Sloane rivalizava com a corrente de ar a mais de 60 graus que nos atingia. – Não estou adorando nem um pouco.

– Tá vendo, é exatamente nesse tipo de frustração que estamos trabalhando hoje. – Inclinei me para trás e entrelacei as mãos atrás da cabeça. – Vai ser difícil, mas você *vai* deixar de ser um pé no saco.

Sloane estreitou os olhos e eu quase a revistei para garantir que não estava levando escondido um grampo de cabelo que pudesse transformar em arma. Como isso seria grosseiro e eu valorizava minha vida, mantive as mãos afastadas.

Depois de convencê-la a deixar seu ridículo livro de não ficção na *villa*, arrastei-a até o restaurante do resort para tomar café da manhã, seguido de uma visita ao spa. Se alguém precisava de uma boa massagem, era ela.

Felizmente, o spa tinha um horário disponível. Infelizmente, era um serviço para casais, e foi assim que Sloane e eu acabamos juntos em uma sauna seca privada em formato de iglu, que era a primeira de muitas paradas em nosso Pacote Exclusivo de Lua de Mel.

Sloane relutara bastante, mas, diante do meu charme irresistível e da insistência firme, mas gentil, do concierge do spa, ela acabou cedendo.

– É isso que você faz todo dia?

Ela examinou a sala com painéis de cedro.

– Não. Eu também como, durmo e trepo. – Abri um leve sorriso quando ela enrijeceu diante do verbo "trepar". – Se você fizesse um pouco disso, talvez não fosse tão tensa. Vou te contar uma novidade, Luna: suas dores de cabeça não são por causa do seu cabelo. – Mesmo naquele momento, seus cabelos loiros estavam penteados para trás em um coque apertado o suficiente para interromper a circulação. – É da tensão reprimida.

– Engano seu. Minhas dores de cabeça são por lidar com *você*.

Sloane se remexeu e eu tentei não notar como a toalha dela escorregou (não o bastante para uma exposição indecente, mas o bastante para fazer minha imaginação correr solta).

– Além disso, estou muito feliz com minha vida sexual, o que é mais do que suas parceiras de cama podem dizer, tenho certeza.

Algo sombrio e desconhecido se remexeu em meu estômago. *Maldito café da manhã*. Eu deveria ter imaginado que não era uma boa ideia comer aquela última salsicha do bufê.

Esperava não ter uma intoxicação alimentar, ou processaria o resort.

– Ninguém nunca reclamou, mas isso é jeito de falar com um cliente? – impliquei.

– Você não é meu cliente. A sua família que é. Você é só o sacrifício que faço por um dos meus contratos mais lucrativos.

– Nossa. Eu levo uma garota para um spa de luxo e em troca sou atacado verbalmente. Não existem mais bons modos.

Sloane revirou os olhos.

– Tenho certeza de que há muitas mulheres aqui que ficariam felizes em acariciar seu ego. Nossa garçonete do café da manhã, por exemplo. Achei que ela fosse cair na mesa de tanto que se jogava em cima de você.

Um sorriso se abriu em meu rosto, apagando a pontada inesperada pelo comentário de que eu era um *sacrifício* para ela.

– Não sabia que você prestava tanta atenção em quem flertava comigo.

– Eu sou sua assessora de imprensa. O meu trabalho é prestar atenção em tudo que diz respeito a você.

Meu sorriso se transformou em algo mais lento, mais lânguido.

– *Tudo*, é?

Era uma piada, mas quando o olhar dela encontrou o meu, o oxigênio diminuiu de uma forma que não tinha nada a ver com o calor.

Sloane era linda. Fato.

Eu tinha me sentido fisicamente atraído por ela desde o instante em que nos vimos pela primeira vez. Fato também.

Mas tinha sido uma atração bem básica, do tipo que eu conseguia ignorar se me concentrasse em outra coisa. Recentemente, porém, havia chegado ao ponto em que não conseguia focar em mais *nada*.

Eu não sabia o motivo dessa mudança, mas sabia que naquele momento, sentados na sauna onde eu estupidamente insistira em entrar, olhei para ela e não consegui respirar.

Sloane engoliu em seco. Gotas de suor escorriam por seu pescoço e desapareciam na sombra de sua toalha.

Ela não respondeu à minha insinuação, e o silêncio vibrou sob minha pele como pequenas ondas elétricas.

Se eu me levantasse, seriam necessários cinco passos para chegar até ela.

Se eu erguesse a mão, levaria dois segundos para tocá-la.

Se...

– Você não respondeu à pergunta que fiz ontem.

Minha cobrança abrupta quebrou o feitiço, mas meu coração continuou acelerado e minhas mãos instintivamente apertaram a borda do assento.

Porra, não era isso que eu tinha em mente quando arrastei Sloane para a Espanha comigo. Eu gostava de flertar com ela, mas havia uma diferença entre flertar e... fosse lá o que tivesse acontecido naqueles últimos dois minutos.

Ela piscou, aparentemente desconcertada pela mudança repentina no clima.

– Sobre o quê?

– A pulseira. – Ela usava a mesma pulseira da amizade da noite anterior. Sloane era uma mulher que usava Cartier; pulseiras da amizade não eram exatamente sua vibe. – Você foi embora da festa sem essa pulseira e apareceu na Neon com ela. Se foi um presente do seu amante misterioso, talvez seja necessário fazer um upgrade. Encontrar alguém que possa comprar joias de verdade para você.

– O que vale é a intenção, não os quilates.

– As únicas pessoas que dizem isso são as que não podem pagar por quilates. – Mas mesmo o cara mais idiota não presentearia alguém como Sloane com uma pulseirinha infantil. A menos que... – Quem você foi ver, afinal? – perguntei suavemente.

Sloane fechou a cara.

Não recebi resposta, nem esperava receber, mas deu para adivinhar. Havia apenas um assunto que a fazia se fechar: sua família.

Todo mundo sabia do afastamento dos Kensingtons. Eles eram um dos pilares da alta sociedade nova-iorquina, e a desavença entre o magnata de investimentos George Kensington III e sua filha mais velha passou muito tempo ocupando o noticiário. O motivo do desentendimento foi tópico de especulação por anos.

Ela tinha ido visitar a família depois da festa? Se sim, quem lhe dera aquela pulseira e por quê? Obviamente, só podia ser alguém de quem ela gostava, ou Sloane não a usaria, mas, pelo que eu sabia, o rompimento com a família tinha sido feio. Havia anos que ela não falava com outro Kensington.

Os olhos de Sloane permaneceram nos meus, suas emoções inescrutáveis sob a profundeza azul-invernal. Era como se ela estivesse se contendo fisicamente para não desviar o olhar, para que eu não confundisse o movimento com fraqueza.

Mal sabia ela que *nada* que fizesse seria confundido com fraqueza. Ela era uma das pessoas mais fortes que eu conhecia, e só um tolo pensaria o contrário.

Os minutos passaram. Quanto mais o silêncio se prolongava, mais eu queria ultrapassar sua fachada impassível e chegar à verdadeira Sloane, que tinha falhas e inseguranças como todo mundo, e não era a CEO perfeita aos olhos do mundo.

Vamos, Luna. Ceda um pouquinho.

Uma sombra cruzou seu rosto e, justamente quando achei que ela daria algum tipo de resposta, o aquecedor desligou, indicando que nosso tempo na sauna havia acabado.

Pisquei, dando fim à nossa disputa involuntária de encarada.

A expressão de Sloane endureceu novamente antes de ela se levantar e caminhar até a saída.

– O papo foi ótimo – comentei, seguindo-a. Minha voz soou anormalmente alta depois do silêncio. – Aprendi muito sobre você. Obrigado.

– Foi você quem disse que essa viagem era para ser relaxante. – Ela girou a maçaneta da porta. – Ser interrogada não é relaxante.

– *Interrogada* é uma palavra forte – murmurei.

Mas tudo bem. Sinceramente, eu não sabia por que me importava tanto com uma pulseira idiota. E daí se tivesse a ver com a família dela? Minha própria dinâmica familiar já era uma merda o suficiente, eu não precisava me preocupar com a de outra pessoa.

– Você já pode abrir a porta – falei, já que Sloane continuou no mesmo lugar. – Não quero perder um segundo da minha massagem.

Ela se virou e meu estômago embrulhou com sua expressão tensa.

– Não posso – respondeu ela. – A porta está emperrada. Estamos presos.

CAPÍTULO 6

Sloane

NA MINHA LISTA DE piores maneiras de morrer, superaquecimento em estado de seminudez em uma sauna com Xavier Castillo estava entre tortura medieval e ser comida viva por piranhas, e era por isso que aquilo *não* ia acontecer.

Tentei a maçaneta novamente. Ainda emperrada. *Merda.*

– Se estivéssemos com nossos celulares, poderíamos ligar para a recepção, mas não estamos – murmurei.

Era por isso que eu levava meu celular para toda parte. Não dava a mínima para o vício em telas; pelo menos poderia salvar minha vida se e quando fosse necessário.

– Sloane.

– Não tem nada pesado o suficiente para quebrar a porta, a menos que eu use você para atravessar o vidro.

Tentador.

Ele suspirou.

– Sloane, tem…

– A gente pode torcer para que nos encontrem quando der o horário do próximo cliente, mas quem sabe que horas isso vai acontecer, né? O spa está lotado, mas isso não significa…

– Sloane! – Xavier agarrou meus ombros e me virou. – Tem um botão de emergência para esse tipo de situação.

Segui seu olhar até a parede. O botão estava bem ali, preso a uma tabuleta de madeira. Como assim eu não tinha reparado?

O constrangimento me fez ruborizar.

Culpei a sauna. Aquele calor todo em um espaço confinado não podia ser saudável.

Consegui manter um pingo de dignidade enquanto apertava o botão, principalmente ao ignorar o sorrisinho arrogante de Xavier.

A equipe chegou logo depois, evitando nossa morte premente. No entanto, embora não estivéssemos mais em perigo, a possibilidade de morrer ao lado de Xavier – por mais breve que tivesse sido – não era um bom presságio para o resto da viagem.

– Acho que a semana começou muito bem – disse ele enquanto caminhávamos para a massagem de casal. A concierge do spa ficou tão preocupada em se retratar pelo bloqueio da porta que acrescentou meia hora ao nosso tratamento. – Nós vencemos a morte. Daqui em diante só tem como melhorar.

Eu o empurrei na direção de um arbusto próximo.

Foi pura mesquinhez da minha parte, mas me alegrou. Se não fosse por ele, eu estaria feliz no meu escritório em Nova York, apagando incêndios em vez de "relaxando".

Para meu descontentamento, Xavier não caiu, apenas tropeçou na cerca viva e sua risada nos acompanhou até a sala de massagem, onde fiz questão de não olhar para ele enquanto nos despíamos. Eu já o tinha visto seminu na sauna, mas era difícil ignorar os vislumbres de pele bronzeada e músculos esculpidos na minha visão periférica.

O fato de ele ter a constituição de um deus grego, mesmo sem fazer nada além de relaxar e festejar, era a prova de que o universo era injusto.

Nós nos acomodamos em nossas respectivas camas em silêncio. Não conseguia vê-lo, mas podia *senti-lo* a meio metro de distância. Sua presença enchia a sala, desenterrando memórias de nossa curta mas enervante aventura na sauna.

Houve um momento, apenas um, em que olhei para Xavier e meu coração palpitou.

Quem você foi ver, afinal?

Houve também um momento, apenas um, em que quase respondi com sinceridade. Talvez tivesse sido a ausência de julgamento em seu rosto... ou talvez o calor tivesse derretido meu cérebro, o que era muito mais provável.

Minhas pálpebras se fecharam quando nossas massoterapeutas entraram novamente na sala e começaram a trabalhar em nossos nós, mas eu não conseguia desligar meu cérebro.

Quantos e-mails haviam se acumulado na minha caixa de entrada na última hora? Nunca tinha ficado tanto tempo sem verificar meu celular. E se meu escritório estivesse pegando fogo? Esse era o problema de trabalhar em um arranha-céu. Ficar sujeita à imbecilidade dos outros inquilinos, muitos dos quais não entendiam os princípios básicos de segurança contra incêndio.

Por falar em imbecilidade, e se Asher Donovan batesse de carro outra vez? Será que Jillian tinha se lembrado de enviar para Ayana nossos termos de compromisso? Será que Isabella estava alimentando O Peixe corretamente?

Isabella não era nenhuma idiota, mas eu tinha dado instruções específicas relacionadas aos cuidados com meu peixinho dourado de estimação e ela tendia a se perder no próprio mundinho quando estava escrevendo um livro.

A ansiedade elevou minha frequência cardíaca a um galope agitado.

– Você está muito estressada – disse minha massoterapeuta baixinho.

As mãos dela faziam mágica em minhas costas e meus ombros, mas a pobre mulher precisaria de uma semana inteira para desatar todos os meus nós.

– Sou de Nova York – respondi como justificativa.

Todo mundo era estressado. As únicas pessoas que não viviam estressadas eram os preguiçosos...

– Isso não é desculpa. – A intromissão de Xavier destruiu meu casulo de felicidade em potencial. – Eu sou de Nova York e não tenho dor de cabeça todo dia.

Levantei a cabeça para encará-lo, mas minha massoterapeuta me forçou a deitar novamente.

– Em primeiro lugar, você não é de Nova York. Você é de Bogotá. Em segundo lugar, você não sabe nada da minha saúde. Em terceiro lugar...

– Vire-se, por favor – disse a massoterapeuta.

Obedeci com mais intensidade do que o necessário.

– *Em terceiro lugar*, você não fica estressado porque não faz nada. Só fica por aí, gastando sua beleza e o dinheiro da sua família.

Fui dura, mas um garoto que vivia de mesada me dando sermão era a gota d'água. Sim, eu também tinha crescido em uma família rica e com todos os privilégios a que tinha direito, mas abri mão de tudo quando deixei minha família. Tudo o que eu tinha naquele momento havia sido conquistado.

Xavier nunca teve que trabalhar na vida. Ele não tinha o direito de criticar minhas escolhas, meus níveis de estresse nem qualquer coisa sobre mim.

– Quer dizer então que você me acha bonito?

– Você…

– Respira. – A massoterapeuta pressionou meus ombros. – Isso. Libere a tensão dos ombros…

Seu tom gentil suavizou lentamente minha irritação. Respirei fundo e engoli uma resposta amarga.

Eu me orgulhava de manter a compostura o tempo todo, mas Xavier era a única pessoa que conseguia me fazer perder a calma.

– Sério, você tem dinheiro suficiente para se afastar um pouco e deixar a sua equipe tomar as rédeas – comentou ele. – Por que se matar de trabalhar?

Não morda a isca.

– Eu gosto do meu trabalho.

De modo geral. Mas com Xavier e Asher, que tinham um fraco por carros velozes e direção perigosa, eu estava levando as habilidades terapêuticas das minhas amigas ao limite.

Eu costumava fazer terapia, mas minha analista tinha se aposentado e, depois disso, odiei todos os profissionais que experimentei. Talvez eu devesse retomar essa busca. Só Deus sabia o quanto eu precisava de um terapeuta.

– De qual parte?

Xavier devia ter esquecido que massagens precisam ser feitas em *silêncio*.

– Todas.

– Mentira. Você não gosta de mim.

A resposta dele foi tão franca e inesperada que quase sorri. Quase.

– Está bem. Eu gosto de consertar as coisas. Resolver problemas que ninguém mais consegue resolver.

A gestão de crises era apenas parte do meu trabalho, mas era o que mais me empolgava. Era bom escrever comunicados de imprensa e gerenciar o relacionamento com a mídia, só que eram coisas que eu conseguia fazer de olhos vendados.

– Então você gosta de ser necessária.

Virei a cabeça antes que a massoterapeuta pudesse me impedir. Xavier me encarava com um olhar astuto e... lá estava de novo. Uma leve palpitação no peito, seguida da sensação enervante de que ele era capaz de enxergar além dos escudos que eu construíra cuidadosamente ao longo dos anos.

Então eu pisquei e o momento passou.

Olhei para a frente outra vez e esperei meus batimentos cardíacos normalizarem antes de responder:

– Você não fica de saco cheio de não fazer nada?

Não mencionei a perspicácia de seu comentário nem a verdade por trás dele.

Esperava que Xavier ignorasse minha pergunta com sua habitual irreverência, mas ele respondeu com surpreendente sinceridade.

– Às vezes – disse ele, soando estranhamente desanimado. – Mas sou bom em não fazer nada, então me apego a isso. É melhor do que fazer merda.

Fechei os olhos, ouvindo o leve barulho das ondas do lado de fora da janela e a respiração profunda e constante do homem ao meu lado.

Não falamos mais nada depois disso.

Depois de três horas, uma massagem facial, um almoço e uma imersão aromaterapêutica a dois extremamente constrangedora, saí do spa um pouco menos estressada do que tinha entrado.

Odiava admitir, mas o dia tinha ajudado. Eu havia até mesmo parado de me preocupar com meus e-mails negligenciados enquanto ignorava Xavier durante nosso mergulho em uma banheira com aroma de lavanda.

Nenhum de nós mencionou nada substancial depois da conversa na massagem, mas fiquei pensando no que ele tinha dito.

Sou bom em não fazer nada, então me apego a isso. É melhor do que fazer merda.

Xavier estava desmotivado, mas não era burro. Se quisesse, provavelmente daria a volta em muita gente que fazia parte da administração do Castillo Group. Além disso, ele tinha contatos e uma bela reserva financeira.

Por que ele tinha tanto medo de fazer merda a ponto de sequer tentar?

Lancei um olhar de soslaio para ele. Xavier não fez nenhuma piada durante a caminhada de volta para a *villa*, mas minha preocupação com seu silêncio deu lugar ao horror quando chegamos ao local onde passaríamos o resto da semana.

– O que...?

Fiquei boquiaberta ao olhar o grandioso edifício.

Ao sairmos, naquela manhã, o local era um oásis tranquilo de pedras claras e janelas do chão ao teto. Naquele momento, parecia uma casa de fraternidade. Uma música em espanhol berrava lá de dentro, e o cheiro de bebida se sobrepunha ao das flores silvestres que cercavam a entrada.

Uma linda morena de biquíni saiu correndo pela porta entreaberta e soltou um gritinho quando um sósia do Chris Hemsworth espirrou champanhe nela. Gritos e risadas ecoaram nas profundezas da *villa*, seguidos pelo barulho de alguém pulando na piscina.

– Xavi! Até que enfim! – gritou o sósia de Hemsworth. – Espero que não se importe de termos começado a festa sem você.

Eu me virei e olhei para Xavier.

– Esqueci de comentar que uns amigos meus estavam vindo. – Ele teve a decência de se mostrar constrangido. – Um deles acabou de terminar com a namorada. Estamos tentando animá-lo.

Ele só podia estar *brincando*.

– Ele pode ir se animar na *villa* dele. Este é um espaço compartilhado. – Apontei para a casa e tentei respirar em meio à raiva borbulhante em meu peito. – Eu não dei autorização para que um bando de desconhecidos invadisse o local onde vou passar uma semana hospedada. Acaba. Com isso. Agora.

– Eu até acabaria, mas meus amigos são... hã... *difíceis* de expulsar, depois que a festa começa. – Xavier deu de ombros. – Seria um desperdício de energia. Acredite.

Os nós que a massoterapeuta tinha passado noventa minutos desfazendo retornaram com força total.

– Se eles são *seus* amigos, isso me parece um problema *seu*. – Uma dor de cabeça martelava em minhas têmporas. – Eu juro por Deus, Xavier: se eles não saírem daqui nos próximos quinze minutos, eu vou chamar a polícia e mandar prender todo mundo por invasão de domicílio.

– Se eu fosse você nem tentava. Uma das pessoas aí dentro é sobrinha do presidente. – Xavier fez uma pausa. – Do presidente da Espanha.

– Então o *presidente* que venha até aqui mandar soltar ela. – Enfiei um dedo no peito dele, tão irritada que sentia meu corpo em brasas. – Não foi com isso que concordei quando fizemos nosso acordo. Arruma um jeito de resolver isso, ou eu vou embora no próximo voo.

Sua indiferença desapareceu, substituída pelo que parecia ser arrependimento de verdade.

– Merda, me desculpa, Luna. Eu sinceramente esqueci que... – Ele olhou para a *villa*. – Olha, eu vou te fazer uma nova proposta.

– Não.

Xavier continuou, implacável:

– Deixa eles ficarem hoje. Eu não estava brincando quando disse que é impossível expulsá-los depois que a festa começa. Já estou vendo duas pessoas desmaiadas no hall de entrada. – Uma rápida olhada confirmou a informação. – Em troca, prometo não dar nenhuma festa no próximo mês, a menos que você aprove.

– Esse não é um bom trato – respondi categoricamente.

Ele devia me considerar uma criancinha ingênua.

– Dois meses.

– Não.

– *Três* meses. Vamos lá – pressionou ele. – Pensa em como vai facilitar seu trabalho não ter que se preocupar com a possibilidade de eu colocar fogo em um bar ou ser pego pela polícia.

Contraí os lábios. As festas de Xavier tendiam a sair do controle. Toda publicidade negativa a seu respeito era vinculada a uma de suas infames noitadas; se fosse possível impedi-lo de organizá-las já de antemão, seria menos um fardo para mim.

– Nenhuma festa que eu não tenha aprovado por seis meses – rebati, me decidindo. Abrir mão de uma tarde valeria os meses de paz e sossego em potencial no futuro, ou assim eu esperava. – Vamos acertar isso por escrito, e seus amigos têm que ir embora à meia-noite.

– Seis meses? Porra, você só pode... – Xavier fechou a boca quando estreitei os olhos. – Tudo bem – murmurou ele. – Combinado.

– Ótimo. – Eu me virei de volta para a *villa* e rezei para não ter cometido um grande erro. – Não acredito que você me convidou para uma viagem programada para consolar seu amigo.

– Ei, uma mesma viagem pode servir a vários propósitos. Quanto mais gente, melhor! – disse ele enquanto eu entrava a toda.

Senti calafrios ao ver as almofadas espalhadas pelo chão e as garrafas de bebida pela metade que ocupavam todas as superfícies disponíveis. Os enfeites que eu havia reorganizado com perfeição geométrica naquela manhã estavam tortos e homens e mulheres seminus estavam...

Ah, meu Deus. Eu *não* precisava ter visto aquilo.

Desviei os olhos do casal no sofá e me concentrei em um rosto familiar.

– Luca?

Luca Russo me encarou de um canto, sua surpresa espelhando a minha.

– *Sloane?* O que você está fazendo aqui?

– Eu te faria a mesma pergunta.

Luca era cunhado da minha melhor amiga, Vivian. Filho caçula da família Russo, herdeiro de uma fortuna oriunda de bens de luxo, ele tinha sido figurinha carimbada do círculo de Xavier, até que tomou jeito, alguns anos antes, parou com as noitadas e começou a trabalhar para a empresa da família. Aparentemente, havia voltado para o mau caminho.

– Estou tentando superar uma desilusão amorosa. – Ele se deixou cair dramaticamente na poltrona. – Eu e Leaf terminamos. Ela se mudou para uma fazenda de cabras no Tennessee.

– Ela não é vegana?

– Ela foi lá para salvar as cabras.

– Ah. – Eu não conhecia Luca nem Leaf bem o suficiente para sentir mais do que uma gota de empatia. Além disso, nunca gostei da vibe hippie New Age arrogante da ex-namorada dele. – Que tristeza.

Agora as pobres cabras teriam que aguentar o complexo de salvadora dela.

– Tudo bem. É por isso que eu estou aqui. Para me sentir melhor. – Ele tomou um gole de cerveja. – Ah, oi, Xavi.

Xavier parou ao meu lado.

– Esqueci que vocês se conhecem.

Havia um tom estranho em sua voz, mas, quando olhei para ele, Xavier se virou.

– Aqui. – Ele me entregou uma garrafa fechada de uma mesa próxima. – Tenho a impressão de que você vai precisar disso.

Não dava mais.

Depois de recusar a cerveja de Xavier, redigir um contrato às pressas selando nosso último acordo, me trancar no quarto, ler sobre o sexto princípio da crise na comunicação e confirmar com o resort e com todos os outros resorts num raio de dez quilômetros que não havia outros quartos disponíveis para eu passar a noite, desisti de tentar fingir que Xavier e seus amigos não existiam.

Queria ficar no quarto, mas não conseguia parar de pensar no que Xavier disse durante a massagem.

Então você gosta de ser necessária.

Quem não gostava? Ser necessário significava ser bom em e *para* alguma coisa. Ninguém abandonava uma pessoa necessária. Não era o mesmo que ser amado, mas era melhor que nada.

O assunto era bem complexo, mas, como eu não tinha a menor vontade de me debruçar nele, decidi sair do quarto e me juntar aos outros, ao menos para não ter que ficar sozinha com meus pensamentos.

O evento havia migrado da sala para a praia particular após o pôr do sol, e a fogueira me ajudou a localizar o centro da festa. Xavier ergueu as sobrancelhas ao me ver, mas não me impediu de tomar a primeira, a segunda *nem* a terceira taça de sangria.

Se eu quisesse sobreviver àquela noite ao lado dele e de seus amigos, precisaria ficar (muito) bêbada.

No entanto, apesar de estar presente, evitei participar de fato da farra até que Luca me avistou e tentou me arrastar do meu canto para perto da fogueira.

– Você precisa dançar – insistiu ele. – É uma das regras da ilha.

Não me mexi.

– Regras foram feitas para serem quebradas.

– Eu não esperava um clichê desses vindo logo de você.

As bochechas dele estavam vermelhas por conta do álcool e um brilho iluminava seus olhos.

Então me dei conta. Ele estava flertando comigo.

Com seu cabelo escuro e sua pele marrom, Luca certamente era bem bonito, mas tentei encontrar qualquer lampejo de vontade e não achei nenhum. Mesmo que eu me *sentisse* atraída por ele, não estava interessada em ser um casinho de rebote.

– Gosto de surpreender as pessoas de vez em quando.

Olhei através da fogueira e encontrei os olhos de Xavier. Ele estava imprensado entre a morena de mais cedo e sua irmã gêmea. Não parecia interessado no que elas estavam dizendo, mas, quando me pegou o encarando, ele se voltou para Luca antes de se virar para uma das gêmeas.

Xavier havia me deixado em paz desde que chegáramos à praia, e obviamente eu estava grata por isso. Não era como se precisasse da companhia dele.

– Mesmo assim, não dá para ficar parado com essa música. – A voz de Luca chamou minha atenção de volta para ele. – É praticamente um crime.

As gêmeas caíram na gargalhada com algo que Xavier disse. Suas covinhas apareceram e uma das garotas colocou a mão no braço dele.

Suprimi um revirar de olhos. Eu duvidava que qualquer coisa que ele dissesse fosse tão engraçada assim.

Tentei me desligar da festa e me concentrar no som das ondas, mas Luca continuou me perturbando até que minha dor de cabeça atingiu novos patamares e eu cheguei ao ponto de fazer qualquer coisa, até mesmo dançar, para fazê-lo parar de encher meu saco.

Eu deveria ter ficado no meu quarto.

– Pare de falar. – Levantei a mão, interrompendo-o no meio de uma frase. – Se eu dançar uma música, você me deixa em paz?

Talvez eu tivesse sido um pouco grosseira, mas estava mal-humorada, irritada e nem perto de bêbada o suficiente. Não estava com vontade de ser boazinha com ninguém.

Luca pareceu não se incomodar com minha resposta incisiva.

– Claro.

– Está bem.

Me levantei, a irritação aumentando quando as gêmeas riram novamente de outra coisa que Xavier disse. Parecia até que ele era uma atração solo do *Saturday Night Live*, pela maneira como elas estavam agindo.

– Mas primeiro preciso de outra bebida.

Luca e eu fomos até o bar da praia para pegar o drinque exclusivo do resort, que felizmente era mais forte que a sangria. No entanto, não fiquei alta o suficiente para me sentir menos tímida quando chegamos à pista de dança improvisada.

Nunca dancei muito bem. Tive as compulsórias aulas de balé quando criança e parei quando Madame Olga me considerou uma de suas alunas "mais difíceis". Tentei dança de salão quando mais velha e não me saí muito melhor.

Quando saía com minhas amigas, conseguia me soltar no meio do grupo e não me preocupava em passar vergonha, mas eu não tinha Vivian, Isabella nem Alessandra ali para me proteger. Éramos apenas eu, a música e uma dezena de olhos inexplicavelmente voltados para mim.

– Eita. – Luca meio riu, meio se encolheu quando pisei sem querer em seu pé. Ele me firmou com uma mão no meu quadril. – Talvez não devêssemos ter tomado aquele drinque.

Minhas bochechas esquentaram. A música não tinha terminado e eu já havia me arrependido daquela decisão.

– Tudo bem. – Embora estivesse bêbado, Luca percebeu meu constrangimento. – Aqui. – Ele colocou a outra mão no meu quadril. – Vamos tentar...

– Nem se dê ao trabalho.

Minha coluna enrijeceu com a voz familiar atrás de mim.

– Você está tão bêbado que vai ter sorte se não derrubar os dois. – Certa aspereza pontuava o tom afável de Xavier. – Por que não toma uma água e volta depois?

Luca olhou para o amigo e depois para mim, então baixou as mãos e deu um passo para trás.

– Boa ideia.

Cruzei os braços e não me movi quando Xavier deu a volta para me encarar.

– Pensei que você fosse perfeita em tudo. – A aspereza desaparecera, substituída por um ar de provocação. – Preciso te dar umas aulas de dança. Não posso deixar que você me envergonhe na frente dos meus amigos.

Ele havia trocado a roupa de antes por uma camisa de linho branco e calças casuais. Ali, no brilho da fogueira, com os cabelos desgrenhados pelo vento e os músculos descontraídos pela bebida e pelo relaxamento, ele estava perturbadoramente, devastadoramente bonito.

Livre do peso da sobriedade, eu podia até admitir que minha antipatia por ele vinha em parte de uma inveja. Como era viver uma vida tão sossegada todo dia? Não se preocupar com o julgamento nem em ser bom, bem-sucedido, *relevante* o suficiente para justificar a própria existência?

Senti a garganta secar antes de me livrar dos pensamentos indesejados.

– Passar vergonha? – Disfarcei o devaneio momentâneo levantando o queixo de forma desafiadora. – Sou eu que, aparentemente, não sei dançar, não você.

– Podemos mudar isso. Já me disseram que sou um ótimo professor.

– Duvido.

– Você vive me subestimando.

– E você vive me provocando.

Ele deu de ombros de modo casual.

– Eu gosto de te ver irritada. Prova que você não é uma rainha do gelo, no fim das contas.

Minha embriaguez desapareceu rápido o suficiente para que eu sentisse o impacto de suas palavras.

Se você não agisse sempre como essa rainha do gelo, talvez eu não tivesse ido procurar fora de casa.

Ela é gostosa, mas aposto que é frígida na cama...

Pelo amor de Deus, Sloane, sorria. Por que você nunca consegue parecer feliz?

A pressão voltou. Um nó subiu pela minha garganta, mas, como sempre, meus olhos continuaram secos.

Não era de admirar que as pessoas me chamassem de rainha do gelo. Eu não conseguia sequer demonstrar emoção direito.

Xavier deve ter notado a mudança repentina no meu humor, porque seu sorriso desapareceu.

– Ei, eu não estava...

– Tenho que ir.

Passei por ele, meu peito apertado. Senti seu toque no meu ombro.

– Sloane...

– Não me encoste e *não* venha atrás de mim. – Pronunciei essas palavras com minha frieza característica. – Aproveite a festa.

Me livrei de seu toque e não parei de andar até me trancar no banheiro e ligar o chuveiro no máximo.

Não importava que já tivesse tomado banho algumas horas antes. Eu precisava de algo que pudesse abafar o barulho em minha cabeça.

Apoiei a testa contra o azulejo e fechei os olhos. Fiquei ali até que o nó na garganta se dissolvesse e, enquanto a água caía em cascata pelo meu rosto, fingi que eram lágrimas.

CAPÍTULO 7

Xavier

PELA SEGUNDA NOITE CONSECUTIVA, não consegui dormir bem.

Em vez do sonho da ponte, fui assombrado por imagens do rosto de Sloane no momento antes de ela se afastar, na noite anterior.

O que eu tinha dito de errado? Ela geralmente levava meus comentários numa boa e nunca me deixava dar a última palavra.

Ela não podia ter ficado tão chateada com uma piada idiota sobre dançar mal, certo?

Meu mau humor piorou quando acordei e encontrei a *villa* vazia. A bagagem dela ainda estava no quarto, mas da manhã até o início da noite Sloane ficou desaparecida.

Tentei tirá-la da cabeça e focar em Luca. Ele andava muito desanimado desde que terminara com Leaf, embora minha simpatia por ele tivesse diminuído quando o vi flertando com a porra da minha assessora de imprensa na praia.

Ela nem era o tipo dele.

Fiquei remoendo tudo isso enquanto tomava minha bebida e meus amigos faziam as travessuras habituais no bar da praia particular do resort.

Era para eu estar me divertindo horrores, mas o tédio havia tomado conta e se recusava a me largar. Eu já tinha visto e feito de tudo. Passado o entusiasmo inicial, aquelas festas eram todas iguais.

Eu poderia ter dado algumas dicas ao dono do bar sobre como melhorar o local. O sistema de som não estava captando o baixo da música e a proporção entre homens e mulheres estava desequilibrada. A decoração, o entretenimento, a comida... era tudo bom, não ótimo, mas não era da minha conta a forma como as pessoas administravam seus negócios, então fiquei de boca fechada.

Você não fica de saco cheio de não fazer nada? A pergunta de Sloane ecoou na minha cabeça.

Deixei o pensamento de lado, terminei minha bebida e encarei Luca, que estava sentado ao meu lado junto à piscina, de ressaca e tomando uma cerveja. O sol havia se posto, mas o movimento no bar estava apenas começando.

– Dante sabe que você voltou a sair com a gente?

O irmão de Luca e CEO do Russo Group, o conglomerado multibilionário de bens de luxo, não era fã de ninguém do nosso círculo.

Sinceramente, eu não o culpava por isso. Se eu tivesse um irmão mais novo, também não ia querer que ele andasse comigo.

– Ele não manda em mim.

Mesmo assim, Luca olhou ao redor, como se seu intimidante irmão mais velho fosse surgir de trás de um vaso de planta.

– Tenho direito a férias, como todo mundo, e posso passá-las como quiser.

– Hum.

– Falando nisso, cadê a Sloane?

Uma queimação desagradável surgiu em meu peito.

– Provavelmente lendo um livro chato de não ficção em algum lugar. Por quê?

Luca deu de ombros.

– Ela é gata. Solteira. Podia me distrair nesse caso da Leaf.

A queimação explodiu em um incêndio e meu sangue ferveu.

– Ela não é esse tipo de mulher.

– Como você sabe?

– Eu sei e pronto. – Bati o copo vazio na mesa lateral. – Vai atrás das gêmeas Daugherty. Elas estão querendo se divertir.

– Não posso. A família delas trabalha no mercado têxtil, o que me lembra cabras, o que lembra a Leaf.

Pelo amor de Deus.

– E a Evelyn? Ela acabou de terminar com o namorado. Vocês podem afogar as mágoas juntos.

– Não. Eu fiquei com ela uns anos atrás. – Luca olhou para o céu com uma expressão bêbada e sonhadora. – Acho que a Sloane é uma opção melhor. Ela é tão… *merda!* – Ele deu um pulo, ficando de pé, quando esbarrei em um balde de gelo e o conteúdo caiu todo em seu peito. – Que porra é essa, cara?

– Desculpe. Acho que estou mais bêbado do que imaginava – respondi, me levantando.

Eu não sabia por que a ideia de Luca e Sloane juntos me incomodava tanto, mas sabia que precisava sair dali antes de fazer algo mais grave do que jogar gelo no meu amigo.

– Estou indo nessa.

– Peraí! O que você acha…

A multidão abafou o resto das palavras de Luca enquanto eu saía furioso do bar em direção à *villa*.

Havia convencido Sloane a ir para a Espanha, esperando que isso a tirasse de sua zona de conforto, mas, no fim das contas, era eu quem não sabia no que estava me metendo.

Sloane

QUANDO ACORDEI, JÁ TINHA deixado para lá o momento de fraqueza da noite anterior, mas não estava com vontade de encarar Xavier nem seus amigos – que felizmente estavam hospedados em outras *villas* e não na nossa –, então os evitei propositalmente o dia inteiro.

Acordei com o nascer do sol para uma caminhada, me escondi em uma sala de reuniões para almoçar e esperei que Xavier saísse para o bar antes de voltar para a *villa*.

Era início da noite, então eu teria algumas horas sozinha antes que ele voltasse. Fiquei tentada a trabalhar, mas havia prometido a Xavier que não faria isso, e um incômodo senso de honra me impediu de voltar atrás em minha palavra.

Em vez disso, me enrolei em uma manta na sala de estar e assisti à comédia romântica espanhola que passava na TV com um desprezo crescente.

– *Te quiero* – sussurrou o ator em espanhol. Legendas em inglês traduziam o que ele dizia. – *Nunca te dejaré.* – *Jamais te abandonarei.*

– Aff. – Escrevi furiosamente em meu caderno de resenhas. – Faz um especial mostrando os bastidores e vê se é assim mesmo.

A comédia romântica era o gênero mais fora da realidade de Hollywood. Cair da varanda do sétimo andar e levantar um minuto depois para perseguir um bandido era mais verossímil do que colegas de trabalho rivais que de repente "descobriam" que nutriam sentimentos um pelo outro e passavam a viver felizes para sempre.

O conceito de felizes para sempre era o maior golpe desde o advento da superfaturada indústria de livros universitários.

– Isso aí não é *The Bachelor*, Luna. Um "por trás das câmeras" só mostraria os atores indo embora do set.

Levantei a cabeça.

Xavier estava recostado no portal de entrada, com uma calça de linho, uma expressão divertida e só.

– Não é educado chegar de mansinho desse jeito – reclamei, meu pulso acelerado por conta da interrupção inesperada. *Vai, me mata do coração.* – E, pelo amor de Deus, veste uma camisa. Você não é o Matthew McConaughey.

A risada dele não aliviou em nada a minha irritação. Dois minutos depois, Xavier se sentou ao meu lado, completamente vestido.

– Feliz? Agora você não vai mais se distrair com meu físico maravilhoso.

– Não, vou só sufocar sob o peso do seu ego.

– Existem maneiras piores de morrer.

Suspirei, minhas perspectivas de uma noite tranquila e pacífica virando fumaça.

– Hoje não tem uma festa no bar da praia? Por que você está aqui?

Nosso acordo o impedia de dar festas sem minha aprovação, mas não o impedia de comparecer a elas. Esse tinha sido outro descuido da minha parte. *Estou perdendo o jeito.* Algo na Espanha parecia confundir meus instintos geralmente aguçados, e isso me deixava tensa.

– Passei o dia inteiro no clube, queria mudar de ambiente.

Xavier olhou para meu caderno.

– O que você está fazendo?

– Relaxando – respondi de forma incisiva.

– *Touché.* – Ele passou a mão pela boca, sua expressão preocupada. –

Escuta, sobre ontem à noite... Me desculpa se te magoei. Você não dança *tão* mal assim.

Eu teria rido da ideia de estar chateada por causa das minhas habilidades de dança se não tivesse ficado tão chocada com o pedido de desculpas. Tão poucas pessoas pediam perdão de modo sincero que um simples *Me desculpa* me tirou totalmente da defensiva.

– Obrigada – respondi, tensa.

Não corrigi a suposição dele sobre o motivo do meu incômodo.

– De nada. – Seus olhos enrugaram nos cantos quando ele viu que não acrescentei nenhum comentário sarcástico. – Peraí, estamos tendo um momento de conexão? Será este o início de uma nova era para Xavier e Sloane?

– Não força a barra. – Bati a caneta no caderno. – Aliás, como está o Luca?

Eu tinha mandado uma mensagem para Vivian mais cedo sobre ter esbarrado com ele na Espanha, e ela mencionou o quanto ela e Dante estavam preocupados com o rapaz. Prometi atualizá-la a respeito se e quando pudesse.

As covinhas de Xavier desapareceram.

– Bem. – Ele se remexeu, sua perna roçando a minha. Fiquei tão sobressaltada com o contato que quase afastei o joelho bruscamente, mas me contive. – Eu não sabia que vocês eram tão próximos.

– Não somos. Estava só curiosa.

Um calor se espalhou do meu joelho até a barriga. *Hum.* Eu sabia que deveria ter usado mais protetor solar durante a caminhada. Aquilo não era normal.

– Hum. – Uma sombra cruzou o rosto de Xavier. Ele abriu a boca e balançou a cabeça levemente, como se tivesse mudado de ideia sobre o que ia dizer. – E esse filme? É sobre o quê?

– Colegas de trabalho rivais que se apaixonam. Comédia romântica básica.

O cheiro do perfume dele flutuou para meus pulmões, e eu desejei que não fosse tão bom. Pessoas como Xavier deveriam cheirar *apenas* a pizza e cerveja choca. Seria uma representação mais precisa de seu estilo de vida do que o odor amadeirado e fresco que ele tinha.

– Nunca imaginei que você gostasse de comédias românticas.

A perna dele roçou a minha outra vez e eu olhei feio para ela por um segundo antes de responder. *Nota mental: comprar protetor solar o mais rápido possível.* Aquela queimação na minha pele não era normal.

– Não sou. Eu assisto só de raiva.

Minha gaveta cheia de resenhas manuscritas era prova disso.

– Claro. E quantos filmes você já assistiu até agora, só de raiva?

Centenas, mas ele não precisava saber disso.

– Cala a boca e assiste ao filme.

No entanto, ao voltar os trechos que havia perdido quando ele apareceu, uma minúscula parte de mim ficou grata pela companhia, mesmo com os esbarrões indesejados na perna e tudo mais.

Era meio triste passar férias na Espanha vendo comédias românticas sozinha, até para os meus parâmetros.

Nunca vi filmes com ninguém além das minhas amigas, mas Xavier era uma companhia surpreendentemente divertida. Ele passava a maior parte do tempo quieto, mas de vez em quando fazia um comentário espirituoso sobre a trama ou a atuação que me fazia sorrir.

Enquanto cliente, ele era difícil, mas como pessoa era gentil.

Jamais o ouvi levantar a voz em todo o nosso tempo trabalhando juntos. Quando ficou sabendo que o pai estava com câncer, ele não chorou, e quando uma ex vazou para a imprensa fotos escandalosas dos dois, ele não foi atrás de vingança, como eu teria feito. Ele era imperturbável, não importavam os obstáculos em seu caminho.

Por outro lado, talvez sua calma sobrenatural não fosse uma coisa boa. Talvez fosse outra maneira de reagir aos mesmos problemas que me faziam manter distância de qualquer pessoa fora do meu círculo íntimo.

Aff. A única coisa mais triste do que assistir a uma comédia romântica sozinha nas férias era analisar Xavier enquanto assistia à tal comédia romântica.

– O que você fica escrevendo nesse caderno? – perguntou ele durante a sequência de cenas do relacionamento que sempre vinha depois que o casal terminava.

Senti uma pontada de constrangimento. Pensei em mentir, mas acabei optando pela verdade.

– Eu escrevo resenhas de todas as comédias românticas que vejo.

Não era nada vergonhoso, mas senti um nervosismo percorrer minhas veias quando Xavier se inclinou para ler minhas anotações.

– "O filme tenta ser charmoso, mas fracassa miseravelmente" – leu ele em voz alta. – "Embora a ficção geralmente exija alguma suspensão da descrença, o ridículo absoluto da cena da varanda me causou tanta vergonha alheia que tenho vontade de ficar sem memória para nunca mais ter que me lembrar dela. Eu e meu fogão temos mais química do que os atores principais, e os diálogos parecem pertencer mais a uma paródia do que a uma comédia romântica de fato. Se uma inteligência artificial escrevesse e atuasse em um filme, seria exatamente assim."

Ele ficou em silêncio por um tempo antes de olhar para mim.

– O que você anda fazendo com o seu fogão, hein?

Uma gargalhada vibrou na minha garganta, tão rápida e inesperada que levei um segundo para perceber que o som veio de mim.

Xavier se mostrou surpreso e em seguida esboçou uma lenta expressão de prazer. Em resposta, um calor se acumulou em minha barriga.

– Esquentando as coisas – respondi, por fim.

Fiz uma careta antes que as palavras saíssem completamente da minha boca.

– Meu Deus. Essa foi péssima.

A gargalhada dele abafou minhas palavras seguintes.

– Não conta pra ninguém que eu disse isso. Nunca! Eu… *Para de rir.*

– Fica tranquila. – Os ombros de Xavier se sacudiam do riso enquanto ele enxugava lágrimas dos olhos. – Vai ser o nosso segredinho.

– Não foi tão engraçado assim – resmunguei.

Tentei manter a seriedade, mas as risadas dele eram contagiantes, e logo outro sorriso surgiu em meu rosto.

Se dois dias antes alguém tivesse me dito que eu me *divertiria* passando uma noite vendo filme com Xavier Castillo, eu teria perguntado que drogas essa pessoa tinha usado, mas o baile de gala de sexta-feira e a visita a Penny pareciam ter acontecido uma vida atrás.

Talvez fosse por isso que eu raramente tirava férias; elas nos davam uma falsa sensação de segurança e depois nos atirava de volta à nossa vida normal, onde éramos confrontados com um mundo que continuou girando na nossa ausência e com a percepção de que nossa presença não tinha a menor importância no funcionamento das coisas.

Meu humor se fechou outra vez.

– Você sabe que não é para as comédias românticas serem realistas, né?

– Xavier ainda não tinha esquecido minha resenha. – É para serem divertidas.

– Elas seriam mais divertidas se fossem realistas. – Apontei para os créditos finais rolando pela tela. – Quais são as chances de rivais de longa data se apaixonarem só porque estão trabalhando juntos em um projeto?

– Menos que cem e mais do que zero.

– Seu otimismo me deixa enjoada.

– Acho que pode ser culpa do sorvete que você devorou.

Ele ergueu uma sobrancelha, gesticulando para o pote de sorvete de baunilha pela metade que derretia na mesinha de centro. O constrangimento tomou conta do meu rosto, me deixando quente e incomodada.

– Você toma a sua cerveja, eu tomo meu sorvete. Agora que o filme acabou, é hora de dar tchau e ir dormir.

Xavier me encarou como se eu tivesse pedido para ele voar até a lua.

– Está brincando? São só nove horas. – Ele clicou na tela do celular. – A noite mal começou.

Eu odiava como ele sempre fazia com que eu me sentisse uma estraga-prazeres, mas era preciso estabelecer limites.

– Não estou com nenhuma vontade de ficar bêbada.

– Quem falou de ficar bêbado? – Ele se levantou e estendeu a mão para mim. – Vamos. Está na hora da sua aula de dança.

Cruzei os braços.

– De jeito nenhum.

Isso era ainda pior do que ficar bêbada.

– Então você gosta de parecer um robô com defeito toda vez que dança?

– Eu não... – *Respira*. Contei até três e tentei novamente. – Eu quase nunca danço. Portanto, não preciso de aulas.

– Você vive saindo com as suas amigas, então isso não é verdade... a menos que seja por medo de fracassar. – Xavier baixou a mão e deu de ombros. – Eu entendo. Ninguém é perfeito em tudo.

Maldito. Ele era bom nesse jogo.

Claramente estava me provocando, mas a competitividade que havia alimentado minha ascensão no cruel mundo das relações públicas foi atiçada com a implicância dele. Uma vez acionada, não havia como voltar atrás.

– Não pense que não sei o que você está fazendo.

Fiquei parada, ignorando as memórias da óbvia desaprovação de Madame Olga e o sorrisinho debochado de Xavier.

– Mas vou topar só para tirar esse olhar presunçoso da sua cara. Vamos.

E se por acaso eu tivesse desenvolvido um talento para a dança da noite para o dia?

Xavier estava rindo naquele momento, mas eu o faria morder a língua.

CAPÍTULO 8

Sloane

– RETIRO O QUE disse sobre você parecer um robô com defeito – comentou Xavier. – Não quero ofender os robôs.

Baixei os braços e olhei feio para ele.

– Se eu tivesse um bom professor, estaria me saindo melhor.

Estávamos no terraço da *villa*, onde lâmpadas de aquecimento afastavam o frio da noite e uma caixinha de som portátil tocava um medley de músicas locais e internacionais. Xavier insistira que estar ao ar livre me ajudaria a "relaxar", mas até então eu só sentia frustração e constrangimento, e minhas habilidades na dança não haviam melhorado em nada desde o começo da aula, uma hora antes.

– Você precisa se soltar. – Xavier ignorou minha provocação em relação a suas habilidades enquanto professor. – Dança tem a ver com movimento. Você não vai conseguir se mover direito se ficar imitando uma tábua de madeira.

– Eu já me soltei – respondi em tom defensivo. – Além disso, preciso te lembrar que eu poderia estar dormindo neste momento, em vez de aguentando os seus insultos?

Eu deveria ir embora, porque não havia nada pior do que dar o meu melhor e ainda fracassar, mas meu lado competitivo se recusava a desistir.

Eu era Sloane Kensington. Eu não fracassava nem desistia. (A única razão pela qual parei as aulas de balé na infância foi porque ultrapassei a faixa etária. Além disso, eu tinha certeza de que, ao se aposentar, Madame Olga já teria desenvolvido uma úlcera por minha causa.)

– Mesmo assim, você ainda está aqui. – Xavier colocou as mãos em meus quadris.

Fiquei tensa, todos os músculos se contraindo com o calor que atravessava meu vestido.

– Está vendo o que eu falei sobre a tábua de madeira? – Ele balançou a cabeça. – Finge que você está no spa. Recebendo uma massagem, seus músculos relaxados... agora mexe os quadris assim. Não, para o outro lado.

Seu toque queimou minha pele e me distraiu das instruções. Pelo tempo que passava sem camisa, devia ser muito calorento. Ele deveria cuidar dessa questão.

– É para mover os quadris em um círculo, Luna, não em um quadrado.

– Eu estou fazendo um *círculo*.

– Não leve a mal, mas talvez você precise atualizar suas noções de geometria. – Xavier me segurou com mais força, paralisando meus movimentos. – No que você está pensando?

– Em mover meus quadris em círculo.

– Esse é o seu problema. Você não deveria estar pensando nisso.

– Você acabou de dizer...

– Você tem que *sentir* o movimento. Quanto mais você pensa, menos natural fica.

Cerrei os dentes de frustração.

– Desculpa, mas eu gosto de pensar. É algo que tento fazer diariamente.

– Isso explica muita coisa.

Xavier me soltou e deu um passo para trás. Uma onda fria de alívio percorreu meu peito, seguida por uma pitada alarmante de... decepção? Não, não podia ser isso.

Esperei que ele prosseguisse com a aula, mas Xavier apenas me analisou com aqueles olhos escuros e intensos.

O cabelo preto desgrenhado caía descuidadamente sobre um dos olhos, protegendo seus pensamentos enquanto o silêncio ia ficando desconfortável. Ele possuía um lado reflexivo que eu raramente via e que moldou suas feições em um retrato estonteante do qual até Michelangelo teria se orgulhado.

O ângulo marcado de suas maçãs do rosto, as sobrancelhas grossas e escuras, a boca esculpida que parecia infinitamente mais convidativa quando não estava com um sorrisinho implicante… seu rosto me desafiava a desviar o olhar, e eu não conseguia.

Uma tensão elétrica preencheu o ar e fez o oxigênio desaparecer.

Xavier e eu já havíamos ficado sozinhos muitas vezes antes, mas aquela foi a primeira em que reconheci o perigo que havia nele. Por baixo das camadas de serenidade indolente, havia um homem que poderia atear fogo em meu mundo, se quisesse.

Meu Deus, qual é o meu problema? Eu tinha passado anos sem ter qualquer reação perceptível à presença dele (a menos que irritação contasse), mas, desde que havíamos chegado à Espanha, meus escudos de proteção vinham falhando. Talvez tivessem sido os breves vislumbres de um lado mais sincero e mais vulnerável de Xavier – o lado que não vivia só para beber e dormir –, ou talvez nosso dia no spa tivesse reprogramado meu cérebro.

Independentemente do que fosse, não me agradava.

O instinto de autopreservação cortou a tensão assim que ele voltou a falar.

– Vamos pegar alguma coisa pra beber.

Ele se virou e foi em direção ao carrinho que servia de bar, aninhado no canto. A eletricidade restante se dissipou enquanto eu tentava me recompor.

– E a aula?

– Voltamos depois do intervalo.

Xavier pegou dois copos e começou a preparar as bebidas ali mesmo, no meio do terraço. Arqueei as sobrancelhas. Eu nunca o tinha visto preparar drinques antes, mas ele se movia com a graça fluida de um bartender experiente.

– Pelo visto, vou acabar ficando bêbada – reclamei quando ele me entregou uma bebida laranja que, admito, parecia deliciosa.

– É só um drinque. Você não vai ficar bêbada a menos que tenha a tolerância de uma criança de 5 anos. – Xavier deu um sorrisinho de canto. – *Salud.*

Mantive os olhos nos dele enquanto tomava um pequeno gole. Porra, estava muito bom.

– Você inventou isso agora?

Não reconhecia o sabor, e a festa do dia anterior havia desfalcado metade do bar, restando apenas alguns ingredientes para ele utilizar.

– A gente se vira com o que tem. – Um dar de ombros, seguido por um sorriso implicante. – Vou batizar de Sloane. Amargo no início, mas com um retrogosto doce. Exatamente como alguém que eu conheço.

– Você não sabe qual é o meu gosto.

O sorriso dele assumiu um contorno decididamente mais malicioso.

– Ainda não.

Meu corpo reagiu de modo instantâneo e visceral, como se ele tivesse acionado o interruptor de um cômodo havia muito intocado.

Meus mamilos enrijeceram enquanto um calor brotava entre minhas coxas, deixando meu corpo quente e lânguido. Imagens nada inocentes passaram pela minha cabeça, mas logo as coloquei em uma caixa e fechei a tampa.

Não. De jeito nenhum.

Não era possível que eu estivesse reagindo daquele jeito justamente a Xavier. Era o que eu ganhava por ter dado fim aos meus encontros de sexo casual com Mark. Se eu tivesse dormido com ele antes de ir para a Espanha, não estaria tão tensa.

– Só se for nos seus sonhos – respondi, lutando para parecer indiferente enquanto apertava o copo com força.

– Talvez.

Os olhos de Xavier brilharam como se ele pudesse ver através de mim e identificar cada pensamento sacana e impróprio. Ele se recostou na parede, aparentemente sem perceber o caos que acabara de causar.

– Já que ainda estamos no intervalo, vamos tentar outra coisa. Verdade ou desafio. Você escolhe.

– Verdade ou desafio? Quantos anos você tem? Doze?

– É um jogo atemporal. A menos que você esteja com medo – disse ele, arqueando uma sobrancelha.

Foda-se. Aceitar aquele jogo idiota era melhor do que me humilhar dançando novamente.

– Verdade.

– Se você pudesse ser outra coisa que não assessora de imprensa, o que seria?

Hesitei. Não era a pergunta que eu esperava, nem um assunto em que houvesse pensado muito antes.

– Nada. Eu amo meu trabalho.

E amava mesmo. Apesar das frustrações, do ritmo alucinante e dos clientes que às vezes me faziam querer arrancar os cabelos, eu trabalhava bem sob pressão. Não havia tempo livre para eu ficar pensando muito. Apenas problemas que eu era capaz de resolver e soluções que eu podia implementar.

As pessoas podiam me chamar de megera ou de rainha do gelo, mas havia uma verdade incontestável: eu era a melhor no que fazia. Sem discussão. Era por isso que CEOs, celebridades e socialites me pagavam muito bem. Nem todos simpatizavam muito comigo, mas me respeitavam e precisavam de mim.

Então você gosta de ser necessária.

A observação de Xavier veio à tona e logo a deixei de lado. E daí? Todo mundo gostava de ser necessário. Aqueles que diziam que não estavam mentindo.

– Nada? Não existe nenhuma carreira que você consideraria ter, além dessa? – Ele não parecia convencido. – Acho que é mentira.

– Talvez eu fosse médica, cirurgiã – admiti.

Era outra carreira de alta pressão e ritmo acelerado. Eu tinha mãos firmes e não me incomodava com sangue. Estar no comando de um centro cirúrgico e salvar vidas devia ser emocionante.

Xavier abriu um sorriso torto.

– Não me surpreende.

– Vou tomar isso como um elogio. – Terminei minha bebida. – Agora você. Verdade ou desafio?

– Verdade.

Interessante. Eu achava que ele seria mais do desafio.

– Uma pergunta parecida. Se você tivesse que escolher uma carreira *de verdade*, o que escolheria?

Eu estava genuinamente curiosa. Xavier nunca havia expressado ambição por nenhum tipo de trabalho. O que será que o interessava?

Ele estava relaxado à sombra da *villa*, intocado pela lua ou pelas luzes do terraço, mas seus olhos brilharam com a minha pergunta.

– Alguma coisa em que eu fosse bom – respondeu ele.

– Tipo?

Uma nuvem cruzou sua expressão antes que o sorriso reaparecesse.

– Como ensinar você a dançar. Acho que já chega de intervalo. – Ele se afastou da parede e nos serviu duas doses de uísque. – Mais uma para dar coragem. *Salud.*

Xavier roçou a mão na minha quando me entregou o copo, e um pequeno arrepio percorreu minhas costas.

A ardência suave do uísque foi o suficiente para diminuir qualquer preocupação quanto às estranhas reações do meu corpo naquela noite.

– Você não me respondeu sério – falei.

O calor vibrava pela minha pele e se acumulava em minhas veias. Eu até que não era fraca para álcool, mas os drinques eram *fortes* e eu não estava resistindo tanto à embriaguez quanto costumava.

Era bom perder o controle. Só um pouco.

– Eu não menti quando disse que escolheria uma carreira na qual eu fosse bom. – Um sorriso ainda brincava nos cantos de sua boca, mas seus olhos tinham um quê de advertência. – Até te dei um exemplo.

– Tanto faz. Você não joga limpo.

– Nunca. – Ele se aproximou por trás de mim. Suas mãos encontraram meus quadris e minha respiração desacelerou sob o peso da tensão renovada. – Vamos tentar de novo.

A música mudou para algo mais sensual, mais fácil de acompanhar.

Talvez fosse o novo ritmo. Talvez o álcool. Ou talvez minha tentativa de me concentrar em qualquer coisa *exceto* Xavier, que me deixou mais desinibida.

O que quer que fosse, deu certo. Não fiquei me concentrando demais em me mover como deveria, e, ironicamente, meus movimentos fluíram com muito mais facilidade.

Eu não ganharia nenhuma competição, mas não parecia mais um robô com defeito, como haviam comentado de modo tão grosseiro mais cedo.

– Bem melhor. – O murmúrio de Xavier roçou minha nuca, provocando um arrepio involuntário de prazer. – Acho que você ainda tem jeito.

Eu estava prestes a dar uma resposta espirituosa quando ele abaixou a cabeça para que seu rosto ficasse próximo ao meu. Um delicioso aroma terroso infiltrou-se em meus sentidos, instigando meu paladar, meu olfato e meu tato, até que minha boca encheu-se d'água e pude sentir cada batida de seu coração contra minhas costas.

Virei a cabeça uma fração de centímetro, apenas o suficiente para encontrar os olhos dele.

Queria não ter feito isso.

O olhar de Xavier ardia como um fósforo aceso no escuro, queimando cada centímetro de pele e qualquer distância entre nós.

Gotas de suor escorreram entre meus seios. O calor era infernal, mas ele estava tão perto, e minha cabeça estava tão leve, que se eu apenas...

Meus lábios se abriram.

Os olhos dele escureceram e...

– *Luca!* – Um grito agudo vindo da *villa* vizinha ecoou entre nós. – Essa é a minha bolsa favorita!

Houve uma resposta indecifrável, seguida por uma profusão de risadas, e depois... silêncio. Mas era tarde demais.

A interrupção me tirou do transe em que as bebidas/a bruxaria/o perfume suspeitamente maravilhoso de Xavier tinham me colocado.

Eu me afastei dele bruscamente, e perder o calor de seu corpo foi tão eficaz para recuperar a sobriedade quanto a tigela de água gelada que eu tinha jogado nele poucos dias antes.

O que eu estava fazendo?

Ele era meu cliente, e eu quase... ele quase...

Xavier me encarava, sua expressão indecifrável. Se não fosse pela maneira pesada como seu peito subia e descia, eu teria pensado que ele não se afetara nem um pouco pelo que aconteceu – ou não aconteceu.

Meu coração batia forte, mas levantei o queixo, rompi o contato visual e me forcei a entrar calmamente na *villa* sem dizer mais nada.

Ele não me impediu, e, quando fechei a porta do quarto e escorreguei para o chão, odiei notar que uma pequena parte de mim desejou que ele tivesse me impedido.

CAPÍTULO 9

Xavier

MERDA.

Merda, merda, três vezes merda.

Não era a reação mais madura, mas era a única que resumia precisamente a minha situação.

Já haviam se passado 36 horas desde a noite em que vi o filme com Sloane.

Trinta e seis horas desde a aula de dança.

Trinta e seis horas desde que descobri como suas curvas se ajustavam perfeitamente às minhas mãos e como seu perfume era muito mais inebriante do que até mesmo o melhor uísque.

Preferia não ter ficado sabendo de nada disso, porque agora não suportava a ideia de não experimentar tudo de novo.

Infelizmente, as chances de isso acontecer eram mínimas, considerando a merda que eu tinha feito.

Se meus amigos não tivessem nos interrompido, eu a teria beijado no domingo à noite, e tinha certeza, certeza *absoluta*, de que ela teria deixado. Caso contrário, Sloane não teria me evitado como se eu fosse o diabo querendo corrompê-la.

Olhei para a praia, onde Sloane estava sentada sozinha, lendo aquele maldito livro sobre comunicação.

Com a ajuda dos meus amigos, eu a convencera a participar do nosso passeio de barco durante o dia, mas ela passou o tempo todo em um canto.

Mergulhando de snorkel nas águas cristalinas? Não.

Aproveitando tapas gourmet e open bar? Não.

Dirigindo uma única palavra a mim depois que embarcamos no iate? Não mesmo.

– Aonde você vai? – perguntou Evelyn quando me levantei.

Apesar do que Luca disse sobre não ficar com ela de novo, os dois tinham passado o dia todo grudados.

Dei uma desculpa qualquer e deixei meus amigos entregues à própria sorte.

Exceto por Luca, eu não era muito próximo de ninguém do grupo. Saíamos juntos com frequência, mas eu jamais revelaria meus segredos íntimos e obscuros para eles nem nada do tipo. Na verdade, estava começando a me ressentir da presença deles porque me roubavam tempo com Sloane.

– É uma pena desperdiçar um dia lindo como esse – falei quando cheguei perto dela.

Tínhamos parado em uma das enseadas escondidas de Maiorca para almoçar e, embora não fôssemos os únicos na praia, era baixa temporada e não havia tanta gente, o que nos dava certa privacidade.

– Tenho sol, mar, comida e um bom livro – disse ela sem erguer os olhos. – Não estou desperdiçando nada.

Sentei-me ao lado dela.

– Temos definições diferentes de *bom* – impliquei.

Ela não respondeu.

Quando eu era criança, meus amigos e eu debatíamos sobre qual superpoder gostaríamos de ter. Eu ficava sempre entre a capacidade de voar e a de ficar invisível, mas naquele momento daria minha Ferrari para saber o que Sloane estava pensando.

Foda-se. Só havia uma maneira de chamar a atenção dela.

– Deveríamos conversar sobre o nosso beijo.

Ela ficou imóvel. Então, lenta e deliberadamente, deslizou um marcador entre as páginas, fechou o livro e ergueu os olhos. Estava calor, mas arrepios percorreram minha pele como se eu tivesse entrado em um freezer de açougue.

– Nós não nos beijamos. – Ela pronunciou cada palavra com uma precisão assustadora.

– Tecnicamente, não, mas quase. Então vamos conversar sobre isso.

Os nós dos dedos de Sloane ficaram brancos.

– Não há nada para conversar. Estava tarde e bebemos demais. Ponto-final.

– Então isso não afeta nosso relacionamento de forma alguma.

– Claro que não.

– Então você não tem motivo para me evitar.

Os olhos de Sloane brilharam quando ela se deu conta da armadilha em que havia caído.

– Não estou te evitando.

– Eu não disse que estava – respondi, tranquilo. – Disse que você não tinha *motivos* para isso.

Sloane respirou fundo de forma audível. Eu praticamente podia vê-la contando mentalmente até dez.

– Aonde você quer chegar com essa conversa?

– Eu só queria esclarecer o que aconteceu no domingo à noite.

– Considere esclarecido.

– Ótimo.

– Ótimo.

Ficamos em silêncio por um segundo.

– Mais alguma coisa? – perguntou Sloane em um tom incisivo.

– Sim. Se você pudesse ter um superpoder, qual seria?

Ela fechou os olhos e esfregou a têmpora.

– Xavier...

– Responde, vai. É isso que as pessoas fazem. Conversam. – Gesticulei para o espaço entre nós. – Trabalhamos juntos há anos e eu nem sei qual é a sua comida favorita.

Era mentira.

Eu sabia que ela adorava sushi porque era fácil de comer em qualquer lugar, inclusive em movimento. Sabia que ela preferia cheeseburgers duplos quando estava menstruada e bife malpassado em jantares com os clientes, a menos que o cliente fosse vegetariano, caso em que ela pedia sopa e salada. Ela gostava de tomar vinho branco, café puro e gim com um toque de tônica.

Eu sabia de tudo isso porque, apesar de Sloane supor que eu não prestava atenção em ninguém além de mim mesmo, eu não conseguiria parar de reparar nela nem que minha vida dependesse disso. Cada detalhe, cada momento, tudo arquivado e categorizado na minha mente, no gabinete com o nome de Sloane.

Jamais diria nada disso a ela, porque se havia uma coisa que certamente faria Sloane Kensington sair correndo era intimidade.

– Está bem – disse ela, me levando de volta ao presente. – Eu escolheria viajar no tempo para poder voltar e corrigir quaisquer erros que eu tenha cometido.

– Mas aí a sua vida não seria o que é agora.

Ela desviou o olhar.

– Isso não é necessariamente uma coisa ruim.

O barulho das ondas preencheu o silêncio.

Vendo de fora, Sloane parecia ter uma vida perfeita. Era linda, inteligente e bem-sucedida, e seus amigos e clientes eram algumas das pessoas mais poderosas do mundo.

Mas eu, por experiência própria, sabia que as aparências enganavam, e que coisas que reluziam como ouro muitas vezes escondiam os segredos mais sórdidos.

– Se você tivesse a oportunidade, não voltaria e mudaria algumas coisas do seu passado? – perguntou ela.

Minha mão involuntariamente apertou a toalha. O arrependimento cresceu e colidiu com memórias que eu pensava ter enterrado de vez havia muito tempo.

– *Xavier!* – *O pânico na voz da minha mãe ecoou em meio ao rugido das chamas.* – *¿Dónde estás, mi hijo?*

Ele é só uma criança. Foi um acidente...

Se ele tivesse sido mais responsável...

Deveria ter sido você.

O cheiro de fumaça e madeira carbonizada encheu meus pulmões. A enseada da praia se fechou ao meu redor, os penhascos íngremes formaram muralhas e o brilho do sol contra a areia embranqueceu a minha visão.

Então pisquei e o pesadelo desapareceu, substituído pelas risadas de meus amigos ao fundo e pela pontada de preocupação no rosto de Sloane.

Afrouxei o aperto na toalha e forcei um sorriso.

– Todo mundo mudaria alguma coisa, se pudesse. – Eu ainda sentia gosto de cinzas na língua. Queria cuspir e afogá-lo em cerveja, mas não conseguiria fazer isso sem levantar suspeitas. – Você ainda tem contato com alguém da sua família?

Foi o único assunto que achei que poderia desviar a atenção de Sloane.

Ela era perspicaz o suficiente para perceber a mudança no meu humor, mas eu não queria discutir o motivo com ela nem com ninguém. Nunca.

Como esperado, a expressão dela se fechou.

– Quando eu preciso. Você falou com seu pai recentemente?

Touché.

Ela não era a única que considerava relações familiares um assunto tabu.

– Não. Ele não está exatamente no melhor momento para receber telefonemas amigáveis.

Mesmo antes de adoecer, ele nunca foi muito fácil de conversar. Com seus parceiros de negócios e amigos, sim. Com seu único filho? Nem tanto.

Sloane inclinou a cabeça, obviamente tentando avaliar meus verdadeiros sentimentos em relação à doença do meu pai.

Boa sorte, considerando que nem eu sabia como me sentia.

Ele era a única pessoa restante do meu núcleo familiar, então eu *deveria* ficar abalado com a possibilidade de sua morte. Em vez disso, sentia-me apenas entorpecido, como se estivesse vendo um ator parecido com meu pai definhar na tela de um cinema.

Meu pai e eu nunca tínhamos sido próximos, em parte porque ele me culpava pela morte da minha mãe e em parte porque eu também me culpava.

Toda vez que ele olhava para mim, via a pessoa que havia tirado o amor de sua vida – e não podia fazer nada a respeito, porque eu era o único pedaço dela que lhe restava.

Toda vez que eu olhava para ele, via decepção, frustração e ressentimento. Eu via o pai que havia descarregado sua raiva em mim quando eu era jovem demais para entender as complexidades do luto, que desistira de mim e me fizera desistir de mim antes mesmo de sequer tentar.

– Ele vai sair dessa – disse Sloane.

Ela não tentava me confortar com frequência, então não estraguei o momento comentando que talvez as coisas fossem mais simples se ele *não* saísse dessa, afinal.

Era um pensamento horrível, feio, do tipo que só os monstros tinham, por isso nunca o expressei em voz alta. Mas ele estava sempre presente, uma ferida infeccionada, esperando o momento certo para atacar.

A tela do celular de Sloane se acendeu com uma notificação. Vi um ícone de e-mail revelador antes que ela pegasse o celular do chão e o momento desmoronasse ao nosso redor como um castelo de areia sob a maré alta.

– Nada de trabalho – relembrei.

– Não é trabalho, é… – Ela ficou absurdamente pálida.

Eu me endireitei, a preocupação levando embora os restos das memórias indesejadas.

– O que houve?

– Nada. – Ela estava imóvel, a expressão congelada. – Eu… eu já volto.

Ela tinha mesmo gaguejado? Sloane *nunca* gaguejava.

Ela se afastou e eu fiquei a observando e imaginando que tipo de mensagem seria ruim o suficiente para deixar Sloane Kensington abalada.

CAPÍTULO 10

Sloane

SUA IRMÃ ESTÁ GRÁVIDA.

Quatro palavras não deveriam ter o poder de deixar nauseada, mas deixaram.

Reli o e-mail pela enésima vez. Logo depois de recebê-lo naquela tarde, os amigos de Xavier decidiram que já estavam fartos da enseada. Queriam navegar até outra praia, mas convenci Xavier a me deixar no resort primeiro. Felizmente, ele não discutiu.

E ali estava eu, horas depois, sentada na cama e olhando para a primeira mensagem direta que tinha recebido do meu pai desde o dia em que deixei o escritório dele e abandonei minha família.

Claro que ele quebraria o silêncio de anos por causa de Georgia. Ela era minha irmã tanto por parte de pai quanto de mãe, mas eu me dava muito melhor com Pen.

E agora ela estava grávida.

Eu sabia que aquilo ocorreria em algum momento, mas não esperava que fosse tão cedo.

O smoothie que tinha me forçado a tomar como jantar revirou em meu estômago enquanto eu lia o resto da mensagem mais uma vez.

Como era típico de George Kensington (e sim, o nome de minha irmã tinha sido em homenagem a ele), a mensagem foi mais dura do que um smoking recém-engomado para o Legacy Ball.

Sloane,

Escrevo para informar que sua irmã está grávida. Dadas as circunstâncias, é hora de você fazer as pazes e deixar de lado esse rancor infantil por conta de um incidente ocorrido anos atrás. Mesquinhez não é uma característica que cai bem.

Atenciosamente,
George Kensington III

Pensei que já tivesse esgotado toda a minha indignação, mas minha revolta se intensificava a cada releitura.

É hora de você fazer as pazes e deixar de lado esse rancor infantil.

Rancor infantil? *Rancor infantil?*

O celular rangeu com a força do meu aperto. Claro que meu pai ainda colocava a culpa em mim, em vez de em sua favorita.

Parte de mim reconhecia a ironia clichê da minha situação. A pobre garotinha rica que não era tão amada quanto a filha favorita, que era carismática, sabia dançar e encantava qualquer pessoa no salão. Georgia era capaz de chorar, como um ser humano normal, e agir como a socialite perfeita. Ela era a filha que meu pai sempre quis, e eu era uma decepção.

Se eu estivesse assistindo a um filme estrelado por mim, zombaria de mim mesma, mas aquilo não era um filme. Era a minha vida, e, por mais que eu fingisse não me abalar, o rompimento com minha família sempre seria um ponto sensível.

Atirei o celular na cama e me levantei.

Se eu pensasse demais sobre a vida atual de Georgia, começaria a relembrar o passado, e se relembrasse o passado...

Não. Eu não seguiria por esse caminho.

A determinação transformou minha náusea em uma resolução firme.

Foda-se Georgia, foda-se o passado e fodam-se também as tentativas do meu pai de me culpar e me fazer pedir desculpas por erros que *eles* cometeram. O inferno congelaria antes que eu voltasse para eles com o rabo entre as pernas.

Estava me saindo muito bem sem eles, obrigada.

A pressão deixou minha visão perigosamente turva, mas cerrei a mandíbula e ignorei a sensação enquanto vasculhava o armário em busca de algo para vestir.

Preferia passar a maioria das noites tranquila com um livro, vinho e filmes.

Aquela noite, não.

Naquela noite, eu queria companhia.

Xavier

DEPOIS QUE DEIXEI SLOANE em nossa *villa*, meus amigos e eu ficamos navegando até o pôr do sol. Pedimos serviço de quarto na *villa* de Luca antes de partirmos para a famosa boate do resort.

Analisando criticamente, o local tinha boa música, ótimo serviço e drinques excelentes. Eu mudaria algumas coisas – a iluminação retrô não combinava com a vibe futurista, e o layout da área VIP não funcionava tão bem quanto poderia –, mas, no geral, atendia aos meus critérios para uma noite memorável.

Então por que eu não estava me divertindo?

– Esse lugar é ótimo – disse Luca. Ele e Evelyn tinham brigado mais cedo, então o breve casinho dos dois morreu antes de ser plenamente revivido. – Né?

– É – respondi, meu entusiasmo rivalizando com o de um prisioneiro a caminho do corredor da morte.

O que Sloane estava fazendo na *villa*? Será que estava esquadrinhando outra pobre comédia romântica? Suas críticas eram cruéis, mas eu achava estranhamente bonitinha sua paixão ao escrever. Sloane era tão reservada o tempo todo que foi bom ver uma área de sua vida onde ela se soltava completamente.

Luca disse mais alguma coisa, mas eu mal ouvi.

O que será que havia naquele e-mail que ela tinha recebido? Ela disse que não era um assunto de trabalho. Tinha a ver com a família? Com as amigas? Com o possível amante misterioso? Se ao menos ela estivesse ali...

Foi quando um lampejo loiro chamou minha atenção.

Parei, meu olhar focado na recém-chegada que literalmente parava o trânsito.

Cabelo platinado. Olhos azul-gelo. Pernas longuíssimas. Ela era igualzinha a Sloane, mas não podia ser ela, porque... meu Deus do céu.

O calor brotou sob minha pele conforme ela caminhava pelo salão, indiferente e alheia aos olhos que a seguiam.

Uma bela seda azul-cobalto derramava-se sobre seu corpo, deixando seus ombros expostos e parando alto o suficiente em suas coxas para provocar a imaginação sem revelar muito. Os saltos prateados acrescentavam dez centímetros à sua altura e sua pele brilhava como pérolas beijadas pelo luar.

Fiz uma careta. *Pérolas beijadas pelo luar?* Cacete, de onde saiu isso? Eu não era nem um pouco poético, mas ela estava linda o suficiente para inspirar até Shakespeare.

Não eram suas roupas ou seu corpo.

Era a maneira como ela se movia, mais solta e fluida que o habitual.

Era a sua postura, confiante com um toque de vulnerabilidade.

E o jeito como chamava a atenção sem tentar, como se fosse uma deusa foda entre os mortais.

Eu nunca tinha visto nada parecido.

Ela parou diante de mim e de Luca, e meu sangue esquentou um pouco mais na presença dela.

– Sloane Kensington entrando em uma boate para se divertir. – Escondi a reação visceral do meu corpo atrás de um sorriso preguiçoso. – Alguém verifique a temperatura no inferno. Deve estar congelando lá embaixo.

– Que original.

Agora que ela estava mais perto, notei um rubor revelador em suas bochechas. Ela já estava *bêbada*? Era tão atípico que só consegui encará-la, espantado, quando Sloane pegou a bebida da mão de Luca e a virou de uma só vez.

Lancei um olhar de advertência para meu amigo. Agora que Evelyn estava fora da jogada outra vez, eu não queria que ele voltasse a considerar Sloane como possível substituta. Ela era uma conhecida em comum. Qualquer relacionamento entre eles seria complicado demais, obviamente.

O mesmo poderia ser dito de um relacionamento entre nós dois, e foi por isso que troquei minha bebida por uma água e fiz um imenso esforço para passar a hora seguinte longe de Sloane enquanto ela circulava pelo salão.

Infelizmente, a área VIP não era tão grande. Não importava o que eu fizesse ou com quem conversasse, ela estava sempre por perto, ocupando meus pensamentos e chamando minha atenção até que qualquer conversa que eu estivesse tendo se transformasse em silêncio.

– Cara, só chama ela pra dançar.

Luca não tinha saído do meu lado no sofá, embora, pelos últimos vinte minutos, tivesse de repente ficado fascinado com algo em seu celular.

Do outro lado do salão, Sloane disse algo ao DJ, que assentiu e sorriu para ela de um jeito que não me agradou.

– Não sei do que você está falando.

Inclinei a cabeça para trás e fechei os olhos, tentando apagar a imagem dela da mente. DJs podiam flertar com os frequentadores da boate? Não era falta de ética profissional ou coisa do tipo?

– Sloane. – A voz de Luca era quase inaudível em meio à música. – Você não tirou os olhos dela nem um segundo desde que ela chegou.

– Porque não quero que ela me pegue de surpresa. Sloane é tipo um predador na selva. A gente tem que ficar de olho o tempo todo.

– Claro. – Deu para perceber o deboche na voz do meu amigo. – Então você não se importa se *eu* dançar com ela?

Abri os olhos e levantei a cabeça para encará-lo.

– Na verdade, eu me importo pra caralho, e não pelo motivo que você está pensando. Se fizer isso, vai acabar dando merda.

– Por quê? Ela é *sua* assessora de imprensa, não minha. Eu mal a conheço.

– Ela é melhor amiga da sua cunhada.

– E daí?

– E daí? – repeti, nervoso. – E daí que vai dar merda.

– Falou o cara que pegou a ex do colega de quarto.

– Isso foi no internato, e foi diferente. – Meu colega de quarto era um babaca. – A Vivian vai te matar se você encostar na Sloane.

– Não vai, não. E eu só disse que queria dançar com ela, não dormir com ela. – Luca deu de ombros. – Mas nunca se sabe, né? Estamos de férias. Vai que eu dou sorte.

Eu não era uma pessoa violenta, mas nunca quis socar tanto uma pessoa quanto queria socar um dos meus amigos mais antigos naquele momento.

– Se você...

Gritos e aplausos súbitos me interromperam. Voltei o olhar para a cabine do DJ, onde Sloane dançava descalça em cima de uma mesa.

Sloane. Dançando. *Em cima de uma mesa.*

O inferno devia ser um rinque de patinação àquela altura.

Todos os olhos no salão estavam grudados em Sloane enquanto ela dançava ao som da música, que havia passado de um mix dançante para uma versão sensual do hit de R&B mais recente.

Ou eu era o melhor professor de dança do mundo, ou ela não estava apenas bêbada: estava *completamente* bêbada.

Olhando pelo lado positivo, eu estava certo. Sua rigidez vinha de pensar demais e, quando ela não estava tão concentrada em se mover perfeitamente o tempo inteiro, ela dançava... bem, ela dançava de um jeito que acendia cada célula do meu corpo.

Passei a mão pela boca, dividido entre assistir e intervir. A Sloane sóbria ia *odiar* tudo aquilo pela manhã.

Curvei os lábios ao pensar na reação dela, mas logo a ideia perdeu a graça quando um dos frequentadores da boate subiu na mesa, agarrou-a pela cintura e começou a se esfregar nela.

Minha reação foi tão rápida, tão visceral, que eu não saberia explicar o que aconteceu em seguida nem se alguém apontasse uma arma para a minha cabeça.

Num segundo, eu estava sentado.

No outro, estava de pé, cruzando a pista de dança, enxergando tudo vermelho enquanto avançava em meio à multidão sobressaltada.

A Sloane sóbria teria dado uma joelhada nas bolas daquele cara por tocá-la. A Sloane bêbada não teve esses escrúpulos.

Ela se virou de frente para o cara cujas mãos estavam perigosamente próximas de sua bunda. Se ela se movesse mais um centímetro, a multidão aglomerada ao redor da mesa teria uma visão perfeita de debaixo de sua saia. Vários já estavam com o celular na mão, mas rapidamente o abaixaram quando me aproximei.

O que quer que tivessem visto na minha expressão os fez sair da minha frente enquanto eu subia na mesa e arrancava o cara de cima dela.

Eu era bem mais alto que ele, mas, mesmo que não fosse o caso, a fúria dentro de mim teria me dado uma vantagem injusta.

Ele ficou irritado.

– O que...

– Você tem três segundos pra sair daqui – falei, minha voz mortalmente calma. – Três...!

Não cheguei ao dois: ele engoliu em seco e desapareceu nas profundezas da boate. Covarde de merda.

Parte de mim ficou decepcionada por não ter tido a chance de socar o nariz dele, mas havia assuntos mais urgentes em pauta.

Encarei Sloane novamente. Ela não havia percebido a ausência de seu parceiro de dança nem minha chegada; estava ocupada demais tirando fotos com um dos frequentadores da boate no chão e, consequentemente, dando a todos uma visão de seu decote.

Peguei a dose dupla de tequila antes que Sloane a levasse aos lábios e joguei de lado.

– Ei! Eu ia...

Seu protesto foi interrompido com um grito quando eu a levantei e a joguei sobre meu ombro. Não achava que ela seria capaz de andar direito naqueles saltos depois de só Deus sabia quantos drinques.

– Me solta, seu neandertal!

Ela bateu nas minhas costas quando descemos da mesa e saímos da boate.

O clube ficava em um enorme terreno de área nobre à beira-mar, e não demorou muito para que o som das ondas se sobrepusesse à música que ecoava pelo ar noturno.

– Cuidado com o que você pede.

Deixei Sloane cair na areia branca. Fiquei tentado a mergulhá-la no mar para que ficasse sóbria, mas nem eu era burro ou babaca o suficiente para fazer isso.

Ainda.

– Seu *idiota*. – Ela se levantou com uma graça surpreendente, dada sua embriaguez. – O que você pensa que está fazendo?

– O que *eu* penso que estou fazendo? Acho que estou garantindo que você não acorde amanhã com fotos da sua bunda espalhadas por toda a porra da internet!

O olhar furioso dela quase me fulminou.

Como sempre, Sloane irada ficava gloriosa. Em qualquer outra noite, eu teria me sentado e assistido a sua máscara de tranquilidade explodir de maneira espetacular, mas ela não era a única fervilhando de ódio naquela noite.

– Não seja ridículo – disse ela. – Eu não sou você. As pessoas não se importam com o que eu faço no meu tempo livre.

– Isso não é verdade. – *Eu me importo.* O pensamento surgiu espontaneamente, mas logo o afastei. – Você é uma Kensington e uma assessora de imprensa de alto nível, e as câmeras estão *sempre* de olho. Foi você quem me ensinou isso.

– Sou uma Kensington só no nome. – Um pequeno lampejo de vulnerabilidade cruzou o rosto de Sloane e atingiu meu peito antes que sua expressão voltasse a se tornar fria. – Você está sempre me falando para "relaxar". Aí, quando eu relaxo, você não gosta?

– Eu não gosto de ver um cara qualquer te apalpando em público – retruquei.

– Por quê?

Porque a ideia de alguém tocar em você acaba comigo.

– Porque não. – A raiva irracional fez minhas palavras saírem ardentes. – *Você não é assim.*

– Para de agir como se me conhecesse. – A voz dela subiu ao nível de um grito. – Nós não somos amigos. Não estamos namorando. *Você* é apenas um cliente, e foi *você* quem me forçou a vir para cá. Não tem o direito de agir como se fosse meu namorado nem de tentar mandar em mim.

– Estou tentando ajudar!

– Eu não preciso da sua ajuda!

Cada frase furiosa nos aproximava mais, até que ficamos a centímetros de distância, nossos peitos arfando e nossos corpos tremendo com a intensidade dos sentimentos. A animosidade ardia entre nós, alimentada por anos de frustração reprimida e uma centelha de algo muito mais perigoso.

Eu não sabia por que me importava tanto, e ela estava certa: eu não tinha nada a ver com sua vida, a não ser no que dizia respeito a trabalho, e estava mesmo sempre lhe dizendo para relaxar.

Mas não assim. Não quando sua motivação era a dor e não uma sede de liberdade.

– Você tem razão. Eu não te conheço. Mas eu conheço a Sloane, e a Sloane jamais se colocaria numa situação como aquela em que você estava.

A *Sloane* teria dado um pé na bunda daquele cara e arrastado você de lá do mesmo jeito que eu fiz.

Parte da minha intervenção foi egoísta, mas parte era fruto de uma preocupação legítima. Só Deus sabia que fotos e vídeos as pessoas haviam feito antes de eu tirá-la de lá.

Talvez eu estivesse exagerando, mas dane-se. Era melhor prevenir do que remediar. A reputação profissional de Sloane significava tudo para ela, que jamais se perdoaria se uma noite de bebedeira colocasse em risco o que levara anos para construir.

– Bem, talvez a Sloane nem sempre queira ser a Sloane. – Os saltos bambearam na areia fofa e ela soltou um palavrão antes de tirar os sapatos. – Além disso, eu *odeio* quando as pessoas falam de si mesmas na terceira pessoa.

Meu celular vibrou com uma ligação, mas ignorei.

– Para de fugir do assunto. O que aconteceu hoje à tarde? Por que você foi embora?

Poderia apostar toda a minha herança que o e-mail misterioso estava diretamente relacionado ao desejo dela de beber até cair.

Meu celular vibrou novamente. Encerrei a chamada sem olhar para a tela.

Sloane engoliu em seco. Ela parecia mais frágil sob o luar, seu cabelo tinha um brilho dourado em vez de loiro-gelo, seus olhos cintilavam com uma sinceridade cautelosa que só as profundezas da noite eram capazes de revelar.

Mais do que tudo, eu queria aquela sinceridade e, por extensão, a confiança que viria com ela.

Me deixa chegar perto, Luna.

Ela abriu a boca, mas um toque familiar a interrompeu. Sloane fechou os olhos e a fragilidade se transformou em um profissionalismo frio quando ela se virou para atender a ligação.

– Alô, Sloane falando.

Porra. Passei a mão pelo rosto, a frustração borbulhando sob a pele.

Nunca odiei tanto a invenção do celular quanto naquela noite.

– Sim, estamos… Entendo. – O tom dela mudou e um mau pressentimento arrepiou meu couro cabeludo. – Claro. Deixe comigo.

Sloane desligou e me encarou novamente.

Uma sensação pesada feito chumbo caiu no meu estômago. Eu soube o que ela ia dizer antes mesmo que falasse, mas isso não suavizou o impacto de suas palavras.

– É o seu pai – disse ela, os olhos sóbrios pela primeira vez desde que aparecera na boate. – Ele piorou. Não sabem se ele passa desta noite.

CAPÍTULO 11

Sloane

NADA COMO UM RISCO de morte para deixar uma pessoa sóbria na hora.

Depois que dei a notícia a Xavier, voltamos para a *villa* e começamos a fazer as malas. Não trocamos uma palavra durante a caminhada de volta ou durante o trajeto até o aeroporto.

Já era tarde, mas consegui acordar o piloto dele, que nos colocou no ar horas depois da ligação de Eduardo. Também antecipei o check-out do resort, deixei um breve bilhete para os amigos de Xavier e resolvi outras pequenas coisas enquanto o jovem Castillo se fechava em si mesmo.

Olhei para Xavier do outro lado do corredor. Ele dormia ou fingia dormir, mas mesmo que estivesse acordado seria impossível avaliar o que de fato pensava em relação ao estado do pai. Esse era o único tópico que o deixava completamente retraído.

Esfreguei a têmpora e tentei segurar meu parco café da manhã no estômago. Tinha conseguido dormir algumas horas após embarcarmos, mas uma ressaca terrível me impedia de descansar de verdade.

Pelo lado positivo, eu tinha muito trabalho para me distrair de tudo o que acontecera no dia anterior, além do e-mail do meu pai e minha discussão com Xavier.

Agora sóbria, estava agradecida por ele ter me impedido de passar ainda mais vergonha na boate, mas continuava não gostando da maneira como me tirara de lá, feito um homem das cavernas.

Não refleti muito sobre a leve agitação que senti na praia, que claramente foi resultado de muito álcool e nada mais.

90

Enquanto elaborava uma estratégia de imprensa para o caso da morte de Alberto Castillo, meu celular apitava sem parar com mensagens. Considerando que era madrugada em Nova York, não poderia ser um bom sinal, e uma rápida olhada em minhas mensagens confirmou isso.

Vivian: Passando para saber como você está. Me liga quando puder.
Alessandra: Divirta-se! Tome sangria por mim <3
Isa: Você tá muito gata! E o Xavier também ;) Boa, garota.

Meu café da manhã subiu pela garganta mais uma vez quando cliquei no link que Isabella enviou e vi as fotos espalhadas pela página inicial do site de Perry Wilson junto com a manchete escrita em um vermelho escandaloso:

Fora de controle! Assessora de imprensa de celebridades perde a linha na Espanha com cliente!

Em uma foto, eu conversava com Xavier enquanto ele estava sentado, me olhando com um sorriso divertido. A segunda imagem o mostrava me carregando no ombro para fora da boate.

A matéria em si era uma mistura de especulações e mentiras descaradas:

A rainha das relações públicas está supostamente tendo um caso com seu cliente mais infame há semanas, o que pode explicar por que o notoriamente imperturbável herdeiro dos Castillos se transformou em um homem das cavernas quando a viu dançando com outra pessoa na boate mais exclusiva de Maiorca...

Além disso, fontes afirmam que amigos de Castillo invadiram a escapadinha romântica secreta do casal, provocando uma discussão "explosiva" entre os dois e a um plano para deixar Castillo com ciúmes. Será que o plano deu certo? Veja você mesmo...

Havia mais fotos intercaladas com o texto, incluindo uma imagem granulada de nós dois na praia, outra de mim dançando com um cara qualquer e um close de Xavier confrontando o tal sujeito em cima da maldita mesa.

A raiva crescente transformou meu choque inicial em cinzas.

Esse Perry Wilson é um desgraçado. Provavelmente estava se vingando por eu ter feito com que fosse expulso da festa da Fashion Week da *Mode de Vie*, que todos sabiam ser a *melhor* festa para aqueles que queriam aparecer e se inteirar do que estava rolando na alta sociedade.

Eu não estava nem aí para o fato de ele ser o colunista de fofocas mais influente de Manhattan; eu ia arrancar o couro daquela criatura lamentável e usá-lo como tela para seu obituário.

Respondi às minhas amigas com uma breve mensagem dizendo que estava bem e que explicaria melhor mais tarde (e uma outra pedindo para Isabella continuar alimentando O Peixe enquanto eu estivesse na Colômbia). Estava prestes a mandar um e-mail para Perry e dar um esculacho nele quando Xavier acordou.

– Eu conheço esse olhar – disse ele, suas primeiras palavras em horas tomadas pela exaustão. – Quem te irritou?

Entreguei a ele meu celular com o artigo aberto. Xavier examinou o texto com uma expressão desinteressada.

– Ah.

Eu ainda estava irritada demais para dar muita atenção a seu desânimo incompreensível.

– É só isso que você tem a dizer?

– O que mais você quer que eu diga? É o Perry. É isso que ele faz. – Xavier deu de ombros e me devolveu o celular. – Além disso, ele é a menor das minhas preocupações no momento.

Minha raiva desmoronou como um castelo de cartas arrastado por uma súbita rajada de vento.

Estava tão acostumada a bater de frente com Xavier que era difícil mudar o tom do nosso relacionamento, mas depois que a fúria pela postagem passou, notei as sombras em seus olhos e o abrir e fechar aparentemente inconsciente de seus punhos. Era um Xavier diferente daquele retratado no portal de Perry, e causou uma estranha pontada entre minhas costelas.

– Notícia ruim chega rápido – falei com voz suave. – Você vai ter a chance de falar com o seu pai.

– Talvez. – Xavier abriu um leve sorriso antes de ficar sério novamente. – Nós éramos próximos, sabe, quando eu era mais novo. Eu era seu único filho, seu herdeiro. Minha missão era continuar o legado dele, e meu pai passava todo o tempo livre que tinha me preparando para isso. Visitas ao escritório, tutores, matrícula nas melhores escolas internacionais, onde eu poderia conhecer as pessoas com quem um dia faria negócios.

Emoções cruzavam seu rosto em uma rara demonstração de vulnerabilidade.

Continuei o encarando, com medo de respirar, mas incapaz de desviar o olhar, temendo que o mínimo movimento o assustasse e o fizesse se calar. Xavier nunca falava sobre o relacionamento com o pai, e esse vislumbre do passado deles me fascinava e, ao mesmo tempo, me entristecia.

– Mas nem tudo eram negócios – continuou ele. – Tínhamos dias normais de pai e filho. Ele me levava a jogos de futebol. Jantávamos em família e passávamos férias no exterior. Era ótimo. Aí…

Reprimi um reflexo involuntário de me encolher.

Eu sabia o que tinha acontecido depois. Todo mundo sabia.

– Minha mãe morreu – disse Xavier, seu belo rosto desprovido de emoção. – E tudo mudou.

Uma dor forte penetrou minhas defesas e se enterrou profundamente no meu coração.

Ele tinha 11 anos quando aconteceu. O incêndio que ceifou a vida de Patricia Castillo foi notícia internacional devido ao seu casamento com o homem mais rico da Colômbia, à destruição total provocada pelas chamas e à imagem viral de Xavier, então um pré-adolescente, sendo retirado do local pelos bombeiros.

A imagem foi destaque em todos os segmentos de TV e matérias sobre o incêndio. As autoridades descartaram a possibilidade de crime, mas os detalhes sobre como o fogo começou nunca foram esclarecidos.

– Você sente falta dela? – perguntou Xavier baixinho. – Da sua mãe.

Minha mãe morreu em um acidente de cavalo bizarro quando eu tinha 14 anos. O casamento de meus pais tinha sido por conveniência, não amor, e, ao contrário do pai de Xavier, que nunca deixou de lamentar a morte da esposa, o meu pai se casou novamente menos de dois anos depois de enterrar a primeira mulher.

Um tipo novo e diferente de dor floresceu.

– O tempo todo.

Aquela admissão pairou entre nós dois, formando um vínculo estranho e tênue que fez cada centímetro do meu corpo formigar.

Xavier relaxou os ombros, como se minhas palavras tivessem de alguma maneira tirado um peso deles.

Éramos diferentes em muitos aspectos, mas às vezes as pessoas só precisavam de um ponto em comum. Algo infinitesimal que as fizesse se sentir menos sozinhas.

Engoli em seco o nó que apertava minha garganta.

Éramos as únicas pessoas na cabine principal. Os comissários de bordo particulares estavam na cozinha, preparando o almoço, mas o tilintar distante de pratos e talheres logo desapareceu sob as batidas do meu coração.

Xavier e eu nos entreolhamos, ambos reconhecendo o lento redemoinho de tensão no ar, mas ambos fingimos não perceber.

Eu queria desviar o olhar. *Deveria* desviar o olhar, mas os olhos dele mantiveram os meus ali, fixos, toda aquela profundeza tumultuosa provocando uma emoção que não consegui identificar.

Engoli em seco de novo, e algo mais brilhou nos olhos escuros e quentes dele antes de descerem lentamente pelo meu rosto, traçando a linha do meu nariz, a curva da minha boca e a ponta do meu queixo antes de deslizarem pelo meu pescoço. Então o olhar dele pousou na base do meu pescoço, onde eu sentia meu pulso loucamente disparado.

O mesmo frio na barriga que senti durante nossas aulas de dança tomou conta de mim de novo. Só que daquela vez eu não podia culpar o álcool.

Estava totalmente sóbria e...

– Sr. Castillo, Srta. Kensington, gostariam de beber alguma coisa antes de servirmos o almoço?

A voz suave da comissária jogou um balde de água gelada no momento. A tensão se dissipou com um estalo inaudível quando Xavier e eu desviamos os olhares.

– Água. – O sorriso dele pareceu forçado. – Obrigado, Petra.

– Para mim também. – Dei um pigarro, afastando a rouquidão. – Obrigada.

Almoçamos em silêncio. No entanto, embora não tivéssemos voltado a falar sobre nosso passado, a sensação de conexão permaneceu.

Xavier e eu não éramos as primeiras nem as últimas pessoas a sentir falta de um pai ou uma mãe, mas a forma como reagíamos às nossas perdas e as máscaras que apresentávamos ao mundo... Talvez fôssemos mais parecidos do que imaginávamos.

CAPÍTULO 12

Xavier

GRAÇAS À DIFERENÇA DE fuso horário, chegamos a Bogotá antes do meio-dia.

O motorista do meu pai já estava à espera quando pousamos e nos conduziu pelas ruas sinuosas da cidade e pelos bairros densamente povoados com uma habilidade invejável.

Nasci na Colômbia, mas estudei no exterior a vida inteira. Passei mais tempo nos corredores dos internatos do que em casa, e só havia visitado minha cidade natal duas vezes desde que meu pai fora diagnosticado com câncer, no ano anterior.

A primeira foi após o diagnóstico. A segunda, pouco antes da viagem para Miami no meu aniversário, quando ele me convocou até lá e me repreendeu por não ter a capacidade de "proteger o legado da família" agora que ele estava morrendo.

Se havia uma pessoa capaz de usar a própria doença para manipular outras a fazerem o que ela queria, essa pessoa era Alberto Castillo.

– Xavier. – A voz de Sloane cortou meus pensamentos. – Chegamos.

Pisquei, a névoa suave das ruas se transformando em guaritas gêmeas e em uma equipe de segurança fortemente armada. Atrás dos portões de ferro preto, uma familiar mansão branca erguia-se por três andares, coroada por ladrilhos vermelhos e imensas janelas com treliças.

– Lar, doce lar.

O sarcasmo permeava minhas palavras, mas uma sensação de mal-estar fez meu estômago se agitar quando entramos.

A fumaça de décadas grudada nas paredes me causou náuseas.

Minha mãe morrera ali. Queimara viva exatamente naquele terreno, e, em vez de se mudar, meu pai reconstruiu a casa bem no local de sua morte.

As pessoas diziam que, à sua maneira mórbida, ele queria ficar perto dela, mas eu sabia a verdade. Era o jeito dele de me punir e garantir que eu jamais esquecesse quem era o verdadeiro vilão daquela casa.

– Você não precisa ficar – disse a Sloane. Seu cheiro limpo e fresco me alcançou, mascarando os indícios da fumaça. – Não me importo de reservar uma suíte para você no Four Seasons.

Sloane já havia visitado a casa de Bogotá a trabalho antes, mas, por baixo do brilho e do luxo, um peso encobria os alicerces da mansão. Não era possível que eu fosse o único a sentir isso.

– Já está tentando me expulsar? Temos um recorde.

– Você vai ficar mais confortável num hotel. – Passamos por um imenso retrato a óleo do meu pai, que parecia nos encarar com sua expressão severa de reprovação. – Foi só isso que eu quis dizer.

– Talvez. Mas prefiro ficar aqui.

Sloane olhava para a frente, seus passos decididos, mas um calor surgiu em meu peito mesmo assim.

Ela era espinhosa, rígida e acolhedora como um cacto. Ainda assim, de alguma maneira, conseguia fazer com que até as piores situações se tornassem mais toleráveis.

No entanto, o calor se transformou em gelo quando entramos no quarto do meu pai. Sua equipe havia transformado o cômodo em uma suíte hospitalar completa, equipada com o que havia de mais moderno em termos de tecnologia médica, um rodízio de enfermeiros e atendentes 24 horas por dia (que tinham assinado, todos eles, contratos de confidencialidade rígidos) e os melhores cuidados que o dinheiro podia pagar.

Mas esse era o problema da morte: ela chegava para todos. Jovens e velhos, ricos e pobres, bons e maus. Era o maior equalizador da vida.

E estava claro que, apesar dos bilhões de Alberto Castillo, ele estava à beira da morte.

A conversa cessou assim que os ocupantes do quarto me notaram.

Meu pai era o segundo mais novo de duas irmãs e um irmão. Estavam todos reunidos ali, junto com meus primos, o médico da família, o advogado da família e vários funcionários.

Eduardo foi o único que veio falar comigo, mas parou assim que segui em direção à cabeceira do meu pai.

O carpete era tão grosso que abafava até o maior ruído dos meus passos. Eu poderia muito bem ser um fantasma, deslizando silenciosamente até onde meu pai estava deitado, de olhos fechados, seu corpo frágil preso a uma série de tubos e monitores.

Em perfeita saúde, ele era um titã, tanto em reputação como em aparência. Dominava qualquer espaço em que entrava e era igualmente temido e reverenciado, até mesmo por seus concorrentes. Porém, durante o último ano, havia definhado, virando uma sombra de si mesmo. Havia perdido tanto peso que estava praticamente irreconhecível, e sua pele marrom parecia cera cinzenta sob os lençóis.

Uma corda serpenteou pelo meu peito, apertando cada vez mais...

– Ele sobreviveu à noite. – O Dr. Cruz apareceu ao meu lado, sua voz tão baixa que só eu podia ouvi-lo. – É um bom sinal.

Não tirei os olhos da silhueta imóvel diante de mim.

– Mas?

O Dr. Cruz cuidava da minha família desde que nasci. Alto e magro, ele parecia um pé de feijão de pele marrom, cabelos grisalhos e nariz proeminente; era o melhor médico do país.

No entanto, havia algumas coisas que nem mesmo o melhor médico era capaz de esconder, e eu o conhecia bem o suficiente para perceber sua hesitação.

– A situação continua crítica. É claro, vamos cuidar dele da melhor forma possível, mas... estou feliz por você ter conseguido chegar logo.

O que significava que a morte do meu pai era inevitável, e chegaria em breve.

A corda apertou ainda mais. Eu queria enfiar a mão em meu peito e arrancá-la. Queria sair correndo daquela merda de casa e nunca mais voltar. Queria *paz*, de uma vez por todas.

Mas não disse nada disso ao Dr. Cruz quando murmurei uma resposta genérica, nem a Eduardo quando ele veio me abraçar, nem aos meus tios, tias e primos, metade dos quais estava ali meramente pelo seu quinhão da fortuna do meu pai.

A única pessoa que não me sufocou com sua pena ou sua preocupação foi Sloane. Ela ficou perto da porta, respeitando a privacidade da família, mas próxima o suficiente para o caso de alguém precisar de alguma coisa.

Quando meu pai falecesse, ela que elaboraria o comunicado à imprensa e a estratégia de mídia. Eu já a conhecia bem, então ela já devia ter começado ambos.

Famílias normais enterravam os mortos e encaravam o luto. Famílias como a minha tinham que fazer *comunicados à imprensa*.

Aqui jaz Alberto Castillo, pai de merda e um prodígio em fazer as pessoas se sentirem culpadas. Emocionalmente abusivo, preferia que seu único filho tivesse morrido, mas pelo menos era um puta empresário.

O absurdo de tudo isso fez minha compostura ruir e não consegui segurar uma risadinha em meio à tagarelice de *tía* Lupe. Quanto mais eu tentava, mais meus ombros tremiam, até que minha tia parou de falar e me olhou, horrorizada.

Alguns dos meus primos tinham ido aproveitar a piscina ou o fliperama da mansão, mas o restante da família me observava como se eu tivesse matado seu animal de estimação favorito.

– Qual é a graça? – indagou *tía* Lupe em espanhol. – Seu pai está no leito de morte e você está rindo? Que falta de respeito!

– Engraçado você dizer isso, *tía*, considerando que só aparece quando quer que meu pai *pague suas contas*. Como está sua casa em Cartagena? Ainda fazendo aquela reforma de um milhão de pesos de que você tanto precisava? – Minha voz soou bem-humorada, mas com um toque evidente de frieza.

– Olha quem fala. Você é um pirralho mimado, que só desperdiça o dinheiro do meu irmão sem nunca…

– Lupe. Já chega. – Meu tio colocou a mão no braço dela e a afastou de mim com firmeza. – Agora não é hora.

Ele me lançou um olhar de desculpas e eu abri um sorriso fraco em resposta.

Ao contrário de *tía* Lupe, *tío* Martin era calmo, equilibrado e cauteloso. Ele vivia com a mesma meia dúzia de roupas o ano todo e não dava a mínima para o estilo de vida dos ricos. Eu não fazia a menor ideia de como ele tinha acabado com alguém como minha tia, mas dizem que os opostos se atraem.

– Não, a Lupe tem razão – disse *tío* Esteban, irmão mais velho do meu pai. – Qual é a graça, Xavier? Faz meses que você não vem em casa. Você se recusou a assumir a empresa, então o coitado do Eduardo está tendo que fazer o seu trabalho. Vive envolvido em fofocas, fazendo festas e desperdiçando Deus sabe quanto dinheiro. Eu falei para o Alberto cortar sua mesada há muito tempo, mas não, ele se recusa. – *Tío* Esteban balançou a cabeça. – Eu não sei no que ele estava pensando.

Eu sabia. O dinheiro era outra forma de controle, e a ameaça de me deserdar lhe concedia mais poder do que o ato em si. Se ele realmente cortasse minha mesada, pronto. Eu estaria livre.

Eu poderia ter cortado relações com a família, mas sendo sincero: eu era um hipócrita. Reclamava da Lupe por usar meu pai como caixa eletrônico, mas fazia o mesmo. A diferença era que eu admitia.

O dinheiro era uma prisão, mas era tudo que eu tinha. Sem ele, o Xavier Castillo que o mundo conhecia deixaria de existir, e a possibilidade de perder o único valor que eu tinha era mais assustadora do que viver o resto da vida numa gaiola dourada.

– Ah, você conhece o Alberto. – *Tía* Lupe bufou. – Sempre apegado à ideia romântica de que meu querido sobrinho um dia deixará de ser uma decepção. Sinceramente, Xavier, se a sua mãe estivesse viva, ela ia odiar…

A frase foi interrompida por um grito agudo quando a agarrei pela frente da camisa e a puxei na minha direção.

– Não abra a boca pra falar da minha mãe – disse, minha voz enganosamente suave. – Você pode ser da família, mas às vezes isso não basta. Você me entendeu?

Minha tia estava de olhos arregalados e, ao falar, suas palavras saíram trêmulas.

– Como você ousa… Me solte agora mesmo ou…

– *Você. Me. Entendeu?*

A pena do seu chapéu ridículo estremecia com uma intensidade crescente. O fato de ninguém, nem mesmo seu marido, tentar intervir era uma prova de quanto a mulher era antipática.

– Entendi – respondeu ela.

Eu a soltei e ela voltou para o lado do *tío* Martin.

– Com licença. – O toque frio de Sloane acalmou a fúria que ardia dentro de mim. – Eu e o Xavier precisamos discutir alguns assuntos de imprensa em particular.

Eu a acompanhei para fora do quarto, passando pelo olhar vingativo da minha tia, pelo cenho franzido do Dr. Cruz e por uma série de outros julgamentos silenciosos.

Como se eu me importasse.

Ainda bem que não era o caso.

Sloane me levou até o escritório do meu pai, no fim do corredor, fechou a porta quando entramos e me encarou, sua expressão sem revelar um pingo de emoção.

– Já terminou?

– Ela mereceu.

– Essa não foi minha pergunta. – Quatro passos a trouxeram para perto. – Já. Terminou? – Ela enunciou cada palavra com precisão.

Retesei o maxilar.

– Já.

O que eu fiz foi inteligente? Provavelmente não. Mas foi muito bom.

De todos os membros da minha família, *tía* Lupe era a *última* pessoa a ter direito de falar sobre o que minha mãe pensaria. As duas nunca se deram bem. *Tía* Lupe sempre vira minha mãe como uma concorrente para o tempo e o dinheiro do meu pai – o que era perturbador em muitos aspectos –, e minha mãe não gostava do fato de a cunhada se dar tanta importância.

– Ótimo, porque, se você já terminou, agora é minha vez de falar.

Sloane deu um tapinha no globo sobre a mesa do meu pai. Alfinetes vermelhos marcavam todos os países onde a cerveja do Castillo Group tinha a maior participação de mercado.

Metade do globo estava vermelho.

– Isso aqui é a sua herança – disse ela. – Um império global. Milhares de funcionários. *Bilhões* de dólares. Você é o único herdeiro direto do Castillo Group e, mesmo que recuse um cargo corporativo, seu nome tem peso. Sempre haverá pessoas querendo te derrubar, tirar coisas de você, pegar o que acham que merecem. Algumas dessas pessoas estão no fim desse corredor. O *seu* trabalho – disse ela, enfiando um dedo no meu peito – é ser inteligente. Este é um momento crucial, não só para a saúde do seu pai, mas também para o seu futuro. Se ele morrer, vai ser um caos, independentemente do que diga o testamento. Então, a menos que você esteja disposto a abrir mão da sua herança e trabalhar pela primeira vez na vida, controle as suas mãos e o seu temperamento.

Ao contrário de antes, seu toque queimou.

Minha indignação desapareceu sob seu olhar firme. Não era uma questão de crueldade ou falta de empatia; ela estava sendo prática e, como sempre, estava certa.

– Mandando a real, Luna – falei lentamente. – Você é boa nisso.

Eu me afastei dela e fui em direção ao globo. Girei-o preguiçosamente, observando as Américas passarem, seguidas pela Europa e pela África, depois pela Ásia e por fim pela Oceania.

Parei quando a América do Sul reapareceu e arranquei o pin da Colômbia. Espetou meu polegar, mas praticamente não senti.

– Você já desejou que alguém morresse? – perguntei baixinho. – Não estou falando em sentido figurado ou num momento de raiva. Tipo, você já ficou acordada a noite toda sonhando com um mundo que ficaria muito melhor se uma pessoa específica não existisse?

Isso era o mais perto que eu já tinha chegado de compartilhar meus pensamentos mais sombrios, e os segundos tensos que vieram depois soaram como martelos derrubando minhas muralhas.

O relógio vertical de pêndulo em madeira maciça no canto era um dos bens mais queridos do meu pai. Feito de jacarandá esculpido, com entalhes ornamentados, face trabalhada em prata cinzelada e números entalhados por um famoso ourives de Londres, o relógio tinha custado mais de 100 mil dólares em um leilão, e a imponente sentinela parecia um avatar de sua reprovação.

Uma brisa roçou minha pele quando Sloane estendeu a mão para o alfinete.

– Já. – Os dedos dela roçaram minha mão por um único, longo segundo antes de ela enfiar o alfinete de volta no globo. – Isso não nos torna pessoas más, nem é uma desculpa. Nem sempre podemos controlar nossos pensamentos, mas podemos controlar o que fazemos.

O olhar dela passou da superfície do globo antigo para o meu rosto.

– A questão, então, é… O que você vai fazer?

CAPÍTULO 13

Sloane

A MANSÃO DOS CASTILLOS ficou tomada de melancolia ao longo das 24 horas seguintes, enquanto o patriarca pairava no precipício entre a vida e a morte. A equipe trabalhava mais devagar, a família falava mais baixo e a luz do sol que entrava pelas janelas se desvanecia assim que atingia o ar tenso da casa.

Fiquei fora do caminho de todos, exceto de Xavier.

Eu não lidava bem com bilionários temperamentais nem era particularmente boa em confortar as pessoas. No entanto, não consegui deixá-lo afundar sozinho, e foi por isso que acabei procurando por ele na mansão com reforços em mãos.

Eu tinha algum tempo livre: havia terminado o comunicado à imprensa na noite anterior e nenhum meio de comunicação importante ficara sabendo do artigo de Perry sobre minhas desventuras na Espanha. Eu não era uma celebridade, mas aquela falta de repercussão era suspeita. Mesmo assim, aceitei esse presente do universo; já tinha problemas de verdade suficientes, não precisava criar problemas hipotéticos.

Finalmente encontrei Xavier acampado na sala, assistindo a um documentário da ESPN sobre os melhores atletas do mundo. Ele estava com um braço apoiado no encosto do sofá, enquanto o outro segurava uma garrafa da bebida que era a marca registrada do Castillo Group.

Cabelo despenteado, um conjunto de caxemira, camiseta de trezentos dólares.

Aquele era o (nada) bom e velho Xavier.

Uma espécie de alívio brotou em meu peito. Pelo menos ele não estava agindo *totalmente* fora do normal.

– Desculpa, Luna, você vai ter que achar outra TV para as suas comédias românticas – disse Xavier sem desviar os olhos da tela. – Essa está ocupada.

– Eu sei. Não vim ver filme. – Sentei-me ao lado dele e descarreguei minha braçada de mercadorias na mesinha de centro. – Eu vim para te ver.

Ele olhou para mim com aparente surpresa antes de ficar neutro de novo.

– Por quê?

– Você precisa comer. – Olhei para as garrafas de cerveja vazias espalhadas ao nosso redor. – E beber alguma coisa *sem* álcool.

– Você veio me alimentar e me hidratar? – Uma pitada de diversão se entremeou ao tom confuso de Xavier.

– Como se você fosse um animal de estimação irritante do qual tenho que cuidar. Aqui.

Coloquei uma garrafa de água em sua mão e um prato de empanadas caseiras em seu colo. Ele sibilou e rapidamente levantou o prato de suas pernas, apenas para pousá-lo de volta com a mesma rapidez.

– Meu Deus, isso está *quente*.

– Então é melhor você comer logo, antes que elas queimem seu apêndice favorito – respondi em tom inocente.

Ele deu uma risada fraca e pegou uma empanada.

– É a especialidade da Doris e meu lanche favorito. Como você sabia?

– Não sabia. Vi que você não estava comendo, então perguntei se ela podia fazer alguma coisa para você, e ela fez isso.

Junto com a admissão veio um leve tremor: uma vibração elétrica que zumbiu entre nós e engoliu a leveza que havia no ar.

Aquele sorriso fraco desapareceu do rosto de Xavier. Uma onda de calor subiu até a boca do meu estômago e inconscientemente me remexi no assento sob seu olhar ardente.

– Obrigado – disse ele em um tom estranho. – Foi muito… atencioso da sua parte.

Respondi com um sorriso tenso, torcendo para ele não reparar no rubor do meu rosto. Ocorreu-me que talvez eu tivesse sido a única pessoa a se preocupar com o bem-estar de Xavier desde que ele chegara – todos os outros estavam ocupados demais ou não se importavam – e essa constatação despertou em mim uma onda conflitante de emoções.

Ele era adulto. Não precisava de ninguém cuidando dele, mas fiquei feliz quando comeu as empanadas e bebeu a água sem reclamar.

– Você trabalha para quantos deles?

Xavier apontou para a tela com o queixo, onde uma galeria de atletas superfamosos se alternava na tela. Eles representavam os melhores e mais brilhantes jogadores de todas as principais ligas esportivas profissionais do ocidente. NFL, NBA, MLB, Premier League, La Liga e por aí seguia.

Cruzei as pernas, ainda um pouco nervosa pela reação que ele me causara. *É isso que acontece quando não durmo o suficiente.*

– Um.

Uma voz de barítono relatava a ascensão meteórica de Asher Donovan enquanto eram exibidas imagens de sua adolescência e dos primeiros anos no clube, culminando com o lendário gol do meio do campo contra o Liverpool, que o catapultou para a fama.

Olhei de relance para Xavier enquanto a tela mudava para as manchetes sobre a transferência histórica de Asher para o Blackcastle.

– Mas você já sabia disso.

Xavier abriu um sorriso torto.

– Claro. Mas espero que eu continue sendo seu favorito.

Apesar de sua aparência desgrenhada, ele cheirava a sabonete e roupa lavada. Xavier se estendeu para pegar um guardanapo, sua perna roçando na minha, e o calor subiu da minha coxa até meu estômago.

– Prova uma. – Xavier usou o guardanapo para pegar uma empanada e me passou. – Ninguém sabe o que é a vida até comer uma empanada da Doris.

Dei uma mordida hesitante. A massa tenra e amanteigada derreteu na minha boca, seguida por uma rica explosão de sabores. Carne moída, tomate, cebola, alho. Tudo perfeitamente temperado e perfeitamente equilibrado com a massa.

– *Uau* – falei, um pouco atordoada. Já fazia um tempo que eu não comia algo tão simples mas tão gostoso. – Você não estava exagerando.

– Te falei. – As covinhas de Xavier apareceram de surpresa. – Pega mais uma. Ela adora fazer empanadas. Diz que a deixa mais calma.

– Eu não estou com fome.

– Você almoçou ou tomou café da manhã?

Não.

– Eu trouxe a comida para você.

– Sim, e eu estou dividindo com você. – Ele empurrou o prato na minha direção. – Faço questão.

Xavier não relaxaria até que eu aceitasse, então peguei outra empanada e me acomodei melhor no sofá. Dividir comida era um ato simples e platônico que as pessoas faziam todos os dias, então por que minha barriga parecia um freezer na produção de friozinhos?

Mantive o olhar fixo na televisão até terminar de comer e limpar as migalhas das mãos.

– O que foi? – perguntei quando ele continuou olhando para mim em vez de para a TV.

– Você ainda está usando a pulseira.

Ele passou a mão na pulseira de Pen, e meus músculos instintivamente ficaram tensos. Não era o acessório mais corporativo, mas eu podia facilmente escondê-la com mangas compridas.

– Vai me contar quem te deu esse presente misterioso?

– Eu te conto no dia em que você arrumar um emprego.

Sua risada grave fez o frio na barriga virar gelo.

– *Touché.*

Xavier baixou a mão e eu voltei a respirar melhor.

– Quando eu era criança, achava que seria o novo Maradona – disse ele. – Infelizmente, eu estava mais interessado em sair com os meus amigos do que em treinar.

– Sério? Jamais diria.

O mais triste era que eu tinha certeza de que ele *poderia* ter se tornado profissional, se tivesse investido tempo e esforço. Era isso que me irritava nele, e era esse o motivo de eu ser mais dura com Xavier do que com qualquer outra pessoa. Ele não era meu cliente mais grosseiro ou mais mimado, mas era o que tinha o maior potencial desperdiçado.

– Pelo menos sou consistente. – O sorriso não alcançou seus olhos. – Sempre dá para contar comigo para se divertir.

Talvez. Mas, sob os banhos de champanhe e as festas em iates, até que ponto ele estava realmente se divertindo?

– Então me conta – disse ele quando o documentário passou de Asher para LeBron James. – Que esporte você praticava na infância?

– Por que você acha que eu praticava algum esporte?

– Sloane. – Xavier me olhou de lado de um jeito que me fez sorrir automaticamente. – Você é muito competitiva para não ter sido capitã de uns três times.

Verdade.

– Tênis, vôlei e golfe – admiti. – Tentei futebol, mas não era para mim. Mas a minha irmã adora.

Deixei a última parte escapar sem querer, e Xavier se animou como um predador farejando a presa.

– Sua irmã? – Um brilho especulativo tomou seus olhos. – Georgia, não é?

Merda. Eu nunca mencionava minha família, então não o julguei por ficar curioso, mas ouvir o nome dela saindo da boca dele fez as empanadas voltarem.

– Não. – A ideia de Georgia jogar futebol era ridícula. – Minha outra irmã, Penelope.

Xavier franziu as sobrancelhas.

– Eu não sabia que você tinha outra irmã.

– Quase ninguém sabe.

Pen era jovem e ainda não tinha feito sua estreia oficial na alta sociedade, e George e Caroline pagavam uma fortuna para manter tanto ela quanto sua condição de saúde longe da imprensa.

– Ela é minha meia-irmã – expliquei. – Mesmo pai, mães diferentes. Tenho quase certeza de que ela assistiu todos os jogos de futebol do mundo pela TV. Eu dei pra ela uma camisa autografada pelo Donovan, quando ela fez 7 anos, um tempo atrás, e você precisava ver o sorriso dela.

Meu coração apertou com a lembrança. Seu aniversário tinha sido semanas antes do diagnóstico de SFC. Fomos juntas a uma partida local enquanto George estava no trabalho e Caroline estava em um almoço beneficente. Nunca mais vi minha irmã tão feliz.

– Quantos anos ela tem agora? – perguntou Xavier.

– Nove.

– Dois anos atrás.

Ele me olhava de forma intensa, e me dei conta do meu erro.

Eu havia rompido com a minha família cinco anos antes. Basicamente, tinha acabado de admitir que vinha infringindo os termos do afastamento familiar.

Vivian, Isabella, Alessandra e agora Xavier. Além de Rhea e da própria Pen, eu podia contar nos dedos de uma mão o número de pessoas que sabiam que eu tinha contato com a minha irmã.

O pensamento deveria ter me aterrorizado, mas algo em Xavier silenciou minhas preocupações habituais. Meu instinto me dizia que ele era capaz de guardar segredo, e, embora eu não confiasse cem por cento em meu instinto no que dizia respeito a ele, Xavier compartilhara o suficiente das próprias vulnerabilidades para eu me sentir disposta a oferecer a ele essa parte de mim sem muita resistência.

Mesmo assim, ergui o queixo e encontrei seus olhos, desafiando-o a seguir em frente com sua linha de pensamento.

– Sim.

Xavier não vacilou sob a intensidade do meu olhar.

– Ela está quase na casa dos dois dígitos – disse ele. – Grande marco.

Então, o que está achando de fazer 9 anos? Está quase chegando aos dois dígitos.

Senti a pressão na garganta aumentar. Eu não falava sobre Pen com ninguém além de Rhea havia tanto tempo que uma conversa sobre algo tão simples como a idade dela estava me fazendo perder a compostura.

Durante anos, aquele segredo havia borbulhado dentro de mim. Eu precisava de uma válvula de escape e, de alguma maneira (a mais inesperada), a encontrei em Xavier Castillo.

Ele não perguntou detalhes sobre Pen ou por quanto tempo eu estava em contato com ela. Não perguntou se eu falava com mais alguém da família. Ele não perguntou nada.

Simplesmente me observou com seus olhos escuros e insondáveis, e a força invisível que me levara até ali surgiu novamente, incitando-me a confiar nele e deixar alguém se aproximar de verdade pela primeira vez.

Meu instinto de autopreservação lutou ferozmente.

Momentos de conexão eram uma coisa. Abrir-se para alguém era algo completamente diferente.

Por sorte, fui salva de tomar uma decisão quando uma sombra familiar se espalhou pelo chão.

Eu me endireitei, entrando no modo trabalho enquanto Xavier ficava visivelmente tenso.

– É o seu pai. – Eduardo foi direto ao assunto. – Ele acordou.

Xavier

ME DEIXARAM SOZINHO com ele.

Meu pai não estava disposto a receber muita gente, então o Dr. Cruz obrigou todo mundo a ficar no corredor enquanto eu... bem, eu não sabia o que deveria fazer.

Fazia tempo que eu não tinha nada para dizer a ele.

Mesmo assim, parei ao lado de sua cama, meu coração batendo acelerado quando seus olhos escuros se fixaram nos meus.

– Xavier.

Seu sussurro fraco me causou um frio na espinha. Na última vez que o vi, ele estava falando normalmente e eu pude fingir que o status quo ainda estava intacto. Mesmo que o status quo fosse uma merda, havia conforto na familiaridade.

Mas naquele momento? Eu não sabia o que fazer com aquele homem ou aquela situação. Deveria perdoar e esquecer porque ele estava com uma doença terminal? Os últimos momentos de sua vida apagavam os momentos da minha em que ele me infernizou? O que um filho deveria dizer a um pai que ele deveria amar mas odiava?

– Pai – disse, forçando um sorriso, que saiu mais como uma careta.

Seu olhar remelento foi do meu cabelo despenteado pelo sono até a ponta do meu tênis. Subiu e pousou em minhas calças de moletom.

– *Esos pantalones otra vez.* – *Essas calças de novo.*

Tensionei a mandíbula. Claro que nossa primeira interação em meses giraria em torno da reprovação dele. *O status quo segue vivo e respirando.*

– Você me conhece. – Coloquei a mão no bolso e abri um sorriso casual. – Sempre tentando desagradar.

– Você é o herdeiro dos Castillos – retrucou ele em espanhol. – Aja como tal, ainda mais... – Uma crise de tosse fez seus pulmões chiarem. Quando finalmente cessou, ele respirou fundo antes de continuar. – Ainda mais quando eu não devo ter nem mais uma semana de vida.

A mão no meu bolso se fechou. Era a primeira vez que meu pai reconhecia sua mortalidade, e foi necessária toda a minha força de vontade para não reagir.

– Já tivemos essa conversa várias vezes – respondi. – Não vou assumir o controle da empresa.

– Então o que você vai fazer? Viver do meu dinheiro para sempre? Criar mais uma... – Ele tossiu novamente. – Criar mais uma safra de degenerados que vão acabar com a fortuna da família?

Os monitores apitaram com o aumento de seus batimentos cardíacos.

– Cresça, Xavier – disse ele de maneira áspera. – É hora de você... – Dessa vez, uma tosse seca o deixou fora de serviço por um minuto inteiro. – É hora de você ser útil, pelo menos uma vez na vida.

– Você quer que eu, alguém que não deseja e *nunca* vai desejar essa função, seja CEO? Dizem que você tem bom senso para os negócios, pai, mas até consigo ver que essa não é uma boa estratégia.

Sua tosse se transformou em uma risada catarrenta.

– Você? Virar CEO do Castillo Group desse jeito? Não. Seria melhor deixar o cachorro da Lupe no controle. – Os olhos do meu pai deslizaram para a porta fechada. – O Eduardo vai treinar você. É o seu legado.

Minha mão doeu com a força do meu aperto.

– Não, não é. É o *seu*.

Talvez fosse insensível discutir com um homem moribundo, mas nosso relacionamento era exatamente assim: ele tentando me forçar a entrar em um molde no qual eu não me encaixava; eu resistindo.

Houve um tempo em que eu realmente tentei. Antes de a minha mãe morrer, eu aproveitava ao máximo todo o tempo que passava com ele, fosse em um jogo de futebol ou em seu escritório. Valorizava muito os sonhos, os tapinhas nas costas, as conversas sobre um futuro compartilhado. Eu daria continuidade ao legado da família e seríamos os donos do mundo.

Isso foi antes de nos tornarmos o vilão na história um do outro.

– Seu ou meu, é tudo a mesma coisa.

Meu pai franziu os lábios: aquela ideia era tão atraente para ele quanto para mim.

Olhei os jardins pela janela. Além deles, ficava o resto de Bogotá, da Colômbia e do mundo.

Em nossa casa, a tradição criava um calabouço no qual nenhuma mudança entrava e do qual nenhum membro escapava. Eu tinha chegado perto, mas um medo incômodo me prendia ao terreno, da mesma forma que uma maldição aprisionava espíritos ao plano dos mortais.

Fazia um dia que eu estava ali e já estava sufocando.

Precisava de uma lufada de ar fresco. *Só uma.*

– Sua mãe deixou uma carta para você.

Sete palavras. Uma frase.

Foi o suficiente para destruir minhas defesas.

Voltei minha atenção para a cama, onde meu pai sorria, todo satisfeito. Por mais fraco que estivesse, ele estava de volta ao controle e sabia disso.

– Ela escreveu quando você nasceu – disse ele, cada palavra caindo sobre mim como pedras em uma avalanche. – Ela queria te dar no seu aniversário de 21 anos.

Meus ouvidos pareceram zumbir até que as implicações do que ele estava dizendo caíram ao meu redor e explodiram. Nuvens em forma de cogumelo ondulavam no ar, roubando o meu fôlego.

Tudo dela tinha sido destruído no incêndio: fotos, roupas, lembranças. Qualquer coisa que pudesse me fazer lembrar dela tinha sido extinta.

Mas se minha mãe tinha escrito uma carta… meu pai não a mencionaria a menos que estivesse intacta. E se a carta estava intacta, significava que uma parte da minha mãe continuava viva.

Engoli a emoção ardendo em minha garganta.

– Já passou muito do meu aniversário de 21 anos.

– Eu não me lembrava dessa carta. Foi há muito tempo.

A voz dele estava falhando. Não tínhamos muito tempo até que ele apagasse novamente, mas eu precisava saber sobre a carta. Como não havia queimado junto com o resto das coisas dela? Onde estava? Mais importante ainda: o que havia nela?

– Ela guardou em um dos nossos cofres. – Outra respiração ofegante. – Santos encontrou quando estava organizando meus negócios.

Santos era o advogado da família.

O cofre explicava por que a carta estava intacta, mas deu origem a outra série de perguntas.

– Quando ele a encontrou? – perguntei baixinho.

Fazia quanto tempo que meu pai escondia aquilo de mim, e por que tinha decidido me contar justo naquele momento?

Ele desviou o olhar.

– Primeira gaveta da minha mesa – arfou ele.

Seus olhos se fecharam e sua respiração se estabilizou em um ritmo mais lento.

Um mau pressentimento cravou as presas em mim enquanto eu olhava seu corpo. Ele estava pele e osso, tão frágil que eu poderia quebrá-lo ao meio com uma mão, mas, no verdadeiro estilo Alberto Castillo, exercia um controle indevido sobre mim, mesmo em seu leito de morte.

O quarto estava estranhamente silencioso, apesar dos monitores, e uma sensação de frio me seguiu quando por fim me virei e saí.

Minha família havia se dispersado do corredor, cansada de esperar. Apenas o Dr. Cruz e Sloane permaneciam do lado de fora da porta.

– Vou ver como está o seu pai – disse o médico, astuto o suficiente para perceber meu humor volátil.

Ele entrou no quarto e a porta se fechou com um clique suave. A preocupação obscurecia o rosto de Sloane. Ela abriu a boca, mas passei por ela antes que pudesse dizer uma única palavra.

Um estranho silêncio se instalou no corredor, abafando todos os ruídos, exceto o som dos meus passos.

Toc.

Toc.

Toc.

O corredor se dividia em direções opostas no final. À esquerda ficava o meu quarto; à direita, o escritório do meu pai.

Eu deveria me retirar para o meu quarto. Não estava com cabeça para ler a carta, e parte de mim se preocupava que *não houvesse* uma carta. Eu não duvidava que meu pai fosse capaz de fazer uma brincadeira de mau gosto, criando esperanças em mim apenas para destruí-las em seguida.

Virei para a esquerda e dei dois passos antes que a curiosidade mórbida me fizesse repassar toda a confissão do meu pai na cabeça.

Sua mãe deixou uma carta para você.

Primeira gaveta da minha mesa.

Parei de repente e fechei os olhos com força. *Merda.*

Se eu fosse esperto, não daria a ele a satisfação de morder a isca. Mas aquela era a minha chance de talvez ter uma parte da minha mãe nas mãos outra vez, e, mesmo que ele estivesse mentindo, eu precisava saber.

Dei a volta no corredor e entrei no escritório dele. A primeira gaveta estava destrancada e uma mistura densa de pavor, expectativa e ansiedade revirou meu estômago quando eu a abri.

A primeira coisa que vi foi um relógio de bolso de ouro. Debaixo dele, um envelope amarelado estava encostado na madeira escura.

Abri o envelope com a mão trêmula, desdobrei a carta lá dentro... e lá estava. Uma página preenchida com a letra fluida da minha mãe.

Senti um nó na garganta.

A emoção tomou conta de mim, rápida e violenta como uma tempestade de verão, mas não tive chance de sentir alívio antes de começar a ler.

Só então entendi exatamente por que meu pai me contara sobre a carta.

CAPÍTULO 14

Sloane

APÓS AQUELE BREVE MOMENTO de lucidez, a condição de Alberto piorou. Ele entrou em coma no dia seguinte, e, dessa vez, o médico pareceu menos otimista quanto às suas chances de sobreviver aos dias seguintes.

Tanto a família quanto eu começamos a nos preparar para o pior. Enquanto eu monitorava loucamente a imprensa em busca de vazamentos, um padre chegou para fazer a extrema-unção, e a família de Xavier cercava o advogado toda vez que ele aparecia na casa. Às vezes, à noite, eu podia jurar que ouvia um choro fantasmagórico.

Como eu não era uma pessoa supersticiosa, acreditei que era o vento. Também não me importava de trabalhar pesado. Isso me mantinha distraída do e-mail do meu pai, que eu havia apagado sem dar resposta.

O próprio Xavier não voltou para o lado do pai. Eu não sabia sobre o que eles tinham conversado quando Alberto despertou, mas Xavier mal havia saído do quarto desde então. Nem mesmo um convite para assistir a uma comédia romântica e beber um shot toda vez que a protagonista desajeitada fizesse alguma trapalhada o tirou de sua reclusão.

No sábado, eu já estava farta. Era hora de resolver o problema com minhas próprias mãos.

Atravessei o corredor e parei na frente do quarto de Xavier. Havia convencido a governanta-chefe a me emprestar sua chave mestra, mas uma pitada de apreensão me atingiu quando bati e não obtive resposta.

Eu não esperava mesmo que ele respondesse, mas aquilo não impediu minha mente de evocar as piores imagens possíveis do que poderia haver do outro lado da porta.

Pilhas de garrafas vazias e sujeira. Drogas. Xavier morto de overdose.

Nunca tinha ouvido o nome dele associado a uso de drogas, mas havia uma primeira vez para tudo.

A apreensão aumentou quando inseri a chave na fechadura. Um giro e a porta se abriu, revelando…

Mas que porra é essa?

Fiquei boquiaberta diante da cena à minha frente. Não foi a cama impecavelmente arrumada ou as cortinas abertas que me chocaram. Não foi nem a ausência de comida e álcool à vista.

Foi a imagem de Xavier… desenhando?

Ele estava sentado perto da janela, seu foco inabalável apesar da minha entrada. O cavalete à sua frente continha uma grande folha de papel coberta com o que parecia ser o desenho de uma sala de estar. Ao lado dele, uma pequena montanha de bolas de papel amassadas cobria o chão.

Ele parecia incrivelmente centrado para alguém que, até minutos antes, eu tinha certeza de que estava em franca degradação. Seu cabelo cintilava, espesso e brilhante à luz do sol; uma mecha perdida caía sobre um olho, roçando sua bochecha e suavizando as linhas bem marcadas de seu rosto. Ele usava uma camiseta cinza lisa e uma calça jeans que se moldavam ao corpo, como se tivessem sido feitas sob medida, e seu bíceps flexionava a cada movimento do lápis.

Um arrepio repentino desceu pela minha coluna.

Não fazia ideia de por que estava notando aquelas coisas em Xavier, mas do ponto de vista puramente físico, ele era…

Para. Se controla. Eu me contive antes que meus pensamentos vagassem por caminhos impróprios. Claramente, eu estava trancada naquela mansão havia tempo demais, se estava me sentindo atraída justamente pelos *braços* dele.

Eu tinha ido até ali para ver como Xavier estava, *não* para cobiçá-lo.

– Você tem o hábito de invadir meu quarto, Luna – disse ele sem tirar os olhos da tela. – O que foi agora?

Eu me forcei a esquecer o leve zumbido elétrico em minhas veias e fui na direção dele. Meus saltos ecoaram contra o piso de madeira polida, o som um alívio bem-vindo de… outras distrações.

– Não sei do que você está falando.

Me aproximei de Xavier enquanto ele desenhava um conjunto de bancos em volta de um balcão curvo. Não era nada digno de Picasso, mas era melhor do que qualquer coisa que eu fosse capaz de desenhar. Além disso, com base nas anotações no canto superior esquerdo, ele estava mais focado no brainstorming do que na questão artística.

CONSIDERAR: PROFUNDIDADE / ALTURA DO BALCÃO, ESPAÇO ATRÁS DO BALCÃO
ESPAÇO FLEXÍVEL PARA VERÃO / INVERNO
IDENTIFICAR ÁREAS DE TRÁFEGO INTENSO

Meu coração vacilou quando entendi do que se tratava e senti uma onda de surpresa.

Não era o esboço de uma sala de estar. Era a planta de um bar.

– Estou falando do esporro. – Xavier sombreou um dos bancos, a voz monótona e livre da sua habitual irreverência. – Pode falar que eu devia passar tempo com o meu pai e fazer as pazes, em vez de fugir das minhas obrigações. Ou que eu deveria estar me preparando para assumir o controle da casa depois que ele morrer, e que sou cruel por não me importar se ele vai morrer ou não. – Ele passou para a parte de trás do balcão. – Você não vai ser a primeira nem a última a dizer essas coisas.

Eu deveria falar. Em qualquer outra situação, eu *teria* feito isso, mas algo me impediu.

Não era meu trabalho policiar o modo como outras pessoas processavam sua dor (ou a ausência dela), e o mau humor de Xavier me incomodava mais do que eu gostaria de admitir.

Eu não tinha percebido o quanto estava acostumada com seu otimismo irritante mas familiar, até que essa afabilidade desapareceu.

– Você nunca me disse que era designer – comentei, ignorando deliberadamente os tópicos que ele havia mencionado.

Sua mão parou por não mais que um breve momento antes de ele voltar a desenhar.

– Não sou. É só uma coisa que eu faço para passar o tempo.

Peguei uma bola de papel descartada no chão e a desdobrei. Era uma variação do esboço atual. Assim como a folha que peguei em seguida, e a próxima.

– Interessante. Porque, para mim, parece que você está tentando aperfeiçoar uma planta.

Xavier contraiu o maxilar.

– Existe algum motivo para você ter invadido o meu quarto de novo ou você só está entediada?

– Eu queria ver como você está.

A resposta escapou sem pensar, mas era verdade.

Apesar de seus defeitos, Xavier era humano. Irritante, sim, mas ele não era malicioso ou mesquinho, e era mais complexo do que a versão despreocupada que exibia para o mundo.

Além disso, eu entendia muito bem as complexidades de um relacionamento tenso com o próprio pai. Conseguia imaginar a dificuldade dele para conciliar os sentimentos em relação ao pai e a perspectiva de perder o único parente próximo que lhe restava.

Xavier finalmente olhou para mim.

– Será que eu ouvi direito? Sloane Kensington veio saber como eu estou *por vontade própria*? – Uma pitada de provocação surgiu em seu tom, restaurando uma sensação de normalidade.

O alívio tirou o peso dos meus ombros. Eu era capaz de lidar com Xavier sendo pouco cooperativo, mas não com o humor sombrio.

– Não força a barra. – Meu tom foi mais frio, mas sem agressividade. – Eu só quero garantir que você não faça nenhuma burrada. É o meu trabalho.

Xavier me encarou por um momento, fazendo meu estômago revirar de uma maneira estranha, antes de retornar à folha de desenho.

– Achei que seu trabalho fosse lidar com os abutres.

Os abutres, também conhecidos como a imprensa.

Notícias sobre a saúde debilitada de Alberto tinham vazado depois que alguém avistou o padre entrando na propriedade, e, naquele momento, enquanto conversávamos, havia uma dúzia de repórteres acampados em frente aos portões.

Até então, eu os havia mantido sob controle, mas, se Alberto morresse, seria caótico, principalmente porque ele não tinha um herdeiro definido. Eduardo era um CEO interino e Xavier havia lavado as mãos em relação às obrigações com a empresa. Isso deixara em aberto o destino da maior empresa privada do país. O assunto dominaria as manchetes por semanas, se não meses.

Felizmente, eu vinha me planejando para esse dia desde que Alberto recebera o diagnóstico de câncer, então não estava tão preocupada.

– Eles estão sob controle – respondi. – O que me traz de volta à questão... – Inclinei a cabeça em direção ao cavalete. – Como você está?

– Bem. – Xavier acrescentou detalhes a uma banqueta. – Estou em paz com o fato de que não vamos resolver nossas questões antes de ele morrer. Nem todo mundo consegue uma resolução satisfatória. Às vezes, as feridas são profundas demais, e o fim da estrada é tão merda quanto os quilômetros que vieram antes.

Ele apoiou o lápis no cavalete e me encarou outra vez. Sua boca estava curvada em um sorriso sem humor de resignação e raiva.

– Isso responde à sua pergunta? – perguntou ele.

– Responde. – Eu ainda estava segurando os esboços que pegara antes. Amassei-os e deixei-os cair de volta no chão. – Mas tenho uma pergunta mais importante para te fazer.

As sobrancelhas dele formaram arcos questionadores.

– Por que um bar?

Mudei de assunto propositalmente. Xavier estava bem. Caso contrário, teria me ignorado ou se esquivado em vez de dar uma resposta direta.

Havíamos falado muito sobre nossas famílias nos últimos dias. Não precisávamos fazer isso mais uma vez agora que eu sabia que ele não ia entrar em depressão por causa de Alberto.

Tínhamos pais de merda que jamais perdoaríamos. Fim da história.

– O desenho – expliquei, apontando para o cavalete.

Como eu não sabia sobre o hobby dele, quando trabalhávamos juntos havia tanto tempo? Era verdade que, até recentemente, a maior parte da nossa comunicação tinha sido por mensagem e e-mail, mas ainda assim. Havia um outro lado dele que eu achava irritantemente fascinante.

– Eu sei que é o seu habitat natural, mas a maioria das pessoas começa com uma casa. Talvez uma bela paisagem.

– Paisagens são sem graça e não ligo muito para projetos de casas. – Xavier deu de ombros. – Frequento bares o suficiente para ser capaz de identificar com facilidade as falhas de cada um. Achei que seria divertido tentar criar o modelo perfeito.

Franzi o nariz.

– E você diz que *eu* sou chata.

O sorriso dele apareceu como um pequeno raio de sol em meio a nuvens cinzentas de tempestade.

– Olha, se até o príncipe Rhys acha que é um bom passatempo, quem sou eu para discordar? Ele também gosta de desenhar no tempo livre.

– Agora você está só inventando coisas.

Eu não conseguia imaginar o belo e temperamental príncipe-herdeiro de Eldorra desfrutando de algo tão delicado quanto desenhar. Ele parecia o tipo que lutava contra ursos por diversão.

– Juro. Li sobre isso numa entrevista dele, no ano passado. Além disso... – As covinhas de Xavier se aprofundaram. – Eu falei que *os seus hobbies* são chatos, não você. Não acho nada em você chato.

Meu coração parou por um segundo.

Meu Deus, como eu queria que ele fosse um babaca. Facilitaria muito as coisas.

– Sim, bem... – Pigarreei e tirei uma bola de papel do caminho com a ponta do sapato. – Isso não muda o fato de que você precisa sair do seu quarto em algum momento. Pensei que você estava... – Eu me contive antes de dizer *morto*. – Pensei que você estava desmaiado aqui dentro – concluí, constrangida pela substituição descarada.

– Eu gosto do meu quarto. – O sorriso de Xavier assumiu um tom diabólico. – Você pode ficar aqui comigo. Tem bastante espaço.

Ah, lá estava o Xavier que era um safado incurável. Sabia que ainda estava escondido em algum lugar dentro dele.

Adotei um ar de reprovação profissional, mas não tive a chance de responder antes que uma batida soasse na porta.

A pessoa do outro lado não esperou por uma resposta; a porta se abriu, revelando o terno escuro e o rosto sério de Eduardo.

Minha resposta sarcástica murchou e o sorriso de Xavier se transformou em uma compreensão sombria. Ele se virou para o cavalete e rasgou o esboço quase completo do bloco, que logo se juntou ao resto dos desenhos no chão.

Uma lufada ácida corroeu meu estômago. Estávamos nos entendendo, e agora...

– Xavier. Sloane. – A voz de Eduardo soou pesada. – Chegou a hora.

Não precisávamos de mais detalhes e nenhum de nós disse nada enquanto o acompanhávamos pelo corredor. Eu praticamente podia ouvir os flashes das câmeras lá fora; os abutres estavam circulando e era apenas questão de tempo até que pousassem.

Chegamos à metade do caminho antes que um leve toque em meu ombro me obrigasse a parar.

– Antes de a gente entrar... – Xavier engoliu em seco, seus olhos nublados pela agitação. – Obrigado por se preocupar comigo.

As palavras me acertaram como flechas, cada uma em um ponto vulnerável.

Eu não tinha pensado nisso antes, mas, em uma casa cheia de familiares dele, eu fui a primeira pessoa a verificar se ele estava bem.

– De nada – respondi baixinho.

Não havia mais nada que eu pudesse dizer naquele momento.

A única coisa que eu podia fazer era me afastar, deixar que ele se despedisse do pai e prepará-lo para a tempestade que estava por vir.

CAPÍTULO 15

Xavier

NÃO DEVERIA SER SURPRESA que um homem que mal me acompanhou em vida fosse igualmente ausente na morte.

Alberto Castillo, o homem mais rico da Colômbia, ex-CEO do Castillo Group e pai de um filho, morreu em casa às 15h05 de sábado.

Cheguei ao quarto dele bem a tempo de testemunhar seu último batimento cardíaco.

Ele não voltou mais do coma antes de falecer e não nos despedimos de verdade.

Se fosse um filme, teríamos tido uma conversa sincera e dramática ou um grande confronto antes de ele morrer. Eu desabafaria minhas queixas a seu respeito; ele confessaria seus arrependimentos. Teríamos uma briga ou uma reconciliação catártica. De qualquer maneira, teríamos um encerramento.

Mas a vida não era como num filme. Era real, e, às vezes, isso significava que pontas soltas não eram amarradas.

Após sua morte, senti um estranho misto de tudo e nada ao mesmo tempo. Fiquei aliviado por não estarmos mais naquela tensão toda, à espera de um veredito sobre a saúde dele, mas não conseguia processar totalmente que ele havia partido e jamais voltaria. Odiava sua derradeira tentativa de manipulação usando a carta da minha mãe, mas a *proximidade* atordoante que senti dela quando li suas palavras valeu a pena.

No entanto, contendo aquele mar de emoções complicadas havia uma camada de dormência da qual não conseguia me livrar, por mais que tentasse.

Primeira gaveta da minha mesa.

Essas foram as últimas palavras que meu pai me disse, e acho que fazia sentido que nosso capítulo terminasse com algo relacionado à minha mãe. Viva ou morta, ela era a base do nosso relacionamento.

O relógio de bolso que encontrei na gaveta da escrivaninha dele parecia queimar contra a minha coxa.

– Você me acha um monstro por não chorar?

Olhei para o uísque em minha mão. Era meia-noite e eu estava na cozinha, bebendo para afastar as preocupações, porque o que mais se podia fazer na noite seguinte à morte do próprio pai?

– Não – respondeu Sloane simplesmente. – As pessoas sofrem de maneiras diferentes.

Ela serviu um copo d'água e o deslizou na minha direção. Havia ficado ao meu lado logo após a morte do meu pai, me forçando a comer e despistando meus familiares quando eles tentavam me abordar com perguntas sobre a herança.

Felizmente, ela não me sufocava com compaixão. Sempre dava para contar que Sloane seria Sloane. Sempre que eu estava me afogando, ela era minha boia na tempestade.

Eu estava um pouco constrangido de mostrar a ela esse meu lado, tão em carne viva e exposto, emaranhado nos pedaços da máscara que eu normalmente usava. Era fácil ser Xavier Castillo, o herdeiro bilionário e festeiro; era torturante ser Xavier Castillo, o ser humano e a decepção. O homem com um passado fodido e um futuro incerto, que tinha muitos amigos mas ninguém com quem contar.

Sloane era a coisa mais próxima que eu tinha de uma rede de apoio, e ela nem gostava de mim. Mas estava ali, eu a *queria* ali, e isso era mais do que eu podia dizer de qualquer outra pessoa na minha vida.

Ela me observava, seu rosto mais calmo do que o normal.

– Mas talvez eu não seja a pessoa certa para falar sobre luto. Eu não consigo… – Um momento de hesitação. – Eu não consigo chorar.

Aquilo me surpreendeu o suficiente para me distrair um pouco do desprezo que sentia por mim mesmo.

– Figurativamente?

– Literalmente.

Ela esfregou o polegar nas contas da pulseira, como se estivesse pensando se deveria dar mais detalhes.

– Consigo chorar se estiver sentindo dor – disse ela, por fim. – Mas nunca chorei de tristeza. Sou assim desde nova. Não chorei quando o gato da família morreu nem quando minha avó preferida faleceu. Não derramei uma única lágrima quando meu noivo... – Ela parou abruptamente, sua expressão endurecendo por uma fração de segundo antes de se recompor com um *clique* quase audível. – Enfim, você não é o único que se sente um monstro por não chorar quando deveria.

Ela pegou a garrafa de uísque da bancada e serviu um pouco em um copo de cristal. Era o terceiro da noite.

Noivo. Havia rumores de que ela tinha noivado, anos antes, mas ninguém nunca conseguiu confirmar... até aquele momento. Sloane era notoriamente reservada em relação à sua vida pessoal, e também ajudava o fato de estar morando em Londres na época, longe da cruel máquina de fofocas de Manhattan.

Observei em silêncio enquanto ela tomava um gole da bebida.

Cabelo perfeito. Roupas perfeitas. Pele perfeita. Ela era a imagem da perfeição, mas eu estava começando a ver as rachaduras sob sua fachada polida.

Em vez de diminuírem sua beleza, só a aumentavam.

Tornavam-na mais real, como se ela não fosse um sonho vago que me escaparia pelos dedos se eu tentasse tocá-la.

– Parece que temos cada vez mais coisas em comum – comentei com a voz arrastada.

Pais de merda. Problemas com compromisso. Uma imensa necessidade de fazer terapia. Quem diria que compartilhar traumas era um bom jeito de criar conexão?

Sloane devia ter esperado que eu forçasse uma barra em relação ao assunto do noivo, porque seus ombros relaxaram visivelmente quando ergui o copo.

– Aos monstros.

Um brilho suave iluminou seus olhos e ela ergueu o copo também.

– Aos monstros.

Bebemos em silêncio. A casa estava às escuras, o relógio rumava para uma da manhã e um exército de repórteres reunia-se do lado de fora dos portões, esperando para transformar a morte do meu pai em um circo midiático.

Mas isso era um problema para a manhã seguinte. Por enquanto, eu ficaria aproveitando o calor da bebida e a presença de Sloane.

Ela não era amiga nem parente e, num dia difícil, fazia o iceberg do *Titanic* parecer um paraíso tropical. No entanto, apesar de tudo isso, não havia mais ninguém com quem eu preferisse passar aquela noite.

Sábado marcou meu último fôlego de ar fresco antes de o tsunami de jornalistas e burocracias me atingir.

Os dias seguintes passaram num turbilhão de preparativos para o velório (extravagante), contatos da imprensa (incessantes mas sem resposta, exceto pelo comunicado que Sloane havia escrito) e questões jurídicas (complicadas e que causavam dor de cabeça).

Meu pai havia deixado instruções meticulosas para seu funeral, então tudo o que tivemos que fazer foi executá-las.

O testamento era uma questão totalmente diferente.

Na terça-feira após a morte dele, me reuni na biblioteca com minha família, Eduardo, Sloane e Santos, nosso advogado.

A leitura do testamento foi conforme o esperado.

Tía Lupe ficou com a casa de férias no Uruguai, *tío* Esteban, com a coleção de carros raros do meu pai, e assim por diante.

Então chegou a minha vez, e, aparentemente, meu pai havia feito uma alteração de última hora nos termos da minha herança.

Cochichos ecoaram pela sala com a notícia, e eu me endireitei quando Santos começou a ler as condições.

– "Ao meu filho Xavier, lego todos os ativos fixos e líquidos restantes, totalizando 7,9 bilhões de dólares, desde que ele assuma o cargo de CEO antes do dia de seu trigésimo aniversário e exerça a função por um período mínimo de cinco anos consecutivos a partir de então. A empresa deve ter lucro em cada um desses cinco anos, e ele deve ocupar o cargo de CEO da melhor maneira possível, conforme determinado por um comitê pré--selecionado a cada seis meses, a partir do seu primeiro dia oficial como CEO. Caso ele não cumpra os termos acima, todos os ativos fixos e líquidos restantes serão distribuídos para instituições de caridade de acordo com os termos abaixo."

Todos foram à loucura antes que Santos lesse o parágrafo seguinte.

– *Todos* os bens para a caridade?! – gritou *tía* Lupe. – Eu sou irmã dele e vou ficar com uma casinha de férias miserável enquanto instituições de caridade recebem oito bilhões de dólares?

– Você deve ter lido errado. Não existe a *menor* possibilidade de o Alberto ter feito isso...

– Xavier como CEO? Ele quer levar a empresa à falência?

– Isso é ultrajante! Vou ligar para o meu advogado...

Gritos e xingamentos em espanhol ricochetearam nas paredes enquanto minha família mergulhava no caos.

No meio de tudo isso, Eduardo, Sloane e eu fomos os únicos que não pronunciamos uma palavra. Os dois estavam sentados comigo, um de cada lado, Eduardo pensativo, Sloane impassível. Do outro lado do cômodo, Santos manteve uma expressão neutra enquanto esperava que a turba diminuísse.

A primeira linha da cláusula da minha herança ressoava na minha cabeça.

Lego todos os ativos fixos e líquidos restantes, totalizando 7,9 bilhões de dólares, desde que ele assuma o cargo de CEO antes do dia de seu trigésimo aniversário.

Meu trigésimo aniversário era dali a seis meses. Claro, meu pai sabia disso; o desgraçado queria me obrigar a ceder mesmo após a morte.

A gritaria ao meu redor desapareceu diante de uma violenta enxurrada de memórias.

Minha última conversa com ele. O relógio de bolso. A carta.

O retumbar do meu coração afugentou o silêncio conforme eu olhava para a letra familiar de minha mãe. Ela adorava caligrafia e insistiu para que eu aprendesse a escrever em letra cursiva, embora ninguém mais a usasse muito.

Eu costumava me sentar ao seu lado enquanto ela escrevia à mão cartões de agradecimento, de aniversário e de votos de melhoras, traçando as curvas e os redemoinhos em meu próprio pedaço de papel.

Algumas pessoas achavam a letra dela difícil de ler, mas eu a acompanhava com facilidade.

Querido Xavier,

Ontem eu te vi pela primeira vez.

Havia imaginado esse momento muitas vezes, mas imaginação nenhuma teria sido capaz de me preparar para ter você em meus braços. Para ver você me olhar nos olhos, depois pegar no sono contigo, porque estamos ambos exaustos, e para ouvir você rindo enquanto agarrava meus dedos na saída do hospital.

Você tem apenas dois dias no momento em que escrevo esta carta, tão pequeno que quase consigo segurá-lo com a palma da minha mão. Mas o melhor presente para os pais é ver o filho crescer, e mal posso esperar pela jornada que temos pela frente.

Mal posso esperar para ver você no seu primeiro dia de aula. Provavelmente (com certeza) chorarei, mas serão lágrimas de felicidade porque você estará iniciando um novo capítulo em sua vida.

Mal posso esperar para te ensinar a nadar e a andar de bicicleta, para te aconselhar em relação às garotas e para ver você se apaixonar pela primeira vez.

Mal posso esperar para ver você descobrir suas paixões, seja em relação a música, esportes, negócios ou qualquer outra coisa que queira fazer. (Não conte ao seu pai, mas estou torcendo pela arte.)

No entanto, ficarei feliz com qualquer coisa que você escolher, e digo isso do fundo do meu coração. O mundo é grande o suficiente para todos os nossos sonhos.

Há potencial em cada um de nós, e espero que você descubra o seu e seja feliz.

Seu pai diz que estou me adiantando demais, porque você ainda é muito jovem, mas ao ler isso você terá completado 21 anos. Idade suficiente para ir para a faculdade, dirigir e viajar sozinho. Meu coração dói só de pensar nisso, não porque esteja triste, mas porque estou muito empolgada com a ideia de você conhecendo mi-

nhas partes favoritas do mundo e encontrando as suas. (E, quando não conseguir decidir para onde ir, escolha um local perto da praia. Confie em mim. A água nos cura de maneiras que nunca vamos compreender.)

Não posso dizer ao certo o que o futuro nos reserva, mas, correndo o risco de parecer um pôster motivacional cafona, saiba do seguinte: a vida vai e vem, e sempre há espaço para mudanças. Os seres humanos são capazes de crescer até deixarem esta terra, então nunca sinta que é tarde demais para seguir outro caminho, se estiver insatisfeito com aquele que estiver trilhando.

Não importa qual caminho você tome, terei orgulho de você. Espero que você também tenha.

Tenha orgulho da pessoa que você se tornou e da pessoa que se tornará. Mesmo que você tenha acabado de chegar ao mundo, sei que fará dele um lugar melhor.

Você é minha maior alegria e sempre será.

Com amor,
Mamãe

P.S.: Deixei um presente especial para você. O relógio de bolso vem passando de geração em geração na minha família e chegou a hora de ficar com você. Espero que o valorize tanto quanto eu.

Algo pingou no papel, borrando as palavras.

Lágrimas. As primeiras que derramei desde que cheguei em casa.

Retirei o relógio de bolso da gaveta com a mão trêmula e o abri. Era tão antigo que os números haviam desaparecido, mas a mensagem gravada dentro dele permanecia legível.

Nosso maior presente é o tempo. Use-o com sabedoria.

– Xavier? Xavier!

O presente voltou em uma onda barulhenta.

Pisquei para afastar as lembranças que enevoavam meu cérebro quando o rosto de *tía* Lupe entrou em foco. Não era a pessoa que eu queria ver, em circunstância alguma.

– E então? – questionou ela. – O que você tem a dizer sobre esse testamento? É totalmente...

– *Tía*? Cala a merda da boca.

Pensei ter visto, pelo canto do olho, Sloane dar um sorrisinho quando *tía* Lupe ficou de queixo caído. Eduardo fez um som estranho, que ficou entre uma risada e uma tosse.

Ignorei os comentários de minha tia e foquei em Santos.

Os ecos da carta de minha mãe viviam em meu coração, como uma lâmina alojada entre as costelas, mas eu não podia me dar ao luxo de ficar pensando no passado naquele momento.

Nosso maior presente é o tempo. Use-o com sabedoria.

– Você pode repetir as condições do testamento em termos mais simples? – pedi calmamente.

Eu tinha entendido, mas queria ter certeza.

A biblioteca ficou em silêncio enquanto todos aguardavam a resposta de Santos.

Ele me encarou com um olhar inabalável.

– Se você não assumir o cargo de CEO até seu próximo aniversário, perderá cada centavo da sua herança.

Um arrepio coletivo varreu o cômodo.

Minha família não queria que eu herdasse os bilhões porque eu não "merecia" (justo, embora isso fosse só o sujo falando do mal lavado), mas eles prefeririam morrer a ver todo aquele dinheiro *sair* da família.

– Foi o que eu pensei. – Apoiei a mão no braço da cadeira. – Quem são os membros pré-selecionados do comitê que meu pai mencionou?

– Ah, sim. – Santos ajeitou os óculos e leu novamente o testamento. – A comissão será composta pelos cinco membros a seguir. Eduardo Aguilar...

– *Como esperado.* – Martin Herrera... – O marido de *tía* Lupe. Menos esperado, mas ele era a pessoa mais justa e equilibrada da família. – Mariana Acevedo... – Presidente do conselho do Castillo Group. – Dante Russo...

– *Peraí. Que porra é essa?* – E Sloane Kensington.

Um silêncio absoluto seguiu-se à sua fala.

Então, todas as cabeças na sala se viraram para Sloane ao mesmo tempo.

Ela se endireitou na cadeira, o rosto pálido. Pela primeira vez desde que a conheci, ela parecia um cervo diante dos faróis de um carro.

Cinco pessoas estavam encarregadas do destino da fortuna da minha família, e minha assessora de imprensa era uma delas.

Mais uma vez: *que porra é essa?*

CAPÍTULO 16

Sloane

CERTAS COISAS NA VIDA faziam sentido. Por exemplo, o conceito de causa e efeito, o calor do sol e o fato de a louva-a-deus fêmea matar seus parceiros após o sexo. Simples assim: conseguiam o prazer que queriam e pronto.

Algumas coisas faziam menos sentido, como canções de Natal tocando em todo lugar em outubro e o fato de eu ser a pessoa a julgar se Xavier deve continuar a receber sua mesada anual, antes da morte do seu pai. Não era o ideal, mas, como os termos giravam em torno de sua exposição na mídia, eu entendia.

E aí havia coisas que *não* faziam sentido nenhum, como ser colocada em um comitê que determinaria o destino de 7,9 bilhões de dólares.

Eu não era da família, não era executiva da empresa e não tinha certeza de que merda estava fazendo naquela lista.

– Eu não sabia – afirmei. – Seu pai nunca falou disso comigo.

Era o dia seguinte à leitura do testamento, e Xavier e eu estávamos sentados à beira da piscina enquanto dois de seus primos pré-adolescentes discutiam as mais recentes palavras cruzadas do *The New York Times*, algumas espreguiçadeiras para o lado.

Eu tinha acordado cedo naquela manhã para fazer ioga e o encontrara ali ao voltar da academia anexa à mansão. Precisava de uma pausa dos constantes olhares e cochichos, e não tinha como saber se Lupe não tentaria me esfaquear enquanto eu dormia.

Os Castillos não ficaram nada satisfeitos com meu envolvimento nos assuntos financeiros da família, para dizer o mínimo.

– Eu acredito em você.

Xavier passou a mão pelo rosto e balançou a cabeça. Estava estranhamente quieto para alguém que acabara de descobrir que toda a sua herança dependia de um emprego e do julgamento de um comitê.

– Isso tudo é um clássico de Alberto Castillo.

Senti que havia mais em suas palavras do que ele deixava transparecer, mas não era hora de me intrometer.

Minha relação com o pai dele se resumia basicamente a ligações ocasionais relacionadas a alguma consultoria e dos comunicados à imprensa. Alberto havia me contratado para cuidar das questões de relações públicas de sua família havia três anos, pouco antes de Xavier se mudar para Nova York. Como sua família direta era composta por duas pessoas e Alberto raramente usava meus serviços para si mesmo, eu era basicamente a assessora pessoal de Xavier.

Eu não sabia por que Alberto tinha confiado a parte financeira a mim, pelo menos no que se referia a Xavier, mas seu testamento também estipulava que eu continuaria sendo a assessora de imprensa da família, a menos que pedisse demissão, então era meu trabalho completar o serviço.

– Estou vendo daqui as engrenagens girando na sua cabeça, mas existe uma solução fácil pra isso – falei. – Você é esperto. É formado em administração e tem vários consultores que podem orientá-lo. Assuma o cargo de CEO.

Via de regra, eu não defenderia nepotismo, mas realmente acreditava que Xavier era inteligente o bastante para fazer jus ao cargo.

Um músculo se contraiu em sua mandíbula.

– Não.

Eu o encarei.

– É a sua herança *inteira*. Essa decisão envolve bilhões de dólares.

– Estou ciente. – Xavier olhou para os primos, jovens e absortos demais nas palavras cruzadas para se preocuparem com a nossa conversa. – Essa cláusula foi só mais uma tentativa do meu pai de me obrigar a cumprir as ordens dele. É manipulação, pura e simplesmente, e eu não vou ceder a isso.

Pelo amor de Deus. Eu entendia por que a família o chamava de *pequeño toro* quando ele era criança. Xavier realmente era teimoso feito um touro, e essa teimosia o acompanhara até a idade adulta.

– Manipulação ou não, as consequências são reais.

Eu não deveria me importar tanto com o fato de Xavier receber ou não o dinheiro, porque, sinceramente, não era como se ele tivesse trabalhado para merecê-lo. Mas não me agradava a ideia de ele ficar sem um tostão por ser cabeça-dura demais para assumir um trabalho no qual poderia ser excelente.

– Não seja impulsivo. Pense no que significaria dizer não. O que você vai fazer para ganhar dinheiro?

– Arrumar um emprego. – Xavier comprimiu os lábios. – Quem sabe? Talvez eu finalmente me torne um membro produtivo da sociedade.

– O cargo de CEO *é* um emprego.

– Mas *não é* o emprego certo para mim!

Recuei, atordoada pela ferocidade de sua resposta. Seus primos ficaram em silêncio e nos olharam, boquiabertos.

Os nós dos dedos de Xavier ficaram brancos na borda da cadeira, mas depois ele relaxou. Respirou fundo e disse, com uma voz mais calma e contida:

– Me fala, Sloane. Quem você acha que faria mais jus à empresa? Alguém qualificado, que realmente quer estar lá, ou eu, o herdeiro relutante que foi colocado lá por obrigação?

Alguém qualificado. O tom de sua voz, as sombras em seus olhos...

Lá estava.

Por trás das piadas e da teimosia, escondia-se a raiz da recusa: o medo. Medo de fracassar. Medo de não corresponder às expectativas. Medo de administrar e arruinar um império que carregava seu sobrenome.

Eu não havia notado esse medo antes, mas, agora que o identificara, não conseguia mais desver. Era um fio prateado e brilhante que entrelaçava cada palavra e sustentava cada decisão. Estava estampado no rosto dele, mesmo com sua expressão fechada, e algo dentro de mim se abriu o suficiente para que esse fio entrasse e roubasse um punhado de racionalidade.

– Acho que precisamos sair um pouco e clarear a mente – falei, improvisando um plano. – Faz muito tempo que estamos confinados aqui.

A mansão era enorme, mas mesmo um palácio pareceria opressivo se não fosse possível sair dele. Os olhos de Xavier brilharam com uma curiosidade cautelosa.

– Achei que era para ficarmos dentro de casa e evitarmos a imprensa.

– Desde quando você faz o que deve?

Um sorriso surgiu em sua boca, tão lento e suave quanto mel.
– É verdade. Imagino que você tenha um plano...
– Eu sempre tenho.

Os repórteres estavam todos acampados na frente da casa, o que facilitou nossa saída pelos fundos, pela entrada dos jardineiros. Usávamos apenas chapéus e óculos como disfarce, mas funcionava bem, e nos misturaríamos com facilidade à multidão.

Depois de sairmos do local, corremos até a rua movimentada mais próxima, onde pegamos um táxi e fomos direto para La Candelaria, lar de algumas das atrações mais populares de Bogotá. Estava frio, mas não a ponto de ser impeditivo.

Assim que chegamos, foi fácil nos perdermos em meio aos inúmeros turistas que se dirigiam a um dos museus próximos ou admiravam os murais nas ruas.

Eu tinha a impressão de que Xavier era como eu. Em momentos de crise, não queria ficar sozinha com os próprios pensamentos; eu sempre queria me perder no barulho e no movimento, deixando o mundo abafar minhas preocupações.

Ao longo das quatro horas seguintes, foi exatamente isso que fizemos.

Bogotá era uma cidade vibrante, e sua arquitetura colonial em tons de arco-íris contrastava notavelmente com as montanhas verdes ao redor. Músicos enchiam o ar com ritmos de reggaeton e *vallenato*, e um cheiro delicioso de cebola, alho e ervas vinha de restaurantes e barraquinhas de comida de rua. Não faltavam distrações.

Xavier e eu passeamos pelo Museu Botero antes de nos juntarmos a um *walking tour* gratuito por grafites e admirarmos o intricado design do Teatro Colón. Quando ficamos com fome, entramos em um restaurante ali perto para comer *ajiaco santafereño*, um ensopado local de frango, batata, alcaparras e milho, e nos deliciamos com *obleas* de sobremesa.

Não falamos sobre trabalho, família nem dinheiro. Apenas desfrutamos do primeiro gostinho de liberdade desde que desembarcáramos na Colômbia, mas, como acontecia com todas as coisas boas, teve que chegar ao fim.

O velório de Alberto seria no dia seguinte, e eu e Xavier voltaríamos para Nova York na sequência. Os funerais colombianos geralmente eram realizados 24 horas após a morte, mas os desejos elaborados e a importância de Alberto acabaram adiando as coisas. CEOs e líderes políticos internacionais exigiam mais planejamento do que os convidados usuais de um velório comum.

– Já que estamos só nós dois, seja sincero – falei ao passarmos por uma fileira de casas coloridas em direção à Praça Bolívar. – Você está mesmo disposto a desistir de tudo para não dar o braço a torcer ao seu pai? – perguntei com uma voz gentil.

Já era de se esperar que Xavier estivesse com os nervos à flor da pele, mas ele tinha que compreender a gravidade da situação.

Ele tinha crescido como filho de um bilionário. Não fazia ideia de como era viver sem uma gigantesca reserva de dinheiro.

Ele ficou em silêncio por um bom tempo.

– O que seus pais queriam que você fosse, quando você era pequena?

Levei um susto com a pergunta abrupta e respondi de maneira franca.

– Eles queriam que eu fosse a socialite perfeita. Que fosse pra alguma faculdade da Ivy League para arrumar um marido, em vez de um emprego, me casasse com alguém de alguma família respeitável e passasse o resto da vida decorando e organizando bailes de gala de caridade.

Não havia nada de errado com nenhuma dessas coisas. Apenas não eram para mim.

– E agora você é uma assessora de imprensa de sucesso. – Viramos a esquina e a praça apareceu. – Digamos que você e seu pai ainda se falassem. O que você faria se ele dissesse que vai cortar sua herança a menos que você largue o seu emprego e se case com um jogador de polo idiota chamado Gideon?

Touché.

– Eu mandaria ele à merda. – O que foi basicamente o que eu fiz. – Embora, ironicamente, eu tenha namorado um jogador de polo chamado Gideon na escola e, sim, ele era um idiota.

Isso me rendeu uma risada fraca.

– Sua vez de ser sincera – disse ele. – A reputação e o meio de vida de várias pessoas dependem de você. Já teve medo de fazer merda?

– Algumas vezes.

Sempre confiei na minha capacidade, mas, como todo mundo, tive meus momentos de dúvida. Estava dando maus conselhos ao meu cliente? Será que falei demais? Deveria tê-lo pressionado a dar uma entrevista para este ou aquele meio de comunicação? A dúvida podia ser enlouquecedora, mas, no final do dia, eu precisava confiar no meu instinto.

– Mas reputações e meios de subsistência podem ser reconstruídos.

– Cuidado, Luna. Você quase soou otimista.

Revirei os olhos, mas um sorriso ameaçou escapar enquanto seguimos em direção ao Palácio da Justiça, em um dos lados da praça.

– Falando assim, parece que eu estou sempre pra baixo. Eu sou uma pessoa divertida.

– Hum.

Franzi a testa.

– Só porque não vou a boates toda noite nem dou festas em iates todo final de semana não significa que eu não seja divertida.

– Uhum.

– Para com isso!

– Com o quê? – perguntou Xavier inocentemente.

– Esse barulho. Dá para *ouvir* seu deboche.

Era ridículo ficar ofendida, considerando que meu trabalho não era ser *divertida*, mas eu sabia me divertir. Minhas amigas e eu nos encontrávamos para happy hours semanais em Nova York, e (com relutância) eu havia concordado em fazer uma lap dance durante a despedida de solteira de Isabella. Dancei em cima de uma mesa na Espanha, caramba! Era verdade que eu estava bêbada na ocasião, mas era a atitude que contava.

– Eu não disse nada. O que você deduz dos meus ruídos é problema seu – brincou Xavier.

– Se ganhar pelos detalhes fosse uma profissão, você seria o CEO – murmurei. – Você...

Espera um segundo.

Parei tão repentinamente que os turistas atrás de nós quase esbarraram em mim.

– Não. – Meu coração acelerou até estar batendo como um beija-flor aprisionado. – Não pode ser tão simples assim.

– O quê? – perguntou Xavier.

Ele olhou ao redor, imaginando que houvesse algum problema. Repassei a leitura do testamento na cabeça. Eu tinha quase certeza... não, eu tinha *certeza*, sim.

– Já sei – falei, sem fôlego.

– Sabe o quê? Você tem que falar um pouco mais, Luna.

– Eu sei a solução para o seu problema. – Agarrei o braço dele, animada demais para me conter. – O testamento do seu pai diz que você tem que assumir o cargo de CEO. Não especificou *do que* você deveria ser CEO.

Xavier me encarou.

Turistas passaram por nós, reclamando em vários idiomas, mas eu praticamente conseguia ouvir as engrenagens girando por trás dos olhos escuros dele.

Então, lentamente, tão lentamente quanto o sol surgindo no horizonte ao amanhecer, um sorriso floresceu em seu rosto.

– Sloane Kensington, gosto de como você pensa.

CAPÍTULO 17

Xavier

O VELÓRIO DO MEU pai passou como um borrão de rostos solenes e condolências sussurradas. Fiz uma breve eulogia, por insistência de Sloane e Eduardo, e passei o resto da cerimônia flutuando entre o entorpecimento e a hiperatividade.

Meu cérebro andava a toda desde que Sloane e eu voltamos de La Candelaria. Conseguimos entrar em casa sem sermos emboscados pelos repórteres e confirmamos com Santos o conteúdo do testamento.

Ela tinha razão. Meu pai não havia especificado *de que* eu deveria ser CEO, o que era uma omissão gritante para um homem com um famoso tino para negócios, mas isso era uma questão para outro dia.

Após a confirmação de Santos, as coisas andaram rapidamente. Reunimos o restante do que eu nomeei como "o comitê de herança" e explicamos a situação.

Tudo se resumia ao seguinte: minha primeira avaliação como CEO ocorreria em seis meses, o que coincidia com meu aniversário de 30 anos. Isso significava que eu tinha metade de um ano para descobrir como cumprir os termos do testamento. Enquanto isso, Eduardo continuaria ocupando o cargo, como CEO interino do Castillo Group, enquanto a empresa procurava um líder permanente.

Seis meses para me tornar CEO de uma empresa que não existia e que tinha que ser aprovada pelo comitê na primeira avaliação. Era bem mais fácil falar do que fazer.

Nosso maior presente é o tempo.

136

O relógio de minha mãe pesava no meu bolso quando entrei no bar do Valhalla Club.

Havia se passado uma semana do velório do meu pai e de meu regresso a Nova York. Eu tinha passado os últimos seis dias remoendo minha situação, mas era hora de levantar a cabeça e fazer alguma coisa.

Pedi o drinque que era marca registrada do clube e olhei ao redor do salão de painéis escuros. O Valhalla era um clube ultraexclusivo para os mais ricos e poderosos do mundo, tinha sedes no mundo inteiro, e eu era membro graças à minha mãe, descendente de uma das famílias fundadoras. Meu pai tinha feito fortuna, mas minha mãe nascera com dinheiro.

Apesar da minha cobiçada filiação ao clube, eu raramente ia ao Valhalla. Era convencional demais para mim, mas foi o único lugar em que imaginei que não encontraria nenhum amigo do meu círculo em Nova York. Eles eram ótimos quando eu queria me divertir, mas não eram as pessoas que eu gostaria de ver no meu atual estado de espírito.

O bar estava silencioso no início da tarde. Eu era uma de duas pessoas sentadas ao balcão; vários bancos para o lado, um homem asiático extremamente alinhado, de óculos e terno Delamonte feito sob medida, me observava com uma curiosidade educada.

– Nada a declarar – falei antes que ele abrisse a boca.

Dei ao barman cinquenta dólares de gorjeta quando ele trouxe minha bebida e tomei metade do copo de um só gole.

Kai Young ergueu uma sobrancelha, achando graça. O CEO do conglomerado de mídia mais poderoso do mundo não era o tipo de pessoa que emboscava alguém com perguntas sobre a morte de um membro da família, mas todo cuidado era pouco.

– Ouvi dizer que você estava de volta a Nova York – disse ele, diplomaticamente ignorando minha grosseria. Seu sofisticado sotaque britânico combinava perfeitamente com o ambiente elegante, enquanto eu me sentia tão deslocado quanto um pinguim no Saara. – Como você está?

– Bebendo à uma da tarde – respondi. – Já estive melhor.

Se Sloane estivesse ali, diria que o fato de eu estar bebendo à luz do dia não era novidade para ninguém. Felizmente, ela estava ocupada demais com o trabalho para ficar na minha cola a respeito do lance de CEO, embora mesmo assim eu desejasse que ela estivesse ali comigo.

Depois de tê-la por perto 24 horas por dia, sete dias por semana, por mais de uma semana, sentia falta dela.

– Se fizer alguma diferença, você não é o único. – Kai apontou o próprio copo com a cabeça. – Tive uma reunião mais cedo com um empreendedor de tecnologia que está convencido de que será o próximo Steve Jobs, daí o uísque. Preciso afogar uma hora de conversa com um sujeito com complexo de deus bem indevido.

Soltei uma risada pelo nariz.

– Isso é a cara do Vale do Silício.

Complexo de deus. Se eu tivesse... Facilitaria as coisas.

Eu tinha um diploma em administração, o que foi uma condição para eu ter acesso ao meu fundo fiduciário, depois da formatura, mas nunca tinha aberto um negócio. Eu não tinha o luxo de passar despercebido. Se eu fracassasse, seria na frente do mundo inteiro.

Se eu *não* tentasse, perderia minha herança. E sim, eu percebia a ironia de tentar colocar as mãos em algo de que me ressentia (também conhecido como "o dinheiro do meu pai"), mas, depois que superei minha reação instintiva, reconheci a verdade nas palavras de Sloane. Eu nem imaginava como era viver sem aquele suporte financeiro e, para ser sincero, a ideia me apavorava.

A única coisa que fazia com que eu me sentisse menos hipócrita era o fato de que não ficaria com todo o dinheiro, mas esse era um segredo que eu guardaria comigo por enquanto.

Olhei para Kai. Tínhamos vários conhecidos em comum, como acontecia com a maioria dos círculos sociais de Manhattan, mas eu não o conhecia bem. Ele tinha um senso de humor seco de que eu gostava bastante e, mais importante, era o melhor amigo de Dante Russo, que de alguma maneira havia entrado no meu comitê de herança.

Dante não havia entrado em contato, exceto pelo envio de uma educada mensagem de pêsames. Será que ele sabia que tinha sido citado no testamento do meu pai?

Muito provavelmente, o que tornava seu silêncio ainda mais suspeito.

– Você tem falado com o Dante? – perguntei, escolhendo ser franco no lugar de ser sutil.

Um sorriso malicioso apareceu no canto da boca de Kai. Se Dante fazia questão de saber tudo, o trabalho de Kai *era* saber tudo. Eu não ficaria surpreso se ele tivesse colocado as mãos no testamento antes de eu pousar em Nova York.

– Nos falamos ontem – disse ele em tom suave. – Por quê?

– Nada.

Tamborilei os dedos no balcão, repassando mentalmente os membros do comitê.

Sloane estava do meu lado, mas não mentiria se meu negócio desse errado em seis meses. Eduardo e *tío* Martin me dariam todo o apoio que pudessem. Mariana me odiava. Dante... bem, ele era a carta coringa.

O irmão de Luca não era meu maior fã, então será que eu poderia confiar que ele seria justo, independentemente do que pensasse de mim?

– Xavier, eu não sou um jornalista atrás de um furo. O que conversarmos é estritamente particular. – Kai fez uma pausa e acrescentou: – Eu falo sempre com Sloane. Sei manter confidencialidade.

De repente, me dei conta. Era por *isso* que Kai de repente estava tão interessado em mim. Como foi Sloane quem descobriu a brecha no testamento, ela decidira atuar de forma não oficial como minha consultora empresarial. A cláusula da minha herança não era segredo, embora os membros do comitê fossem; ela devia ter dito alguma coisa para Vivian, Dante, Kai ou para todos eles.

As engrenagens começaram a girar. Se eu quisesse mesmo abrir uma nova empresa, precisava de aliados, e o CEO da Young Corporation era um dos mais poderosos que eu poderia arrumar.

– Na verdade – falei, elaborando um plano na hora. – Tem mesmo uma coisa que eu queria discutir com você...

Duas horas e vários drinques depois, Kai saiu de lá para outra reunião enquanto eu subi para a biblioteca.

Era o núcleo do clube e estava fervilhando de gente firmando acordos, consolidando alianças e compartilhando informações. No entanto, ninguém prestou atenção quando me sentei à grande mesa central, diretamente abaixo dos murais das famílias fundadoras, onde o brasão de urso da família da minha mãe estava esculpido entre o dragão dos Russos e o leão dos Youngs.

Peguei o relógio do bolso e esfreguei o polegar no invólucro dourado e liso, minha mente agitada por conta da conversa com Kai e dos acontecimentos da semana anterior.

Fato nº 1: não havia como meu pai ter esquecido algo tão básico como nomear a empresa em seu testamento. Era verdade que ele já estava muito debilitado quando o alterou, o que não era um fator a ser desconsiderado, mas se ele *estava* ciente da omissão, qual seria o seu objetivo, afinal? Obrigar-me a fazer *alguma coisa*, mesmo que não fosse o que ele queria?

Não. Meu pai jamais faria uma concessão desse tipo. Opção anterior descartada.

Fato nº 2: em tese, eu tinha seis meses para resolver minha situação. Na prática, eu precisava começar para ontem. Dar início a um negócio sério em Nova York naquele curto espaço de tempo era praticamente impossível.

Fato nº 3: se eu nem tentasse, me arrependeria para sempre. De todas as questões da vida, "e se" era uma das piores.

Há potencial em cada um de nós e espero que você descubra o seu e seja feliz.

Senti um aperto no peito. Será que minha mãe acharia que eu havia feito jus ao meu potencial? Provavelmente não, mas, porra, como eu sentia falta dela. Sempre senti, mas costumava ser uma dor opaca e constante vibrando lá no fundo. Desde que li a carta dela, passara a ser como uma faca que me atravessava o tempo inteiro.

Nunca deixei de me culpar pelo que aconteceu com ela. Não importava o que os terapeutas infantis ou os conselheiros de luto dissessem, a culpa não estava vinculada à razão nem a detalhes técnicos.

Dito isso, eu não tinha como mudar o passado. Poderia, no entanto, ditar meu futuro.

Tenha orgulho da pessoa que você se tornou e da pessoa que se tornará.

Peguei a folha de papel que Kai havia me entregado antes de ir. Como eu, ele nascera rico, mas seu cargo não lhe fora dado de bandeja. Ele foi subindo na hierarquia, começando de um cargo baixo até a presidência da Young Corporation, e seu círculo de amizades era formado pela nata do mundo corporativo.

Meus contatos me conseguiriam um convite para qualquer festa e acesso a qualquer boate, mas os dele poderiam me ajudar a construir um império.

Olhei para a lista de nomes que ele havia anotado.

Para ser CEO, eu precisava de uma equipe. Para contratar uma equipe, eu precisava de um plano. Para executar esse plano, eu precisava de financiamento e legitimidade.

Minha reputação de festeiro não trabalhava a meu favor, o que significava que eu precisava de um sócio respeitado. Alguém digno, estabelecido, confiável e relevante para o negócio que eu tinha em mente.

Só havia um homem em Manhattan que se enquadrava nessa descrição.

Disquei o primeiro número da lista. Era seu contato pessoal e ele atendeu no primeiro toque.

– Aqui é Xavier Castillo – falei, rezando para não me arrepender daquilo no futuro. – Você está livre na semana que vem? Queria conversar com você.

CAPÍTULO 18

Sloane

– PERAÍ, PERAÍ. NEM vem com essa – disse Isabella, erguendo uma das mãos. – Não tem a menor chance de você *não* falar sobre o que rolou na Espanha. O que aconteceu entre você e o Xavier depois que ele te carregou da boate feito um homem das cavernas gostoso pra cacete?

Suspirei, lamentando a decisão de contar às minhas amigas a respeito das últimas duas semanas. Eu tinha ido para a Espanha no início do mês, mas parecia que havia sido muito tempo antes.

– É disso que você quer saber? Pulou a parte sobre a morte de Alberto Castillo?

– Sim, muito triste – disse Isabella. – Agora, sobre a praia. O que ele disse?

– Ele ficou com ciúmes? – acrescentou Viviane.

– Vocês se beijaram? – perguntou Alessandra.

Olhei feio para elas, desejando que a Sloane do passado tivesse tido a visão de fazer amizade com pessoas menos intrometidas.

– Eu não vou contar o que ele disse, ele não tem nenhum motivo para sentir ciúmes e *claro que não* – respondi, horrorizada. – Ele é meu cliente.

Nós quatro estávamos curtindo um happy hour em meu apartamento; tínhamos preparado coquetéis, pedido comida e escolhido uma nova comédia romântica para assistir. Normalmente saíamos, mas eu estava cansada demais depois do trabalho e por conta das viagens recentes.

Em retrospecto, eu teria cancelado os planos se soubesse que seria submetida a um interrogatório.

– Tecnicamente, a família dele é sua cliente. Não é a mesma coisa, e você super deveria beijá-lo. Ele é tão gato!

Isabella esticou os braços acima da cabeça e olhou com carinho para meu peixinho dourado, de quem cuidara durante minha estadia no exterior. Era um animal de estimação temporário que eu havia adotado depois que o inquilino anterior o deixara para trás, cinco anos antes, e por isso simplesmente o batizei de O Peixe. Não fazia sentido me apegar a algo que não duraria.

– Independentemente disso, eu não beijaria Xavier Castillo nem se ele fosse o último homem na face da Terra – respondi friamente. – Ele não faz o meu tipo.

Mas ele é lindo, gentil e mais inteligente do que as pessoas imaginam, cantarolou uma voz em minha cabeça.

Pressionei a ponta da caneta contra o bloco de papel com mais força do que o necessário. *Fica quieta.*

Claro, Xavier e eu até que estávamos nos entendendo depois da viagem à Colômbia. E sim, eu o estava ajudando a cumprir a cláusula da herança, o que *talvez* fosse controverso, já que eu fazia parte do comitê, mas em momento algum o testamento determinou que os membros não poderiam ajudar.

Além disso, do ponto de vista de relações públicas, a história de um filho pródigo que se tornara um empresário responsável era *perfeita*, então, tecnicamente, eu estava apenas fazendo o meu trabalho.

Claro. A mesma voz irritante riu. *É por isso que você está ajudando. Porque é o seu* trabalho.

Eu disse FICA QUIETA.

Estava tão distraída com a agitação em minha cabeça que quase deixei passar o que Alessandra disse a seguir.

– Ele pode até não fazer o seu tipo, mas nunca diga nunca. – Seus olhos azuis brilharam com malícia. – Acho que ele tem uma quedinha por você. Eu já vi ele te olhando em *vários* eventos ao longo desses anos. Ele não tira os olhos de você.

– Ah, não, você também? – Desisti de escrever minha resenha e troquei a caneta pelo vinho. – A gente não está na escola. Ele não tem uma *quedinha* por mim, e só me encara porque... bem, sei lá por que ele faz as coisas que faz.

O brilho nos olhos dela ficou mais intenso.

– Se você diz...

Ela soou curiosamente parecida com a voz na minha cabeça.

Isabella, Vivian e eu fomos um trio por anos, até Alessandra se juntar ao grupo, mas ela se encaixou com perfeição. Eu gostava dela tanto quanto era capaz de gostar de qualquer ser humano (a maioria dos quais era profundamente desagradável), mas não ficava nada feliz quando elas se juntavam contra mim.

– Perry Wilson nunca entrou em detalhes sobre a foto da praia que postou – ponderou Isabella. – Que saco, nunca vemos a parte que importa.

– Não quero nem ouvir falar de Perry Wilson. – Eu ainda estava elaborando um plano para destronar aquele maldito fofoqueiro e caluniador. – Guarde o que estou dizendo: a esta altura, no ano que vem, o site dele estará morto. Vou me certificar disso.

Não houve amigo que tenha me feito um bem nem inimigo que tenha me feito um mal a quem eu não tenha retribuído integralmente. Esse era o epitáfio de Lucius Cornelius Sulla, escrito por ele mesmo.

Havia um motivo pelo qual essa era uma das minhas citações favoritas.

– Enfim, vamos passar para assuntos mais alegres – pedi. – Como está a Josephine?

Josephine, ou Josie, era a filha de Vivian e Dante. Ela tinha menos de dois meses e os pais já comiam na palma de sua mão.

– Ela está ótima. Quer dizer, ela chora o tempo todo, e há um mês eu não tenho uma boa noite de sono, mas... – Um sorriso surgiu nos lábios de Vivian. – Vale a pena.

Reprimi uma careta. Josie era adorável, mas se eu não amasse tanto ela e sua mãe, toda aquela melação me deixaria nauseada.

– É difícil ficar longe dela, mas Josie está em boas mãos. Greta cuida dela como se fosse uma filha – acrescentou Vivian.

Greta era a governanta deles e, na prática, criara Dante, já que os pais dele viviam ocupados demais vagando pelo mundo para serem, bem, pais.

– E o Dante? – Os olhos de Isabella brilharam. – Como ele está?

– Ele acha que eu ou a Josie vamos quebrar se ele tirar os olhos da gente por mais de cinco minutos. – Vivian revirou os olhos, mas sua voz estava repleta de carinho. – Eu já contei que ele quis contratar um guarda-costas para ficar do lado de fora do quarto dela 24 horas por dia, sete dias por semana? Juro...

Meu celular apitou com uma nova mensagem enquanto minhas amigas implicavam com Vivian em relação à lendária superproteção de Dante. Ele aterrorizava praticamente todo mundo ao seu redor, mas, quando se tratava da esposa e da filha, ele era um ursinho de pelúcia.

Xavier: Você pode me encontrar em Valhalla em uma hora? Tenho novidades importantes
Xavier: PS: falei com o Kai.

Meu coração deu um pulo.
Eu não sabia ao certo se tinha ultrapassado limites ao pedir ajuda a Kai, mas confiava nele, e Xavier precisava de mais ajuda do que eu poderia dar.
Novidades importantes. Será que isso significava que ele tinha traçado um plano? Eu evitava pressioná-lo em relação a isso porque (1) tinha muito trabalho para colocar em dia no escritório e (2) não queria assustá-lo.
Mas o tempo estava passando e Xavier precisava se mexer se quisesse cumprir o prazo, que era maio.
– Sloane? Tudo bem? – perguntou Alessandra.
– Tudo. – Tirei os olhos do celular. – Tudo certo.
Por mais curiosa que eu estivesse quanto às novidades de Xavier, era a noite das garotas. Ele podia esperar.

Uma hora e meia depois, cheguei ao Valhalla.
Auspiciosamente, Vivian teve que ir embora cedo porque Josie não conseguia dormir sem ela. Então Isabella, já muito bêbada, tentou tirar O Peixe do aquário e fazer carinho nele, e foi aí que Alessandra a pegou com firmeza pela mão e a levou para casa.
– Você sabe como deixar um homem esperando – disse Xavier com sua voz arrastada quando me aproximei.
Eu não era membro do clube, então ele teve que me encontrar na porta para que eu pudesse entrar. Ele estava recostado em uma coluna de mármore, casualmente estonteante de suéter de caxemira branca e calça jeans. Apesar do frio do outono, ele estava sem um casaco mais robusto e seu suéter contrastava fortemente com seu forte bronzeado.

Quando me aproximei, os olhos de Xavier percorreram meu casaco preto, a meia-calça e as botas, e subiram de novo, fixando-se em meu rosto apenas por tempo suficiente para fazer minhas bochechas esquentarem.

– Eu avisei que ia me atrasar – respondi enquanto uma brisa passageira agitava o cabelo dele de uma maneira perturbadora. – Embora eu não entenda por que você insistiu em me contar pessoalmente quando existem mensagens, e-mails e telefonemas.

Caminhei ao lado dele e me concentrei ao máximo no magnífico hall de entrada, em vez de no homem ao meu lado.

Já havia visitado o Valhalla como convidada algumas vezes, mas seu esplendor nunca deixava de surpreender. Restaurantes gourmet, um salão de baile digno da nobreza, um spa de alto nível, um heliporto para o caso de um membro chegar pelo ar e um cais exclusivo no Chelsea Piers, caso chegasse pela água. Nenhum detalhe passava despercebido.

– É verdade, mas aí eu não veria você.

As covinhas de Xavier fizeram uma aparição deslumbrante.

O calor se espalhou das minhas bochechas até o pescoço. Nunca tive dificuldade para pensar com clareza quando ele estava por perto, mas uma névoa perigosa permeou meu cérebro conforme subíamos a escada para o segundo andar.

Culpei minhas amigas. Elas haviam colocado na minha cabeça a ideia ridícula de beijá-lo, e agora eu não conseguia parar de imaginar a pressão de sua boca carnuda e sensual contra a minha e...

Não, pare agora com isso. Esse comportamento é profundamente inapropriado.

– Pare de flertar comigo e vá direto ao ponto – respondi, tanto para o meu bem quanto para o dele.

Deliberadamente, mantive trinta centímetros de distância entre nós, mas eu estava com os nervos à flor da pele, faiscando como fios elétricos na chuva.

– Quais são as "novidades importantes"? – perguntei, fazendo aspas com os dedos.

Meu Deus, eu não deveria ter colocado esse vestido idiota. Eu estava fervendo sob a caxemira.

– Eu decidi o que quero fazer.

Paramos em frente às portas duplas de carvalho esculpido. Xavier girou as maçanetas, os músculos de seus braços flexionando com o movimento. *Pare de prestar atenção nos braços dele.*

– Vou abrir uma boate.

As portas se abriram silenciosamente, revelando uma linda biblioteca que deixaria a do filme *A Bela e a Fera* no chinelo. Em condições normais, seria o paraíso, mas meus pés permaneceram enraizados no corredor.

Uma ruga surgiu entre as sobrancelhas de Xavier.

– Sloane?

– Uma boate – repeti. Meu coração disparou. – Isso é brilhante.

Se havia uma coisa da qual ele entendia e entendia bem era de festas. Entretenimento. E aqueles esboços da planta de um bar... a resposta sempre foi óbvia.

– É? Você acha? – Uma expressão vulnerável surgiu em seu rosto por um momento antes de se esconder atrás de um sorriso. – Na verdade, é um conceito misto. Mais ou menos como a Legends, só que menos voltada para esportes.

A Legends era uma casa noturna famosa, cujo dono era o ex-astro do futebol universitário e vencedor do Heisman, Blake Ryan, e era o local preferido de muitos atletas de alto rendimento.

– Eu adorei – respondi com sinceridade.

Como um multitarefa inveterada, apreciava qualquer coisa que servisse a múltiplas funções.

– Vamos. Quero te mostrar uma coisa.

Xavier me levou mais para dentro da biblioteca, que estava praticamente vazia àquela hora da noite. Em qualquer outro dia, eu teria ficado extasiada com a floresta de livros encadernados em couro e vitrais raros, mas estava intrigada demais com o plano de Xavier.

Paramos em uma mesa imensa no meio do salão. Havia uma pilha de papéis espalhados pela superfície de mogno, e reconheci a letra característica de Xavier a um metro de distância.

– Estou aqui há horas – disse ele. – Esbarrei com Kai no bar e nossa conversa me fez pensar... – Ele me entregou uma lista impressa com as dez melhores boates do mundo. – O que elas têm em comum?

– Música e bebida?

Xavier me olhou com um ar irônico.

– Além disso.

– Não faço ideia.

Eu entendia do assunto o suficiente para fazer o meu trabalho, mas não era uma fã da vida noturna.

– Locais interessantes. Recursos exclusivos. Clientela bem selecionada. E sim, ótima música e bebida. – Xavier deu um tapinha na folha que continha a lista, seus olhos brilhando conforme ele falava. – Estamos em Manhattan. Casas noturnas abrem e fecham toda semana. Pra se destacar, você precisa de algo que gere burburinho. Algo que ninguém nunca viu e que será associado automaticamente a você. – Ele baixou a voz. – Imagina só, Luna. Uma boate escondida atrás de uma portinha despretensiosa, dessas pelas quais você passa todos os dias sem nem prestar atenção. Mas quando você entra… é um mundo completamente diferente. Você não ouve só a batida do baixo; você a *sente* nos ossos. A música, o ritmo, as risadas. As luzes são baixas e dá praticamente para sentir os feromônios no ar.

As palavras dele ganharam uma cadência hipnótica, transformando a imponente biblioteca ao nosso redor em um antro de hedonismo: toques sensuais, batidas ritmadas e belos corpos se esfregando em meio a um cenário de veludo e bebida.

Fiquei ofegante. Minha pele ficou ruborizada e quente a um nível desconfortável. De repente, fiquei consciente demais da proximidade de Xavier e, quando ele voltou a falar, seu timbre aveludado foi como uma descarga de pura dopamina no meu organismo.

– Todos ao seu redor estão perdidos na embriaguez do momento – disse ele baixinho. – Não há preocupações, apenas desejos. Cada canto é uma oportunidade para encontros clandestinos; cada bebida é um passo mais longe do mundo real. Esse é o verdadeiro segredo de uma boate memorável. No minuto em que você entra, você não está em uma boate; você está num lugar onde tudo pode acontecer com qualquer pessoa. – Sua voz baixou ainda mais. – Não importa qual seja o seu maior desejo, você tem a chance de realizá-lo. Tudo que você precisa fazer é se soltar.

Tudo que você precisa fazer é se soltar.

Talvez eu estivesse delirando, mas poderia jurar que ele não estava mais falando sobre a boate.

Seu olhar ardia como brasa em meu rosto, escuro, quente e perspicaz. Minha cabeça girava como se eu tivesse virado meia dúzia dos drinques que ele mencionou e, embora ainda estivéssemos no Valhalla, cercados por homens e mulheres de terno e aparência séria, meus sentidos despertaram como se estivéssemos em outro lugar. Em algum lugar isolado, onde nós...

As portas da biblioteca se abriram, deixando entrar o som de uma gargalhada. Os olhares se voltaram para a entrada, onde os recém-chegados rapidamente silenciaram, ainda sorrindo, mas a interrupção foi suficiente para me fazer recobrar a razão. Foi como uma ducha fria, lavando a névoa que as palavras de Xavier haviam produzido.

Ele era meu cliente e estávamos falando de negócios. Só isso.

Dei um passinho para trás e forcei um sorriso descontraído.

– Você está falando como um verdadeiro administrador de negócios. – Examinei a lista novamente, esperando que ele não tivesse notado minha temporária perda de controle. – Já começou a pensar no espaço e no plano de negócios?

Os olhos de Xavier brilhavam com malícia, mas ele não fez comentários.

– Sim. O espaço vai ser difícil de conseguir, mas Kai me passou alguns contatos úteis – respondeu ele, pegando outro papel da mesa.

Meu coração disparou quando vi a lista.

Havia apenas oito nomes, mas eram os únicos que importavam para os propósitos dele.

– Isso é... impressionante – disse, por falta de uma palavra melhor. – Já falou com algum deles?

– Só com o primeiro. Temos uma reunião marcada para daqui a duas semanas.

O primeiro e sem dúvida o mais intimidante. Meu Deus. Qualquer empreendedor do país *mataria* por uma equipe como aquela. Eu sabia que Kai seria útil.

Ele ficara cético em relação a Xavier, mas eu finalmente o convencera depois de apontar o excelente perfil que isso renderia para a edição anual da *Mode de Vie* com as pessoas mais influentes da sociedade.

– Aliás, obrigado por falar com o Kai por mim. – A expressão no rosto de Xavier suavizou-se. – Você não precisava ter feito isso.

E, simples assim, uma leve vibração ganhou vida em minhas veias novamente.

– Não precisa agradecer – respondi, deliberadamente evitando seus olhos enquanto colocava os papéis sobre a mesa. – Essa foi a parte fácil. Abrir uma casa noturna em Manhattan em seis meses? Essa é a parte difícil.

– E eu não sei? – disse ele com uma risada tensa. – Mas eu tenho um plano, que é mais do que eu tinha há uma semana.

– Estou feliz por você.

Abri um sorriso involuntário. Seu pai forçara a situação, mas Xavier parecia genuinamente entusiasmado com o projeto. Tudo bem, talvez *entusiasmado* fosse um pouco demais, mas ele estava comprometido.

– Enfim, eu queria mostrar para você, já que a ideia foi sua. – Xavier apontou para os documentos restantes, que continham anotações, rabiscos e ideias para o clube. – Se não fosse por você... – A expressão em seu rosto se suavizou ainda mais. – Eu nem sei onde estaria.

A vibração em meu sangue se intensificou.

Tentei dizer algo espirituoso, mas uma névoa estranha permeava o ar e me impediu de falar. Foi diferente da anterior, quando ele estava falando sobre a boate. Essa era mais espessa, mais potente, e de repente fiquei dolorosamente consciente de como a biblioteca havia ficado vazia.

Da proximidade de Xavier.

De como o calor de seu corpo tocava minha pele, me incentivando a chegar mais perto, só um pouquinho, para que meu peito encostasse no dele e eu pudesse descobrir se seu cabelo entre meus dedos seria tão macio quanto parecia.

É o álcool. Não importava que eu tivesse tomado meu último drinque duas horas antes ou que aquela tivesse se tornado minha desculpa padrão. Era a única explicação plausível para eu estar sentindo essas... *coisas* ao lado de Xavier Castillo, dentre todas as pessoas.

– Sloane. – A voz calma dele fez meu nome soar como uma carícia.

– Oi?

Essa voz ofegante não me era comum. Pertencia a uma estranha, ao tipo de mulher que sucumbiria às covinhas, aos ombros largos e aos olhos cor de chocolate derretido.

– É melhor você ir.

Um tom áspero transformou as palavras dele em um aviso.

Xavier tinha razão. Era melhor. Já estava tarde e eu precisava terminar de escrever minha crítica do filme e... e... Minha mente ficou vazia.

– Por quê?

Outro arrepio percorreu meu pescoço quando a distância entre nós diminuiu mais um centímetro.

– Porque está tarde – disse Xavier suavemente. – E porque...

Ele parou de falar quando lambi os lábios em um movimento breve e involuntário. Seu olhar se fixou na minha boca e minha garganta, já seca, secou ainda mais.

O mundo se resumiu àquele instante, sob as luzes fracas da biblioteca, ouvindo nossas respirações cada vez mais sincronizadas.

E quando ele soltou um "merda" angustiado e baixou a cabeça, moldando sua boca na minha, nem me ocorreu me afastar.

Aquilo era o mundo, e eu não queria ir embora nunca.

A lógica e a razão desmoronaram no emaranhado abrasador de lábios e dentes. Uma mão agarrou minha nuca e me puxou para mais perto; a outra se apoiou nas minhas costas, queimando através da caxemira e da pele, até me deixar completamente mole.

Meus lábios se abriram em um gemido, e a língua dele avançou, acariciando a minha em movimentos tão preguiçosos e sensuais que eu não conseguia dizer onde um terminava e o outro começava. O gosto dele era uma combinação viciante de calor e especiarias, e a calidez de seu toque percorreu minha barriga, o meio das minhas coxas e todo o caminho até meus dedos dos pés.

Eu não sabia há quanto tempo estávamos nisso, mas foi o suficiente para eu deslizar os dedos pelos cabelos dele e confirmar que sim, eram realmente tão macios quanto pareciam, e sim, ele realmente tinha um gosto muito bom, e não, eu nunca, jamais, tinha chegado tão perto de perder o controle.

Teria alegremente mergulhado no abraço dele, mas a realidade interveio, como sempre, e nos separamos com a respiração ofegante.

Nós nos encaramos, nossos peitos arfando. Meus lábios formigavam e o ar parecia água gelada em contraste ao calor do nosso beijo.

Um leve rubor tomava as maçãs do rosto de Xavier. Notei com certo constrangimento que seus lábios estavam inchados e...

Merda. Eu fiz aquilo. *Nós* fizemos aquilo.

Eu... Nós... Eu tinha deixado que ele...

Dessa vez, a realidade não foi um deslize delicado, mas sim um tapa na cara.

Todos os meus músculos travaram quando as implicações do que acabara de acontecer me vieram à mente.

Eu tinha beijado um cliente. Não apenas um cliente, mas alguém que tinha parte de sua herança em minhas mãos, graças a um testamento idiota do qual eu nunca pedi para participar.

Uma onda de pânico se formou em meu estômago.

Xavier deve ter percebido minha mudança de humor, porque seus ombros ficaram tensos, combinando com os meus.

– Sloane...

– Eu tenho que ir. – Peguei a bolsa, que havia caído no chão durante o beijo. – Depois a gente discute o seu plano de negócios.

Dei meia-volta e saí da biblioteca antes que ele tivesse a chance de responder.

Minha pulsação trovejante me acompanhou por todo o caminho escada abaixo, porta afora e através do jardim até o portão do Valhalla.

Eu tinha acabado de dizer às minhas amigas que Xavier não fazia meu tipo, e aí fui lá e fiz *aquilo. No que eu estava pensando?*

Eu não estava pensando. Esse era o problema. Havia deixado meus hormônios assumirem o controle e eles me levaram direto para a Idiotalândia.

– É só porque estou na seca – falei em voz alta.

Era isso, ou Isabella havia adquirido uma habilidade mágica de transformar qualquer coisa que dissesse em realidade. Normalmente, eu ficaria apavorada (ela lia literatura erótica com dinossauros demais para que fosse seguro possuir um poder desses), mas preferia lidar com isso do que considerar a explicação que restava.

Eu, Sloane Kensington, estava a fim de Xavier Castillo.

Não, não estava apenas a fim, eu *gostava* dele. O suficiente para deixar de lado minhas regras rígidas sobre não me envolver com clientes. O suficiente para deixá-lo me beijar e *retribuir* o beijo.

Soltei um grunhido e pressionei os olhos com a mão.

Estou muito fodida.

CAPÍTULO 19

Xavier

BEIJAR SLOANE TINHA SIDO um erro. Não porque eu me arrependia, mas porque depois que aconteceu não conseguia imaginar *não* beijá-la de novo.

Já fazia uma semana desde aquele dia na biblioteca e eu ainda não tinha conseguido tirá-la da cabeça. O calor da sua pele, a suavidade de seus lábios, a maneira como suas curvas se ajustaram ao meu corpo, como se tivessem sido feitas para mim. Ela cheirava a neve fresca e lavanda e tinha um sabor paradisíaco, e eu não conseguia nem passar por uma maldita padaria sem lembrar da doçura de seus lábios.

Eu tinha uma série de reuniões de negócios importantes marcadas para as duas semanas seguintes, mas nosso beijo sequestrou todo o meu foco.

A atração física existia desde que nos conhecemos, mas, além de flertar de leve, eu nunca havia tomado nenhuma atitude antes do Valhalla. Disse a mim mesmo que não queria complicar a nossa relação nem afetar as condições da minha mesada, quando, na realidade, parte de mim suspeitava que ceder àquela atração seria o meu fim.

Depois começamos a trabalhar juntos e fui descobrindo as camadas por baixo daquele exterior rígido dela. A inteligência. A convicção. A lealdade feroz àqueles que ela amava. E eu não suspeitava mais: *sabia*, principalmente depois daquele beijo, que Sloane Kensington era a mulher certa. Simples assim.

O único problema era que eu duvidava que ela sentisse o mesmo, e, ainda que *sentisse*, ela estava tão armada que jamais admitiria.

– Você está me ouvindo? – Ela atraiu meus pensamentos de toda aquela reflexão de volta para a tarefa em pauta.

– Claro.

Abri um sorriso fácil, na verdade mais memória muscular do que emoção.

Estávamos no escritório dela em Midtown. Era a primeira vez que nos encontrávamos pessoalmente desde a biblioteca, e Sloane fora direto ao ponto, como se nosso beijo nunca tivesse acontecido.

Eu já esperava por isso, mas mesmo assim fiquei incomodado.

– O que eu acabei de dizer? – perguntou ela, cruzando os braços.

– Que eu preciso dar o pontapé inicial em termos de licenças, localização e funcionários. Que eu deveria conversar com o Dante. Que eu tenho uma entrevista preliminar por telefone com a *Mode de Vie* sobre esse novo empreendimento e que, como cortesia, a presidente do conselho do Castillo Group me enviou uma lista de candidatos a CEO. – Um sorriso genuíno brotou no rosto sério dela. – Ganho uma estrelinha?

– Por fazer o mínimo? Não. – Ela digitou no tablet. – Muito bem, vamos repassar a estratégia de relações públicas para a inauguração. Entendo que talvez eu esteja colocando a carroça na frente dos bois, mas, se tudo correr bem, o evento será daqui a seis meses. A agenda das pessoas provavelmente já está fechada, mas eu vou dar um jeito. Queremos a presença de um grupo seleto de influenciadores e formadores de opinião, e, se você faz mesmo questão de ter seus amigos lá, *precisa* mantê-los sob controle. Não quero ver Tilly Denman roubando sacolas de presente de novo.

– Acho que a festa nem conta se a Tilly não tiver seu surto cleptomaníaco típico – respondi com um bocejo, já entediado. Eu preferia mil vezes me soterrar em questões logísticas a lidar com divulgação. – Estamos há horas nisso. Vamos almoçar.

– São onze da manhã.

– Então vamos tomar um brunch.

Sloane amarrou a cara ainda mais.

– Fala sério. Eu estou tentando te ajudar.

– Eu estou falando sério. Jillian! – gritei.

A assistente de Sloane enfiou a cabeça na sala.

– Sim?

– A Sloane já comeu?

– Ela comeu uma banana e tomou um café – respondeu Jillian. – Isso foi logo quando eu cheguei ao escritório, por volta das 7h45.

– Obrigado, querida.

– Disponha.

Ela sorriu para mim, ignorando o olhar letal de sua chefe antes que o toque do telefone a levasse de volta para sua mesa.

Encarei Sloane novamente.

– Uma banana com café não dura três horas. Precisamos de combustível. – Peguei meu celular, já pedindo um Uber. – Vamos tomar um brunch, depois serei todo seu. Vou até examinar essa lista de convidados, um por um.

– Tenho outros compromissos de trabalho além de você.

– Claro, mas não hoje. Jillian comentou comigo que liberou a sua agenda da tarde para você atualizar seus e-mails, e você pode fazer isso de qualquer lugar.

Sloane franziu os lábios, mas acabou cedendo.

Vinte minutos depois, a hostess nos acomodou em uma mesa do Café Amélie, um dos muitos restaurantes do império gastronômico dos Laurents. Eu estudara com Sebastian Laurent no colégio interno, e tinha vaga garantida em qualquer um de seus estabelecimentos.

Fizemos nossos pedidos. Acrescentei um refil de mimosas, o que Sloane reprovou de maneira veemente, mas um brunch não era um brunch sem champanhe, e o Café Amélie era um daqueles lugares abençoados que ofereciam bebida liberada.

Fora do escritório, fortalecido pela bebida e protegido pela conversa dos outros clientes, finalmente abordei o elefante na sala.

Teríamos que falar sobre o assunto em algum momento. Preferia conversar logo a esperar que virasse uma questão no futuro.

– Sobre o que aconteceu no outro dia...

Sloane enrijeceu.

– Não. Esse não é o lugar nem o momento para discutir esse assunto.

– Estamos bebendo mimosas em público num lindo início de tarde de quinta-feira. Não consigo pensar em um lugar ou um momento melhor para discutirmos o assunto.

A garçonete trouxe a comida. Sloane esperou que ela saísse antes de responder.

– Está bem. Para mim, é o seguinte. – Ela cortou as panquecas com precisão controlada. – Emoções estavam à flor da pele e um cliente me beijou no calor do momento. Não cortei de imediato, e assumo a responsabilidade. Mas já passou. É hora de seguir em frente com a nossa vida e focar no que importa: o trabalho. Ou seja, meu cargo como sua *assessora de imprensa*... – Ela fez questão de enfatizar. – E a cláusula da herança.

Apesar da resposta fria, um leve rubor delineou suas bochechas e a ponta de seu nariz.

– Hum. Nunca vi você ser tão prolixa. – Rasguei um pedaço de pão e joguei na boca, mastiguei e engoli antes de comentar: – Tentando enterrar seus sentimentos com mais palavras, Luna?

– Eu juro, há maneiras melhores de se viver do que se iludindo.

– Melhores? Talvez. Mais divertidas? Duvido. – Eu me inclinei para a frente, o rosto sério. – Me desculpe se passei dos limites naquela noite. Se eu realmente te deixei desconfortável, vou me afastar, mas me fala a verdade: você gostou do beijo?

Sloane ficou mais vermelha.

– Isso é irrelevante.

– Vou ter que discordar. Quando se trata de um beijo, gostar é muito relevante.

– Para qualquer outro casal, talvez. Para *nós*, é irrelevante porque me recuso a comprometer minha integridade profissional me envolvendo em atividades impróprias com um cliente.

Sloane espetou um pedaço de panqueca com o garfo para dar ênfase.

– Estamos no século XXI e você é sua própria chefe. Não tem como ser demitida.

– A minha reputação está em jogo.

– A sua reputação é excelente. Ninguém ousaria dizer uma palavra contra você.

Era fácil usar o trabalho como justificativa e, de certa maneira, eu entendia. Sloane tinha mais a perder do que eu se nos envolvêssemos, mas, no fim das contas, não era um obstáculo tão grande assim. Outros casais em situações semelhantes tinham dado um jeito.

– O casal real de Eldorra, por exemplo. Eles tinham uma *lei* centenária contra eles e agora estão casados e felizes.

– Eu não sou uma princesa, você não é meu guarda-costas, e eles estavam apaixonados – disse Sloane categoricamente. – É diferente.

– Todo amor começa com um beijo.

Eu estava forçando a barra, mas me arrependeria se não tentasse. Ficar na zona de conforto era fácil, mas eu estava começando a perceber que o mais fácil nem sempre era a resposta certa. Se fosse, eu teria assumido o cargo de CEO do Castillo Group em vez de formular um plano impossível para abrir uma boate em Nova York em *seis meses*.

Dane-se. Se eu ia mesmo fazer aquilo, era melhor apostar tudo.

– Quero te levar pra sair – disse.

Os olhos dela brilharam com uma emoção impossível de identificar antes de se fecharem.

– Não.

– Por que não? E esquece o trabalho por um segundo. Me dá um motivo real, Sloane.

Os dedos dela se fecharam com força em torno do garfo. Havia uma grande probabilidade de Sloane estar considerando me furar com ele, mas eu não me importava com a possibilidade de violência. Mantinha as coisas interessantes.

O barulho do salão diminuiu enquanto eu esperava por uma resposta. Sob minha imagem despreocupada, meu coração ameaçava sair do peito.

Eu nunca tinha ficado tão nervoso por causa de alguém, nunca.

Sabia que estava mergulhando de cabeça, sem uma visão clara das consequências. Sabia que deveria me concentrar na boate, em vez de na minha vida pessoal, e sabia que talvez tivesse arruinado o entendimento delicado que Sloane e eu alcançamos na Colômbia.

Sabia de tudo isso, mas não me importava. Eu a queria demais e queria que *aquilo*, fosse lá o que fosse, desse certo. Mesmo que não acontecesse, eu tinha que pelo menos tentar.

Ela abriu a boca.

Fiquei tenso, todos os músculos preparados para…

– Sloane? É você?

Uma voz desconhecida e profundamente inconveniente quebrou o clima. Viramos a cabeça ao mesmo tempo em direção ao intruso.

Cabelo raspado, pele bronzeada, músculos definidos. Parecia o tipo de cara que passava metade do tempo tomando shakes de proteína e puxando peso. Vestia camiseta preta e calça jeans, e olhou para Sloane de um jeito que me fez querer dar um soco em seu rosto padrão.

– Com licença, mas estamos no meio de uma conversa – avisei.

Eu normalmente não era tão grosseiro com desconhecidos, mas havia algo naquele cara que me incomodou de imediato.

– Você não atendeu nenhuma das minhas ligações nem respondeu às minhas mensagens – disse ele, me ignorando. – O que está havendo?

Sloane olhou para ele com o rosto congelado. Parecia chocada demais para responder.

– Desculpa, mas quem é você? – perguntei, sem me preocupar em esconder minha irritação daquela vez.

O Sr. Shake de Proteína me encarou, estreitando os olhos enquanto me observava.

– Eu sou o namorado dela, idiota. E quem é você, porra?

CAPÍTULO 20

Sloane

FAZIA ANOS QUE EU trabalhava com Xavier e jamais o vi com tanta raiva. Frustrado, sim. Irritado, com certeza. Mas com raiva? Nunca.

Até aquele momento.

A mudança em seu semblante foi sutil, mas inconfundível: a tensão na mandíbula, o lampejo em seus olhos, a maneira como seus músculos se contraíram.

Ele estava a segundos de perder a paciência, e eu precisava assumir o controle rápido, antes de pararmos de novo no maldito site do Perry Wilson.

– Ele não é meu namorado – consegui falar por fim, e lancei um olhar irritado para o homem parado na minha frente. – Já que você perguntou, eu não atendi às suas ligações nem respondi às suas mensagens porque já deixei claro: acabou.

– Achei que você estava *brincando*. A nossa relação era ótima. Por que você ia querer terminar? – indagou Mark, parecendo genuinamente perplexo.

Ah, pelo amor de Deus. Era isso que eu ganhava por ter um casinho fixo, em vez de dormir com o cara uma vez só e tchau.

Eu não queria um relacionamento, mas tinha necessidades físicas, como todo mundo, e ter um peguete era mais fácil do que navegar pelo esgoto dos aplicativos de namoro ou esperar dar sorte na vida real.

O problema? Os homens sempre se apegavam demais. Bastava dormir com eles algumas vezes e de repente já achavam que cavalgaríamos juntos em direção ao pôr do sol.

Eu nem gostava de pôr do sol. Era deprimente.

– Eu disse que nosso tempo juntos tinha acabado. – Procurei nossa garçonete. Tinha que haver uma regra contra pessoas rondando as mesas dos clientes. – Agora, como o Xavier já disse, estamos no meio de uma conversa. Vá embora, por favor.

Minha conversa com Xavier estava sendo desconfortável, enervante e surpreendente de várias maneiras, mas eu preferia passar o dia inteiro relembrando nosso beijo do que falar com Mark.

Eu havia terminado com ele pouco antes de ir para a Grécia. Nós nos conhecemos quando ele trabalhava de bartender no lugar onde minhas amigas e eu costumávamos ir para um happy hour, e passamos alguns meses juntos, até que ele reservou um *fim de semana* em uma pousada. Foi quando eu entendi que tinha acabado.

– Ah, fala sério – insistiu Mark. Se eu já não tivesse certeza de que não queria mais nada com ele, naquele momento teria tido. Não havia nada menos atraente do que um homem adulto choramingando. – Se você...

– Ela falou para você *ir embora* – interrompeu Xavier, sua voz com uma suavidade letal.

Ele não havia se movido desde que Mark se declarara meu namorado, mas seus olhos ardiam com uma advertência mortal.

Apesar da postura relaxada, um braço apoiado no encosto do banco da cabine e o outro na mesa, a tensão preenchia cada linha de seu corpo. Ele parecia um predador na selva, esperando para atacar.

Um arrepio percorreu minha coluna.

Xavier não era do tipo violento, mas eu tinha um pressentimento de que, se ele e Mark se enfrentassem, um deles acabaria no chão – e seria o homem que naquele momento estava de pé.

– Não se mete – retrucou Mark, mesmo assim dando um passinho para a direita, afastando-se de Xavier. – Não sei nem quem é você.

– Você não precisa saber quem eu sou. – O sorriso afável de Xavier não alcançou seus olhos. – Mas precisa aprender a se mancar. Sloane terminou com você e você não ouviu. Ela disse para você ir embora e você não ouviu. Já foram duas chances. Sugiro fortemente que você não arrisque a terceira.

Algumas pessoas têm uma raiva quente, que explode em acessos de ódio e violência impulsiva.

A de Xavier era fria, suavizando seu tom, congelando o ar e me causando outro arrepio.

Eu era capaz de cuidar de mim mesma, e cuidava. Não queria bancar a donzela em perigo e não precisava de um homem se metendo só para reiterar coisas que eu já havia dito.

Mas, porra, às vezes era bom ter reforços, em especial quando vinha envolto em músculos e em um charme devastador.

O olhar de Mark deslizou de Xavier para mim e vice-versa. Não sei o que ele viu em nosso rosto, mas deve tê-lo assustado, porque ele deu meia-volta e foi embora sem dizer mais nada.

Meu garfo caiu tilintando no prato quando ele desapareceu de vista. Havia passado o tempo todo segurando-o com força, e o metal deixara uma marca fria em minha pele.

Xavier baixou o braço do encosto da cabine, a tensão afrouxando de seu corpo. O brilho perigoso desapareceu de seus olhos e ele me observou em silêncio por um tempo.

– Luna, seu gosto para homens é mesmo péssimo.

Soltei um resmungo, já cansada daquele dia, embora fosse apenas meio-dia.

– Obrigada pelo brunch, mas vamos encerrar por aqui. – Joguei uma nota de vinte na mesa como gorjeta, peguei minha bolsa e me levantei. – Eu tenho que...

Ele sabia que minha agenda estava vazia. *Droga, Jillian.* Se ela não fosse uma ótima assistente, eu a demitiria por compartilhar essa informação com Xavier.

– Verificar meus e-mails.

– Eu odeio tomar o tempo dos seus e-mails, mas nós ainda não terminamos a nossa conversa, como você gentilmente comunicou àquele babaca.

Xavier fez sinal para a garçonete e pagou a conta antes de me seguir para fora do restaurante.

– Me dê um bom motivo pra gente não ficar junto além do trabalho.

– Isso deveria ser o suficiente.

Propositalmente me afastei dele e olhei em direção à rua em busca de um táxi. Uma breve olhada no celular me disse que seria mais rápido do que tentar chamar um Uber.

– Relações de trabalho vêm e vão, Luna. Relações pessoais, não. – Uma pequena pausa. – Pelo menos, não deveriam.

– Você está me demitindo?

– Não, estou dizendo que podemos contornar a questão assessora--cliente. Porra, podemos até ver uma daquelas comédias românticas que você ama assistir... quer dizer, assiste *de raiva*... para nos inspirarmos – corrigiu-se Xavier quando o encarei. – Hollywood já deve ter inventado uma dezena de estratégias para esse tipo de coisa.

– Eu já te falei que comédias românticas não são realistas. Hollywood não é a vida real. – Eu me virei para encará-lo. – Você acabou de falar para o Mark que é importante se mancar. *Por que* está insistindo tanto em relação a isso?

– Porque eu quero você.

Simples. Direto. E um golpe forte e inesperado no meu peito.

O ar sumiu dos meus pulmões enquanto eu olhava para Xavier. Seus olhos e sua boca tinham ficado sérios, sua irreverência sumindo para deixar apenas sinceridade no lugar.

– Não quero só um beijo ou uma noite com você – disse ele. – Eu quero *você*. Quero conhecer você fora do trabalho. Quero ter encontros de verdade com você. E não sei se vai dar certo no final, mas quero pelo menos que a gente tente.

Pelo amor de deus, Sloane, ninguém quer namorar um bloco de gelo.

Uma ardência subiu pela minha garganta e se alojou ali.

– Confia em mim. – Apertei a alça da minha bolsa com toda a força. – Você não quer me conhecer fora do trabalho.

Quando eu estava trabalhando, ninguém me julgava por ser fria ou direta. Era o esperado. Quando eu estava namorando... era uma questão totalmente diferente.

– Deixa que eu decido isso. – A voz de Xavier suavizou-se. – De que você tem tanto medo?

Um formigamento terrível se espalhou por trás dos meus olhos e do meu nariz.

– De nada.

Desviei o olhar para a rua, onde carros buzinando e pedestres imprudentes forneciam distração suficiente para disfarçar minha verdadeira resposta.

Tenho medo de deixar alguém se aproximar outra vez.

Tenho medo de que me magoem.

Tenho medo de que, ao me conhecer de verdade, você me ache desagradável, como todo mundo, e isso vai doer muito mais porque é você.

Meu passado era o meu passado. Eu era jovem, tola e inexperiente, e tinha saído com vários homens desde minha primeira decepção amorosa. Não tinha medo de dar uma chance a eles porque sabia que não derrubariam minhas defesas.

Mas Xavier? Ele tinha o potencial de destruir tudo.

– Sloane. – Seu leve toque queimou meu braço. – Olha pra mim.

– Não. – Reafirmei minha posição e estendi o braço para chamar um táxi. – Analisamos o plano de assessoria em outro momento. Vou tirar o resto do dia de folga.

Com isso, queria dizer que leria meus e-mails em casa, tomaria um longo banho de espuma, me deliciaria com uma taça de vinho e um filme... e *não* pensaria em Xavier Castillo de forma alguma.

O táxi parou de maneira brusca na minha frente. Abri a porta e entrei. Xavier entrou atrás de mim.

– O que você está fazendo? – questionei. – Isso é invasão de propriedade!

– É um táxi.

– Que você está *invadindo*. – Bati os nós dos dedos contra a divisória que nos separava do banco da frente. – O senhor tem um intruso no seu carro. Eu não conheço esse homem. Por favor, livre-se dele imediatamente.

O motorista olhou pelo retrovisor, nem um pouco abalado.

– Você não estava falando com ele segundos atrás?

– *Ele* estava falando comigo.

– Nós estávamos falando um com o outro – corrigiu Xavier.

– Eu...

O motorista soltou um grande suspiro.

– Olha, senhora, eu não tenho tempo para lidar com briga de casal. Vai ou não vai?

– Nós não...

– Ela quer ir. Só dirige por aí até a gente te pedir para parar. – Xavier enfiou uma nota de cem dólares pela abertura da divisória. – Uma pré-gorjeta pelo seu serviço. Obrigado, amigo.

O motorista arrancou a nota da mão dele e saiu em disparada.

– Isso é sequestro – falei, furiosa. – Você está cometendo um crime.

– Você invadiu meu quarto duas vezes no mês passado, então considere que estamos quites. – Xavier sorriu, mas seus olhos permaneceram sérios. – Você não pode continuar fugindo de conversas difíceis, Luna, em algum momento vai ter que enfrentar as coisas que te assustam tanto.

– Isso é bastante irônico, vindo de você.

Xavier tinha passado metade da vida evitando responsabilidades. Ele era a última pessoa que poderia me dar um sermão sobre fugir das coisas.

– É verdade – reconheceu ele. – Mas estou trabalhando nisso.

Não encontrei uma boa resposta.

Afundei no assento, subitamente exausta.

Era coisa demais. Espanha, Colômbia, ver a Pen, receber o e-mail do meu pai e descobrir que minha irmã estava grávida, beijar Xavier... As bombas do mês anterior tinham feito muitos estragos nas minhas defesas, e eu estava cansada de sustentá-las.

– Se você realmente não sentiu nada durante o nosso beijo, eu peço para o motorista parar o carro agora mesmo e a gente nunca mais fala disso – disse Xavier calmamente. – Não vai afetar nosso trabalho juntos e podemos fingir que nunca aconteceu. Mas se houver uma pequena parte de você que acredita que a gente pode dar certo... – Ele engoliu em seco. – Não estou dizendo que temos que nos casar ou começar um relacionamento longo, mas quero que a gente se abra um para o outro. Não precisamos escancarar os quartos onde guardamos nossos segredos. Até o hall de entrada já está bom, por enquanto.

Uma gargalhada escapou de mim a contragosto.

– Meu Deus. Essa é a *pior* metáfora que eu já ouvi.

– Olha só, eu nunca disse que era poeta. – Ele me deu um sorriso torto. – Então, o que me diz? São só encontros, Luna. Podemos ser discretos e, se der certo, deu. Se não der, não deu. Zero prejuízo.

A decisão responsável a tomar era acabar com aquilo de uma vez por todas. Permitir a entrada de *qualquer* homem não resultaria em nada de bom, muito menos a de alguém tão inteligente e encantador como Xavier, e dizer sim ia contra minha promessa de não me envolver com clientes.

Mas eu estaria mentindo se dissesse que não sentia nada por ele. Nosso beijo me causara mais sensações do que qualquer outra coisa em minha memória recente, e eu tinha o pressentimento perturbador de que, se eu fosse embora, os "e se" iriam me assombrar pelo resto da vida.

Espero não me arrepender disso.

– Dois meses, começando agora. – Apenas dizer essas palavras fez meu peito apertar, mas afastei meu pessimismo que ameaçava vir à tona. – Temos até o final de dezembro para descobrir se isso pode dar em alguma coisa.

– Tipo um período de experiência.

– Sim. – Levantei o queixo. – Algum problema com isso?

– De jeito nenhum. – O sorriso de Xavier aumentou quando ele estendeu a mão. – Fechado.

Era minha última chance de desistir, mas foda-se, eu não tinha chegado tão longe para me acovardar agora. Apertei a mão dele e tentei ignorar o frio na barriga.

– Fechado.

CAPÍTULO 21

Sloane

– NÃO VOU DIZER que eu avisei, mas eu avisei... – disse Isabella. – Sabia que você e o Xavier iam acabar cedendo ao escaldante e delicioso...

– Para com isso, por favor. Estou em um táxi e vou vomitar.

– Espero que não, considerando que você está a caminho de um primeiro encontro. – Dava para ouvir o sorriso dela pelo telefone. – Divirta-se. Conta *tudo* depois e não se preocupa com o lance do Perry. Deixa com a gente.

Eu não tinha esquecido a tentativa de Perry Wilson de puxar meu tapete. Como estava de volta a Nova York, podia contar com a ajuda das minhas amigas para derrubá-lo.

– Obrigada. – O táxi parou. – Cheguei. Falo com você mais tarde.

– Ah. Manda uma foto do...

Desliguei antes que Isabella dissesse algo inapropriado. Paguei ao taxista e subi a escada da casa de Xavier no West Village, meu estômago completamente embrulhado.

Era sábado, dois dias depois de minha questionável decisão de dizer sim àquele relacionamento *casual* (ênfase no *casual*). Xavier não me contou o que tinha planejado, disse apenas que eu deveria usar "roupas confortáveis". Se fosse qualquer outra pessoa, eu teria hesitado no segundo em que ele me disse que nosso primeiro encontro seria na casa dele. É assim que assassinos em série charmosos atraem suas vítimas para a morte.

De qualquer maneira, o fato de eu ter aparecido era uma prova de quanto me sentia confortável com ele ou de quanto eu era burra. Sinceramente, preferia a última explicação à primeira.

A porta se abriu antes que eu pudesse levantar a mão para bater na porta.

O cabelo preto desgrenhado e o corpo magro e definido de Xavier preenchiam o portal, e fui assolada pela estranha sensação do meu coração disparando. Ele estava em sua versão confortável: jeans e um suéter de caxemira delicado que marcava seus ombros largos e os braços. Sem sapatos.

Por algum motivo, vê-lo descalço em casa me pareceu insuportavelmente íntimo.

Baixei a mão com uma pontada de constrangimento.

– Oi.

– Oi. – O sorriso dele exibiu um lampejo de suas covinhas. – Antes que você fique achando que eu sou um esquisito que estava na janela esperando você chegar, eu vim buscar isso. – Ele pegou uma caixinha marrom em sua soleira. – O seu timing foi perfeito.

– Por acaso isso não é uma faca que você comprou para me matar no seu porão secreto, é?

As covinhas se aprofundaram.

– Acho que você vai descobrir.

– Engraçadinho.

Pendurei o casaco no cabideiro de bronze ao lado da porta e o segui para dentro da casa. Já havia estado lá uma vez para deixar alguns documentos, mas nunca passara da sala de estar.

Xavier fez um rápido tour e descreveu cada cômodo pelo qual passamos.

Ao contrário do que eu esperava, a casa dele não lembrava a de uma fraternidade universitária. Era surpreendentemente aconchegante, apesar de muito ampla, e a decoração com temática litorânea era uma mistura inovadora de brancos suaves, azuis melancólicos e amarelos-claros. Ele devia ter um excelente senso estético, um excelente designer de interiores ou ambos.

– É aqui que eu passo a maior parte do tempo. – Ele apontou para um cômodo no segundo andar, que era parte sala de TV, parte biblioteca e parte fliperama. – É o cômodo mais versátil da casa.

– Aquilo é uma máquina de pegar bicho de pelúcia?

Me aproximei do recipiente de metal cheio de bichinhos que ocupava a parede do canto direito, entre uma máquina de pinball vintage e um carrinho de pipoca retrô.

– Ah, sim. – Xavier esfregou a nuca, suas bochechas rosadas. – Eu odiava essas máquinas quando era mais novo. Gastei uma fortuna com elas, mas nunca conseguia o brinquedo que queria, então instalei essa aqui e calibrei de um jeito que todo mundo que joga consegue pegar o que quer.

A explicação infantil foi tão inesperadamente encantadora que não me dei ao trabalho de esconder o sorriso.

– Os traumas deixados pelos inimigos da infância são profundos – comentei solenemente.

– São mesmo. – Xavier me olhou com uma cara séria. – Não vou nem te contar a história da velha gata da Doris. Ela quase matou a gente uma vez, o Hershey e eu, enquanto dormíamos.

– Hershey?

– Meu cachorro de quando eu era criança. Era um labrador marrom, por isso...

– O nome.

– Exato.

Imaginei Xavier novinho com seu cachorro, e meu coração derreteu um pouco.

Aff. Nosso encontro ainda não havia nem começado oficialmente e eu já estava toda derretida. Qual era o meu problema?

– Você teve algum animal de estimação quando criança?

Xavier esbarrou a mão na minha na saída do cômodo. A eletricidade subiu pelo meu braço e eu instintivamente me afastei.

Alisei meu coque para disfarçar a reação instintiva, meu coração batendo forte. Não tinha certeza se ele havia notado, mas um pequeno sorriso apareceu nos cantos de sua boca enquanto ele me conduzia pelos quartos do terceiro andar até o terraço.

– Não – respondi, um pouco atrasada. – Meu pai não gosta de animal nenhum, exceto cavalos.

Fiz um esforço deliberado para não olhar para nenhuma das portas dos quartos e imaginar o que havia atrás delas.

Como era o quarto de Xavier? O quarto de sua infância em Bogotá tinha sido desmontado e transformado em uma suíte de hóspedes. Será que havia itens de suas viagens? Obras de arte? Pôsteres? Se sim, de quê?

– Mas eu tenho um peixe de estimação temporário – contei, determinada a não me demorar nessas perguntas idiotas. – A pessoa que alugava o meu apartamento antes de mim o deixou para trás.

Xavier abriu a porta do terraço.

– Qual é o nome dele?

– O Peixe.

Ele parou e olhou de lado para mim.

– O nome do seu peixe de estimação... é Peixe?

– O Peixe – corrigi. – Artigos são importantes e, como eu disse, ele é um animal de estimação temporário. Não faz sentido dar a ele um nome de verdade.

– Entendi. Há quanto tempo você tem esse animal de estimação temporário?

– Cinco anos.

A risada dele criou baforadas brancas no ar frio do outono.

– Odeio ter que te dizer isso, Luna, mas, depois de um ano, a posse de um animal de estimação não é mais considerada temporária.

Eu tinha todo um argumento sobre como *temporário* não tinha limite de tempo definido. Portanto, se eu tivesse adotado O Peixe com a intenção de um dia realocá-lo, era considerado temporário, independentemente de quanto tempo passasse.

No entanto, as palavras morreram na minha língua quando pisei no terraço e vi o que ele havia planejado para o nosso primeiro encontro.

Meu Deus do céu.

Uma tela gigante ocupava um lado do terraço, e ali perto havia uma mesa repleta de todos os lanches imagináveis. Havia pratos de cerâmica branca cheios de M&M's, pretzels, ursinhos de goma e outros doces que não consegui identificar àquela distância; pratos cheios de batatas chips, cookies e salgadinhos diversos; tigelas enormes contendo seis tipos de pipoca; e uma tábua completa de frios. Um balde de champanhe estava ao lado de chá, café e três garrafas de vinho (um tinto, um branco e um rosé). Debaixo da mesa, um frigobar com porta de vidro ostentava uma variedade de água, sucos e refrigerantes.

Tapetes e vasos de plantas espalhados pelo chão davam um toque aconchegante ao ambiente. Velas estrategicamente posicionadas e as luzes suspensas iluminavam o terraço, em vez do sol poente, enquanto aquecedores portáteis afastavam o frio.

Entretanto, a *verdadeira* estrela do show era o colchão gigante colocado em frente à tela. Cheio de travesseiros, almofadas e mantas de caxemira, parecia tão aconchegante que tive vontade de mergulhar bem no meio e nunca mais me levantar.

Toda a configuração era tão cafona que parecia saída de uma comédia romântica.

E eu amei.

A emoção fez meu peito gelar. Quando foi a última vez que alguém se dedicou tanto a algo para mim?

Meus ex-namorados me levavam a jantares caros e a shows exclusivos, o que era legal, mas só custava dinheiro. Tempo e cuidado são muito mais valiosos, e ninguém jamais me considerara digna dessas coisas.

– Como é Halloween, pensei que podíamos fazer uma sessão dupla – disse Xavier. – Uma comédia romântica de bruxas e uma comédia romântica de Natal que só vai ser lançada no fim do ano. Um amigo de um amigo trabalha em um estúdio e me ajudou.

Pela primeira vez, fiquei sem ter uma resposta sarcástica.

– Parece... – Pigarreei para afastar a rouquidão. – Parece ótimo.

Enchemos nossos pratos com comida e nos acomodamos no colchão. Ele o havia encostado na parede baixa de tijolos, para que tivéssemos apoio para as costas, mas uma montanha de travesseiros suavizava a superfície dura.

Os créditos iniciais rolaram pela tela. Tentei focar nos nomes dos atores principais em vez de na presença de Xavier.

Não estávamos encostados um no outro, mas próximos o suficiente para que cada vez que um de nós se mexesse, a gente se esbarrasse.

O braço dele contra o meu ombro.

A perna dele contra o meu joelho.

A mão dele contra a minha coxa.

Segundos de contato tão breves que mal contavam como toques, mas tão potentes que causavam um caos em meu corpo. Todo o meu lado direito formigava com a proximidade dele, e eu estava completamente à flor da pele.

Estávamos em um terraço em Nova York, no final de outubro, e eu estava ardendo. Não era por causa dos aquecedores nem das mantas; era por causa dele.

– Estou surpresa que você tenha marcado comigo no Halloween – comentei, apenas para desviar a atenção do ritmo acelerado do meu coração. *Controle-se, pelo amor de Deus.* – Estão rolando dezenas de festas hoje à noite.

– Essas festas são chatas. Isso aqui não é.

– Você prefere assistir a uma comédia romântica sobre uma bruxa e um encanador que se apaixonam do que ir a uma festa à fantasia cheia de celebridades?

– Com certeza. Contanto que eu esteja assistindo com você.

A resposta foi tão natural que levei um segundo para registrá-la. Assim que isso aconteceu, meu coração se transformou em uma banda marcial completa, com bateria e tudo.

Maldito.

Aquela noite deveria ser um encontro obrigatório. Eu não deveria estar gostando tanto.

Você sabe que precisa dar uma chance de verdade a ele, certo? O gentil lembrete de Vivian durante nosso happy hour, no dia anterior, brotou em minha mente. *Não fique só empurrando com a barriga, esperando o período de experiência acabar. Não vai ser justo nem com você nem com ele.*

Eu odiava quando outras pessoas tinham razão.

– E você? – perguntou Xavier. – Nenhum plano de Halloween com as meninas?

– Não. Elas estão com suas famílias. – Senti uma pequena pontada na barriga. – Vivian e Dante levaram a Josie para uma festa no zoológico. Kai e Isa têm um evento da *Mode de Vie*, e Dominic e Alessandra estão no baile de outono do Valhalla.

Kai e Isabella tecnicamente ainda não eram casados, mas dava no mesmo.

Eu estava sobrando. Não me importava; preferia estar solteira e contente do que em um relacionamento e infeliz. Mas houve momentos em que me perguntei como seria viver sabendo que havia alguém que me amava total e incondicionalmente, de todo o coração, exatamente como eu era, e não como queriam que eu fosse.

– Falando no Dante, você descobriu por que ele está no comitê de herança? – perguntei, ansiosa para pensar em alguma outra coisa, qualquer coisa.

– Não, ainda não falei com ele. Estou mais focado nas reuniões da semana que vem.

Xavier roçou a perna na minha de novo, e aquela vibração ridícula voltou. Ele olhou para mim, as imagens em movimento na tela lançando luz em seu rosto, depois sombra, depois luz novamente.

– Ele tinha muitos negócios com o meu pai, então presumo que isso seja parte do motivo.

– Talvez. Posso perguntar para Vivian...

– Luna. – Xavier gentilmente enganchou o dedo mindinho ao redor do meu sob o cobertor, e eu simplesmente desaprendi a respirar. – Isso é um encontro. Chega de falar de trabalho.

– Certo. – *Inspira e solta. Você sabe como funciona.* – Em algum momento você vai me dizer por que me chama de Luna?

– Um dia. – As covinhas dele apareceram. – Se você for muito legal comigo.

Reprimi um sorriso.

– Estou sendo legal com você agora.

– Você esqueceu uma palavra.

– *Muito* legal. O que preciso fazer, um boquete?

A piada perdeu a graça quando percebi meu erro. Falar sobre boquetes com Xavier? *Péssima ideia.*

Abortar missão, abortar missão! Os alarmes soaram em minha cabeça, mas já era tarde.

Algo intenso engoliu o humor nos olhos dele, e meu suprimento de oxigênio, que já estava escasso, diminuiu para níveis de emergência.

Àquela altura, nenhum de nós estava prestando atenção no filme. Infelizmente, isso significava que *toda* a minha atenção estava voltada para (1) o calor delicioso do corpo de Xavier, que havia se aproximado o suficiente para causar um curto-circuito no meu cérebro, e (2) uma galeria mental de imagens lascivas que envolviam ele, eu e uma certa atividade começando com B.

Meu sangue de repente ferveu.

– Talvez, mas não hoje. – Seu murmúrio sedoso me causou um calafrio. – No primeiro encontro, apenas beijos na boca. Que tipo de homem você acha que eu sou?

– Está me dizendo que nunca fez mais do que beijar alguém no primeiro encontro.

Não era uma pergunta, mas minha voz soou tão ofegante que não a reconheci como minha.

– Já, mas isso foi anos atrás, não era com você e eu não estava tentando conquistar ninguém.

Outro tipo de calor, que não tinha nada a ver com excitação, se acumulou em meu estômago.

– É isso que você está tentando fazer? Me conquistar?

– Depende. – Um sorriso surgiu nos lábios dele. – Está funcionando?

Sim.

– Não.

– Mentirosa.

– Um pretendente não deve chamar seu objeto de desejo de mentirosa. É falta de educação.

– Sou sincero quando a situação exige, e você morreria de tédio se alguém só concordasse com tudo o que você diz e faz.

O dedo mindinho dele, ainda enganchado no meu, apertou um pouco mais. Eu queria ter me importado.

– Você acha que me conhece muito bem – sussurrei, mesmo sabendo que ele estava certo.

– Algumas partes de você. – O toque suave de seu polegar em minha mão liberou uma nevasca em minha barriga. – Mas vamos chegar lá.

A insinuação de que duraríamos até esse ponto chegar ativou minhas defesas, mas a noite estava tão agradável e o toque dele era tão bom que ignorei.

Foi somente quando o filme de bruxas terminou e o de Natal começou que percebi que, pela primeira vez em cinco anos, havia assistido a uma comédia romântica sem escrever uma resenha.

CAPÍTULO 22

Xavier

SE EU PUDESSE, PASSARIA os dois meses seguintes focado apenas em Sloane.

Terminamos nosso encontro no sábado à noite com nada mais do que um beijo no rosto, mas foi o encontro mais foda que já tive. Ela estava se interessando por mim, e isso era o que importava.

Sendo sincero, eu não estava acostumado a correr atrás das mulheres. Desde que entrei na puberdade, fui inundado de atenção feminina. Arrumar encontros era fácil, transar era mais fácil ainda, então todo aquele experimento com Sloane era um território desconhecido.

Se fosse qualquer outra pessoa, eu apenas desistiria. Mas ela não era qualquer pessoa, e eu já estava fazendo planos para o nosso próximo encontro. Tínhamos dois meses, então eu precisava aproveitá-los ao máximo.

Infelizmente, também tinha que lidar com questões chatas relacionadas à minha casa noturna. Ou seja, obter as licenças, garantir o local, o financiamento e um milhão de outras coisas necessárias para dar início a um negócio.

Foi assim que me vi no Valhalla novamente na quarta-feira após o nosso encontro, cara a cara com o homem que definiria o destino dos meus planos antes mesmo de eles começarem.

Primeiro nome na lista de Kai.

Vuk Markovic, também conhecido como o Sérvio, estava sentado à minha frente em seu escritório, com seus sinistros olhos azuis desprovidos de emoção enquanto eu explicava minha ideia. Ele abrira mão do terno e gravata que eram o típico uniforme de CEO, priorizando suéter e calça pretos.

Uma cicatriz brutal cortava seu rosto ao meio, e uma espiral de cicatrizes de queimaduras envolvia seu pescoço.

Eu me esforçava ao máximo para não ficar olhando. Felizmente, ficou mais fácil depois que peguei o ritmo. Desde a faculdade eu não apresentava um plano de negócios, mas aprendia rápido e me sentia à vontade falando em público.

Para ganhar credibilidade, eu precisava de um sócio, e Vuk era perfeito para o posto. Ele era o atual presidente do comitê de gestão do Valhalla, o que talvez o tornasse o homem mais poderoso da cidade. Tinha mais de uma década de experiência e uma excelente reputação de ser justo mas implacável quando a ocasião assim exigia.

Claro, ele precisava de um motivo convincente para fazer negócios comigo, além de termos um conhecido em comum. Kai havia me colocado no jogo; cabia a mim decidi-lo.

– A Markovic Holdings está lançando sua nova vodca sem álcool no próximo verão, o que se encaixa perfeitamente com o lançamento da Vault – falei. Havia batizado a boate de Vault, "cofre", em homenagem à sua (possível) localização. – Podemos fazer um pré-lançamento exclusivo e ter um bar personalizado para dar destaque à bebida. Sloane Kensington está encarregada da inauguração; será o evento noturno da temporada. Todos os formadores de opinião importantes estarão presentes, e será o primeiro evento da nossa série Tendências.

A ideia era simples: uma série de eventos mensais em que os participantes receberiam acesso antecipado ou exclusivo a vários produtos, desde comidas a performances e pré-estreias de moda, tudo isso enquanto tomavam cervejas Castillo e bebidas Markovic.

Minha família era especialista em cerveja, mas Vuk comandava um enorme império de bebidas alcoólicas que variava de vinho barato, que qualquer estudante universitário conseguia comprar, a champanhes tão raros que apenas algumas garrafas eram produzidas anualmente. No ano seguinte, eles começariam a diversificar para o setor de bebidas alcoólicas sem álcool, que crescia rapidamente, e a empresa estava investindo muito para que fosse um sucesso.

A exclusiva série Tendências ocorreria em uma noite fora da programação geral da boate, mas o objetivo não era atrair frequentadores regulares. Os eventos seriam dedicados à imprensa e aos influenciadores, que sempre gostavam de ser os primeiros a experimentar algo novo; a presença deles, além da natureza em constante evolução dos eventos, criaria um novo burburinho todo mês e manteria o clube sempre em destaque na mente das pessoas.

Ao menos, esse era o plano.

Vuk esperou até que eu terminasse meu discurso antes de disparar uma série de perguntas metódicas.

Quem são seus concorrentes?

Você já tem um local acertado?

Você tem outras marcas ou empresas preparadas para participar da série Tendências?

Como é que você vai conseguir fazer tudo isso em menos de seis meses?

A última pergunta ele não chegou a fazer, mas estava implícita.

Tecnicamente, ele não disse nada; as perguntas vieram na forma de bilhetes escritos. Ninguém sabia muito sobre ele para além de seus negócios, mas, de acordo com os rumores, a ausência de comunicação verbal não se devia a razões médicas (havia uma lenda de que ele uma vez disse "obrigado" a um funcionário do Valhalla). Ele simplesmente odiava falar.

Respondi às preocupações de Vuk da melhor maneira possível, mas minha confiança diminuiu diante de seu estoicismo infalível.

– A Vault será a maior novidade da vida noturna de Nova York desde a Legends – afirmei. – Tenho os contatos, a visão e a motivação, mas, no final das contas, esse negócio é uma questão de instinto. O que funciona, o que não funciona, qual é a próxima grande novidade. Não se pode comprar ou aprender isso. – Eu me inclinei para a frente, mantendo os olhos nos dele. – Eu tenho esse instinto e, se você se tornar meu sócio, farei de nós verdadeiras lendas.

Eu havia pensado no clube como uma forma de cumprir a cláusula da herança e, ao mesmo tempo, de mandar meu pai à merda, mas agora que passara tempo me dedicando a ele, *queria* fazer com que desse certo. Não por dinheiro, pela família ou pelo mundo, mas por mim mesmo. Queria provar que era capaz.

Vuk me olhou fixamente, sua expressão distante.

Eu entendia por que a maioria das pessoas se borrava quando estava na mesma sala que ele. Havia algo profundamente inquietante no Sérvio. Talvez fosse uma combinação de seu silêncio, seu status e suas cicatrizes; talvez fosse algo completamente diferente.

De todo modo, o nervosismo agitava minhas veias quando ele começou a escrever.

Ele deslizou o papel sobre a mesa menos de trinta segundos depois.

Entre em contato de novo quando tiver conseguido um local.

Merda. Garantir o espaço que eu tinha em mente seria quase impossível sem Vuk como sócio.

Se aquilo era um impedimento, por que ele não disse antes de marcarmos a reunião?

Engoli minha decepção, agradeci a ele pelo seu tempo e fui embora. Ao sair do escritório, passei por um homem de cabelos escuros com… puta merda, aquela era a Ayana?

– Ei, o Vuk está ocupado? – perguntou o homem.

Ele devia ter me visto saindo do escritório do Sérvio. Disfarcei minha surpresa. Pouquíssimas pessoas chamavam Vuk pelo primeiro nome em voz alta; em teoria, ele odiava isso.

– Não estava quando eu saí.

O homem assentiu.

– Obrigado.

Ayana me deu um breve sorriso ao passar. Com sua pele escura luminosa e maçãs do rosto bem marcadas, a supermodelo parecia ainda mais etérea ao vivo, mas eu não senti nada. Nem mesmo um lampejo de luxúria ou atração.

Sloane e eu tínhamos nos beijado uma vez, e ela já tinha me feito esquecer qualquer outra mulher.

Eu deveria estar mais alarmado com isso, mas achei difícil fazer algo além de sorrir ao vê-la andando de um lado para outro na biblioteca. Eu havia liberado a entrada de Sloane no clube antes da reunião com Vuk e, embora não *precisasse* de apoio moral, adorei tê-la ali.

– O que ele disse? – perguntou ela quando me aproximei. – Ou escreveu. Você me entendeu.

– Ele disse para eu voltar a entrar em contato quando tiver um local garantido.

– Segundo nome da lista?

– Segundo nome da lista – confirmei.

– Merda.

Exatamente o que pensei. Eu tinha uma reunião com o segundo nome da lista de Kai na sexta-feira seguinte, e não estava ansioso pela ocasião.

– Pensando pelo lado positivo, não foi um não. Vou resolver isso – afirmei. – Como estão indo as coisas com o PW?

Sloane havia me informado sobre seus planos para derrubar Perry Wilson. Eu não discutiria; o cara era uma grande dor de cabeça.

– Estão indo – respondeu ela. – Minhas amigas plantaram as sementes. Eu vou cuidar do resto. Eu estava até fazendo uma pequena pesquisa sobre esse assunto antes de você chegar.

– Perfeito. Sendo assim, hoje foi um dia produtivo e podemos ir jantar.

Eu precisava me recuperar depois da reunião com Vuk, e comida sempre melhorava meu ânimo. Sloane comprimiu os lábios.

– Os horários das suas refeições precisam ser repensados. São só quatro da tarde.

– Depois que a gente conseguir atravessar o trânsito da hora do rush, já serão cinco, que é o horário do happy hour. Você sabe o que vem depois do happy hour?

– Um banho.

– Jantar. – Minha boca se curvou em um sorriso. – Embora eu não me oponha a um banho juntos – disse, baixo o suficiente para que apenas ela pudesse ouvir.

Um leve rubor tomou as orelhas de Sloane, mas ela levantou uma sobrancelha e perguntou:

– Você não ia me conquistar aos pouquinhos?

– Você tem uma mente muito suja, Luna. Eu só propus um banho juntos. Seria basicamente um filme liberado para menores, exceto pelos dois personagens atraentes e nus.

A risada de Sloane atraiu vários olhares de reprovação antes que ela tapasse a boca.

Meu sorriso se alargou. Se, um ano antes, alguém tivesse me perguntado qual era a minha coisa favorita no mundo, eu teria dito uma bebida gelada em uma praia quente. Agora, era fazer Sloane rir. Vê-la baixar a guarda e ser ela mesma nunca perdia a graça.

– Lamento decepcioná-lo, mas nada de banhos compartilhados hoje nem em qualquer momento no futuro próximo – disse ela depois de controlar seu divertimento. – Isso...

O celular dela se acendeu com uma ligação e uma rápida olhada na tela tirou o sorriso de seu rosto.

Sloane atendeu, sua pele ficando pálida enquanto ouvia o que a pessoa na linha tinha a dizer. Um minuto depois, ela desligou e pegou seu casaco no encosto da cadeira.

– Eu tenho que ir.

Uma onda de preocupação percorreu minhas entranhas.

– O que aconteceu?

Eu a segui até a saída, e Sloane não respondeu até que estivéssemos no corredor, longe de qualquer pessoa curiosa.

– É a minha irmã. – Ela finalmente me encarou, seus olhos cheios de pânico. – Ela está no hospital.

CAPÍTULO 23

Sloane

NÃO DISCUTI QUANDO XAVIER insistiu em me acompanhar até o hospital. Ele tinha ido de carro para o clube, e era mais fácil receber uma carona do que pegar um táxi.

A voz tensa de Rhea ecoava na minha cabeça enquanto acelerávamos em direção ao hospital.

Meu dia de folga... Penny desmaiou na rua... foi internada...

Ela não teve tempo de me contar os detalhes antes que uma enfermeira a chamasse ao fundo. A falta de contexto fazia meu estômago revirar e minha imaginação entrar em uma espiral de caminhos espinhosos.

Será que Pen estava gravemente ferida? Uma perna quebrada ou algo pior? Teria que passar por uma cirurgia?

O medo me corroía por dentro.

Eu deveria ter buscado notícias dela antes. Já havia se passado um mês desde Londres, e Rhea me enviava mensagens de vez em quando, mas eu deveria ter encontrado tempo para fazer uma chamada de vídeo. Em vez disso, havia me enterrado no trabalho e em Xavier.

A razão me dizia que Rhea teria soado mais aflita se Pen estivesse correndo um sério perigo, mas a razão sempre se desfazia diante do medo gélido e debilitante.

Felizmente, Xavier não fez perguntas nem puxou conversa. Simplesmente saiu em disparada pelas ruas, navegando entre pedestres inconsequentes e pelo trânsito com uma destreza surpreendente... até chegarmos ao engarrafamento do centro de Manhattan na hora do rush.

Os semáforos estavam verdes, mas o tráfego estava tão congestionado que ninguém conseguia se mover.

– O que aconteceu?

Eu me estiquei, tentando entender o motivo do barulho de carros, pedestres e ciclistas que passavam pelo cruzamento.

– Parece um acidente. – Xavier abriu a porta do motorista, colocou o corpo para fora e fez uma rápida inspeção do nosso entorno. – O trânsito está completamente parado por quarteirões.

Merda. Apertei a beirada do assento. Poderíamos passar horas presos ali, e eu não tinha todo esse tempo.

E se Pen piorasse de repente? E se eu perdesse a chance de vê-la pela última vez por...

Não. Não pense nisso.

Lutei para manter a calma. Entrar em desespero não ajudaria ninguém.

– Eu já volto. – Xavier saiu do carro. – Se o trânsito de alguma forma evaporar dentro dos próximos cinco minutos, meu bebê está nas suas mãos.

Ele deu um tapinha na lataria do Porsche.

– O que você está...?

Eu me virei para observar enquanto ele caminhava pela fila de carros atrás de nós e batia na janela do último veículo. O motorista baixou o vidro, Xavier lhe entregou algo e, depois de uma breve troca, o carro deu ré e entrou em uma rua lateral.

Felizmente, havia apenas três carros nos bloqueando, e Xavier repetiu esse processo com os outros dois até que estivéssemos livres.

– Mudança de planos. – Ele voltou ao seu assento e seguiu o exemplo dos outros, dando marcha a ré e mudando a rota. – Pode ser que o caminho seja acidentado.

– O que você fez?

– Dei a cada motorista trezentos dólares para eles darem a volta. – Xavier encarou a rua lateral, que também estava entupida, de testa franzida.

– O suborno faz maravilhas.

– Precisamos conversar sobre a quantidade perigosa de dinheiro que você carrega... *merda.* – Agarrei-me ao apoio de braço da porta, meu coração na boca, quando o Porsche subiu na calçada. – Isso não é uma rua!

– Eu sei.

Ele seguiu em frente, com duas rodas na calçada e duas na rua, passando por uma fila de buzinadas e xingamentos furiosos. – Não tem nenhum pedestre, e eu posso pagar a multa.

– Você enlouqueceu... *porra*!

Meu coração acelerou ainda mais quando quase batemos de lado em um hidrante, e eu não consegui respirar até que finalmente, finalmente, viramos em uma rua e ele voltou a dirigir da maneira certa.

Ou seja, sem calçada, apenas asfalto.

O fluxo de oxigênio me deixou tonta. *Nota mental: nunca mais entrar em um carro com Xavier ao volante.*

– Você precisa chegar no hospital. Esse é o jeito mais rápido de isso acontecer – disse ele calmamente. Ele dirigia com uma das mãos; a outra se fechou sobre a minha, entrelaçando nossos dedos. Fiquei tensa de surpresa. – Não se preocupe, Luna. Nós vamos conseguir.

Fitei seu perfil por um segundo antes de desviar o olhar para nossas mãos entrelaçadas. A dele era tão grande que cobria a minha, e tão quente que o calor se irradiava pelo meu braço, pelo meu peito e pela minha barriga.

Ele estava concentrado na estrada, e seu gesto de consolo foi casual e distraído, mas de alguma forma isso o tornou ainda mais íntimo.

Uma emoção me subiu à garganta, espessa e repentina.

Eu sentia falta de sexo porque não transava havia um mês, mas não tinha percebido o quanto sentia falta *daquilo*. Toques não sexuais. Intimidade descomplicada. Conexão, de uma forma ou de outra.

Talvez fosse porque fazia anos que eu não tinha *aquilo ali*, se é que já tivera.

Olhei para a frente e apertei a mão de Xavier, deixando que sua força tranquilizadora me acalmasse. Não me importei em demonstrar vulnerabilidade naquele momento; só precisava de alguém em quem me apoiar.

Felizmente, não pegamos mais trechos de trânsito intenso e chegamos ao hospital em um tempo relativamente curto.

– Vai entrando – disse ele. – Eu vou procurar lugar para estacionar.

Não discuti.

Para uma tarde aleatória de quarta-feira, o hospital estava lotado, mas, como eu era da família, consegui passar facilmente pela recepção.

Verifiquei meu celular no elevador. Não havia nenhuma mensagem nova de Rhea, o que eu supunha ser uma coisa boa. *Por favor, que ela esteja bem.*

As portas se abriram. Saí correndo, dobrei o corredor e...

Meu estômago afundou.

George e Caroline estavam parados ali, ele de terno e ela com um vestido de tweed de grife. Estavam de costas para mim, mas eu os reconheceria por qualquer ângulo.

Estava tão focada em ver Pen que não havia cogitado a presença deles. Sinceramente, não teria ficado surpresa se os dois *não* tivessem aparecido. Eles tinham o hábito de ignorá-la, a menos que fosse absolutamente necessário.

Estavam conversando com uma enfermeira e ainda não tinham me notado. Rhea, no entanto, notou. Nossos olhares se cruzaram antes de ela se virar, permitindo que eu aproveitasse a distração de George e Caroline para entrar no quarto de Pen.

Eu lidaria com as consequências mais tarde. Naquele momento, precisava vê-la.

Pen parecia estar dormindo, mas se mexeu quando fechei a porta atrás de mim. Ela virou a cabeça e arregalou os olhos de surpresa.

– Sloane?

– Oi.

Abri um leve sorriso, mesmo enquanto a examinava freneticamente em busca de sinais de ferimentos graves. Ela parecia muito pequena na cama do hospital, mas, além de um curativo enorme na testa, não vi nada de errado. Pen não parecia estar com nenhum membro quebrado, hematomas ou contusões.

– Como você está se sentindo?

– Estou bem. – A voz de Pen era fraca, mas firme. – Não se preocupa. Foi só um corte. Está todo mundo surtando por nada.

– O que aconteceu?

O nó em meu peito se afrouxou, mas a preocupação não foi embora por completo.

– Foi uma besteira – resmungou ela, soando como a criança que era. – Eu caí e bati a cabeça na calçada. Foi só isso.

– Pen.

Eu a encarei com um olhar severo. Ela soltou um suspiro irritado.

– Eu e a Annie estávamos passeando e eu apaguei. Bati a cabeça no meio-fio e, hã... quase fui atropelada por uma bicicleta.

Engoli um xingamento e uma série de perguntas. Annie era a babá que ficava com ela nas folgas de Rhea, e deveria saber que não podia levar Pen para sair àquela hora do dia, quando era mais provável que ela sofresse um desmaio.

Felizmente, parecia ter sido leve, ou ela estaria inconsciente em vez de falando comigo, mas mesmo assim.

Passei a mão em seus cabelos, tão finos e delicados que fiquei com o coração apertado. Ela era tão jovem e já havia passado por tanta coisa.

– Mas eu estou bem.

Os olhos de Pen se fecharam antes que ela os abrisse novamente, seu rostinho cheio de determinação. Ela sempre resistia a dormir quando eu a visitava. A parte egoísta de mim ficava agradecida pelo tempo extra; a parte ansiosa se preocupava com a possibilidade de aquilo piorar suas crises.

– A Annie me trouxe pra cá só por precaução...

Eu podia imaginar por que a haviam colocado em um quarto particular tão rápido. Meu pai doara uma ala inteira para o hospital anos antes.

– Cadê a Annie? – perguntei.

– Não sei. Ela foi demitida. – Pen baixou os olhos. – Rhea saiu mais cedo do chá de bebê da sobrinha para me ver.

– Porque ela gosta de você. Todos nós gostamos – respondi gentilmente.

Olhei para o curativo de novo. Era um ferimento relativamente pequeno, mas mesmo ferimentos pequenos podiam ter efeitos graves em pessoas com SFC. A recuperação era mais demorada e a dor podia ficar mais intensa.

– A mamãe e o papai sabem que você está aqui?

Os olhos de Pen estavam se fechando outra vez.

– Ainda não.

O medo invadiu meu alívio ao pensar em confrontá-los.

– Estou feliz que você veio. Eles vão... – A voz dela sumiu, e Pen apagou.

Fiquei ali por um minuto, aproveitando nossos últimos momentos juntas.

Tanto Pen quanto eu havíamos mudado desde que me afastei da família, anos antes. Estávamos mais velhas, um pouco mais sábias e mais conscientes das figuras que eram George e Caroline. Mas, de certa forma, éramos as mesmas: ainda presas às nossas circunstâncias, ainda incapazes de mudá-las.

A adrenalina da ligação de Rhea se dissipou, deixando-me com uma lucidez fria e dura. No segundo em que eu entrasse no corredor, George e Caroline saberiam que eu vinha visitando Pen secretamente. Eu só poderia ter chegado ao hospital tão rápido se Rhea tivesse entrado em contato comigo, e a única *razão* pela qual eu tinha vindo tão rápido era porque amava Pen. Considerando que ela tinha 4 anos na última vez em que, em tese, nos vimos, não seria preciso ser um gênio para descobrir que mantivemos contato ao longo dos anos.

Talvez eu tivesse sorte. Talvez George e Caroline não fizessem um escândalo e não demitissem Rhea nem trancassem Pen, só de raiva, em algum lugar fora do meu alcance.

Aham, e talvez Satanás se arrependa e desista de governar o submundo para se tornar um elfo na oficina do Papai Noel.

Fiquei tentada a me esconder no quarto de Pen e esperar minha família sair antes de me esgueirar para fora, mas, pelo que pude ver pela janelinha da porta, isso não aconteceria tão cedo. Seria infinitamente pior se alguém entrasse e me encontrasse escondida.

Eu era muitas coisas, mas covarde não. Quaisquer que fossem as consequências, eu lidaria com elas. Só esperava poder proteger Rhea. Ela havia me contado sobre a hospitalização de Pen sabendo que eu apareceria e que ela provavelmente seria mandada embora. Fez isso porque sabia que Pen ia gostar de me ver, e não merecia ser demitida por conta de um ato tão cuidadoso.

Eu me preparei, caminhei até a saída e abri a porta.

No entanto, mal cruzei a soleira e parei, congelada.

George, Caroline e Rhea não eram mais as únicas pessoas do lado de fora do quarto de Pen. A enfermeira se fora, e uma loira magra e perfeitamente arrumada estava ao lado do meu pai e da minha madrasta. Ao lado dela, um homem bonito de cabelos castanhos e olhos azuis olhava em volta com uma expressão de tédio.

Dessa vez, não havia como passar despercebida por eles. Todos pararam de falar quando a porta se fechou atrás de mim e meus quatro (ex) familiares me encararam com expressões variadas de choque, descrença e confusão.

– Ora, ora – disse a loira, recuperando-se primeiro. – Que surpresa.

Reprimi uma careta. Sua voz, por mais adorável que fosse, tinha o efeito de adentrar minha pele e reabrir feridas antigas. Ver *o homem* era ainda pior. Era como ser atropelada de surpresa por um caminhão do passado e jogada longe.

Eles eram as únicas pessoas que ainda conseguiam fazer com que eu me sentisse inferior e insignificante.

Minha irmã Georgia e Bentley – seu marido, meu cunhado e... ex--noivo.

CAPÍTULO 24

Sloane

O BRILHO INTENSO DAS lâmpadas fluorescentes pintava o corredor em brancos e sombras. Sapatos rangiam, a equipe médica passava apressada e o cheiro de desinfetante pairava no ar.

Nada disso afetava Georgia, que parecia uma Grace Kelly moderna que acabara de sair das páginas da *Vogue*.

– Não vai me dizer que você falou na recepção que era da família, para o pessoal deixar você subir – disse ela. – É um pouco irônico, não?

Sua pele brilhava de uma maneira que não deveria ser possível sob aquela iluminação nada favorável. Ainda não dava para perceber a gravidez, e o suéter de caxemira e a calça de lã italiana se ajustavam à sua silhueta tonificada pelo pilates como se tivessem sido feitos sob medida (e provavelmente tinham mesmo). Um diamante de família de quatro quilates brilhava em seu dedo anelar.

Era o mesmo anel com o qual Bentley havia me pedido em casamento.

O ácido me corroeu as entranhas, mas encarei Georgia com desprezo.

– Pen *é* minha família – respondi. – Ela tinha 4 anos na época. Não deveria sofrer as consequências das más decisões tomadas pelos adultos em sua vida.

– Penelope é uma Kensington – disse Caroline com frieza. – *Você* não é mais uma Kensington em nada além do nome, o que significa que ela não é sua família. Você não tem o direito de estar aqui.

– Muito bonito vindo de alguém que finge que ela não existe na maior parte do tempo. – Retribuí o olhar dela com um sorriso frio. – Não fique

187

muito tempo, Caroline, senão as pessoas podem confundir você com uma mãe de verdade.

– Sua...

– Caroline. – Meu pai colocou a mão em seu braço, contendo-a. – Não.

Minha madrasta respirou fundo e tocou o fio de diamantes em seu pescoço. Seu olhar não mudou, mas ela também não concluiu o ataque.

George se virou para mim com uma expressão indecifrável, e minha falsa coragem derreteu como ferro jogado no fogo.

Era a primeira vez que nos víamos desde nosso afastamento. Se ver Bentley era como ser atropelada por um caminhão, ver meu pai era como ficar presa nas areias do tempo. Cada movimento dos grãos evocava uma lembrança diferente.

O timbre de sua voz enquanto passeávamos pelo zoológico do Central Park no meu aniversário de 7 anos e ele apontava os diferentes animais.

O sorriso de orgulho em seu rosto quando fui apresentada à sociedade em meu baile de debutante.

O choque quando eu disse a ele que estava abrindo minha própria empresa de assessoria, em vez de me casar e ter filhos, como "deveria".

Sua postura defensiva quando acusei Georgia e Bentley de terem um caso pelas minhas costas, a fúria quando me recusei a "aceitar o relacionamento" e a dar-lhes minha bênção e, finalmente, a frieza total quando ele me deu seu ultimato.

Se você sair por essa porta, não precisa mais voltar.

O peso de nossa história esmagou meus pulmões. As emoções me invadiram em um misto de raiva antiga e nostalgia recente, e precisei de toda a minha força para não me virar e fugir como a covarde que eu me orgulhava de não ser.

Tivera muitos anos para imaginar como seria nosso primeiro encontro após o rompimento. Os cenários variavam de um ignorando o outro (o mais plausível) a um reencontro alegre e cheio de lágrimas (o menos plausível).

Confrontar-nos em frente ao quarto de minha irmã no hospital depois de ela quase morrer era tão *implausível* que ficou totalmente de fora.

– Sloane. – Meu pai soou como se estivesse falando com o motorista, sem demonstrar qualquer emoção. – Como você soube que Penelope estava aqui?

A amarga pílula da decepção se abriu em minha língua. O que eu estava esperando, um abraço?

– Eu... – Fiz esforço para não olhar para Rhea. – Recebi uma mensagem da Annie.

Eu me senti mal por colocar na conta dela, mas Annie já tinha sido demitida. Rhea, não, e Pen precisava dela.

Além disso, eu duvidava que minha família fosse confirmar com Annie. Quando demitiam alguém, essa pessoa deixava de existir para eles.

Caroline estreitou os olhos.

– Você nem a conhecia.

– Que você saiba. – Arqueei uma sobrancelha. – Como eu saberia o nome dela, então?

– Penelope poderia ter te contado.

– Poderia. Mas não contou.

– Isso é ridículo. – Minha madrasta voltou a olhar para meu pai. – George, tire ela daqui. Ela deixou de ser uma Kensington no dia em que *humilhou* esta família ao abandoná-la... Meu Deus, a quantidade de fofocas que tive de suportar em todas as minhas reuniões de caridade depois disso... E ela...

– Você não pode me expulsar – retruquei. – Estamos em um lugar público. Vocês não são donos do hospital, não importa quanto dinheiro doem a ele.

– Talvez não, mas podemos obter uma ordem de restrição contra você por mentir para a equipe do hospital e se intrometer em um assunto particular da família.

– Você até pode tentar. Meu...

– Chega! – gritou meu pai. Caroline e eu caímos em um silêncio revoltado. – Este não é o momento nem o lugar para termos discussões irrelevantes.

Ele voltou toda a potência de seu olhar incendiário para mim.

– Sloane, você é legalmente uma Kensington, mas abriu mão de todos os direitos de participar desta família no dia em que saiu do meu escritório. Isso inclui fazer contato com Penelope de qualquer maneira, forma ou jeito. Eu deixei isso bem claro.

Cravei as unhas na palma das mãos.

– Ela é uma criança e precisa de alguém que...

– O que ela *precisa* não é da sua conta. Você tem tanto direito de opinar sobre o bem-estar dela quanto sobre o de um desconhecido no meio da rua. – A decepção sombreou seu rosto. – Nós poderíamos ter dado um jeito na situação. Eu te dei a oportunidade de fazer as pazes e você a ignorou. Agora lide com as consequências.

Seu desprezo caiu sobre mim como a lâmina de um machado, cortando minha capacidade de falar.

O início de uma tempestade se formou em meu peito, mas, como sempre, era tudo som e nenhuma fúria. Nada de chuva, de lágrimas. Apenas uma pressão interminável e incessante que ansiava por explodir, mas não conseguia.

– Rhea, vá para o quarto de Penelope e não saia de lá – disse ele. – Se qualquer pessoa exceto eu, Caroline, Georgia, Bentley ou a equipe do hospital tentar entrar, chame a segurança e me avise imediatamente.

– Sim, Sr. Kensington – disse ela em voz baixa.

Rhea me lançou um olhar preocupado antes de passar apressada e desaparecer dentro do quarto-sala.

– O médico disse que Penelope está bem e não corre perigo – explicou meu pai a Georgia e Bentley. – Fiquem, se quiserem. Eu vou voltar para o escritório.

– E eu vou me encontrar com Buffy Darlington no Plaza. – Caroline apertou o casaco ao redor do corpo. – Temos um leilão secreto para planejar.

Nenhum dos dois olhou para mim nem para o quarto de Pen ao saírem. Não fiquei surpresa por terem me ignorado, mas a maneira como ignoravam Pen me irritou. Acho que eu já deveria ter esperado isso; o estilo de criação deles era bem descrito pela frase "fazer o mínimo necessário".

Meu sangue vibrava com as repercussões do nosso confronto. Depois de anos imaginando aquele momento, tinha sido ao mesmo tempo acima e abaixo do esperado, mas ainda não havia chegado ao fim.

– Eu não esperava ver *esse* show hoje. – Georgia inclinou a cabeça. – Do que papai estava falando quando disse que te deu a oportunidade de fazer as pazes?

Ao lado dela, Bentley permanecia em silêncio. Ele não havia dito uma palavra desde que me viu, e era melhor assim. Se ele abrisse a boca, eu lhe daria um soco. Dois.

– Ele me mandou um e-mail contando da sua gravidez. – Sorri apesar da agitação em minhas entranhas. *Eu não deveria ter comido aquela salada de frango no almoço.* – Eu te daria parabéns, mas sou a única pessoa aqui que age com sinceridade.

Bentley teve o bom senso de ficar vermelho. Georgia não.

– Tudo bem – disse ela com uma calma enlouquecedora. – A casa nova que o papai comprou pra gente já é parabéns o suficiente. Ele está muito feliz de *finalmente* ter um neto. Por falar nisso, você ainda está solteira? – Ela olhou para meu dedo anelar sem nada, seu tom condescendente me irritando ainda mais. – Não consigo nem imaginar por quê.

Socar Bentley era pouco. Eu estava a centímetros de dar um soco no perfeito rosto em formato de coração de minha irmã.

– Nem eu. – A intromissão em voz aveludada me envolveu como um manto protetor. – Por isso que a convidei para sair antes que aqueles outros idiotas passassem na minha frente.

Um calor roçou a lateral do meu corpo. Um segundo depois, um braço forte envolveu minha cintura, puxando-me para mais perto e acalmando a tempestade que se formava dentro de mim.

Apenas uma pessoa tinha a capacidade de fazer isso.

– Xavier Castillo.

Georgia se empertigou, seu olhar percorrendo os cabelos escuros desgrenhados e o corpo esculpido dele. Xavier não era o tipo de garoto de internato de que ela sempre gostara, mas exalava uma sensualidade crua que poucos tinham. Além disso, a fortuna de sua família era três vezes maior do que a da família de Bentley.

Fiquei tensa, um sentimento ruim correndo em minhas veias ao ver como minha irmã o encarava.

Ao lado dela, Bentley enrijeceu e colocou uma mão possessiva no quadril de Georgia. Ela o ignorou e seus olhos deslizaram para o braço de Xavier ao redor da minha cintura.

– Você está namorando Sloane? – A pergunta tinha um tom de incredulidade.

– Aham – respondeu ele devagar. – Passei meses correndo atrás dela, mas agora finalmente ela aceitou sair comigo. – Xavier deu um beijo no topo da minha cabeça. – Desculpa a demora, querida. Foi um caos para estacionar e a recepção não queria me deixar subir porque não sou da família. Como está a Pen?

– Um pouquinho baqueada, mas vai ficar bem.

Eu me apoiei no corpo dele, interpretando o papel de namorada. Tecnicamente, não estávamos mentindo; *estávamos* saindo, embora de maneira mais casual do que Xavier fazia parecer.

– Obrigada por ter vindo comigo.

Isso foi cem por cento sincero.

– Sempre que quiser, Luna. Vou estar sempre do seu lado.

Ergui os olhos e meu coração parou por uma fração de segundo diante da sinceridade no rosto dele. Não importava quantas vezes eu a visse, sempre me surpreendia e me assustava muito.

Eu sabia lidar com pessoas falsas. Interagia com dezenas delas todos os dias. Mas pessoas genuínas eram raras, e atravessavam minhas defesas de uma forma que poderia ser desastrosa.

Por outro lado, talvez fosse tarde demais no que dizia respeito a Xavier. Ele...

Bentley deu um pigarro, cortando minha linha de pensamento e chamando nossa atenção.

– Você não é a assessora de imprensa dele? – perguntou Bentley, recebendo um olhar lancinante de Georgia.

Minha lista de clientes não era confidencial, mas era curioso que ele estivesse tão familiarizado com ela.

– Me parece falta de ética sair com um cliente.

Nós apenas o encaramos.

Merda.

Bentley não estava errado, mas eu não ia explicar as nuances da situação para ele. Para ser sincera, temia que, depois de fazer isso e expor todas as minhas justificativas, acabasse não encontrando um bom motivo para sair com Xavier a não ser o meu desejo. Ele agia como criptonita sobre a minha sensatez, as minhas inibições, a minha racionalidade e tudo mais em que eu confiava para me manter fora de lamaçais como aquele.

Da mesma forma, fiquei tão focada em acabar com aquele olhar presunçoso na cara de Georgia que esqueci que deveríamos manter a discrição em público. Não estávamos escondendo nada, mas também não estávamos explanando. Não queríamos alimentar a rede de fofocas de Nova York.

– Com quem eu saio ou como conduzo minha vida profissional não é da sua conta – respondi com frieza. – Eu diria para você cuidar da sua, mas você não tem vida, não é? – Inclinei um pouco a cabeça. – É triste que sua família não possa lhe comprar bons negócios da mesma forma que comprou a sua admissão em Princeton.

Bentley ficou vermelho. Ele trabalhava no setor de capital privado, como o pai, mas conseguira o emprego principalmente por conta dos contatos que tinha. Ele também *odiava* ser lembrado de que tinha ficado na lista de espera de Princeton. O único motivo pelo qual saíra da lista foi porque sua família doou um prédio para a universidade.

– Isso é um absurdo – disse Georgia.

Sem nosso pai ou meu status de relacionamento para usar contra mim, ela claramente havia perdido o interesse na conversa.

– Não vamos ficar aqui ouvindo você nos insultar. Vamos, Bentley, vamos embora. Temos reserva para jantar no Le Boudoir.

Eles não disseram uma palavra sobre Pen antes de partirem. Aquilo era o resumo da minha família. Ótima em gestos superficiais, como marcar presença; péssima em sentimentos reais, como ficar até o fim.

Sinceramente, eu estava surpresa pelo fato de Georgia sequer ter ido até lá. Ela e Pen se toleravam, na melhor das hipóteses, e raramente passavam tempo juntas. Georgia não gostava de crianças (o que era preocupante, já que estava grávida), e Pen a achava "narcisista demais". Eu não sabia onde ela havia aprendido essa palavra, mas não estava errada.

– Você tem uma família maravilhosa – disse Xavier, depois que Georgia e Bentley se afastaram. – Nem imagino por que não quer contato com eles.

Soltei uma pequena risada.

– Pois é, nem eu.

Depois que minha família foi embora, o fio de rebeldia que me mantinha de pé desmoronou. Meus ombros caíram enquanto a adrenalina vazava de meus poros, deixando-me pesada e exausta.

Saí do abraço de Xavier e me afundei em uma das cadeiras no corredor junto ao quarto de Pen. Fiquei olhando fixamente para a parede oposta, com as emoções à flor da pele depois do encontro surpresa com minha família.

Às vezes, eu desejava ser o tipo de pessoa capaz de perdoar e esquecer. Se eu engolisse minha mágoa e minha raiva e fingisse que estava feliz por Georgia, talvez um dia isso pudesse se tornar verdade. Fingir até conseguir e tal.

Se Georgia tivesse sido uma boa irmã e não tivesse me traído com Bentley, um caso isolado, quem sabe eu me sentiria tentada a tomar esse caminho, mas ela nunca fora amável comigo. Estava acostumada a ser o centro das atenções e a conseguir o que queria. Muitas vezes, o que ela queria era o que não podia ter: a boneca de porcelana única que minha avó me dera de presente de aniversário, o vestido vintage de nossa mãe para seu baile de debutante e, claro, meu noivo.

Ela arrumou tanta confusão por causa da boneca e do vestido que meu pai os "redistribuiu" para ela. Quanto a Bentley, ele tinha uma boa parcela de culpa. Eu acreditava que a responsabilidade do infiel era maior do que a da amante, mas, no caso deles, ambos poderiam pular da ponte do Brooklyn.

Ouvi um pequeno farfalhar de roupas quando Xavier se sentou ao meu lado. Ele havia me deixado processar tudo aquilo em silêncio, algo pelo que fiquei grata, mas não podia ficar catatônica para sempre.

– Obrigada. – Virei a cabeça para encará-lo. – Você não precisava ter feito aquilo.

– Não sei do que está falando. – Ele se recostou na cadeira, uma posição reconfortantemente familiar contra as paredes frias do hospital. – Só disse a verdade, como sempre faço.

– Claro. O que você disse na recepção para te deixarem subir?

– Nada. – O sorriso de Xavier brilhou com malícia. – Deixei o dinheiro falar por mim. Quinhentos dólares, para ser exato. Talvez eu também tenha dito que era seu noivo.

– Isso é ilegal e você *precisa* parar de andar com tanto dinheiro. Não é seguro.

– Não é seguro? – Ele se mexeu, seu joelho roçando o meu. – Não me diga que está começando a se importar comigo, Luna.

– Começando, não.

Eu já havia passado dessa fase semanas antes, só não sabia disso na época. Fui tomada por uma onda de ansiedade. Admitir que me importava era como arrancar meus dentes com um alicate, mas ele tinha sido sincero comigo em relação a seus sentimentos. Eu deveria ser sincera com ele (até certo ponto).

O sorriso de Xavier diminuiu quando percebeu a implicação da minha resposta. Seus olhos demonstraram um lampejo de surpresa, seguido de um calor lento e derretido.

– Então estamos em sintonia – disse ele suavemente.

Minha ansiedade diminuiu um pouco.

– Acho que sim.

Ficamos um tempo sentados em silêncio, vendo as enfermeiras passarem apressadas e desconhecidos entrarem e saírem. Hospitais eram lugares cheios de lágrimas, mas isso era reconfortante, de certa forma. Lembrava-nos de que não estávamos sozinhos em nossa dor e que o universo não estava nos perseguindo. Coisas ruins aconteciam com todo mundo.

Era um conforto estranho, mas, mesmo assim, era um conforto.

– Pen está bem mesmo? – perguntou Xavier.

– Sim. Eu consegui falar com ela um pouco antes de ela apagar e de encontrar minha família. – Tirei um fiapo da calça. – Meu pai e minha madrasta estavam aqui. Eles foram embora antes de você chegar.

– Eu vi os dois quando estava subindo. – A voz dele ficou mais gentil. – Como foi?

– Como eu esperava. Os Kensingtons continuam divididos. – Meus lábios se torceram em um sorriso sarcástico. – O que você achou da minha irmã e do marido dela? Encantadores, né?

– Essa não foi a primeira palavra que me veio à cabeça.

Uma pequena risada cortou minha agitação. Eu não sabia como ele conseguia fazer aquilo, mas Xavier tinha o talento de transformar situações horríveis em toleráveis.

– Parecia haver uma tensão entre você e Bentley – comentou ele. – Para além das divergências com a sua irmã.

Se um dia ele desistisse do lance da boate, deveria entrar para o FBI. Xavier era assustadoramente observador.

– Com certeza – respondi –, levando em consideração que ele foi meu noivo antes de se casar com ela.

Os olhos chocados de Xavier encontraram os meus e meu sorriso ficou mais amargo.

– Poucas pessoas sabem de nós. Em Nova York, ao menos.

Nunca havia contado a história completa a ninguém, nem mesmo às minhas amigas. Elas sabiam algumas partes, mas reviver aquelas lembranças era doloroso demais. Preferia trancá-las em uma caixa e fingir que não existiam.

No entanto, rever Bentley havia arrombado o cadeado, e eu precisava compartilhá-las com alguém antes de acabar me afogando nelas.

– Nós nos conhecemos na época em que estudávamos em Londres – expliquei. – Eu estava no primeiro ano e ele, no último. Ele ficou lá depois da formatura por conta de um emprego, e namoramos à distância por um tempo. Na época, Bentley trabalhava em um banco de investimentos, e, como ele vivia ocupado, era eu quem mais ia para lá visitá-lo. Depois, ele foi transferido para o escritório de Nova York, e me pediu em casamento um mês antes de eu inaugurar a Kensington PR.

Meu pai ficara extremamente entusiasmado quando começamos a namorar. Bentley tinha um bom emprego, sabia todas as coisas certas a dizer e vinha de uma família rica e "aceitável". Era o genro dos sonhos de George Kensington. Para ser sincera, meu pai provavelmente estava mais feliz agora que o genro perfeito estava com a filha perfeita em vez de comigo.

– Eu já estava com planos de abrir a empresa, não dava para adiar tudo pra planejar meu casamento. Mesmo que desse, eu não queria. Mas os primeiros meses depois da inauguração da agência foram... estressantes, e nosso relacionamento se desgastou. Ele me acusava de preferir o trabalho a ele; eu o acusava de querer que eu fracassasse. Nós dois estávamos sempre tão ocupados que mal nos víamos e, quando nos *víamos*, brigávamos. Mas eu amava Bentley, e achava que os problemas passariam depois que eu conseguisse estabilizar a empresa e que nos casássemos.

Não havia ninguém, exceto Xavier, perto o bastante para me escutar, mas isso não me impediu de ficar vermelha, o constrangimento me causando comichões. Eu tinha sido muito idiota. Deveria ter imaginado que o fato de Bentley não ter me apoiado no início da minha carreira significava que seu ressentimento só aumentaria à medida que eu me tornasse mais bem-sucedida.

– Alguns meses depois de ele me pedir em casamento, eu fui pra Londres a trabalho. É claro que nós brigamos por causa disso, já que era final de ano, mas fui por uma crise envolvendo meu maior cliente na época. Resolvi o problema mais rápido do que o esperado e voltei para casa mais cedo. Quando entrei no nosso apartamento, peguei ele na sala transando com a minha irmã. Na véspera do ano-novo.

A cena tinha ficado gravada no meu cérebro, por mais que eu tentasse apagá-la. Ela curvada sobre o sofá que *eu* havia escolhido, ele atrás dela, os dois gemendo e suspirando enquanto eu fiquei lá, congelada, tentando processar o que estava acontecendo. Os dois estavam tão entretidos um com o outro que só me notaram depois que haviam terminado.

Uma nova onda de humilhação me inundou. Ser traída era uma coisa. Ser traída pelo seu noivo com sua própria irmã era outro nível de humilhação.

Embora Georgia e eu não fôssemos próximas, eu não esperava que ela fosse tão insensível. Ela nunca sequer havia pedido desculpas.

– Meu Deus. – Xavier soltou uma série de palavrões em espanhol. – Caralho, eu sinto muito mesmo, Luna.

– Não tem problema. Foi uma lição importante – respondi sem rodeios. *Não confie nas pessoas e não deixe que se aproximem.* Eu não sairia magoada se não me importasse. – Eles nem ao menos demonstraram arrependimento. Expulsei Georgia da minha casa, mas antes de sair ela disse que Bentley tinha se afastado de mim porque eu trabalhava demais. Depois que ela se foi, eu e Bentley tivemos uma briga horrorosa, e ele... – Os nós dos meus dedos ficaram brancos na borda da cadeira. – Ele disse que eu era *frígida*. Que sempre fui uma rainha do gelo e tinha piorado depois que abri a agência. Ele disse que eu não podia culpá-lo por ter ficado com Georgia, porque ela era passional, e eu não conseguia demonstrar o mínimo sentimento. Não preciso nem dizer que a gente terminou naquela noite. Ele e Georgia começaram a namorar oficialmente uma semana depois.

Se você não agisse sempre como essa rainha do gelo, talvez eu não tivesse ido procurar fora de casa.

Senti minha garganta e meu nariz arderem.

– O pior de tudo foi meu pai ter ficado do lado da Georgia. Não tinha como sua preciosa filha perfeita ter feito aquilo sem um bom motivo. Ele me culpou usando os mesmos motivos que os dois e, quando me recusei a deixar o assunto pra lá, ele me deu um ultimato. Supera ou vai embora. Então eu fui.

Contar a história em voz alta trazia a dor de feridas abertas, mas à medida que minhas palavras foram se dissolvendo no ar estéril, a dor inicial gradualmente se transformou em um entorpecimento terapêutico.

Ao enterrar essas lembranças, eu lhes dei poder. Elas haviam inflamado ao longo dos anos, ganhado chifres e garras, e se transformado em um pesadelo do qual eu fugia constantemente, quer soubesse disso ou não.

Ao compartilhá-las em voz alta, eu as despojei desse poder. Essas memórias não passavam de um homenzinho atrás de uma grande cortina, tentando me convencer de que podia me machucar.

Não podia.

Não era minha culpa que Georgia fosse uma péssima irmã ou que Bentley fosse um desgraçado inseguro e infiel. Tampouco era minha culpa o fato de meu pai se fazer de cego por conta da filha favorita e não enxergar o que estava bem na frente dele. *Eles* deveriam se envergonhar, não eu.

– Sloane. Me escuta. – Xavier segurou meus ombros e me virou para que eu o encarasse. Seus olhos brilhavam como brasas escuras de raiva. – Você não é *frígida* porra nenhuma. Você é uma das pessoas mais motivadas e passionais que conheço, mesmo que demonstre isso de um jeito diferente dos outros, e construiu uma das melhores empresas de relações públicas do mundo em cinco anos. Acha que alguém sem paixão consegue fazer isso? E mesmo que você tenha sido, entre aspas, "fria" com esse seu ex babaca, ele mereceu. Se ele não aprecia você do jeito que você é, então ele não merece *nada* do seu tempo nem da sua energia.

A expressão dele era feroz, e seu toque me queimava como se estivesse tentando imprimir sua convicção em minha alma.

Aconteceu tão de repente que eu teria tropeçado, se estivesse de pé.

Um frio percorreu minha barriga, seguido pela sensação de tontura e desorientação, não exatamente desagradável, de estar caindo em um precipício. Partes de mim flutuavam junto das palavras dele, pequenas bolhas de champanhe que não deveriam existir depois de um dia tão ruim, mas que, ainda assim, existiam.

Xavier Castillo. Só você.

– Você deveria ser coach motivacional. – Consegui dar um sorriso trêmulo. – Arrasaria nas palestras.

– Vou anotar isso. – Pela primeira vez, ele não sorriu de volta. – Fala que você entendeu, Luna. Nada do que aconteceu foi culpa sua. Foda-se o Bentley, foda-se a Georgia e *foda-se* a sua família. – Ele fez uma pausa. – Exceto a Pen.

Outra gargalhada ecoou, afastando as lágrimas não derramadas.

– Eu entendi.

Entendi mesmo.

Havia chegado à mesma conclusão segundos antes do discurso de Xavier, mas pensar e ouvir de outra pessoa eram coisas diferentes.

Uma âncora se soltou de meus ombros e, pela primeira vez em anos, respirei com mais facilidade.

O encontro com minha família havia começado como um desastre e, no fim, acabou sendo terapêutico. *Vai entender.* Nada na minha vida tinha sido como deveria desde que Xavier entrara nela, mas eu não estava reclamando.

– Ótimo. – Ele soltou meus ombros, mas um traço de cautela permaneceu em seu rosto. – É melhor irmos logo, a menos que você queira ver a Pen outra vez.

– Ela vai passar um tempo apagada, e não quero meter a Rhea em confusão. – Contei a ele as instruções de meu pai e Xavier respondeu com uma palavra que me fez sorrir. – Mas eu concordo. É melhor a gente ir antes que os funcionários comecem a fazer perguntas.

Uma rápida olhada no relógio me fez notar que já estávamos ali havia... porra! *Duas horas?* Como aquilo era possível?

– Vamos passar em algum lugar para comprar o jantar. Depois eu te deixo em casa – disse Xavier ao sairmos do edifício. Já estava escuro do lado de fora, e um frio intenso penetrou as camadas do meu casaco e do meu suéter. – Você deve estar com fome.

– Nem tanto.

Apesar da recente catarse, não gostava nem um pouco da ideia de voltar para meu apartamento vazio. Bem, O Peixe estava lá, mas ele não era exatamente uma companhia estimulante.

Normalmente, eu não me importava de ficar sozinha. Até preferia. Mas depois daquelas últimas horas, precisava de um alívio físico. Algo para esquecer aquele dia.

– Tenho uma ideia melhor. – Parei ao lado do passageiro e falei por cima do carro. – Outro dia você comentou sobre uma boate muito boa em Greenwich Village. Ela abre às quartas-feiras?

Xavier ergueu as sobrancelhas.

– Abre, mas...

– Vamos lá.

– Tem certeza? O dia foi longo...

– É por isso que eu quero ir. – Abri a porta, deslizei para dentro e coloquei o cinto de segurança, enquanto Xavier ocupava o banco do motorista. – Você disse que eu deveria ser mais espontânea. Estou sendo agora.

– É um pouco diferente do tipo de boate que você está imaginando. – Xavier examinou meu rosto e deve ter encontrado o que estava procurando, porque um sorriso lentamente substituiu seu cenho franzido. – Mas, se quiser ir, nós vamos. Só não diga que eu não avisei.

CAPÍTULO 25

Xavier

– NÃO ACREDITO QUE você fez isso comigo. – A reclamação sem fôlego de Sloane rodopiou pelo ar enquanto eu a girava. O vestido dela esvoaçou ao redor dos joelhos em uma nuvem azul sedosa antes de se acomodar languidamente contra sua pele. – Você me trouxe para um clube de *salsa*. Eu não vou te perdoar nunca.

Dei um sorriso de satisfação.

– Por quê? Porque você está se divertindo demais?

– Porque *eu não sei dançar salsa.*

– Você está indo muito bem, Luna. – Eu a puxei de volta para mim, uma mão se moldando à curva inferior de suas costas enquanto a outra nos guiava pela música. – Nem tudo que você faz precisa ser perfeito. Lembra as nossas aulas de dança na Espanha? Basta se soltar e se divertir.

Estávamos em um clube subterrâneo de salsa em Greenwich Village. A clientela variava entre dançarinos iniciantes e profissionais que haviam ganhado competições mundiais. Essa era a beleza do lugar. Todos eram bem-vindos, não havia julgamentos.

Havíamos chegado duas horas antes e, com a ajuda de Jose Cuervo, eu tinha conseguido convencer Sloane a se juntar a mim na pista de dança. Ela havia relaxado o suficiente para me acompanhar, mas não para mergulhar por completo no ambiente.

– Nossas aulas de dança.

Sloane ergueu o queixo para me encarar. Suas bochechas estavam coradas por conta do esforço físico, e seus olhos brilhavam de um jeito que fazia

201

meu coração doer. Eu sabia que ela andava sempre na defensiva, mas não havia me dado conta do *quanto* até vê-la indefesa.

– Mal me lembro delas – disse Sloane.

– Bem, agora fiquei magoado. Depois de todo o esforço que eu fiz, você não lembra? Da próxima vez, apenas minta.

Eu nos girei preguiçosamente em direção a um canto da pista. O clube era pequeno, o que significava que não havia muito espaço livre, mas eu queria Sloane só para mim o máximo possível.

– Não foi isso que eu quis dizer, seu bebê chorão. Quis dizer que a Espanha parece ter sido uma vida atrás e... – Ela ofegou quando deslizei uma mão vagarosamente por suas costas.

– E? – perguntei.

Seu vestido tinha um decote profundo atrás, e a seda logo deu lugar a uma pele nua e macia que deslizava sem esforço sob meu toque, seu calor transformando meu sangue em fogo líquido e turvando meus pensamentos de uma forma que teria sido perigosa, se eu me importasse.

Aquele não era o tipo de local que nossos amigos ou conhecidos frequentavam. Ninguém nos conhecia, o que significava que estávamos livres aquela noite.

– E... – Sloane fechou os olhos por um breve momento quando toquei a pele sensível de sua nuca. – Eu não acredito que só faz um mês.

– Dá para viver anos em um mês, se a gente fizer direitinho. – Segurei sua nuca e passei o polegar suavemente por sua pele. – Já que você não lembra, vamos precisar de uma atualização.

Ela arqueou a sobrancelha, achando graça.

– Ah, é?

– Aham. Eu levo meu papel de professor *muito* a sério.

Inclinei a cabeça, diminuindo a distância entre nós até que a respiração dela roçasse meus lábios. Não tínhamos nos beijado desde a biblioteca. Eu queria ir devagar, mas, quando estava perto de Sloane, o que eu queria era irrelevante.

Eu não queria ela. Eu *precisava* dela. Desesperadamente.

Precisava dela da mesma forma que as marés do oceano precisavam da lua, e daria tudo para que ela sentisse uma fração disso em relação a mim.

– Relaxa – repeti baixinho. – Ouve a música. Se perde nela.

Ela se mostrou insegura.

Para Sloane, controle era uma necessidade, não um luxo, mas todos nós tínhamos que abrir mão do controle em algum momento. Caso contrário, nosso mundo sempre seria limitado pelas fronteiras arbitrárias que traçamos ao nosso redor.

– Não tem ninguém vendo.

As costas dela estavam voltadas para a parede, e meu corpo a protegia da pista de dança. Estávamos grudados um no outro, perto o suficiente para que eu pudesse ouvir a batalha travada entre os batimentos fortes e constantes de seu coração.

– Somos só nós dois, Luna.

Ao fundo, uma música de ritmo acelerado se transformou nas suaves e sedutoras batidas de uma nova música. Vocais roucos se espalharam pelo ar, e o ritmo dos casais ao nosso redor diminuiu para acompanhar.

Sloane engoliu em seco.

– Está bem – sussurrou ela.

Sua resposta atingiu meu sangue como uma dose de uísque de baunilha.

Estávamos falando sobre aulas de dança, mas aquela era a última coisa que eu tinha em mente enquanto a guiava pela pista.

Era um local íntimo, com espaço suficiente para umas cem pessoas, e escuro o bastante para que todos se soltassem na penumbra. Luzes âmbar brilhavam no alto, acentuando os traços do rosto de Sloane e o tremor de seu corpo quando minha mão passou de seu pescoço para a base de suas costas novamente.

Ela começou um pouco travada, mas se movia com precisão natural, seu corpo girando em sincronia e seus pés seguindo os meus sem perder o ritmo. Entretanto, quanto mais a música avançava, mais seus movimentos fluíam. O aço se transformou em seda, e a cautela em seus olhos se transformou em algo que fez com que uma onda de calor percorresse minhas veias.

Aulas eram técnicas. Impessoais.

Aquilo ali? Era o mais pessoal possível.

– Você disse que no primeiro encontro só beija na boca. – O olhar dela cintilou sob as luzes. – E no segundo?

A pergunta me provocou um choque, e o calor de antes se transformou em uma labareda que reduziu a cinzas todos os meus outros pensamentos.

Havia apenas ela, aquilo ali, e nós.

– Eu posso ser influenciado.

Minha resposta arrastada revelou o desejo acumulado em meu corpo. Minha pele estava retesada demais sobre os músculos e, se eu não a provasse logo, implodiria.

Sloane sorriu como se soubesse exatamente o que estava passando pela minha cabeça.

Ela ficou na ponta dos pés e, após um breve e agonizante momento, roçou a boca na minha.

Só isso.

Um único toque e a coleira da minha contenção se rompeu.

Mergulhei a mão em seu cabelo, segurando sua nuca enquanto seus braços envolviam meu pescoço. A outra mão nos guiou de volta contra a parede até que nossos corpos se moldassem um ao outro.

Eu não dava a mínima para quem estivesse assistindo. Ninguém além de Sloane existia naquele momento, e eu não conseguia me satisfazer: a maciez e a doçura de seus lábios, os pequenos gemidos e suspiros conforme eu explorava sua boca com o apetite de um homem faminto.

Se beijos tivessem cores, aquele refletiria os farrapos de autocontrole que giravam ao nosso redor, uma sinfonia de vermelho, âmbar e cobalto puro e deslumbrante. Tudo isso penetrou minha pele, criando correntes elétricas por todos os nervos expostos.

Em um mundo preto e branco, ela era o meu caleidoscópio.

– Xavier. – A respiração ofegante de Sloane atravessou a névoa. – É melhor a gente ir embora. Para um lugar mais reservado.

Uma onda de luxúria superou meu desejo de prolongar aquele momento, e eu me afastei, absorvendo a visão de seus lábios inchados e de seus olhos semicerrados. Fios de cabelo caíam de seu coque bagunçado, e um rubor decorava seu rosto e seu colo.

Eu nunca tinha visto uma mulher tão perfeita.

Linda pra caralho, e minha pra caralho.

Inclinei a cabeça e capturei sua boca em outro beijo demorado.

– Eu conheço o lugar certo.

Sloane e eu mal conseguimos passar pela porta antes que a primeira peça de roupa caísse no chão da minha sala de estar.

A viagem até minha casa fora curta, mas aqueles dez minutos pareceram uma eternidade quando ela estava sentada ali, linda, cheia de desejo e disposição. Se tivéssemos deparado com mais um sinal vermelho ou outro pedestre desorientado, talvez eu tivesse batido o carro de pura frustração sexual.

Mas havíamos chegado, e o ar vibrava com urgência enquanto despíamos um ao outro.

Vestido. Sapatos. Camisa e calça.

Abri o sutiã dela e o joguei para o lado. Sloane baixou minha cueca e eu a chutei para trás.

Não havia uma explicação razoável para a ferocidade de nosso desejo, mas quando a última peça de roupa desceu pelo corpo dela, eu não estava dando a mínima para explicações razoáveis.

O luar entrava pelas janelas e iluminava as curvas do corpo de Sloane, esculpindo sombras sob seus seios e cobrindo seus ombros com uma luz prateada.

Pernas longas. Pele macia. Cabelos que brilhavam pálidos sob o beijo da lua. Ela parecia uma deusa na terra, mas a coisa mais bonita não era seu rosto ou seu corpo nu.

Era a confiança por trás disso.

Ela estava ali, na minha casa, nua e vulnerável, e eu era não burro para deixar de dar àquilo o seu devido valor.

Os lábios de Sloane se entreabriram quando minha mão percorreu seu ombro e subiu por seu pescoço para tocar uma mecha de cabelo. Estava bagunçado, mas ainda preso mesmo depois de toda a movimentação, e o desejo de vê-lo cair sobre sua pele se acendeu em minhas entranhas.

– Solta o cabelo, Sloane – disse baixinho.

Esperava alguma hesitação, mas os olhos dela não deixaram os meus conforme Sloane erguia a mão e lentamente removia os grampos que mantinham o coque intacto. Seu cabelo se desenrolou, mecha por mecha, até cair ao redor de seu rosto em uma cascata de seda clara. As pontas roçavam seus seios, e eu não conseguia respirar por conta do aperto que sentia nos pulmões.

Sempre que eu achava que Sloane não poderia ficar mais perfeita, ela provava que eu estava errado.

– Boa menina. – Segurei seu cabelo em um punho e puxei sua cabeça para trás. O sobe e desce de seu peito acelerou, e um sorrisinho tocou meus lábios. – Gosto mais assim, enrolado na minha mão.

O ar mudou, a expectativa inebriante explodindo em uma luxúria crua, pura.

Sloane ofegou quando a pressionei contra a parede, como tinha feito no clube de salsa, só que dessa vez não havia ninguém por perto para me ver separando suas coxas com o joelho ou ouvir o gemido que ela soltou quando meus dedos tocaram sua boceta.

Todos os músculos do meu corpo se contraíram quando meu pau pulsou, dolorido.

Caralho.

Ela estava molhada, tão molhada que eu poderia facilmente deslizar para dentro dela naquele momento mesmo, sem muita fricção, mas eu não tinha chegado até ali para apressar a melhor parte.

Eu gostava de brincar com a comida.

– Você já está escorrendo, Luna – comentei, passando um polegar preguiçoso sobre seu clitóris. Meus lábios se curvaram de satisfação quando as costas dela se arquearam com outro suspiro. – A gente mal começou.

Ela entreabriu os olhos e me encarou.

– Vai continuar falando ou vai terminar o que começou?

Uma risada grave ecoou em meu peito. *Essa é a minha garota.* Sloane não seria Sloane sem sua língua afiada, mesmo nua, presa contra a parede.

– Eu sempre termino o que começo.

Fechei o punho com mais força em seu cabelo e dei outro puxão. Ela ergueu a cabeça, deixando a garganta à mostra, e um pequeno tremor percorreu seu corpo conforme tracei seu pescoço delicado com os lábios.

Pouco a pouco, mapeei sua pele com beijos até chegar ao ponto onde dava para sentir sua pulsação. Fiz uma pausa, saboreando a descoberta, antes de deslizar dois dedos para dentro dela e pressionar meu polegar firmemente contra seu clitóris.

O coração dela disparou.

– *Ai, meu Deus!*

Sloane arqueou os quadris e um grito agudo saiu de seus lábios quando fui mais fundo, até meus dedos estarem enterrados nela. Sloane cravou as unhas com força nos meus ombros, mas a dor só intensificou meu prazer.

Eu adorava vê-la daquele jeito. Descontrolada, desinibida e tão linda que fazia meu coração doer.

– Xavier, eu… isso… *ah*.

Suas palavras deram lugar a uma sequência ininteligível de gemidos e soluços enquanto eu fodia sua bocetinha com os dedos. Ela se contorcia tanto que tive que soltar seu cabelo e segurá-la com a mão livre.

Passei a mão ao redor de seu pescoço, não o suficiente para machucar, mas o bastante para impedi-la de se afastar enquanto um tremor após o outro sacudia seu corpo.

Meu pau estava tão duro que parecia que a pele ia se romper. Eu não o havia tocado, e nem precisava, já que tocar Sloane era suficiente.

– Isso – murmurei.

Eu a levei à beira do clímax, curvando meus dedos apenas o suficiente para atingir seu ponto mais sensível.

– Relaxa, linda. Goza pra mim.

E ela gozou.

O corpo dela enrijeceu e um grito rouco saiu de sua garganta conforme ela se desmanchava lindamente ao redor dos meus dedos.

Os espasmos vieram um atrás do outro, encharcando minha mão e prolongando nosso prazer até que ela finalmente desmontou em cima de mim, fraca e sem fôlego.

– *Porra.*

Sua voz saiu abafada contra o meu peito, e uma risada sacudiu meus ombros quando me afastei dela.

– Eu te falei que sempre termino o que começo – brinquei. – Bem rápido, devo acrescentar.

Sloane levantou a cabeça, os olhos brilhando, desafiadores e irreverentes.

– Você ainda não foi testado, então não seja tão presunçoso.

Meu pau latejou de forma dolorosa.

– É válido o seu argumento. Vamos testar, então. Serei seu ratinho de laboratório.

A risada dela seguiu a minha.

– Dica: nunca use a expressão "ratinho de laboratório" durante o sexo.

– Tecnicamente, não foi durante…

O resto da frase morreu quando ela me empurrou, me jogando no sofá.

Aterrissei nas almofadas com um pequeno grunhido, mas minha surpresa se transformou em voracidade quando ela montou em mim.

– Talvez "testar" não tenha sido a palavra certa.

Sloane se inclinou, de modo que seus mamilos roçaram meu peito. Uma lança elétrica de desejo atravessou meu corpo.

– Aposto que consigo fazer você gozar mais rápido do que você me fez gozar.

– Sempre tão competitiva. – Eu estava distraído demais com a deliciosa proximidade de seus seios da minha boca para pensar em uma resposta mais espirituosa. – O que o vencedor ganha?

– O direito de se gabar. – Sloane mordiscou meu lábio inferior. – O perdedor vai ter que viver para sempre sabendo que o outro é melhor.

– Combinado. – Puxei sua cabeça para trás para que ela me olhasse nos olhos. – Para de falar e senta – disse, parafraseando sua fala anterior em uma ordem. – Quero ver você cavalgando no meu pau.

Fogo brilhava em suas profundezas azuis. Ela apoiou as mãos nos meus ombros e se levantou, os olhos fixos nos meus enquanto posicionava a cabeça do meu pau em sua entrada.

– Eu tomo pílula – disse ela. – E estou com os exames em dia.

– Eu também.

Isso foi tudo o que consegui dizer antes que as águas turvas da luxúria me cobrissem, amplificando o estrondo dos meus batimentos cardíacos enquanto ela sentava em mim, centímetro a centímetro, até que eu estivesse enterrado profundamente nela.

Seus lábios se abriram em um pequeno suspiro, mas o ruído que saiu de mim foi tão bruto e gutural que mais pareceu de uma fera do que de um homem.

Apertada, quente e molhada pra cacete.

Nós nos encaixávamos tão perfeitamente que era como se o próprio Deus tivesse nos feito sob medida um para o outro e, quando ela se moveu, foi como subir aos céus.

Sloane começou lenta e tortuosamente, mas seu ritmo logo aumentou, e eu tive que cerrar os dentes e repassar mentalmente meu *pitch* para a Vault, só para não passar vergonha gozando rápido demais.

– Você é gostosa demais – gemi, inclinando a cabeça para trás para poder absorvê-la.

Sloane subia e descia no meu pau, os cabelos bagunçados e o rosto corado pelo esforço. Os sons dos nossos corpos se chocando enchiam a sala, e eu estava tão perdido nisso, nela, que não dei a mínima para a aposta.

Agarrei seus quadris e a puxei para baixo, provocando um gritinho agudo. Comecei a meter também, acompanhando o ritmo dela, e o volume de nossos grunhidos e gemidos foram se intensificando até que eu gozei com uma intensidade ofuscante.

Minha visão ficou branca, com luz explodindo atrás dos meus olhos, e ouvi vagamente Sloane gritar de prazer antes de recuperar qualquer controle sobre meus sentidos.

Quando minha visão finalmente clareou, Sloane estava no fim do orgasmo. Ela sorriu para mim, sua expressão um misto de felicidade pós-sexo, triunfo e algo mais que eu não conseguia identificar.

– Ganhei.

– Ganhou. – Eu a puxei para mim e lhe dei outro beijo. – Ganhou o direito de se gabar para o resto da vida.

Não mencionei que nenhum de nós havia cronometrado o tempo, portanto quem realmente podia dizer quem havia vencido? Isso não era importante.

Uma manta quente e pesada de satisfação me envolveu enquanto ficamos deitados em um silêncio agradável esperando que nossos batimentos voltassem ao normal.

Eu havia passado a vida inteira em busca do prazer seguinte. Quando se tinha tudo, tudo logo ficava entediante. Eu queria algo maior, melhor e mais rápido. Queria algo que durasse e, quando Sloane rolou para o lado e se enroscou contra mim, eu soube que havia encontrado.

Aquele era meu maior prazer. Ela, saciada e feliz, em meus braços.

Nada no mundo seria capaz de superar aquele momento.

CAPÍTULO 26

Xavier

EU PODERIA TER FICADO em casa com Sloane para sempre e sido feliz, mas, infelizmente, havia responsabilidades na vida real que exigiam minha atenção.

Na sexta-feira, dois dias depois da noite com Sloane e um dia depois de quase tê-la atrasado para o trabalho com uma rapidinha matinal (ela ainda não me perdoara por isso), me vi sentado em um escritório todo de aço e vidro no topo de um dos endereços mais cobiçados de Washington, D.C.

Olhos verdes gelados me encaravam com um escrutínio impessoal.

– Xavier Castillo. – A voz de Alex Volkov combinava com sua imagem fria, distante, impiedosa. – Você é a última pessoa que eu esperava que me pedisse uma reunião.

Segundo nome da lista de Kai.

Dei de ombros.

– As coisas mudam. As pessoas mudam.

CEO do Archer Group, a maior empresa de incorporação imobiliária do país, Alex era dono de metade dos imóveis em Manhattan... incluindo o local dos meus sonhos para o negócio. Um autêntico cofre de banco do século XIX, o lugar ficava no porão de um dos arranha-céus de Alex, e se havia duas coisas que meu público-alvo gostava era de cofres de banco e de joias escondidas.

Alex se inclinou para trás e bateu com o dedo em sua mesa. Ele era a única pessoa que não me desejara condolências pela morte do meu pai. Fiquei grato; estava cansado de tanta compaixão.

– Você está ciente de quanto custa esse local.

Não era uma pergunta. *Oito dígitos.*

– Sim. Isso não é problema.

Eu ainda não tinha acesso à totalidade da herança, mas graças ao meu sobrenome e à apresentação de Kai, estava no processo de garantir o financiamento da Davenport Capital, a empresa de Dominic Davenport. *Terceiro nome.* Havia enviado a Alex um comprovante antes de nossa reunião.

– Autorizações e licenças?

– A Silver & Klein está cuidando disso. Eles não preveem nenhum problema.

O prestigiado escritório de advocacia tinha sede em Washington, D.C., mas representava clientes corporativos no país inteiro. *Jules Ambrose, Silver & Klein. Quarto nome da lista.*

Alex me fez mais perguntas. Eu as respondi de forma determinada, mas sabia que sua decisão dependia de um fator: o único que eu *não* tinha à disposição naquele momento.

– Seu *pitch* é impressionante e a documentação está em ordem, mas vou ser sincero com você – disse ele depois que discutimos suas preocupações acerca dos possíveis concorrentes no mercado. – Eu não acredito que você tenha mudado tanto e tão depressa. Você nunca possuiu, iniciou ou administrou um negócio, e tem uma merecida reputação de festeiro imprudente.

– Não sei se *imprudente*...

– Também sei que a sua herança depende desse negócio – prosseguiu ele, me ignorando. – O que vai acontecer se ele não for aprovado na sua primeira avaliação?

Era uma boa pergunta, na qual eu tentava não pensar com muita frequência. A perspectiva de fracassar de forma tão avassaladora aos olhos do público era como sonhar que estava caindo de uma ponte: aterrorizante, fora do meu controle e praticamente inevitável.

– Eu entendo as suas preocupações. – Disfarcei o súbito embrulho no estômago com um sorriso confiante. *Fingir até conseguir.* – Mas o que eu fiz no passado não define quem eu sou agora. Sim, passei a maior parte dos meus 20 anos envolvido em... outras atividades que não têm a ver com empreendedorismo, mas, como prova meu avanço até aqui, estou levando isso bem a sério.

Alex me encarou, impassível.

Merda. Conversar com ele era como falar com um iceberg: um iceberg discretamente hostil.

Procurei um argumento que não incluísse algo que ele já sabia, e meu olhar se voltou para a única foto emoldurada que adornava sua mesa. Nela, ele estava ao lado de uma bela mulher de longos cabelos negros e um sorriso alegre. Cada um segurava um bebê nos braços; um estava enrolado em rosa, o outro, em azul.

Alex não estava sorrindo, não exatamente, mas seu rosto continha mais calor do que eu imaginava que fosse capaz. Ele era casado havia algum tempo, mas eu me lembrava claramente de uma época em que o relacionamento do CEO frio e aparentemente insensível com sua atual esposa havia causado polêmica.

Ninguém imaginava que ele fosse capaz de se apaixonar, até que aconteceu.

– Você diz que não acredita que eu tenha mudado tanto e tão rápido, mas nem toda mudança é gradual – disse lentamente, formando a ideia à medida que prosseguia. – Às vezes, um acontecimento inesperado nos força a tomar uma atitude que nunca tomamos, ou conhecemos alguém que muda nossa perspectiva. Isso acontece todos os dias. A morte do meu pai foi um desses gatilhos para mim.

Mais ou menos. Mas eu não ia discutir minha herança ou a carta da minha mãe com um sujeito praticamente desconhecido.

– Não me orgulho do tempo que perdi, mas estou tentando compensar agora. – Encarei Alex com firmeza. – Você já fez algo de que se arrependeu? Algo que estava louco para resolver, mas dependia que alguém, em algum lugar, te desse um voto de confiança para que fosse possível?

Ele não se moveu, mas um pequeno brilho de emoção cintilou em seus olhos.

– A gente não se conhece bem – prossegui. – Mas prometo que, se você me der esse voto de confiança, farei jus ao local. Porque não é só o seu nome e a sua reputação que estão em jogo, mas os meus também.

O silêncio que se seguiu se estendeu sob o zumbido baixo do aquecedor. Era impossível decifrar a expressão de Alex e, quando eu achava que não aguentaria mais, ele baixou o queixo uma fração de centímetro.

– Traga um sócio. Se eu o considerar aceitável, o cofre é seu.

Meu coração disparou e parou em um intervalo de cinco segundos.

Era uma concessão maior do que eu esperava de Alex, e era exatamente o que eu não queria ouvir.

Vuk queria a confirmação do local antes de assinar. Alex queria que Vuk, ou alguém como Vuk, entrasse na jogada antes de confirmar o local. Era um beco sem saída.

O universo realmente gosta de me sacanear.

– Já estou atrás disso. – Sorri, projetando uma segurança que absolutamente não tinha. – Estou no processo de trazer Vuk Markovic como sócio oculto.

– Ótimo. Então, assinar um contrato com ele não deve ser problema. – Alex olhou para o relógio. – Espero o contrato antes do Dia de Ação de Graças, Sr. Castillo. Já recebi várias ofertas pelo cofre, mas, como estou intrigado com sua proposta, vou lhe dar um período de carência. Minha oferta expira no dia 26 de novembro à meia-noite.

– Anotado.

Fiz um cálculo rápido para tentar saber quem tinha mais chance de topar ser meu sócio, Vuk ou Alex. Por uma pequena margem de diferença, acho que seria Vuk, mesmo que apenas porque ele morava em Nova York e eu poderia importuná-lo mais facilmente.

– Obrigado pelo seu tempo. De verdade.

Nota mental: procurar Vuk e descobrir como conseguir que ele participe da merda do negócio. Não necessariamente nessa ordem.

Saí do escritório de Alex, minha cabeça girando com fragmentos de ideias e estratégias. Uma TV de tela plana presa à parede exibia imagens sem som enquanto eu aguardava o elevador. A grande notícia do dia era o nascimento da princesa Camilla, o mais novo bebê real de Eldorra.

Eu a invejava. Bebês não precisavam se preocupar com bares e negócios. Apenas choravam, dormiam e comiam, e as pessoas ainda os amavam.

Quando cheguei no térreo, instruí meu motorista do dia a me levar à sede da Harper Security. Toda boate precisava de segurança, e Christian Harper era o melhor.

Quinto nome.

Esperava que minha reunião com ele corresse melhor do que a reunião com Alex.

213

Lado positivo: minha reunião com Christian foi, de fato, melhor do que a reunião com Alex, provavelmente porque ele seria pago independentemente de meu clube afundar ou decolar. Se não fosse, simplesmente interromperia a prestação de serviços.

Lado negativo: eu não tinha a menor ideia de como fazer Vuk assinar um contrato em dezoito dias sem ter um local para o clube.

Eu *poderia* tentar garantir outro espaço. Tinha uma lista de alternativas para o caso de o antigo cofre de banco não dar certo, mas meu instinto me dizia que elas não eram o que eu buscava.

O primeiro dado importante sobre uma casa noturna era a localização. Eu não ia ceder e escolher qualquer lugar.

Depois da reunião com Christian, passei na Silver & Klein para me encontrar com Jules. Ela era a associada-sênior mais jovem do escritório e estava cuidando de toda a minha documentação, incluindo licenças, autorizações e contratos. Ela me garantiu que teria um contrato de sócio oculto redigido e pronto para ser assinado até o início da semana seguinte.

Em vez de passar a noite em Washington, D. C., peguei o trem de volta para Nova York e passei o fim de semana planejando maneiras de convencer Vuk, que variavam de sinceras a, hã, eticamente questionáveis.

Uma acusação por sequestro temporário não podia ser tão ruim assim, podia? Não era como se eu fosse manter o cara preso ou matá-lo. Ele poderia *me* matar depois, mas uma vez que eu desse uma tonelada de dinheiro a Vuk, talvez ele esquecesse que eu havia contratado alguém para fazê-lo de refém até que assinasse os papéis. Hipoteticamente falando.

O fato de eu estar considerando essa linha de ação, mesmo que em tom de brincadeira, demonstrava meu desespero.

O único ponto positivo do fim de semana veio no domingo. Havia convencido Sloane a me encontrar no Queens para uma surpresa e o peso em meu peito diminuiu quando a vi no ponto de encontro combinado.

O Queens ficava fora de mão para nós dois, mas isso era necessário, dadas as circunstâncias.

Ela estava perto da entrada do prédio, resplandecente em um vestido branco, casaco e botas. Seu cabelo estava preso em um coque, e um sorriso surgiu em seus lábios quando me aproximei.

– Espero que seja bom – disse ela. – Estou perdendo o brunch com as meninas.

Eu a cumprimentei com um beijo, saboreando sua maciez antes de me afastar.

– Considere este um Domingo de Histórias. – Diante de sua sobrancelha arqueada, expliquei: – Um domingo em que você faz algo tão espetacular que terá uma história para contar no próximo brunch.

A risada dela liberou uma onda de dopamina em mim, como se fosse uma música que ouvi uma vez e adorei, mas nunca descobri o nome, apenas para me deparar com ela novamente anos depois.

– Isso não existe – disse ela, seguindo-me para dentro. – Mas, já que estamos aqui, você pode me dizer o porquê de todo esse mistério? Por que estamos no Queens em uma manhã de domingo?

– Você vai ver.

Eu a conduzi pelo corredor em direção ao quarto que havia reservado. Tinha feito o check-in mais cedo e *talvez* tivesse subornado a equipe para nos deixar entrar pela porta dos fundos.

– Como está a Pen?

Sloane ficou séria assim que mencionei sua irmã.

– Segundo Rhea, está se recuperando depressa do desmaio, o que é bom. E os ferimentos vão se curar com o tempo. Mas... – Ela suspirou. – Ainda estou preocupada, principalmente porque Pen tenta minimizar coisas. Ela tem medo de que isso nos faça cercá-la ainda mais, o que ela odeia.

– E você não pode ir visitá-la de novo?

– Ela teve alta do hospital e não tenho como ir à casa dela sem que meu pai e Caroline fiquem sabendo. – Nuvens de tempestade se aproximaram, deixando os olhos de Sloane cinza-azulados. – Parte de mim está só esperando o momento em que eles vão mandá-la para morar com algum primo distante na Europa, só para me irritar e dificultar o nosso contato.

Eu poderia dizer que era difícil imaginar um pai fazendo isso com a filha, mas como alguém que tinha sido praticamente criado em colégios internos, eu sabia que não era bem assim.

Parei em frente ao nosso quarto.

– Mas eles não vão fazer isso até voltarem de Washington.

Eu havia obtido algumas informações privilegiadas durante minhas reuniões de sexta-feira. George e Caroline estavam em Washington para um grande evento beneficente.

A surpresa se espalhou pelo rosto de Sloane.

– Como você sabe que eles estão lá?

– Eu precisei confirmar o paradeiro deles antes de fazer isso.

Abri a porta. Sloane entrou, mas só deu dois passos antes de ficar boquiaberta.

– *Pen?*

Um sorriso brilhante e precioso iluminou o rosto de Pen.

– Surpresa!

Ela estava sentada no sofá com Rhea, com uma tigela de petiscos de cortesia no colo. A babá não parava de olhar para a porta aberta, como se esperasse que George Kensington entrasse a qualquer momento, mas pelo menos estava ali. Era o que importava.

– O que você está fazendo aqui? – Vários passos largos levaram Sloane até a irmã. Ela abraçou a loirinha com uma expressão atônita. – Como você...?

– Foi necessária certa logística, mas pedi para um amigo buscar Rhea e Pen e trazê-las até aqui.

Na verdade, o *amigo* era membro da equipe de segurança da Harper, que sabia como tirá-las da cobertura sem alertar o porteiro, o concierge ou qualquer pessoa que pudesse denunciá-las aos Kensingtons.

Tínhamos um plano B para o caso de George e Caroline ficarem sabendo que Rhea e Pen haviam saído (especificamente, ingressos de cinema), mas estava tudo correndo bem, graças a Deus.

– Antes que você fique preocupada, eu também conversei com o médico da Pen – contei, fechando a porta e me sentando num segundo sofá. – Ele disse que não havia problema no passeio, desde que ela fizesse o mínimo esforço físico.

Sloane olhou para Pen, que confirmou minhas palavras com um aceno solene de cabeça.

– É isso mesmo que ele disse.

Pelo visto, o desmaio de quarta-feira tinha sido relativamente leve. Parecera pior devido ao acidente, e ela havia se recuperado o suficiente para tornar o encontro daquele dia viável.

– Rhea? – Sloane voltou sua atenção para a babá. – Você está...?

– Estou bem. – A mulher abriu um sorriso fraco. – O Sr. e a Sra. Kensington acreditaram que foi a Annie. Obrigada por isso.

– Não precisa me agradecer. Você não estaria nessa situação se não fosse por minha causa, e eu é que deveria agradecer. – A voz de Sloane ficou embargada. – Por tudo o que tem feito por mim e pela Pen ao longo dos anos.

Rhea tinha ficado apreensiva com meu plano, pois chegara muito perto de ser descoberta. No entanto, ela era muito leal a Pen e a Sloane, mais do que a seus empregadores, e acabara concordando.

O olhar que ela dirigiu a Sloane naquele momento foi o de um membro da família: suave, emocionado e cheio de amor.

Então o instante passou e todos quebraram o contato visual antes que o passeio divertido se transformasse em uma espiral de emoções.

– Então, que lugar é esse aqui, exatamente?

Sloane pigarreou e examinou a suíte, que estava vazia, exceto por dois sofás, duas mesas, um rack e uma TV gigantesca com vários monitores e equipamentos conectados a ela. Obras de arte decoravam as paredes com cores primárias.

– Estamos no melhor centro de simulação de esportes do Queens. – Abri uma das gavetas do rack e tirei quatro controles. Fiquei com um e distribuí os outros. – Você disse que Pen gosta de futebol, então vamos jogar.

– Eu não gosto de futebol. Eu *amo* futebol – corrigiu Pen.

Ela já estava analisando os diferentes jogos, em busca da opção perfeita.

– Perdão. – Reprimi um sorriso. Seu atrevimento me lembrava de uma outra loira. – Quem é seu jogador favorito?

– Asher Donovan – respondeu ela sem hesitar.

Típico. Garotas de todas as idades o adoravam, mesmo que não gostassem de futebol como Pen, mas eu dava o devido crédito: o cara era talentoso.

Era irritante pra caralho que alguém com a aparência de um deus grego pudesse jogar *tão* bem e, com base nas poucas interações que tive com ele, ser *tão* legal. Era ainda mais irritante o fato de ele ser cliente de Sloane.

Tudo bem. Desde que ele não fosse o favorito dela, eu não me importava. Tanto.

Depois de implicar um pouco com Pen dizendo que, na verdade, Vincent DuBois era mais talentoso que Asher, decidimos jogar uma simulação da Eurocopa. Sloane e Rhea desistiram na metade do torneio, deixando que eu e Pen lutássemos pela vitória.

Eu não me considerava muito fã de crianças; gostava delas, mas não conseguia me conectar com pessoas que tinham menos da metade da minha idade.

Entretanto, Pen era incrível. Ela era mais madura do que metade dos adultos que eu conhecia e era uma jogadora foda. Marcou três gols no primeiro tempo, e eu nem sequer a estava deixando ganhar.

Para uma criança que parecia tão doce, ela também era bem assustadora, como logo vi com meus próprios olhos.

Quando Sloane pediu licença para ir ao banheiro, Pen parou o jogo, virou-se para mim e perguntou, sem qualquer preâmbulo:

– Então, o que está rolando entre você e a minha irmã?

Quase engasguei com a Coca-Cola, enquanto Rhea tentava e não conseguia esconder o sorriso.

– Estamos nos conhecendo – respondi de maneira vaga.

Eu não tinha certeza de quantos detalhes sobre minha vida amorosa deveria compartilhar com uma criança de 9 anos, mas tinha a sensação de que era melhor ser cauteloso.

– Não, *nós* estamos nos conhecendo. – Pen apontou de mim para ela. – Você e Sloane estão fazendo mais que isso.

Meu Deus.

Olhei para a porta, desejando que Sloane entrasse e acabasse com meu sofrimento.

Não tive essa sorte.

– Estamos saindo – expliquei.

Torci muito que Pen não entrasse no mérito do significado de "fazendo mais". Eu não ia entrar nessa conversa nem amarrado.

– Há quanto tempo?

– Oficialmente? Um pouco mais de uma semana, mas...

– Você está saindo com outras pessoas?

– Não.

– Você está apaixonado por ela?

– Eu... – Uma gota de suor escorreu pelas minhas costas. Não podia acreditar que estava sendo interrogado por alguém que batia na altura do meu quadril. – Eu gosto muito dela.

Eu gosto mais dela do que jamais gostei de ninguém. Mas não sabia se era amor. Nunca havia me apaixonado, então não sabia como era, mas ia perceber quando acontecesse, certo?

Uma onda de expectativa inundou minha corrente sanguínea, acompanhada pela incerteza.

– Não foi essa a minha pergunta. – Pen me olhou com olhos azuis enganosamente inocentes. Atrás dela, os ombros de Rhea tremiam. Ela nem estava mais se preocupando em esconder o riso. – Sloane nunca nem *mencionou* os ex-namorados, muito menos me deixou passar tempo com eles, então ela deve gostar muito de você.

Uma pontada em meu peito acabou com a eletricidade que as palavras de Pen provocaram.

Ela deve gostar muito de você.

– Não magoe ela – alertou Pen, o rosto sério. – Se magoar, vou mandar a Mary atrás de você.

– Eu jamais magoaria ela – respondi, e estava falando sério. Só de pensar nisso, eu sentia um aperto no peito. Depois de uma breve pausa, acrescentei: – Quem é Mary?

– Mostre para ele, Rhea.

Rhea, ainda rindo, abriu algo em seu celular e me entregou.

Uma boneca vitoriana me olhava da tela, com olhos azuis fixos. Tinha cabelos pretos, um vestido branco com babados e um sorriso que era pura maldade.

Era o brinquedo mais assustador que eu já tinha visto.

– Minha mãe comprou numa loja de antiguidades – disse Pen. – Pertencia à filha de um aristocrata inglês que foi assassinada por um desconhecido. Reza a lenda que o espírito da garota segue vivendo em sua boneca favorita.

– Cerca de dez anos atrás, alguém tentou roubar essa boneca do antigo dono, por ser muito valiosa, mas a pessoa morreu ao levar misteriosas facadas enquanto estava dormindo – acrescentou Rhea.

Eu não sabia dizer se ela estava brincando.

Além disso, que porra era aquela? Quem comprava uma *boneca assassina possuída* para a filha? Mas, por outro lado, isso parecia a cara de Caroline Kensington.

– Ah. – Devolvi o celular para Rhea antes que Mary Matança saísse da tela e *me* esfaqueasse. – Não precisa chamar a Mary. Não gosto muito de bonecas e como eu disse… – Suavizei meu tom, falando sério. – Eu *jamais* magoaria a Sloane. Ela é… – *Meu mundo.* – Importante demais pra mim.

Pen manteve a cara amarrada por mais um tempo antes de sua expressão ganhar um tom mais vulnerável.

– Ótimo – disse ela baixinho. – Porque já magoaram ela demais.

Não estava nos meus planos levar um soco na barriga de uma criança de 9 anos, mas a mira de Pen era ainda melhor do que suas habilidades no videogame.

Uma ardência se espalhou das minhas entranhas até meu peito, por Sloane e por Pen. As duas mereciam mais do que recebiam das pessoas que supostamente as amavam.

– O que eu perdi?

A voz de Sloane estourou nossa bolha. Eu estava tão perdido em meus pensamentos que não a ouvi voltar.

– Nada – dissemos eu e Pen em coro.

– Estávamos só fazendo uma pausa – acrescentei.

– Porque eu estava dando uma surra nele. – Pen deu uma risadinha quando lancei a ela um falso olhar mortífero. – Tudo bem. Você é o Vincent e eu sou o Asher. Eu sou melhor e pronto.

– Muito bem, já chega. – Arregacei as mangas. – Chega de pegar leve com você. Agora é pra valer.

Trocamos insultos e piadas durante o segundo tempo. Eu estava envolvido demais com o jogo para prestar atenção em muitas outras coisas, mas uma ou duas vezes percebi que Sloane nos observava com uma expressão estranha. Ela desviava o olhar sempre que eu me virava em sua direção, mas não antes de eu notar o brilho suspeito em seus olhos.

Ficamos no centro de simulação por mais meia hora até que a energia de Pen diminuiu visivelmente. Ela não queria ir embora, mas dava para ver que as atividades do dia tinham lhe cobrado um preço. Prometi que voltaríamos ali e, quando o segurança da Harper chegou para buscar as duas, Pen mal conseguia manter os olhos abertos.

No entanto, ela conseguiu reunir energia suficiente para abraçar a mim e a Sloane. Nunca pensei que me afeiçoaria tanto a alguém que acabara de conhecer, mas uma onda feroz de proteção tomou conta de mim quando retribuí o gesto.

Ainda bem que Pen tinha Rhea e Sloane, porque o resto da família dela deveria ir direto para o inferno por ignorá-la.

Sloane murmurou algo para Pen, que assentiu, o queixo trêmulo, antes de acompanhar Rhea até o carro.

– Obrigada – disse Sloane enquanto víamos o carro desaparecer na rua. – Isso foi... Você não precisava ter feito isso.

– Eu queria. – Abri um sorriso. – Embora talvez eu tivesse mudado de ideia se soubesse da surra que ela ia me dar.

Pen havia vencido a partida por sete a três.

A risadinha de Sloane aliviou o clima pesado que se seguiu à partida de Pen.

– Além disso, antes que você me elogie demais, tenho uma confissão a fazer – falei, e ela arqueou a sobrancelha com ar desconfiado. – Eu...

Eu não quero que este dia termine. Não quero que você vá embora. Acho que nunca vou querer que você vá embora.

– Fiz uma reserva para o jantar em um restaurante aqui perto. Eles só abrem às sete, então acho que vamos ter que passar o resto do dia aqui na área.

– Vamos, é?

– Receio que sim. Vamos ter que nos entreter antes de eu te encher tanto de carboidratos que você vai até sonhar com pizza e macarrão.

Os olhos dela brilharam de prazer.

– Vou sobreviver. Já tive sonhos piores.

– Ótimo. – Entrelacei os dedos nos dela e a levei em direção à rua principal. – Seb me falou de uma sorveteria muito boa que temos de experimentar.

– Seb?

– Sebastian Laurent. Ele é tipo um guia gastronômico ambulante.

Ele era o sexto nome na lista de Kai, mas eu já o conhecia, então foi fácil pedir que sua equipe criasse e executasse o cardápio da Vault.

– Claro.

A mão de Sloane estava quente contra a minha. A brisa carregou seu perfume para meus pulmões e, instintivamente, apertei a mão dela em resposta.

Às vezes, as coisas ficavam estranhas depois que um casal transava, mas isso não aconteceu com a gente. Se a noite de quarta-feira não houvesse acontecido, talvez eu não tivesse dado aquele passo e organizado o passeio com Pen. Algo entre nós havia mudado naquela noite, e eu não estava falando de sexo.

Você está apaixonado por ela?

A pergunta de Pen ecoou em minha cabeça. Permaneceu lá por um instante antes de se dissolver na lembrança de Sloane dormindo em meus braços. Ela se aconchegara em mim, seu corpo pressionado ao meu, seu rosto livre de qualquer preocupação. Forcei-me a ficar acordado mais um pouco só para poder ouvir sua respiração.

Não sabia por quê, mas isso me trazia uma sensação de paz avassaladora, além de algo mais que não conseguia identificar.

Um farfalhar alto me trouxe de volta ao presente. Era do tipo que só um animal de grande porte poderia fazer, mas, quando procurei nos enormes arbustos ao redor do centro de simulação, não vi nada.

Ué. Estranho.

Balancei a cabeça, afastando qualquer som fantasma e o espectro da noite de quarta-feira. O que um animal de grande porte estaria fazendo no meio do Queens, afinal?

Independentemente do que fosse, deve ter sido apenas minha imaginação.

CAPÍTULO 27

Sloane

– POR QUE VOCÊ está sorrindo tanto? – perguntou Jillian. – Está me assustando.

– Não estou sorrindo. Estou exercitando a boca.

Peguei o café que ela me ofereceu e terminei de enviar meu e-mail com a outra mão. Ergui os olhos quando não tive resposta.

– Foi uma piada.

Não foi muito boa, mas eu tinha perdido a prática. Merecia um desconto.

– Eu sei – disse ela, estremecendo. – Isso me assusta ainda mais.

– Muito engraçado – respondi em um tom seco. – Quando encerrar seu showzinho de stand-up, liga para o Asher, por favor. Se ele se atrasar para a reunião outra vez, vou acrescentar uma taxa de espera à mensalidade dele.

– Claro. – Ela deu um suspiro sonhador. – Os dias de reunião com o Asher são os meus favoritos.

Balancei a cabeça e esperei que a porta se fechasse antes de me conectar ao meu sistema privado de videoconferência.

Jillian não estava errada. Eu andava sorrindo muito, a ponto de irritar a mim mesma, mas ainda estava muito feliz com a semana anterior.

A última quarta-feira tinha sido uma montanha-russa de emoções. A hospitalização de Pen e o encontro com a minha família foram baques desagradáveis, mas a noite com Xavier, tanto no clube de salsa quanto na casa dele, suavizara um dia epicamente ruim.

Eu não tinha planejado dormir com ele. Parte de mim resistia ativamente a isso porque *sabia* que era má ideia. Mas algo na maneira como ele me segurava e olhava para mim… Xavier representava o maior perigo para o meu mundo perfeitamente estabelecido, mas eu nunca me sentira tão segura como quando estava em seus braços.

Solta o cabelo, Sloane.

Foi um pedido simples, mas, quando obedeci, pareceu mais do que isso.

Pareceu confiança.

Olhei para a tela. Asher ainda não estava on-line, o que era bom. Depois que as lembranças começaram a passar pela minha cabeça, não pararam mais: a sensação de ter Xavier dentro de mim, a maneira como nos movíamos juntos, o passeio planejado com Pen e como ele foi ótimo com ela. Eu não tinha um grande instinto maternal, mas meus ovários quase explodiram durante o abraço de despedida dos dois.

Não havia nada mais sexy do que um homem que se dava bem com crianças.

Ele não só havia escolhido uma atividade da qual ela ia gostar e que não agravaria seus sintomas como também a tratou como uma criança normal, não feito uma boneca de porcelana. Era isso que Pen queria e, provavelmente, foi por isso que ela se afeiçoou a ele tão depressa. Minha única preocupação era…

– Desculpa, chefe.

O rosto perfeito de Asher preencheu a tela, seu sorriso tão malandro e charmoso quanto seu sotaque britânico. Apesar das desculpas, não parecia se arrepender de seu último contratempo.

– Antes que você diga qualquer coisa, saiba que não vai acontecer de novo.

Quase pulei de susto, mas me contive. Estava tão envolvida em meus próprios pensamentos que quase me esqueci da chamada.

Eu me endireitei, deixando de lado as preocupações com minha vida pessoal para me concentrar em meu cliente mais importante.

Asher estava em sua casa em Blackcastle. Usava uma camiseta cinza velha e seu cabelo estava úmido de suor ou de um banho. Ele devia ter vindo direto do treino.

Queria que ele fosse tão dedicado a manter sua reputação quanto era à sua forma física. Seria de se esperar que o jogador de futebol mais famoso do mundo se preocupasse com a sua carreira e se dedicasse demais a ela para se envolver em pegas de carro, mas aquela não era a primeira vez que eu tinha que cuidar da bagunça causada por Asher antes que a imprensa ficasse sabendo.

– Eu não sou sua chefe. Se fosse, você não me ignoraria toda vez que eu te mando fazer alguma coisa – respondi com firmeza. – Deixa eu explicar uma coisa, Donovan. Não me interessa se seus números no Holchester foram excelentes. Você é novo no Blackcastle. Você tem um contrato de nove dígitos que depende da sua capacidade de controlar os seus impulsos, portanto, fique fora do radar, obedeça ao limite de velocidade e, pelo amor de Deus, pare de brigar com Vincent DuBois. Ele é seu colega de time.

O contrato de transferência de Asher, no valor de 200 milhões de dólares, assinado no início do ano, tinha sido manchete no mundo inteiro, mas veio com uma única exigência: um período de experiência de dois anos, durante o qual ele deveria cumprir uma cláusula de moralidade bastante rígida, entre outras coisas. Caso contrário, o contrato seria rescindido e ele teria que devolver metade de seus ganhos dos dois primeiros anos.

Asher se mostrou sombrio ao ouvir o nome do rival. Vincent era o único jogador que chegava perto de seu nível de fama e talento.

– Vincent é um merda – disse ele.

– Não importa. A rivalidade entre vocês está levando os tabloides ao delírio, e não precisamos disso agora. Pare com essa palhaçada, Asher, ou eu vou pessoalmente contratar um mercenário para tomar todos os carros da sua garagem e garantir que Rahim nunca mais lhe venda outro veículo. Sabe aquele Bugatti de edição limitada em que você está de olho? Vai pro segundo maior lance.

Asher era famoso, mas eu estava determinada, farta e irritada. Além disso, Rahim, seu vendedor de carros de luxo, estava em dívida comigo pelo grande número de indicações que eu fazia do seu serviço (para pessoas que eram motoristas mais responsáveis do que certo atleta).

Asher engoliu em seco diante da minha ameaça.

– Fala sério, Sloane. Não é…

– Dê um jeito nessa situação. Imediatamente.

Encerrei a ligação. Alguns clientes precisavam que eu fosse mais dura do que outros; Asher precisava de titânio.

Eu tinha alguns minutos antes da reunião seguinte, então verifiquei rapidamente o celular.

Xavier: Café puro, duas colheres de açúcar?

Abri um sorriso, aliviando minha frustração com Asher.

Eu: Estou trabalhando
Xavier: A pergunta não foi essa, Luna
Eu: ...
Eu: Sem açúcar hoje. Já comi demais.

Coloquei a culpa nas rosquinhas que Jillian havia trazido para o café da manhã.

Não obtive uma resposta imediata dele, então fui checar o grupo com as meninas.

Isabella: A operação PW está a pleno vapor ;)
Isabella: TALVEZ eu tenha ido ao café favorito do PW hoje para escrever e TALVEZ eu tenha ouvido ele falar sobre um futuro post

Meu coração palpitou.

Eu: Será que...
Isabella: Aham. Ele não citou nomes, mas tenho certeza que foi o que a gente plantou
Vivian: Você acha que ele vai mesmo publicar?
Vivian: Ela é uma das poucas celebridades que ele tem medo de citar
Alessandra: Não sei se "celebridade" é o termo correto
Vivian: Você me entendeu
Isabella: Talvez ele precise de mais um empurrãozinho
Sloane: Deixa comigo

O telefone do escritório tocou, interrompendo a conversa.
– Sloane, seu próximo compromisso já chegou – disse Jillian.
– Fala pra ela entrar, por favor.
Dois minutos depois, Ayana entrou em meu escritório, estonteante em seda laranja e brincos compridos.

– Obrigada por se encontrar comigo assim de última hora.

Ela se acomodou graciosamente na cadeira em frente à minha. Sua pele brilhava sob as luzes, e seu rosto tinha traços afiadíssimos. Não era de admirar que ela tivesse conquistado o mundo das passarelas no último ano.

– Você é minha cliente. Fico feliz em ajudar no que for possível – respondi.

Ayana era a última cliente nova que eu tinha aceitado nos últimos tempos. Minha lista estava tecnicamente fechada, mas a mãe de Alessandra era a mentora de Ayana. Eu havia me encontrado com ela no início do ano, como um favor, e gostei tanto dela que fechamos o contrato naquele dia mesmo.

– Ótimo. – Ela hesitou, seu rosto lindo sombreado pelo nervosismo. – Porque talvez eu esteja em apuros.

Durante os 45 minutos seguintes, ouvi Ayana expor sua situação. Mantive uma expressão neutra, mas todas as células do meu corpo ficaram em choque quando ela chegou à parte do *casamento*.

– Não sei o que fazer – concluiu ela, os olhos baixos, sua ansiedade palpável. – Eu devo tanta coisa a ele, mas…

– Mas nada. A vida é sua – falei com firmeza. – Escuta, como sua assessora, posso dizer que seria uma *excelente* publicidade. O público adora um casamento de celebridades. Mas, como mulher, como ser humano, eu te digo para seguir o seu instinto. A gratidão vale cinco anos da sua vida?

Quando Ayana saiu, a pergunta permanecia no ar.

Eu não podia responder por ela, e meu trabalho era transformar sua decisão em um tesouro para a mídia, não importava qual fosse. Só esperava que ela fizesse uma escolha da qual não se arrependesse depois.

Abri minha caixa de entrada, mas não tive a chance de ler nada antes que Xavier aparecesse na porta.

– Foi a Ayana que eu vi saindo?

Ele entrou, os cabelos desgrenhados pelo vento e o suéter se moldando a seu corpo de uma maneira muito pecaminosa.

– Eu não sabia que ela ainda estava na cidade.

Uma vibração incômoda correu sob minha pele, seguida por algo mais sombrio, que ignorei.

– Você a conhece?

– Não pessoalmente, mas ela é amiga de um amigo e já nos cruzamos algumas vezes – respondeu Xavier, com um dar de ombros. – Luca comentou que ela estava filmando uma campanha da Delamonte na Europa essa semana, mas, pelo visto, não é o caso.

– Ah.

Ele arqueou as sobrancelhas.

– O que houve? A reunião não foi boa?

– Foi, sim. – Olhei fixamente para a tela, querendo muito superar aquela agitação estranha no meu estômago. – Ela é maravilhosa. Obviamente. Já que ela foi a primeira coisa que você mencionou quando entrou.

Minha resposta brusca foi recebida com silêncio.

Quando ergui os olhos novamente, Xavier não estava me encarando em choque, como eu esperava. O desgraçado estava *rindo*.

Grandes ondas de riso silencioso sacudiam seu corpo, o que deixou meu rosto quente.

– Luna. – Os olhos dele brilhavam de alegria. – Você está com ciúmes?

– Não – retruquei. – Foi apenas uma observação.

Me voltei para a tela e encarei as linhas de texto até que ficassem embaçadas. Meus olhos e meu nariz ardiam.

Era idiota e irracional, porque eu realmente não achava que Xavier tivesse qualquer interesse em Ayana, mas eu não conseguia fechar a válvula que estava vazando dentro de mim. A válvula que retinha uma enxurrada de inseguranças, que eu achava que havia fechado até que pequenos momentos como aquele faziam as dúvidas se revirarem em meu estômago.

Fria demais. Indiferente. Impossível de amar.

Xavier era o oposto de mim: caloroso, carismático e encantador em sua essência. Ele tinha sido honesto e comprometido desde que começamos a namorar, mas parte de mim ainda achava que ele fugiria.

Um dia, ele acordaria e se daria conta de que eu não era a pessoa que ele queria que eu fosse, e iria embora.

– Sloane. – Xavier não parecia mais estar achando graça. Passos suaves precederam o aroma fresco de sua colônia; mãos firmes me viraram. – Olha pra mim.

Fixei os olhos obstinadamente em seu pescoço. Uma de suas tatuagens aparecia por baixo do suéter, e era a única coisa que me impedia de desmoronar.

O que aconteceu, meu Deus? Em um segundo, eu estava trabalhando e sorrindo tanto que assustei a Jillian. No outro, estava à beira de um colapso por causa de um *homem*.

A Sloane do passado me desprezaria, mas ela não sabia o que o meu eu do presente sabia: aquele período de experiência que eu havia proposto tinha saído pela culatra de forma espetacular.

Achei que poderíamos nos divertir por dois meses e dizer que tentamos. Pensei que poderia me afastar no final e ficar bem.

Mas não podia. Não quando o ciúme me corroía por dentro só de pensar em Xavier com outra pessoa.

– *Olha pra mim.* – Xavier segurou meu queixo e o ergueu. Ele fixou os olhos nos meus, me despindo. – Você não tem motivo para ter ciúmes. Eu comentei da Ayana porque estava conversando com o Luca e isso me veio à cabeça. Não tem nada a ver com o que sinto por ela, porque não sinto *nada*.

– Ela é uma supermodelo. Todo mundo sente alguma coisa por ela.

– Eu não sinto – disse ele. – Não me importa se uma pessoa é bonita ou famosa, Luna. Ninguém se compara a você.

Se fosse qualquer outra pessoa falando, eu teria considerado aquela afirmação vazia. Mas era Xavier e, *por ser Xavier*, sua resposta surtiu efeito. Senti meu coração acalmar, selando o vazamento e absorvendo as inseguranças.

Consegui sorrir mesmo com minha pulsação tão disparada.

– Você sempre sabe o que dizer.

– É fácil quando é a verdade. Agora… – Ele se inclinou e me deu um beijo suave e demorado, com gosto de café e calor. – *Isso*, sim, é um oi de verdade.

Dei risada, a pele formigando por conta do beijo, do final da conversa ou das duas coisas. Fiquei um pouco constrangida com aquela explosão atípica de ciúmes, mas estava feliz demais em vê-lo para me importar.

– Temos reunião hoje? – perguntei, tentando voltar ao modo trabalho. – Achei que fôssemos nos falar por telefone.

Xavier dissera que tinha um plano para fazer com que Vuk se tornasse seu sócio mesmo sem um local definido, e que queria repassá-lo comigo.

– Não e sim. Mas não vim aqui a trabalho. Vim te ver. – Xavier acenou com a cabeça para o copo de café que havia colocado na minha mesa. – Puro, sem açúcar.

Tomei um gole e olhei para ele por cima da borda.

– Tenho muito trabalho pra colocar em dia.

Andava tão distraída desde que começamos a namorar que meu trabalho não estava duas semanas adiantado, como normalmente acontecia. Estava *dentro do prazo*, o que era inaceitável.

– Está na hora do almoço, e a Jillian disse que você não tem nenhuma reunião antes das duas.

– Jillian precisa parar de te dizer a minha agenda, e eu não estou com fome.

– Não. – A voz de Xavier se transformou em seda. – Mas eu estou.

Não tive chance de reagir antes que ele me levantasse e me colocasse sobre a mesa em um movimento habilidoso e rápido. Xavier levantou minha saia até os quadris e deslizou o polegar para dentro da minha calcinha para me encontrar já cheia de tesão.

– Xavier... – sussurrei, olhando para trás, para a porta *des*trancada. – Alguém vai ouvir.

Apesar do meu protesto, meu clitóris latejava de vontade. O calor se acumulou como uma tempestade de fogo em meus pulmões enquanto aquelas mãos fortes e hábeis me acariciavam, deslizando pelos meus quadris e coxas, atiçando o fogo cada vez mais alto e mais quente até incinerar minhas preocupações.

– Ótimo. – Xavier se ajoelhou e afastou mais os meus joelhos, dando a ele uma visão livre da minha excitação. Seus olhos brilharam, escuros e cintilantes como vidro vulcânico. – Assim vão saber exatamente a quem você pertence.

Um pequeno e humilhante gemido saiu da minha boca quando ele inclinou a cabeça e usou os dentes para tirar a minha delicada calcinha de seda. Tonta e sem fôlego, senti meu pulso disparar com aquele segundo de expectativa então dei algo entre um grito e um suspiro quando ele rasgou minha calcinha e mergulhou.

Luzes explodiram atrás de meus olhos com a mudança repentina da sensualidade preguiçosa para uma fome selvagem e indomável. Meu cérebro não conseguiu acompanhar o ritmo, então cedeu todo o poder ao corpo. Arqueei os quadris, agarrei seus cabelos, o tesão me consumindo, tão rápido e potente que era quase doloroso.

Tentei fechar as pernas, recuar, fazer *qualquer coisa* que me permitisse recuperar o fôlego antes de explodir de puro prazer, mas a firmeza de aço de Xavier me manteve onde estava. Ele era impiedoso em seu ataque, com a boca, a língua e os dentes atingindo cada ponto sensível com uma precisão devastadora.

Não sabia ao certo se eu estava gritando, soluçando ou em silêncio absoluto. Não tinha certeza se minha equipe estava parada na porta naquele momento, assistindo enquanto ele me fodia loucamente com a língua e eu perdia qualquer tipo de controle.

Não tinha certeza de nada, na verdade, exceto do fato de que eu queria que aquilo nunca, jamais acabasse. Nem ele, nem nós.

A tempestade de fogo dentro de mim finalmente irrompeu e, dessa vez, *ouvi* meu grito antes que uma mão cobrisse minha boca, abafando-o.

Meu orgasmo foi tão intenso que me desintegrei imediatamente, desmoronando, flutuando, *queimando*, até que a fumaça se dissipou e meus sentidos voltaram, abafados por uma névoa.

Ele destapou a minha boca e me deu um beijo intenso. Senti o gosto da minha excitação e meus mamilos ficaram duros outra vez, como se eu não tivesse acabado de gozar tão forte que mal conseguia respirar direito.

– Isso foi só uma prévia. Da próxima vez que você duvidar do quanto eu te quero… – Xavier mordeu meu lábio inferior. A fisgada foi direto para o vazio que pulsava entre as minhas coxas. – Lembre-se disso.

Ele agarrou meus quadris novamente, puxando-me para fora da mesa e fazendo com que eu me inclinasse para ficar exposta para ele. Minha saia ainda estava enrolada nos quadris, e minha calcinha estava em farrapos no chão.

Ouvi a gaveta da minha mesa se abrir, seguida pelo ruído de um zíper e o rasgo característico de uma fita adesiva.

Minha boca ficou seca.

– O que…

Um pedaço de fita adesiva selou minha boca, me interrompendo.

– Para o caso de você gritar outra vez. Você não quer que as pessoas ouçam, lembra? – A resposta sombria e aveludada de Xavier prometia todo tipo de intenção perversa. – E eu preciso das minhas mãos pra outra coisa.

Luxúria e medo me invadiram em igual medida, um indistinguível do outro. Ele havia deixado minhas mãos livres, de modo que eu poderia facilmente arrancar a fita… mas não arranquei.

Fiquei inclinada ali, com as pernas abertas, a boca tapada, a umidade escorrendo pelas coxas em uma imagem provavelmente obscena.

Meu medo não era do que ele estava prestes a fazer comigo; vinha do quanto eu queria aquilo. O quanto *gostava* da leve perda de controle, porque isso significava que eu não precisava pensar; eu podia apenas sentir.

– Segura na mesa.

O aviso de Xavier fez um calafrio descer pelo meu pescoço. Mal tive tempo de obedecer antes de ele meter em mim, minhas costas instintivamente se arqueando com a força da estocada. Tentei gritar, mas a fita adesiva me impediu de fazer qualquer coisa além de gemer de forma indistinta enquanto ele me comia loucamente, com uma das mãos me segurando e a outra se infiltrando na minha blusa para brincar com meus seios.

Agarrei-me à borda da mesa, me sentindo completamente à flor da pele. O suor cobria minha pele e meu clitóris latejava ao ritmo de suas estocadas, cada pulsação tão poderosa que deixava minha visão turva.

Toda vez que meu prazer parecia atingir um novo patamar, outro beliscão, outro aperto, outra estocada o elevava ao ponto de se tornar insuportável. Meu cérebro não conseguia mais processar as sensações avassaladoras que assolavam meu corpo, e eu me senti transcender por um segundo, assistindo à cena depravada que estávamos performando.

Meu coque havia se desfeito. Fios grudavam na minha pele corada e saliva escorria por baixo da fita adesiva enquanto Xavier entrava e saía de mim, seus gemidos graves me abalando tanto quanto o resto.

Eu amava seus ruídos de prazer. Amava a maneira como me sentia naquele momento, indefesa e arrebatada, mas muito segura. Eu…

Meu corpo inteiro se contraiu. Pontos de luz surgiram na minha visão turva, e eu tremi incontrolavelmente ao chegar ao clímax, estremecendo contra o pau dele. Fiquei sentindo espasmos na boceta, enviando raios de prazer ao meu cérebro estupefato. Ouvi Xavier dar um último grunhido gutural antes de gozar também, mas as ondas continuaram, tomando meu corpo como um oceano incessante de prazer elétrico e entorpecente.

Não sabia quanto tempo tínhamos ficado ali, eu, mole e esparramada sobre a mesa, ele ainda enterrado em mim, mas, quando finalmente nos movemos, eram quase duas da tarde.

– Bem a tempo da sua reunião – provocou Xavier.

Eu estava uma bagunça, mas, tirando o cabelo desgrenhado e as bochechas coradas, ele parecia ter acabado de sair de um ensaio de revista. Maldito.

– Eu tenho um timing excelente.

Xavier me limpou e arrumou minhas roupas com mãos gentis antes de tirar a fita adesiva da minha boca.

– Muito engraçado.

Minha voz não parecia a minha; estava rouca demais por causa… Um rubor se espalhou pela minha pele, e o sorriso satisfeito de Xavier se alargou.

– Vou ter que adiar a reunião. Não posso discutir estratégia de mídia com essa cara…

– De quem acabou de ser fodida pra caralho?

Meu rubor se aprofundou com a voz suave e arrastada de Xavier.

– Eu não colocaria nessas palavras – respondi com o máximo de dignidade que consegui reunir, considerando que minha calcinha estava em retalhos.

O que eu tinha feito… o que *nós* tínhamos feito… era tão atípico para mim que eu mal conseguia compreender.

Eu não era o tipo de pessoa que misturava trabalho e prazer, o que… Certo, tudo bem, esse navio já havia zarpado havia semanas. Mas eu estava sempre atenta aos arredores e nunca me envolvia em atividades comprometedoras no escritório.

Xavier era a única pessoa que conseguia me fazer deixar as regras de lado e ainda *gostar*. Era perturbador.

Meu Deus, eu esperava muito que ninguém tivesse nos ouvido. O pessoal todo devia estar almoçando, mas nunca dava para saber quando um assistente proativo decidiria ficar e colocar o trabalho em dia (e pegar a chefe transando).

– Use as palavras que quiser, Luna, mas é a verdade. – Os lábios de Xavier tocaram os meus. – Só para constar, você fica linda depois de trepar.

– Que encantador. – Eu deveria pegar o celular e remarcar a reunião das duas horas, mas queria ficar mais um pouco nos braços dele. – Deveriam criar um tutorial de maquiagem pra isso.

– Tenho certeza que já existe. – Ele se afastou, me examinando. – Como está se sentindo?

– Bem. Um pouco dolorida, mas… bem.

Não consegui encontrar um termo melhor para descrever a leveza que sentia. *Bem* não fazia jus, mas, ao contrário de outras palavras, pronunciá-la não me assustava.

– Bem – repetiu Xavier.

Ele apoiou as mãos na mesa, uma de cada lado do meu corpo, e, enquanto sorríamos um para o outro, o silêncio preenchido de satisfação enquanto saboreávamos nossos últimos segundos antes que a realidade se intrometesse, outra palavra surgiu em minha mente.

Feliz.

Simples, básica, mas nem por isso menos verdadeira.

CAPÍTULO 28

Sloane

POR ALGUM MILAGRE, NINGUÉM disse nada quando Xavier e eu saímos da minha sala depois da, hã... da nossa sessão, no dia anterior. As pessoas ainda estavam chegando do almoço, e os membros da equipe que *estavam* lá ficaram ocupados demais com fotos da princesa Camilla para nos dar atenção.

Graças a Deus pelas pequenas bênçãos.

Eu havia remarcado minha reunião e acabei me esquecendo do plano de Xavier para Vuk até que nos encontramos para jantar na noite seguinte. Ele não havia expandido o assunto para além de uma mensagem.

– Duas perguntas – falei enquanto caminhávamos. – Primeira: qual é o plano com o Vuk? Segunda: onde vamos jantar? Estou morrendo de fome.

– Ah, agora você está com fome – provocou Xavier, passando o braço ao redor dos meus ombros. O peso quente fez com que uma avalanche tomasse conta do meu estômago. – Mas quando tentei te levar para almoçar, você me expulsou.

– Porque me lembrei do que aconteceu *ontem* durante o almoço. Não trabalhei nada.

Tentei fazer uma expressão arrogante, mas acabei corando com o olhar malicioso que ele me lançou. Isso vinha acontecendo muito ultimamente, corar. Para alguém que odiava ter esse tipo de reação, como eu, era enlouquecedor.

– Estou sabendo. – A voz arrastada de Xavier soou quente de desejo. –

235

Você fica linda curvada sobre a sua mesa, Luna. Especialmente quando a sua boceta está pingando com a minha…

– *Xavier.*

O rubor se transformou em um incêndio de grandes proporções. Olhei ao redor, convencida de que todas as outras pessoas na calçada tinham ouvido aquela sacanagem. Eu não era nenhuma puritana, mas também não queria que qualquer transeunte aleatório soubesse da minha vida sexual.

Ele deu risada.

– Está bem. Vou deixar a putaria pro hotel.

Hotel?

– Para onde a gente está indo exatamente? – perguntei, minha voz tomada pela desconfiança.

– Você vai ver. Faz outra pergunta.

– Odeio quando você é evasivo.

– Você adora, porque adora surpresas.

– Sou virginiana. Odeio surpresas.

Exceto pelo encontro de domingo com Pen, mas isso não contava.

– Faz outra pergunta, Luna – disse Xavier, ignorando meu argumento extremamente pertinente sobre astrologia.

Eu era uma defensora ferrenha das ciências exatas, mas astrologia era um tema divertido demais para se ignorar.

– Está bem – resmunguei. Eu *estava* intrigada sobre o que ele havia planejado, mas jamais admitiria. Não precisava que ele me fizesse surpresas a torto e a direito. – A pergunta que você pulou. Que plano é esse que você bolou pro Vuk?

– O plano do Vuk. Certo. – Viramos à esquerda em uma rua tranquila. – Quais são as forças motrizes por trás de todo homem de negócios bem-sucedido? Por que eles fazem o que fazem?

Fácil.

– Dinheiro, poder e fama.

– Tem mais uma.

Franzi a testa.

– Ego? Não, isso já se enquadra nos outros três. Vingança? Ambição? Rancor?

Xavier me olhou de lado.

– Paixão.

– Ah. – Franzi o nariz. – Não é tão bom quanto rancor.

Foi isso que me levou a transformar a Kensington PR no que ela era naquele momento. Sim, eu era apaixonada pelo que fazia e, sim, precisava do dinheiro, mas durante meus momentos mais sombrios e noites sem dormir, o rancor foi o fogo que manteve a escuridão sob controle.

Queria provar que poderia prosperar sem o dinheiro ou o apoio da minha família, e consegui. Eles queriam que eu fracassasse e pedisse ajuda; eu preferiria amarrar o último tijolo do meu negócio aos meus pés e pular no rio Hudson do que ter que lhes dar essa satisfação.

Mas isso era eu. Talvez outras pessoas pensassem diferente.

– Pode até não ser – disse Xavier em um tom seco –, mas tenho pesquisado sobre o Vuk e ele tem uma história interessante. Você sabe como a Markovic Holdings começou?

Balancei a cabeça em negação.

– Vuk trabalhou em uma pequena destilaria em sua cidade natal, durante o ensino médio. Ele adorava o lugar, mas detestava a forma como era administrado, por isso se esforçou e economizou até ter dinheiro suficiente para comprá-la, depois da faculdade. Ele estudou engenharia química e, depois que assumiu o controle da destilaria, revolucionou o processo de fabricação de vodca para criar...

– A Markovic Vodka – completei, citando a vodca mais popular do mundo.

– Exatamente. É claro que ele evoluiu muito desde então, mas a questão é que Vuk não entrou no mundo dos negócios por dinheiro ou fama. Ele viu algo que amava, pensou que poderia fazer melhor e *fez* melhor. Levou anos e exigiu muito trabalho, mas ele conseguiu. Isso é paixão. – Xavier balançou a cabeça. – Esse foi o meu erro. Eu apelei *só* para o lado comercial e me esqueci do coração.

Dei um sorriso. Vuk não era o único apaixonado; eu nunca tinha ouvido Xavier tão entusiasmado com nada antes da boate.

– Apelar para esse outro lado dele é uma boa ideia – respondi. – Quando vai ser a próxima reunião?

– Amanhã. O problema é que eu não estruturei meu *pitch*. Não cresci sonhando em ser dono de uma casa noturna nem nada do tipo.

– Não, mas eu me lembro perfeitamente de uma pilha de esboços de bares descartados, lá na Colômbia. É um começo.

– Estão todos no lixo. Na Colômbia – apontou ele.

– Acho que, se você tinha rascunhos por lá, provavelmente deve haver outros espalhados por aqui. – Arqueei uma sobrancelha. – Eu vi a sua casa. Você ainda tem um troféu de Maior Garanhão do ensino fundamental.

– Ei, esse troféu é feito de ouro falso puro. O valor dele é estritamente sentimental. – Xavier abriu um sorriso, dentes brancos brilhando contra sua pele bronzeada. – Mas talvez você esteja certa e eu tenha alguns esboços antigos por aí.

– É por isso que as pessoas me pagam muito bem – brinquei.

Caminhamos por mais cinco minutos até virarmos em uma rua tranquila e pararmos em frente a um charmoso prédio de tijolos. A hera cobria as paredes e uma olhada pela porta de vidro revelou um saguão elegantemente decorado, repleto de plantas e tecidos suntuosos.

– É um novo hotel butique de propriedade familiar – disse Xavier. – Foi inaugurado há apenas alguns meses, mas o restaurante serve alguns dos melhores pratos tailandeses da cidade.

Meu estômago roncou quando ele falou em comida.

– Aceito.

– Mais uma coisa antes de entrarmos. – Seu rosto ficou sóbrio, com um toque de nervosismo. – Eu reservei o hotel para hoje à noite, caso você prefira ficar aqui. Comigo. As suítes são lindas e…

– Está bem.

Meu coração retumbava outra resposta.

Sim. Sim. Sim.

Seus olhos brilharam de surpresa, então ele abriu um sorriso lento, que fez um arrepio descer pelas minhas costas.

– Está bem – repetiu ele.

Era só o que precisávamos dizer.

– Boa noite, Sr. Castillo. – A recepcionista o reconheceu logo de cara. – Em qual de nossas suítes gostaria de ficar esta noite?

– Vamos ficar com a Suíte Real e jantaremos à beira da piscina. Por favor, envie pijamas e produtos de higiene pessoal também. Não trouxemos bagagem.

– Claro. Se mudarem de ideia, todas as nossas outras suítes estão à disposição.

Eu hesitei, refletindo sobre o que ela tinha dito.

– Espera aí. – Encarei Xavier com um olhar incrédulo. – Quando você disse que reservou o hotel, você quis dizer o hotel *inteiro*?

– Gosto de apoiar empresas familiares. – Suas covinhas apareceram, cheias de malícia. – E também gosto de privacidade.

Meu lado empresário me dizia que ele não deveria estar esbanjando dinheiro daquela forma quando o destino de sua herança estava pendente.

Meu lado romântico me dizia para eu me calar e desfrutar da experiência.

Pela primeira vez na vida, o lado romântico venceu.

A concierge nos levou em um rápido tour pelas comodidades do hotel antes de nos guiar para a área externa, onde o jantar seria servido.

– Se quiserem pedir mais comida, roupas de banho ou qualquer outra comodidade, basta usar esses cartões – disse ela, entregando a cada um de nós um cartão dourado fino cheios de botões brancos embutidos para diversas finalidades, incluindo serviço de limpeza, de alimentação e serviços gerais. – Aproveitem a noite.

– Obrigada – respondi.

A porta se fechou atrás dela, eu me virei e…

Meu coração parou por um segundo, de tão impressionada que fiquei. *Uau.*

Já havia me hospedado em muitos hotéis de luxo na vida. A maioria era bem genérica, como todos os hotéis de luxo eram, mas aquele lugar era *lindo*.

A piscina azul-turquesa em formato natural tinha uma cachoeira em miniatura em uma extremidade e uma banheira de hidromassagem na outra. Folhagens exuberantes e rochas personalizadas realçavam o clima tropical, enquanto uma cabana cheia de almofadas e à luz de velas ornava a cena com um romantismo onírico. Acima, uma cúpula de vidro protegia todo o espaço das intempéries, e a temperatura era de perfeitos e amenos 24 graus.

Não estávamos em Manhattan; estávamos no Jardim do Éden.

Xavier entrelaçou os dedos nos meus e me puxou em direção à cabana. Quando chegamos mais perto, notei que a mesa baixa de madeira estava coberta de comida.

Correção: estava coberta por um *banquete*. Havia bolinhos de coco ao lado de espetinhos de frango marinado e grelhado; o clássico macarrão pad thai ao lado de arroz frito com abacaxi servido no próprio abacaxi; e uma variedade de caldos e curries perfumava o ar com capim-limão, gengibre, cominho e muitos outros temperos de dar água na boca.

Meu estômago roncou novamente em expectativa.

– Impossível a gente comer tudo isso – falei, afundando em uma das almofadas gigantes que serviam de assento.

– Provavelmente – admitiu Xavier. – Não sabia do que você gostava, então pedi um pouco de tudo. – Outra aparição de suas covinhas. – Mas nada com nozes.

A avalanche na minha barriga começou a sair do controle; precisava dominá-la rápido.

– Acho que não costuma ter nozes na culinária tailandesa – respondi, tentando esconder o aperto no peito.

– Nunca se sabe. O que você tem contra as coitadas das nozes, afinal de contas?

– Parecem cérebros. Me dão arrepios... *Para de rir!*

– Eu não estou rindo – respondeu ele em meio a gargalhadas. – Só não esperava que esse fosse o motivo.

Tentei me agarrar à minha indignação – meu motivo para odiar nozes era perfeitamente válido, muito obrigada –, mas Xavier estava achando tanta graça que era contagiante, e um sorriso acabou desfazendo minha cara feia.

Nossa conversa fluiu com facilidade enquanto comíamos o banquete. Falar com Xavier era como conversar com uma de minhas melhores amigas. Não precisava ficar buscando assuntos ou me preocupando com a possibilidade de ele levar a mal algo que eu dissesse. Ele me entendia e, à medida que a nossa conversa foi passando de comida a filmes, por música e viagens, fui relaxando a ponto de esquecer tudo o que não fazia parte daquele momento.

– Tailândia – disse Xavier, quando perguntei sobre seus lugares favoritos. – Fui depois da faculdade, me apaixonei e passei um verão inteiro lá. Fazia um calor infernal, então eu passava a maior parte do tempo na praia. – Uma pontinha de saudade apareceu em seu rosto. – Minha mãe também gostava muito. Quando eu era criança, ela me contava sobre suas aventuras no exterior e que ela sempre voltava à Tailândia. A cultura, a natureza, a comida... – Ele apontou com a cabeça para os pratos pela metade à nossa frente. – Ela adorava tudo isso.

Fiquei em silêncio para que ele não acabasse se fechando de novo. Xavier nunca falava sobre a mãe, e fiquei fascinada com aquele vislumbre do relacionamento deles.

Eu sabia que os dois tinham sido próximos. Só podiam ter sido, considerando como ele ficou arrasado com a morte dela, mas eu não sabia os detalhes... as pequenas coisas que faziam com que Patricia Castillo deixasse de ser uma parte amorfa do passado e se transformasse em uma lembrança concreta.

– Talvez tenha sido por isso que passei tanto tempo lá – disse Xavier. – Fez com que eu me sentisse mais próximo dela.

Senti um aperto no peito, refletindo o peso que ele carregava. Eu tivera alguns anos a mais com minha mãe do que ele tivera com a dele, mas entendia o desejo de se conectar com alguém que não estava mais presente. Por mais breve que tivesse sido a passagem delas pela Terra, deixava um vazio que jamais voltaria a ser preenchido de verdade.

– Minha mãe me escreveu uma carta quando eu nasci. – Xavier abriu um sorriso irônico quando eu o encarei em choque. – Eu não sabia disso até o mês passado. Meu pai me contou durante a nossa... nossa última conversa. Ele disse que havia esquecido a carta, porque minha mãe a guardou em um cofre. Não sei se acredito nele, mas acho que isso não importa agora. Ele está morto e eu tenho a carta.

Ele deu de ombros, mas pareceu forçado. Xavier podia até fingir que não era grande coisa, mas era. Nós dois sabíamos disso.

– Você leu a carta? – perguntei baixinho.

Ele engoliu em seco.

– Li.

Esperei, sem querer pressioná-lo em um assunto tão delicado. Estava curiosa em relação à carta, mas estava mais preocupada com Xavier. Lidar com a morte do pai e com uma carta perdida da mãe em um período tão curto devia ter sido muito difícil, principalmente porque ele não tinha ninguém com quem conversar a respeito. Eu era o mais próximo que ele tivera de um confidente naquela casa.

O aperto em meu peito aumentou.

– Engraçado – prosseguiu Xavier, por fim. – Quando li a carta, consegui ouvir a voz dela. Era como se ela estivesse ali, cuidando de mim. Ela disse que mal podia esperar para que eu descobrisse meus lugares favoritos no mundo e que, se eu não soubesse para onde ir, deveria escolher um lugar perto da praia. Eu fui para a Tailândia muito antes de saber que a carta existia, mas, coincidentemente, a praia foi um dos motivos pelos quais escolhi ir para lá. Era longe do meu pai, cercada de água e me lembrava da minha mãe. – Um leve sorriso. – Só coisas boas. Eu só queria... – O sorriso se desfez sob uma sombra de melancolia. – Eu só queria ter encontrado essa carta antes. Talvez tivesse levado minha vida de um jeito um pouco diferente. Feito coisas das quais me orgulhasse mais.

– Você não é má pessoa, Xavier – falei baixinho. – Não fez nada de grave de que deva se envergonhar. E pode não ter lido a carta dela antes, mas acho que uma parte dela sempre esteve ao seu lado, te guiando. Além disso... – Pensei em cinco anos antes, quando me afastei de toda a família que eu tinha, na época. – Nunca é tarde demais para mudar. Se você não está feliz com o caminho que está percorrendo, sempre pode escolher outro, a qualquer momento.

Xavier me encarou, seus olhos um turbilhão de emoções que eu não conseguia decifrar.

– Eu queria que ela tivesse te conhecido – disse ele, tão baixinho que mais senti do que ouvi suas palavras. – Ela teria amado você.

O aperto em meu peito se transformou em uma dor crua e lancinante. Depois se espalhou por toda parte, garganta, nariz, atrás dos olhos e nos sulcos mais profundos do meu coração.

Não chorei, mas foi o mais perto que cheguei disso em um bom tempo.

– Ela deixou isso aqui com a carta. – Xavier enfiou a mão no bolso e pegou um antigo relógio de bolso dourado, colocou-o em cima da mesa e passou um polegar sobre ele, pensativo. – É uma herança de família. Não gosto muito de relógios, mas ando com ele por aí porque... sei lá. Pareceu o certo.

– É lindo.

Peguei o relógio com cuidado e o abri, admirando os detalhes em safira e o trabalho artesanal requintado. Quem o fez, obviamente, o fez com amor; cada elemento trabalhado a mão com perfeição, inclusive a gravação desbotada, mas legível: *Nosso maior presente é o tempo. Use-o com sabedoria.*

Analisei a frase, tomando cuidado para não encostar nas letras gastas pelo tempo.

– É um bom lembrete, né?

Xavier esboçou um sorriso.

– Desperdicei anos da minha vida fazendo nada. Estava tão ressentido com meu pai e sentia tanto medo de fazer merda que nem tentava. Na época, fazia sentido para mim, mas... – A voz dele embargou. Travou. Então a conversa tomou um rumo que eu não esperava. – Você sabe por que a minha mãe morreu?

Fechei o relógio de bolso e o coloquei de volta na mesa, o coração batendo acelerado.

– A casa pegou fogo. Ela não conseguiu sair a tempo.

– Não, isso é *como* ela morreu, não por quê. – O turbilhão nos olhos dele se transformou em algo mais sombrio, mais intenso, impossível de categorizar. – Ela morreu por minha causa.

Nada teria me preparado para o impacto daquelas palavras. O ar escapou dos meus pulmões e uma dor surgiu no local do impacto, inesperada e angustiante.

– Xavier...

– Não – disse ele com severidade. – Não diz que não é culpa minha até ouvir a história toda.

Fiquei em silêncio, meus olhos ardendo de emoção.

– Eu tinha 10 anos. Meu pai estava viajando a trabalho e minha mãe estava servindo como voluntária em um evento. Ela adorava arte, por isso doava muito dinheiro e tempo para galerias locais. – Xavier engoliu em seco. – O aniversário do meu pai era no dia seguinte à data em que ele retornaria. Minha mãe queria surpreendê-lo com uma festa e me encarregou da decoração. Era a primeira vez que eu cuidava de algo tão importante. Eu queria deixar os dois orgulhosos, então fiz de tudo. Balões. *Piñatas.* – Os nós dos dedos dele ficaram brancos. – Velas.

Uma âncora invisível arrastou meu coração em direção ao estômago. *Não.*

– Fiz um teste para ver como ia ficar – disse Xavier. – Mas pensei ter ouvido um barulho em outro cômodo e me distraí. Sem querer, derrubei uma das velas. – Seus olhos ficaram sombrios. – Tentei apagar o fogo, mas tinha madeira e papelão por toda parte. O fogo se espalhou muito rápido e eu fiquei preso. Por sorte, não tínhamos muitos funcionários na época, só uma governanta. Ela estava do lado de fora verificando a correspondência e, quando viu as chamas, ligou para o corpo de bombeiros. Mas minha mãe chegou em casa naquele instante e, quando descobriu que eu estava lá dentro, não esperou pelos bombeiros. Ela entrou correndo e me tirou de lá. Quase conseguimos chegar à porta da frente, mas uma viga caiu e nos prendeu de novo. Não me lembro muito do que aconteceu depois disso. Desmaiei por causa da inalação de fumaça. Quando acordei, estava do lado de fora, com os médicos. Eu sobrevivi. Ela não.

Não pensei; apenas estendi a mão e segurei a dele, desejando poder fazer alguma coisa, qualquer coisa, além de só ouvir, impotente.

– Meu pai correu para casa quando soube da notícia. Acho que ele não acreditou de verdade que minha mãe, sua esposa, tinha morrido, até ver o corpo. E quando ele viu… eu nunca tinha ouvido alguém chorar daquele jeito. Às vezes, ainda consigo ouvir. Mal parecia humano. – Xavier passou os dedos sobre o relógio de bolso, sua expressão tensa. – Ele *amava* a minha mãe mais do que qualquer outra pessoa no mundo. Eles se conheceram na faculdade, o aspirante a empresário e a herdeira que se apaixonou pelo charme, pela ambição e pela lealdade dele. Ela foi o motivo pelo qual ele trabalhou tanto para construir o Castillo Group e, quando ela morreu, parte dele morreu junto.

Xavier levantou a cabeça outra vez, os olhos nublados por uma angústia de décadas.

– Meu pai me culpava. Depois do enterro, ele me disse que preferia que eu tivesse morrido no lugar dela. Ele estava bêbado no dia. Muito bêbado. Mas eu nunca esqueci. A verdade sempre vem à tona quando nossas inibições fraquejam.

Eu não conseguia respirar por conta do nó em meu peito.

Eu tinha uma família de merda, mas não conseguia imaginar um pai dizendo isso a um filho. Xavier tinha *10 anos*. Era só uma criança.

– O fato é que eu não o julgava por isso – disse ele. – Não de início. A culpa *era* minha. Se eu não tivesse sido burro a ponto de acender aquela maldita vela, não teria havido um incêndio e minha mãe ainda estaria viva. Mas quanto mais velho eu fui ficando, mais eu… – Xavier hesitou. – Não sei. Comecei a ficar com raiva também. Era mais fácil de engolir do que a culpa, e meu pai estava ali, descontando a raiva dele em mim. Fisicamente, mentalmente, emocionalmente. Ele ainda queria que eu assumisse o controle da empresa, porque não tinha outra opção. Eu era o único herdeiro.

Mas, tirando essa obrigação, ele me odiava e vice-versa. – Ele tocou em uma tatuagem em seu bíceps. Era o brasão da família do maior rival dos Castillos, e as redes haviam pegado fogo quando ele a fizera. – Teve um ano em que voltei para casa com isso e saí cheio de cicatrizes.

Meu estômago revirou com seu tom pragmático.

– Meu pai era a única coisa que me restava – disse Xavier. – Isso deveria ter nos aproximado, mas nos afastou. Toda vez que estávamos juntos, éramos lembrados de quem estava faltando, e isso doía demais. Por isso, reagíamos mal de maneiras diferentes e, quando me formei na faculdade, já tinha cansado. Eu não queria ter nada a ver com ele nem com a empresa... exceto pelo dinheiro. Não pega bem dizer isso, mas é a verdade.

Fez-se um silêncio pesado, pontuado pelo suave ruído da água e pela música fraca que vinha de dentro do hotel.

Xavier olhou para a minha mão sobre a dele, mil emoções passando pelo seu rosto, então balançou a cabeça.

– Desculpa. – Ele soltou uma risada triste. – Era para ser um jantar lindo e eu te arrastei para a conversa mais mórbida do mundo.

Ele tentou puxar a mão, mas eu o impedi com um aperto mais firme. Xavier ficou ao meu lado no hospital, na Espanha, depois que recebi o e-mail do meu pai, e em uma série de outras situações e maneiras que ele nem sabia que eram tão importantes.

Era minha vez de apoiá-lo.

– O jantar está *lindo*. Bolinhos de coco são a melhor maneira de me conquistar – afirmei, ganhando um sorriso fraco. – Mas antes de dizer o que estou prestes a dizer, quero que você saiba duas coisas. Primeiro: sou péssima em consolar as pessoas. Não tenho talento nem vontade, e lágrimas me deixam desconfortável. Segundo: odeio frases prontas. São falsas e idiotas. Então quero que você ouça com atenção as minhas palavras: a culpa não foi sua. Você era uma criança e foi um acidente. – Apertei a mão dele, desejando poder imprimir minha sinceridade em sua pele, porque eu estava mesmo sendo sincera em cada palavra. – *Não foi sua culpa.*

Os olhos de Xavier brilharam de forma intensa e turbulenta. Playboy, herdeiro, hedonista, paquerador... essas máscaras haviam desaparecido, deixando apenas o homem em seu lugar. Vulnerável, falho em muitos aspectos, além de marcado e ferido sob uma fachada enganosamente polida.

Olhei para ele, e nunca tinha visto ninguém tão bonito.

Ele segurou a minha mão e apertou. Apenas uma vez. Apenas o suficiente para fazer acender uma parte do meu coração que eu nunca soube que existia.

Então as marcas e feridas desapareceram e ele se levantou, retirando a mão da minha para puxar a camisa por cima da cabeça.

Fiquei tão abalada com a mudança repentina de atmosfera que não consegui falar até que ele estivesse na metade do caminho para a piscina.

– O que você está fazendo?

– Nadando pelado.

As calças dele se juntaram à camisa no chão.

– Você não pode nadar pelado aqui – sussurrei, olhando ao redor. – Há câmeras de segurança, e alguém pode aparecer a qualquer momento.

– Ninguém vai aparecer a menos que a gente chame. E, mesmo que a gente chame, ninguém vai conseguir ver nada se estivermos dentro da piscina. – Xavier tirou a cueca, seu sorriso repleto de desafio e diversão. – Vem, Luna. Não me obrigue a fazer isso sozinho.

Ele parou na frente da piscina, a pele bronzeada e os músculos definidos, tão nu e despudorado quanto uma estátua grega. Luzes suaves se derramavam sobre os contornos firmes de seu corpo, traçando os sulcos de seu abdômen e suas pernas fortes e sinuosas.

Uma onda de calor me percorreu, junto com uma surpreendente pitada de inveja.

Qual seria a sensação de ser *tão* despreocupado e espontâneo? De fazer o que quisesse sem se preocupar com as consequências?

Ah, dane-se. E ele já tinha visto tudo antes.

Tomei uma decisão impulsiva e me levantei antes de mudar de ideia. Os olhos de Xavier escureceram conforme eu caminhava em sua direção, tirando o vestido, a meia-calça e a roupa íntima a cada passo.

Quando o alcancei, não estava usando nenhuma peça de roupa, e me sentia *bem*. Mais do que bem. Foi libertador.

– Tão linda – sussurrou ele, e senti suas palavras reverberarem do topo da minha cabeça até a ponta dos pés.

Afundamos na piscina, nossos movimentos lânguidos enquanto saboreávamos as águas sedosas e aquecidas. Não conversamos; apenas ficamos flutuando, sem o peso de nossas roupas e dos segredos há muito escondidos, nossos dedos se entrelaçando mais por hábito do que por intenção.

Era impossível ver estrelas no céu da cidade, mas a tranquilidade, o calor e a fragrância das flores exóticas que adornavam o ar transformaram nossa pequena parte de Nova York num mundo secreto e mágico, pelo menos por aquela noite.

Nossas vidas não eram perfeitas, mas ali, juntos, estávamos em paz.

CAPÍTULO 29

Xavier

NÃO HAVIA PLANEJADO FALAR sobre meu passado com Sloane. Nunca havia contado a *ninguém* sobre o incêndio, mas algo na noite anterior, na forma como ela me olhou e na tranquilidade que senti ao seu lado arrancou as palavras de mim antes que eu pudesse processar o que estava acontecendo.

Depois que elas saíram, foi como se um peso imenso tivesse saído de meus ombros. Não tinha percebido quanto o veneno do meu passado estava me consumindo por dentro até tê-lo expurgado, e Sloane não apenas ouviu sem julgar, como também me consolou depois.

Sloane Kensington não consolava ninguém, mas me consolou. Se em algum momento pensei que seria capaz de me afastar dela, a noite anterior confirmara que eu estava errado.

Graças a ela, cheguei no escritório de Vuk na sexta-feira de manhã munido de minha nova estratégia. Não levei nenhuma apresentação em slides nem panfletos brilhosos; não levei sequer meus antigos esboços. Simplesmente falei a verdade. Sobre meu relacionamento conturbado com meu pai, a recusa em assumir a empresa dele por medo e rancor, sobre sua morte e a carta da minha mãe... Transformei tudo o que compartilhei com Sloane em uma história que não envolvia apenas números, mas o coração por trás deles.

– Você teme que o clube vá à falência se o comitê da herança não decidir a meu favor em maio – falei. – Eu também me preocuparia se estivesse no seu lugar. Mas a questão é a seguinte: não estou mais fazendo isso pela herança. – Vuk arqueou as sobrancelhas. – Não estou mais fazendo isso *só*

248

pela minha herança – corrigi. – Durante toda a minha vida, dependi do que outras pessoas me davam. Vivi bancado por algo que não havia sido construído por mim e sempre disse a mim mesmo que estava bem com isso porque não tinha coragem de me desviar desse caminho. Mas esse projeto? Tudo o que conquistei até agora? Isso é meu, e tenho muito orgulho.

Tivera ajuda ao longo do caminho, pois ninguém construía um império sozinho. Mas a visão e a execução eram minhas, e eu não havia feito nenhuma merda até então. As coisas estavam indo *bem*, tão bem quanto possível para a abertura de um novo negócio na cidade, e isso me fazia acreditar que eu conseguiria ter sucesso – me apropriaria do nome Castillo.

– Eu adoraria ter você como sócio – completei.

Como era de se esperar, Vuk não disse uma palavra durante meu discurso, mas seus olhos pareciam um pouco mais amenos do que quando cheguei. Ou isso, ou eu estava delirando por falta de sono.

– Se você disser não, ainda vou abrir o clube. Se não conseguir o cofre, vou encontrar outro local. Não é o ideal, mas negócios nem sempre funcionam como queremos. Só precisamos agir, e eu farei isso com ou sem você. – Fiz uma pausa, deixando que ele assimilasse minhas palavras. – Porém, prefiro que seja com você. Então… – Meneei a cabeça na direção do contrato em cima da mesa dele. – O que me diz? Vai se arriscar ou escolher o lado mais seguro?

Era uma aposta, provocar Vuk daquela maneira. Sem ele, meu caminho para abrir a boate seria muito mais difícil, mas eu daria um jeito. Não tinha me dado conta disso até dizer em voz alta, mas não estava mentindo ao afirmar que conseguiria seguir sozinho. Teria que lutar muito e provavelmente não dormiria até maio, mas muita gente já tinha superado obstáculos mais difíceis para atingir seus objetivos.

Se outros conseguiram, eu também conseguiria.

Vuk me observou, seus olhos tão pálidos que quase não tinham cor.

Ele não se moveu. Não sorriu. Não disse nada.

Mantive os olhos nos dele, meu coração batendo em um ritmo sinistro.

Então, após um silêncio interminável e angustiante, e sem dizer uma única palavra, Vuk Markovic puxou o contrato, pegou a caneta e assinou na linha pontilhada.

Eu consegui.

Eu consegui, porra!

Vuk era oficialmente meu sócio e, com seu selo de aprovação, o restante das peças se encaixara. Naquela noite, Sloane e eu comemoramos com comida, vinho, uma comédia romântica tão ruim que acabou sendo boa e muito sexo (obviamente).

Também tive o prazer de dar a notícia a Alex por telefone. Ele a recebeu com tanta empolgação quanto um bloco de granito, mas disse algo que me fez sorrir.

– Com duas semanas de antecedência – comentou ele. – Talvez você sobreviva no mundo dos negócios, afinal.

Era o mais próximo de um elogio que se poderia esperar de Alex Volkov.

Mas o mais importante? O cofre era meu.

Jules havia adiantado minhas autorizações e licenças e estava trabalhando com os advogados de Alex no contrato de locação comercial. Meu relacionamento com Sloane estava evoluindo para algo além do que eu imaginava ser possível, e o financiamento da Davenport Capital estava nos últimos estágios de aprovação.

Abrir uma casa noturna tão grande e tão rápido exigia muito capital e, com minha herança comprometida e Vuk se recusando a investir dinheiro *demais* em um empreendimento sem garantias, eu estava contando com o dinheiro da Davenport para cobrir o déficit. Estava confiante de que daria certo, em especial tendo Vuk a bordo.

De modo geral, a vida estava boa. Muito boa mesmo.

Mas, como um sábio disse certa vez, tudo que é bom dura pouco, e essa maré de sorte em particular foi interrompida repentinamente na segunda-feira seguinte.

Luca: Você viu isso?

A mensagem seguinte incluía um link para uma postagem no portal de Perry Wilson.

Comprei o café no lugar de sempre e coloquei uma nota de vinte dólares no pote de gorjetas antes de clicar no link. Perry estava sempre falando merda, e as pessoas sabiam que não deveriam levar muito a sério metade das coisas que ele dizia.

O que seria daquela vez? Eu tinha participado de uma orgia com modelos no meio da Quinta Avenida? Brigado com alguém em uma boate? Àquela altura, já era de conhecimento semipúblico que Sloane e eu estávamos saindo. Isso havia gerado alguns comentários de reprovação e controvérsia entre o público mais conservador, mas as pessoas não ficaram tão escandalizadas quanto ela e Perry esperavam.

Primeiro, não havia provas concretas. Segundo, era Nova York: coisas bem mais escandalosas aconteciam todos os dias. E, terceiro, ela era muito boa em seu trabalho para que seus clientes a abandonassem por causa de um "escândalo" tão irrelevante.

No entanto, meu desinteresse se transformou em choque quando vi a postagem do site de Perry. Era sobre mim e Sloane, mas não era o que eu esperava.

Parece que os Kensingtons não estão tão afastados assim. O que está acontecendo na família mais famosa e disfuncional de Nova York?

Quase não havia texto, mas havia fotos. Dezenas.

Sloane e eu entrando no centro de simulação no Queens. Nós dois saindo com Rhea e Pen. Eu abraçando Pen na despedida, e assim por diante. Nosso dia perfeito e secreto capturado em detalhes de alta definição e expostos ao mundo.

Rolei a tela até o fim, com meus batimentos cardíacos abafando a buzina dos carros e os sons do tráfego da rua.

Se houvesse imagens nossas no hotel, e ele tivesse publicado fotos de Sloane nua...

A raiva esperava sob a onda de pânico, seguida por um formigamento de alívio quando a postagem terminou sem mencionar nossa noite no hotel. Não sabia por quanto tempo o fotógrafo de Perry havia nos seguido, mas, obviamente, não tinha se estendido pelo resto da semana.

No entanto, meu alívio logo se transformou em uma culpa pavorosa e corrosiva.

Pen. Sloane. Rhea. Todas haviam sido prejudicadas por minha causa. Eu estava cem por cento confiante de que conseguiria organizar o encontro sem ser detectado, e o fiz sem consultar Sloane, apesar de saber os riscos. Ela andava muito preocupada com a irmã, e eu quis surpreendê-la com algo importante para ela. Temi que ela me dissuadisse se eu lhe contasse a ideia e, caramba, ela teria tido razão.

Porque talvez eu tivesse acabado com qualquer chance de ela ver Pen novamente no futuro.

Merda. Mudei abruptamente de direção rumo ao escritório dela, em vez de ir para a minha casa.

Sua família já devia ter visto a postagem. Ninguém gostava de admitir, mas todo mundo lia o Perry Wilson, nem que fosse apenas para garantir que não tinham sido seu último alvo.

– Vai, Luna, atende – murmurei enquanto me esquivava de um taxista furioso e avançava o sinal enquanto ainda estava fechado.

A ligação foi para a caixa postal, assim como a seguinte e a seguinte. Por sorte, eu estava a apenas alguns quarteirões do escritório dela, e cheguei lá em tempo recorde. No caminho, irritei metade dos motoristas de Midtown, mas não dava a mínima. Eu precisava vê-la e me certificar de que estava tudo bem.

– Xavier! – Jillian fez menção de se levantar da cadeira, arregalando os olhos quando entrei feito um louco. – O que...

– Ela está em reunião?

– Não, mas está participando de uma entrevista com o Asher Donovan, como...

Antes que ela concluísse, eu já tinha avançado.

Sloane estava sentada à mesa quando entrei em sua sala. Estava impecável como sempre, com uma blusa e uma saia lápis, o cabelo preso em um coque perfeito, mas eu a conhecia bem o suficiente para perceber os pequenos sinais de tensão: a postura ereta, a mandíbula sutilmente cerrada, as batidas ritmadas da caneta na mesa.

Ela ergueu os olhos do computador ao ouvir o som da porta abrindo e fechando. Devia ter lido a pergunta implícita em meu rosto, pois clicou em algo no computador e a resposta de Asher sobre sua rotina de exercícios desapareceu no silêncio.

– Eu vi – disse ela. Um tom de rosa coloriu suas duas bochechas e a ponta do nariz. – Rhea me ligou hoje de manhã. Ela foi demitida.

– Merda. – As escarpas afiadas da culpa se multiplicaram, pesando em meu estômago e meus pés enquanto eu cruzava a sala. – Me desculpa, Luna, de verdade. Eu não deveria ter levado elas até lá. Eu não pensei...

– Não precisa se desculpar. Você tinha boas intenções e fez tudo o que podia para minimizar as chances de sermos pegos. – Sloane me deu um sorriso fraco. – Foi um dia perfeito, Xavier. Jamais vou me arrepender por ter visto a Pen, e fazia muito tempo que eu não a via tão feliz. Isso aconteceu por sua causa. Não é culpa sua que George e Caroline priorizem a mesquinhez deles ao bem-estar da filha. – Ela apertou a caneta ao mencionar o pai e a madrasta. – Isso é culpa deles. Não sua.

Sua tentativa de me tranquilizar aliviou apenas uma gota de culpa. O resto continuou embolado dentro de mim como um ninho de víboras, se esgueirando por minhas entranhas e apertando mais a cada "e se" e "não deveria ter feito".

Mais uma vez, eu estraguei tudo.

Mas poderia me autoflagelar depois. Estava ali para saber de Sloane, não para me afundar em autopiedade.

– Como está a Pen? – perguntei. – Você sabe?

Sloane balançou a cabeça.

– Eles botaram Rhea para fora antes de ela acordar. As duas nem chegaram a se despedir. Rhea cuida dela desde que Pen nasceu, e eu não consigo nem imaginar… – Sua voz ficou embargada. – De qualquer maneira, sem a Rhea, não tenho nenhuma informação sobre o que está acontecendo. Eles podem até já tê-la enviado para a casa de um primo distante na Europa, pelo que sei. Não duvido de nada vindo deles.

Ela mantinha uma fachada corajosa, mas eu enxergava as fissuras sob suas respostas pragmáticas. Ela estava desmoronando, e me condenava por saber que eu era a causa disso, ainda que indiretamente.

Sloane podia até não me culpar, mas isso não impedia que eu me culpasse.

No entanto, tive uma ideia a partir de algo que ela disse. *Sem Rhea, não tenho nenhuma informação sobre o que está acontecendo.* Sloane não tinha informações, mas eu conhecia alguém que poderia obtê-las. Pelo valor certo, eram capazes de conseguir qualquer coisa.

Resolvi não compartilhar o plano de imediato. Não queria dar esperanças a ela sem antes confirmar com meu contato.

Eu tinha começado aquela confusão. Cabia a mim resolvê-la.

– Nós vamos dar um jeito. Eu prometo. – Dei um sorriso torto. – Juntos, somos capazes de qualquer coisa. Somos gênios.

Sloane soltou uma risada misturada com um soluço.

Seus olhos estavam secos, mas, quando abri os braços, ela deu a volta na mesa e foi logo enterrando o rosto em meu peito. Seus ombros tremiam e eu beijei o topo de sua cabeça, desejando ter o poder de aliviar sua dor, mesmo que isso significasse senti-la em seu lugar.

Não dissemos nada. Ela não derramou nenhuma lágrima.

Mas eu a abracei mesmo assim.

Sloane

ALGUMAS PESSOAS SE AFUNDAVAM depois de uma catástrofe. Outras tinham acessos de raiva.

Eu? Eu fazia planos.

Tive uma semana para engolir o choque, a raiva, o horror e os milhares de outros sentimentos que vieram à tona após a publicação de Perry. Eu poderia ficar remoendo a injusta demissão de Rhea ou entrar em pânico por me afastar completamente de Pen, mas isso não seria bom para ninguém. Em vez disso, fiz o que sabia fazer melhor: descobri como resolver uma crise.

Tudo começava com a derrubada de Perry.

Já havia plantado as sementes da minha vingança; era hora da colheita.

Fiquei batendo a caneta no joelho enquanto encarava o notebook. Era a quarta-feira anterior ao Dia de Ação de Graças, e eu estava trabalhando de casa novamente. Já havia preenchido cinco páginas de anotações sobre a Operação PW (Operação Perry Wilson).

O poder de Perry provinha de duas coisas: informações e a plataforma usada para disseminá-las. Ao longo dos anos, a pequena víbora havia cultivado uma rede de espiões de Nova York a Los Angeles, que lhe forneciam fofocas quentes sobre os ricos, famosos e malcomportados. Algumas eram verdadeiras; muitas eram aumentadas.

Era impossível acabar com todas as suas fontes porque *qualquer pessoa* poderia ser um informante. Camareiras de hotel, jardineiros, motoristas, transeuntes aleatórios na rua… não havia limites para quem poderia enviar uma dica anônima.

Por isso, eu teria que eliminar o motivo pelo qual as pessoas *queriam* enviar fofocas especificamente para ele. Perry não pagava por elas, mas qualquer pessoa que queira expor uma celebridade, se vingar de alguém ou apenas ter a satisfação de ver sua fofoca publicada recorria ao maior peixe da lagoa. As pessoas *sabiam* que Perry tinha os meios para divulgar as informações a um público amplo, o que me levava ao segundo pilar de seu poder: suas plataformas, especificamente sua página e as redes sociais.

Eram coisas concretas. Tangíveis. O que significava que podiam ser derrubadas.

Eu não conseguiria fazer isso sozinha. Precisava de um exército e, felizmente, sabia exatamente onde encontrá-lo.

Uma nova mensagem apareceu em meu servidor criptografado. Meu coração disparou enquanto eu a lia e relia.

Confirmado.

Pela primeira vez desde que vi a publicação na página do Perry, eu sorri.

Sabia que Xavier se responsabilizava pelo que aconteceu, mas não era culpa dele. Não fiquei ressentida por ele ter organizado um dos melhores dias que tive nos últimos tempos, mas a postagem atiçou, sim, a minha raiva da porra do Perry Wilson.

Ao meu lado, O Peixe nadava tranquilamente em seu aquário. A maioria das pessoas preferia animais de estimação fofinhos, como gatos e cachorros, mas eu gostava de ter um peixe. Nossos papéis eram claros, e nossos mundos nunca se cruzavam. Ele ficava na casa dele; eu ficava na minha.

Ainda assim, era bom ter um ser animado com quem conversar quando eu estava em casa, mesmo que ele não pudesse responder.

– Ele tá fodido – disse ao indiferente peixe dourado. – Não vou descansar até que a carreira desse homem se reduza a escrever textos sobre comida de gato para a *Velozes e felpudinhos*.

O Peixe me encarou por um segundo antes de nadar para longe, alheio aos meus planos.

Meu celular tocou, e eu estava tão distraída com imagens de Perry soluçando sobre uma tigela de patê para gatos que não verifiquei o identificador de chamadas antes de atender.

– Alô?

– Sloane.

A voz familiar fez um calafrio percorrer minhas costas. As imagens do cabelo com luzes malfeitas e da gravata-borboleta rosa característica de Perry desapareceram, substituídas por cabelos castanhos desgrenhados e olhos azuis.

Eu me endireitei, minha mão se fechando com força suficiente em torno do celular para provocar um estalido.

– Não desliga – disse Bentley. – Sei que sou a última pessoa com quem você quer falar no momento, mas precisamos conversar.

CAPÍTULO 30

Sloane

EU DEVERIA TER MANDADO Bentley ir se foder, mas minha curiosidade venceu a raiva.

Naquele domingo, quatro dias após seu telefonema, desci de um táxi e entrei em um bar discreto em uma área remota da cidade. Era meio-dia e meia, e o bar estava vazio não só por conta do horário, mas por ser feriado.

Xavier e eu havíamos passado um Dia de Ação de Graças tranquilo e aconchegante na casa dele. Estava nervosa com o fato de comemorarmos o feriado juntos (desde Bentley, eu não havia passado feriado nenhum com um homem), mas, felizmente, Xavier não fez disso uma grande coisa. Comemos, bebemos, vimos filmes e transamos. Em determinado momento, ele me convenceu a jogar strip pôquer, o que acabou com nós dois no chão, completamente nus, em cerca de dois minutos e meio (e não teve nada a ver com as cartas). No geral, foi exatamente o que eu precisava.

A única coisa incomodando era meu encontro com Bentley. Não havia contado a Xavier a respeito porque não havia nada para contar até descobrir o que meu ex queria.

Então, lá estava eu, em um domingo congelante, no meio de um bar que parecia não passar por uma faxina desde que Reagan era presidente dos Estados Unidos, apenas para me encontrar com o homem que me traiu e partiu meu coração.

Sou uma idiota.

Bentley já estava me esperando em um reservado de canto, sua camisa polo azul e seu rosto bem barbeado um contraste violento com a decoração grunge.

Ele se levantou ao me ver.

– Obrigado por ter vindo. De verdade.

– Vá direto ao assunto. – Eu me sentei de frente para ele e nem sequer tirei o casaco. Não planejava ficar muito tempo. – Estou cheia de coisa pra fazer.

Bentley franziu o cenho ao se sentar outra vez. Filho de um grande financista, ele tinha a boa aparência de um modelo da Ralph Lauren e a arrogância de alguém que fora rico, popular e bonito a vida inteira. Não estava acostumado a ser tratado como um inconveniente, o que era uma pena, porque era isso que ele era.

– É sobre a Georgia. – Ao menos ele se recuperou do meu insulto com notável rapidez. – Ela está tendo... dificuldades com a gravidez.

De tudo o que eu esperara que ele dissesse, aquela não tinha passado pela minha cabeça.

Arqueei a sobrancelha, com a confusão se misturando com um pouco de preocupação. Desprezava Georgia tanto quanto alguém era capaz de desprezar a própria irmã, mas eu não era um monstro.

No entanto, não entendia por que o marido dela estava contando aquilo para mim em vez de para literalmente qualquer outra pessoa em sua órbita.

– Ela já foi ao médico? – perguntei.

Bentley me encarou e depois riu.

– Não, não é nada de saúde – disse ele. – Ela e o bebê estão bem. Georgia só tem andado muito temperamental. Você cresceu com ela, sabe como é. Ela passa o tempo inteiro gritando comigo por causa das coisas mais ridículas. Tipo no outro dia, quando não arrumei para ela um frozen de chocolate às três da manhã e ela jogou um vaso de cristal na minha cabeça. Um vaso *Lalique*. Tem ideia de quanto ele custou?

Toda a minha empatia desapareceu, substituída por uma vontade de bater a cara de Bentley contra a parede até que um pingo de bom senso entrasse naquela cabeça dura.

– Deixa eu ver se entendi. Você me chamou até aqui no meio de um feriado para *reclamar que gritaram com você*?

– Aquele vaso podia ter me matado – disse ele, na defensiva. – Ela está descontrolada.

– Ela está grávida, Bentley, o que significa que está gerando um ser humano dentro dela. É compreensível que os hormônios fiquem um pouco fora de controle.

Em especial quando seu marido é um idiota.

Não podia acreditar que estava defendendo Georgia, mas Bentley estava sendo um cuzão tão grande que já era quase uma cratera.

– Sim, bem, eu não esperava que todo o processo da gravidez fosse tão caótico – respondeu Bentley, como se estivesse falando de um animal de estimação mal-educado em vez da esposa e de seu bebê ainda não nascido. – Mas não é só isso. Desde que nos encontramos no hospital, ela ficou mais paranoica. Me acusou de ficar te olhando e disse que eu ainda sinto alguma coisa por você. Disse que ela era minha segunda opção e que eu sempre a comparava com você. O problema é que... – Ele se inclinou para a frente, o rosto sério. – Ela não está errada.

Silêncio absoluto.

Meu queixo caiu, certa de que tinha ouvido errado. Não era possível que ele fosse ousado e *burro* o suficiente para dizer aquilo na minha cara.

A garçonete se aproximou antes que eu tivesse a oportunidade de responder. Bentley pediu uma cerveja e, após uma pequena pausa, eu pedi uma taça de vinho tinto.

Depois que a garçonete saiu, Bentley continuou:

– Eu não queria que as coisas entre nós tivessem acabado daquele jeito. Você precisa entender que passava o tempo inteiro trabalhando. Quando *estava* em casa, só falava da Kensington PR. A gente mal transava. Eu sentia como se estivesse morando com uma colega de quarto e não com a minha noiva. Precisava de mais conexão humana, sabe? Georgia estava lá, e foi tão compreensiva com as minhas preocupações, e... bem, ela me lembrava você. Só que, na época, ela era um pouco mais amorosa.

Ele soltou outra risada.

Um músculo sob meu olho se contraiu enquanto nossas bebidas chegavam. A garçonete me olhou com compaixão (pessoas que trabalhavam em bares costumavam ter um excelente radar para idiotas), mas não disse uma palavra.

Deixaria que ele cavasse ainda mais fundo a própria cova.

– Eu achei que Georgia fosse o que eu queria – disse Bentley. – Mas as coisas não são mais como antes. Depois que nos casamos, ela se tornou muito exigente. Está sempre reclamando disso ou daquilo, e não transamos mais como antes. Além disso, ela é obcecada por monitorar todos os seus passos. Você sabia que ela criou um alerta de notícias com o seu nome? Isso não é saudável. Quando te vimos no hospital e ela descobriu que você estava namorando o Xavier Castillo, ela pirou.

– Entendi.

Não toquei no vinho. A revelação do alerta de notícias foi uma surpresa, mas era algo bem típico de Georgia. Ela acreditava muito na importância de monitorar seus "concorrentes".

– Eu sinto sua falta, Sloane. – Bentley me lançou um olhar triste. – Você sempre foi tão calma e racional em relação a tudo… Jamais jogaria um vaso na minha cabeça. Na época, não dei valor a isso, mas deveria ter dado.

– Interessante – respondi com frieza. – Porque eu me lembro perfeitamente de você me chamando de "rainha do gelo" e dizendo que namorar comigo era como namorar um bloco de gelo.

Ele empalideceu.

– Eu disse isso no calor do momento. Estava chateado porque você parecia se importar mais com o trabalho do que com nosso noivado, aí…

– Aí você transou com a minha irmã no sofá da nossa sala e tentou me fazer acreditar que a culpa era minha? Aí você se *casou* com ela um ano depois de me pedir em casamento e não me dirigiu uma única palavra durante anos até esbarrar comigo e magicamente perceber que ainda gostava de mim?

Não se tratava de mim ou do relacionamento dele com Georgia. Talvez os dois estivessem em crise, mas, no final das contas, Bentley era movido pelo próprio ego. Ele tinha visto Xavier, que era um homem melhor do que ele em todos os sentidos, e visto a reação de Georgia a ele.

Sentiu-se ameaçado e, por isso, estava tentando recuperar o poder ao (1) me seduzir e me afastar de Xavier; (2) provar que podia me reconquistar, apesar do que havia feito; e (3) se vingar secretamente de Georgia por qualquer ofensa que ela tivesse dirigido a ele.

Ele era mais transparente do que uma teia malfeita.

– Não foi assim – disse Bentley, as bochechas vermelhas. – Você não faz ideia da pressão que eu estava sofrendo na época. Muita coisa estava em jogo com a minha transferência para Nova York, na qual insisti para poder ficar mais perto de você. Quando cheguei, você não estava nem prestando atenção em mim. Eu fui inseguro, admito, mas estou pagando pelo meu erro desde então. – Ele me olhou com os mesmos olhos de cachorrinho aos quais a Sloane do passado nunca conseguia resistir. – A gente se dava tão bem. Lembra de Londres? Nós dois caminhando à beira do Tâmisa, comendo nos melhores restaurantes todas as noites, entrando em um hotel e passando o fim de semana inteiro lá... Era perfeito.

Passei a mão pela haste da minha taça de vinho, observando em silêncio o homem que havia partido meu coração e destruído meu relacionamento com minha família. Meu pai e Georgia não eram isentos de culpa, mas Bentley tinha sido o gatilho.

Houve um tempo em que eu achei que ele fosse o amor da minha vida. Fiquei encantada com sua boa aparência, suas palavras enganosamente doces e a magia de viver uma paixão no exterior, como nos filmes românticos a que eu assistia com tanta frequência. O pedido de casamento deveria marcar o início do nosso felizes para sempre.

Mas os felizes para sempre nem sempre terminavam tão felizes assim, e agora que a idade e a experiência haviam tirado a lente colorida da minha visão, eu o enxergava com absoluta clareza.

Seu cabelo era perfeito demais, as roupas, passadas demais, o sorriso era falso demais. Suas palavras eram arrogantes em vez de provocativas, e o que eu havia confundido com charme era apenas manipulação envolta em roupas bonitas.

Ele era chatíssimo, e tão nauseantemente falso que eu não conseguia acreditar que já me apaixonara por ele.

Acima de tudo, não conseguia acreditar que deixara *aquele* idiota me traumatizar a respeito de relacionamentos por tanto tempo. Ele não merecia o poder que eu lhe dera, e não permitiria mais que arruinasse minha vida.

– Eu me lembro de Londres, sim. – Sorri. Ele sorriu de volta, claramente interpretando aquilo como um sinal de que eu estava curtindo sua iniciativa. – O que exatamente você está querendo dizer?

– Estou dizendo que podemos ter aquilo de volta. – Ele fez uma pausa e olhou ao redor. – Não posso deixar Georgia enquanto ela estiver grávida, mas sei que não daremos certo a longo prazo. Mas eu e você ainda podemos reacender as coisas nesse meio-tempo. Sei que você sente minha falta tanto quanto eu sinto a sua.

– Eu estou namorando, Bentley.

– Quem, o Xavier? – Ele bufou. – Fala sério, Sloanie. Nós dois sabemos que aquele fracassado não é bom o suficiente para você.

– Ah, sim. – Não me abalei diante do uso do meu tão odiado apelido, "Sloanie". Era condescendente demais. – Estou... lisonjeada e, obviamente, só existe uma resposta possível.

– Obviamente – disse ele, com presunção suficiente para uma fraternidade inteira.

– Pega a sua proposta e enfia no cu.

Bentley hesitou. Minhas palavras foram assimiladas, então seu sorriso desapareceu sob um forte rubor.

– Você...

– Deixa eu esclarecer algumas coisas – falei, atropelando-o. – Primeiro: eu prefiro dormir com um ogro com lepra antes de deixar você me tocar outra vez. Você é um porco nojento e misógino, e o tamanho do seu cérebro é inversamente proporcional ao tamanho desse seu ego gigante, e teve sorte de eu ser jovem demais quando a gente se conheceu para ter noção disso tudo. Segundo, a Georgia tem *muitos* defeitos, mas ela e todas as outras mulheres que tiverem o azar de cruzar seu caminho merecem coisa melhor do que você. Espero que da próxima vez que jogar um vaso em você, ela não erre. Terceiro, o Xavier é dez vezes mais homem do que você jamais será. Ele é mais inteligente, mais gentil e melhor na cama. – Inclinei a cabeça. – Notícia de última hora, Bentley: você não é o deus do sexo que acredita ser. Suas técnicas são uma merda, e você não seria capaz de encontrar um clitóris nem se a mulher desenhasse um mapa e o marcasse com um X gigante.

Uma explosão de gargalhadas pontuou o final do meu discurso. Havia um grupo de mulheres de vinte e poucos anos no reservado vizinho, e elas estavam ouvindo atentamente.

Isso que é um Domingo de Histórias. Eu esperava que uma delas reconhecesse Bentley e contasse a todos sobre seus defeitos. Havia pouca chance, mas era o que ele merecia.

Eu me levantei, meu sorriso se alargando diante de seus gaguejos indignados.

– Tudo isso para dizer que recuso a proposta de ser sua amante. Não me procure novamente, ou eu entro com uma ordem de restrição e dou um jeito de que todas as pessoas do seu trabalho e do seu círculo social saibam que você não aceita um *não* como resposta.

– Sua puta escrota...

Eu tinha pedido a maior taça do vinho tinto mais escuro e não esperei que Bentley concluísse seu insulto antes de jogar todo o conteúdo na cara dele e sair. Quando estava do lado de fora, parei a gravação no meu celular e a salvei nos meus arquivos.

Ainda não havia decidido se enviaria para Georgia. Ela merecia saber o que o marido estava aprontando pelas suas costas, mas nosso relacionamento era complicado, por isso decidi guardar o áudio por enquanto.

Bentley não me seguiu, e eu não esperava mesmo que seguisse.

Meus lábios se curvaram em um sorriso com a lembrança de sua boca aberta enquanto o vinho escorria de seu cabelo e seu queixo.

Eu já havia escrito muitas resenhas de filmes afirmando que era muito brega atirar uma bebida na cara de um sujeito, mas, enquanto pegava um táxi para casa, concluí que estava errada.

Podia ser clichê, mas era muito satisfatório.

Às vezes, as comédias românticas acertavam.

CAPÍTULO 31

Xavier

SLOANE E EU PASSAMOS um Dia de Ação de Graças tranquilo juntos antes de eu precisar partir para tratar de assuntos da boate. Era um fim de semana de feriado, mas isso não impediu que e-mails sobre construção, iluminação, inventário e um milhão de coisas que eu tinha que resolver antes da grande inauguração chegassem à minha caixa de entrada.

Ela dormiu lá em casa na quinta e na sexta-feira, mas nos separamos no sábado para cuidar de nossos respectivos trabalhos. Sloane estava um pouco estranha quando nos despedimos, mas tive a sensação de que passar um feriado tão importante juntos poderia tê-la assustado, então não forcei. Não queria afastá-la por pressioná-la demais, principalmente depois dos acontecimentos da semana.

Eu ainda estava mal com a questão de Rhea e Pen, mas pelo menos havia confirmado com meu contato que ele conseguiria as informações de que precisava. Em breve ele teria o primeiro lote pronto para que eu pudesse tranquilizar Sloane, ou assim eu esperava.

Além de Sloane, a única pessoa que vi no fim de semana foi Luca. Ele parecia ter superado o término com Leaf e estava de volta ao trabalho na empresa da família em Nova York. Era isso, ou Dante dera uma sacudida nele e o colocara na linha.

Ainda não sabia por que meu pai havia incluído Dante no comitê de herança, e minhas tentativas de perguntar a ele haviam sido infrutíferas até então.

Talvez Dante ainda estivesse chateado por eu ter convencido Luca a dar uma festa em uma cobertura em Las Vegas, que acabou com a polícia nos fazendo passar a noite na cadeia. Se fosse o caso, era melhor eu não esperar um voto favorável durante minha primeira avaliação, mas eu me preocuparia com isso mais tarde.

Tinha assuntos mais urgentes em mãos.

– Nosso sistema Void é perfeito para esse espaço – disse meu mais novo empreiteiro. – Só chegará ao mercado no final do ano que em, mas ficarei feliz em lhe dar acesso antecipado.

– Porque você tem um coração muito generoso, presumo.

Killian Katrakis abriu um sorriso enigmático. *O sétimo nome.*

Metade irlandês, metade grego, Killian era o CEO da Katrakis Group Corporation, um conglomerado internacional de eletrônicos, tecnologia e telecomunicações. Eles vendiam de tudo, desde celulares e computadores a TVs e aparelhos de som comerciais, sendo este último o motivo de sua visita naquele dia.

Normalmente, aquele tipo de reunião era reservada a subalternos, não ao CEO da empresa. No entanto, Kai havia me dado um contato direto com o escritório de Killian, que ficou surpreendentemente intrigado quando mencionei a localização da boate. Ele insistiu em ver o espaço e avaliar pessoalmente qual sistema seria mais adequado.

– Sou empresário, Xavier – disse ele. – Não faço nada só por generosidade. – Ele gesticulou para os arredores com a cabeça. – A inauguração desse clube vai ser manchete no mundo inteiro, por estar vinculado ao seu nome. Todos os donos de boate por aí vão notar e tentar competir.

– Isso inclui adquirir o mesmo sistema de som que usarmos na noite de inauguração. – Ergui uma sobrancelha. – Você está botando muita fé na minha capacidade de fazer isso dar certo.

A justificativa para me conceder acesso antecipado ao Void era simples, mas a preocupação de Killian em fazer publicidade do mais recente sistema de som de sua empresa não me convenceu. Todos os produtos daquele nicho representavam apenas uma fração da receita do Katrakis Group em comparação a celulares e notebooks, mas talvez fosse um projeto pessoal para ele, sua paixão ou orgulho.

Bilionários eram pessoas excêntricas e, se os rumores fossem mesmo verdadeiros, o inveterado solteirão era excêntrico, sim, em muitos aspectos.

– Boto fé porque reconheço em você a mesma qualidade que vi em todos os empreendedores de sucesso – disse Killian. – Ambição. Você não quer que isso dê certo; você *precisa* que dê certo, porque essa boate é um reflexo seu. Se ela der errado, você terá falhado, e eu sei que você vai fazer de tudo para não fracassar.

Uma sensação incômoda se espalhou pela minha nuca.

Killian havia me interpretado muito bem, e tínhamos nos apresentado um ao outro havia menos de uma hora. Será que eu era realmente tão transparente ou ele era muito bom naquilo?

Concluímos a visita ao cofre. Precisava de reparos, mas a estrutura era ótima: piso de pedra, sancas originais, caixas de banco que poderiam ser transformadas em expositores de garrafas. Depois de limpo e com a decoração certa, seria um espaço e tanto.

– Quem é o responsável pelo projeto? – perguntou Killian, experiente o bastante para conduzir a conversa para águas mais seguras depois de sua análise inquietante.

– Farrah Lin-Ryan, da F&J Creative.

Oitavo nome da lista. Ela era a principal designer de interiores da cidade no setor de restauração e hotelaria.

– Excelente escolha – disse Killian com um tom de aprovação. – Já trabalhamos juntos em vários projetos.

Sabia que Farrah era boa, mas foi reconfortante ouvir outra pessoa reafirmar.

Depois de mais algumas perguntas sobre o projeto e um aperto de mão para selar o acordo, Killian prometeu enviar um contrato e foi embora para outra reunião.

Fiquei ali, assimilando tudo.

Era minha segunda visita ao cofre depois que Alex me entregara as chaves, e eu ainda estava tentando assimilar o fato de que ele era *meu*. Um lugar meu, para moldar e projetar como achasse melhor (com opiniões de profissionais). Era minha responsabilidade, o que era ao mesmo tempo emocionante e aterrorizante.

Um barulhinho familiar reverberou pelo espaço vazio.

Baixei os olhos, a emoção se transformando em preocupação quando vi quem estava ligando. Em breve me encontraria com Sloane para almoçar, mas estava ansioso demais para deixar a chamada ir para a caixa postal.

– Está tudo bem? – perguntei sem qualquer preâmbulo ao atender.

Eduardo não me ligaria no meio do dia a menos que houvesse algo errado. Por outro lado, não era como se eu tivesse mais pai ou mãe para perder.

Abri um sorriso breve e sem emoção diante do meu humor sombrio. Mecanismos de defesa eram mecanismos de defesa, por mais mórbidos que fossem.

– Queria saber como você está e como anda o projeto da casa noturna – respondeu Eduardo. – Ouvi coisas positivas de Sloane, embora talvez ela seja um pouco parcial, considerando os, hã, acontecimentos recentes.

Então a notícia de nosso relacionamento havia chegado a Bogotá. Não fiquei surpreso. Apostava que o comitê de herança andava me observando bem de perto.

– A gente só começou a namorar depois que eu tive a ideia. Se está preocupado com a possibilidade de isso comprometer o julgamento de Sloane, não fique. Ela não é esse tipo de pessoa. Será honesta independentemente do status do nosso relacionamento.

Mesmo que ela fosse do tipo que pegaria leve comigo por estarmos namorando, o que não era o caso, eu não ia querer isso. Teria sucesso por meu próprio mérito ou não teria sucesso nenhum.

– Eu sei disso, *mi hijo*, mas nem todo mundo sabe. Há cada vez mais rumores sobre um possível conflito de interesses, em relação a ela. Sloane é sua assessora de imprensa e, em maio, será uma de suas avaliadoras, mas vocês dois estão… envolvidos – disse Eduardo delicadamente. – Não pega bem.

– Não estou nem aí se pega bem ou não. – Contraí o maxilar de teimosia. – Somos adultos em um relacionamento consensual. O que fazemos em nosso tempo livre é assunto nosso, e o testamento do meu pai não dizia nada sobre conflitos de interesse, nem me proibia de namorar um membro do comitê. Se alguém tiver algum problema com o nosso relacionamento, pode falar com o testamenteiro. Sloane é uma juíza entre cinco, Eduardo. Não é ela que define o resultado.

– A menos que haja um empate, mas entendo seu ponto de vista. – Uma longa pausa precedeu suas palavras seguintes. – Nunca te ouvi tão entusiasmado com uma mulher.

– Ela não é uma mulher qualquer. Ela é…

Tudo.

Quase disse isso. A palavra veio tão facilmente que teria escapado da minha boca se suas possíveis implicações não tivessem me atingido ao mesmo tempo como uma bala.

Sloane não podia ser *tudo* para mim.

Sim, eu gostava muito dela, e não, não conseguia parar de pensar nela. Ela fazia meu sangue ferver sempre que estava por perto e, quando Sloane sofria, eu sofria também. Ela era a única pessoa com quem eu me sentia confortável para dividir meus segredos e, se um gênio saísse de uma lâmpada naquele exato momento e me desse a oportunidade de mudar algo nela, eu não mudaria nada.

Mas essas coisas não significavam que ela era tudo, porque, se ela fosse tudo, então queria dizer que ela... que eu...

– Ah. – A voz de Eduardo ficou mais suave. – Entendi.

Não sabia o que ele tinha ouvido em meu silêncio, mas não estava pronto para encarar. Ainda não.

– Como anda a busca pelo CEO? – perguntei, mudando abruptamente de assunto.

Precisava de algo para me tirar daquela espiral envolvendo Sloane, e a aparentemente eterna busca pelo CEO do Castillo Group serviria para isso.

– Está indo bem. A diretoria provavelmente não tomará uma decisão final até o ano-novo. Há uma forte disputa em andamento.

– Deveriam escolher você.

Foi uma piada, porque Eduardo nunca quis ser CEO, mas quanto mais eu pensava a respeito, mais fazia sentido. Ele havia sido incluído na lista de pré-selecionados por uma questão de etiqueta, mas *por que* não o escolheriam? Eu tinha visto os outros nomes; Eduardo era muito melhor do que todos eles. Além disso, não era um babaca como noventa por cento da lista.

Sua risada surpresa atravessou a linha.

– Xavier, você sabe que esse sempre foi um arranjo temporário. Minha esposa me mata se eu assumir esse cargo permanentemente.

– Talvez ela esteja mais aberta à ideia do que você imagina.

A esposa de Eduardo era inflexível quando se tratava de tempo para a família, mas ela também era advogada. Sabia como equilibrar o trabalho e a vida pessoal, e eu apostava que Eduardo também.

– Você se importa com a empresa, tem o conhecimento institucional e é bom nessa função. Ajudou meu pai a transformar a empresa no que ela é hoje. Que candidato de fora seria capaz de superar isso?

O silêncio reinou por vários segundos.

– Não sei. É uma decisão importante. Mesmo que eu queira, não posso garantir que a diretoria vá aceitar.

– Pense no assunto. Aposto que a diretoria não está insistindo porque acha que *você* não quer.

– Talvez. – Ele suspirou, o ruído carregado de tristeza e frustração. – Alberto tinha que partir e nos deixar nessa bagunça, né?

– Ele sempre gostou de sacanear as pessoas.

Recostei-me em uma pilastra e olhei para a parede de cofres antigos à minha frente. A imagem me transportou de volta à Colômbia, ao quarto do meu pai, à carta da minha mãe, ao cheiro de livros antigos e de couro durante a leitura do testamento.

– Sabe o que eu não entendo? Como e por que meu pai não percebeu a brecha no testamento. Ele não estipulou de qual empresa eu deveria ser CEO, Eduardo. Isso te parece algo que Alberto Castillo faria?

– Não. Pelo menos não o Alberto Castillo que eu conheci antes do diagnóstico. Mas a morte iminente muda as pessoas, *mi hijo*. Ela nos força a confrontar nossa mortalidade e reavaliar o que é importante.

Bufei. Eduardo sempre amenizava as coisas quando se tratava do meu pai.

– Como assim? Você acha que ele teve uma mudança repentina de opinião no leito de morte?

– Acho que, em seus últimos dias, ele teve muito tempo para pensar. Sobre o passado, sobre o legado dele e, acima de tudo, sobre o relacionamento de vocês dois. – Outra pausa, mais pesada, na qual pude *ouvir* Eduardo revirando as palavras em sua mente. – Ele encontrou a carta da sua mãe no início do ano, quando estava organizando questões da empresa. Alberto queria te contar pessoalmente, mas... – Ele hesitou. – Foi por isso que eu insisti tanto para você ir lá visitá-lo. Não sabia quanto tempo ele ainda tinha, e algumas coisas devem ser ditas pessoalmente.

Uma sensação gélida me atravessou e fez meu peito apertar.

– Não coloque esse fardo nas minhas costas, Eduardo – falei em um tom duro. – Você sabe por que eu não queria voltar para casa.

– Sei. Não estou colocando a culpa em você, Xavier – respondeu

Eduardo, com uma voz suave. – Só quero compartilhar o outro lado da história. Se vale de alguma coisa, seu pai não leu a carta. Era apenas por você. Ele conhecia Patricia o suficiente para saber que ela ia querer assim. Mas encontrar aquela carta da sua mãe… acho que o forçou a pensar no que ela teria dito se visse como vocês ficaram após a morte dela. Como ela teria odiado saber que o relacionamento de vocês desmoronou e como teria ficado desolada ao vê-lo culpando você pelo que aconteceu. Ela amava você e seu pai mais do que qualquer outra coisa no mundo. O afastamento de vocês a teria deixado arrasada.

O soco no estômago causado por suas palavras rachou a muralha de concreto que eu havia construído em volta do meu peito, fazendo minhas costelas doerem e minha garganta se fechar.

– Meu pai disse tudo isso ou você está colocando palavras na boca dele?

– Um pouco dos dois. Seu pai e eu éramos amigos desde crianças, e confiávamos um no outro o suficiente para que ele nem sempre precisasse expressar seus pensamentos em voz alta para que eu os entendesse.

Os cofres ficaram embaçados por um instante, e eu pisquei para clareá-los.

– Muito bem. Digamos que tudo o que você disse é verdade. O que isso tem a ver com o testamento?

– Não sei dizer ao certo. Ele só me contou sobre a alteração do testamento depois que já tinha sido feita – admitiu Eduardo. – Eu não sabia da nova cláusula de herança, nem sabia que estaria no comitê de avaliação. Mas você tem razão. Alberto Castillo não deixaria passar uma brecha tão explícita, o que significa que ele a colocou lá de propósito. Suspeito que… – Dessa vez, sua hesitação tinha um toque de cautela. – … que essa tenha sido a maneira que ele encontrou de levantar uma bandeira branca e, ao mesmo tempo, te dar um empurrão para usar seu potencial. Alberto poderia facilmente ter cortado sua herança, a menos que você seguisse os termos que ele determinou, ou poderia ter excluído você do testamento. Mas não fez nada disso.

Meu pai levantando uma bandeira branca. A ideia era tão absurda que senti vontade de rir, mas Eduardo não estava errado. Meu pai *poderia* ter me cortado. Teria sido seu último grande "vai se foder" antes de morrer.

Eu achava que ele havia alterado os termos da minha herança para que pudesse me manipular a cumprir seus desejos, mesmo depois de morto. Sem dúvida, isso era parte da história, mas… talvez houvesse mais coisa.

Ou talvez eu seja ingênuo e esteja delirando.

– Ele não parecia ter mudado de opinião durante a nossa última conversa – afirmei.

Cresce, Xavier. É hora de ser útil, pelo menos uma vez na vida.

Meu celular começou a escorregar da minha mão e eu o segurei.

– Não estou dizendo que ele era um santo. Era um cara orgulhoso, e também suspeito que ele achava que você rejeitaria qualquer tentativa dele. A última coisa que um homem que está morrendo quer é mais uma briga com o filho – ressaltou Eduardo. – Você não precisa tomar tudo o que eu disse como verdade. Essas são as minhas conjecturas, não são fatos objetivos. Mas permita-se considerar que *talvez* seja verdade, e que isso seja uma espécie de encerramento. Seu pai se foi, Xavier, mas você ainda está aqui. Pode passar o resto da vida apegado ao rancor e deixar que ele te consuma, ou então colocar o passado no lugar e seguir em frente.

As palavras de Eduardo ecoaram por muito tempo depois que desligamos.

Meu primeiro instinto foi rejeitar sua interpretação dos acontecimentos. Eu o amava mais do que a meu próprio pai, mas ele era parcial demais quando se tratava de seu sócio e amigo mais antigo.

No entanto, o que dissera fazia um sentido estranho e tortuoso, e isso me assustava. Eu me agarrara ao meu ressentimento em relação ao meu pai como a um bote salva-vidas durante as tempestades do nosso relacionamento. Sem isso, poderia acabar me afogando em um mar de arrependimentos e de "e se".

Ondas de incerteza me seguiram na saída do cofre para a rua, onde se dissiparam ao serem brutalmente atacadas pelo barulho e pelo movimento. Sabia que voltariam quando eu estivesse sozinho, mas, por ora, deixei-as de lado enquanto me dirigia para o restaurante onde almoçaria com Sloane.

As pessoas podiam dizer o que quisessem sobre Nova York, mas a cidade era inigualável no quesito entretenimento.

Sloane já estava me esperando no restaurante quando cheguei. Era a vez dela de escolher, e havia optado por um pequeno restaurante familiar situado no coração de Koreatown. O cheiro era incrível.

– Desculpe o atraso. – Eu a cumprimentei com um beijo suave antes de me sentar de frente para ela. – Eduardo me ligou e a conversa foi longa.

– Tudo bem. Cheguei agora há pouco. – Ela me lançou um olhar analítico. – Ele ligou para falar da herança?

– Mais ou menos.

Fiz um breve resumo de nossa conversa. Quando terminei, o rosto de Sloane havia se suavizado com empatia.

– Como você está se sentindo em relação a isso?

– Não sei.

Soltei um longo suspiro. Havia uma coisa que minha mãe se esquecera de me dizer em sua carta: como a vida adulta era complicada. Cada ano na Terra acrescentava mais uma camada de drama e reviravoltas.

A vida era fácil quando tudo era só preto e branco. Era quando a linha entre os dois polos ficava embaçada que as coisas se tornavam mais obscuras.

– Estou confuso. O caminho mais fácil é continuar odiando meu pai, mas eu preciso... Não consigo pensar nisso agora. Tem muita coisa acontecendo. Por falar nisso, tenho uma coisa para você.

Deslizei um envelope pardo pela mesa. Christian Harper havia solicitado que um mensageiro me entregasse em mãos naquela manhã, e eu passara o dia inteiro carregando-o.

– Espero não ter ultrapassado nenhum limite.

Felizmente, Sloane não me chamou a atenção por mudar de assunto de forma tão escancarada. Ela abriu o envelope e examinou os documentos, arregalando os olhos a cada palavra.

Quando terminou, seu olhar se voltou para o meu.

– Xavier – sussurrou ela. – Como você...?

– Conheço um especialista em obter informações. – Dei um tapinha no envelope. – Pen ainda está na cidade, não teve nenhum problema grave de saúde e está com uma babá nova. Com sorte, isso significa que George e Caroline não estão planejando mandá-la para o exterior.

Não era muito, mas esperava que fosse o suficiente para tranquilizar a mente de Sloane. Às vezes, a ignorância era pior do que a dor causada por qualquer informação.

– Espero que sim. – Os olhos de Sloane brilhavam de emoção. – Obrigada. Isso foi... você não... enfim.

Ela deu um pigarro e colocou de volta no envelope os papéis que documentavam o paradeiro e o bem-estar de Pen. Suas bochechas e seu pescoço estavam rosados.

– Você não precisava ter feito isso, mas eu agradeço. De verdade.

– Não precisa me agradecer. Fico feliz em ajudar.

Nossos olhares se demoraram um no outro, o barulho do restaurante desaparecendo sob o peso das palavras não ditas.

A luz do sol entrava pelas janelas, lançando sombras sob o rosto dela e destacando os finos fios loiros que emolduravam sua face. O gelo azul que protegia seus olhos se derreteu, revelando uma vulnerabilidade que dominou meu coração.

Sloane era tão linda que quase doía olhar para ela.

Eu me perguntei se ela sabia disso.

Eu me perguntei se ela sabia o quanto ocupava meus pensamentos e que eu contava os minutos para vê-la novamente quando estávamos longe.

Eu me perguntei se eu havia mudado a vida dela da mesma forma que ela mudara a minha, a ponto de as peças não se encaixarem mais sem ela, porque Sloane não era só uma parada; ela era o destino.

A bala que havia sido disparada mais cedo se cravou mais fundo.

Abri a boca, mas Sloane piscou e desviou o olhar antes que eu dissesse algo de que me arrependeria... Não porque não fosse sincero, mas porque teria sido coisa demais, rápido demais para ela.

Senti decepção e alívio em igual medida.

– Por falar em ligações, recebi uma de Rhea ontem à noite – disse ela, efetivamente cortando o clima.

Sloane colocou uma mecha de cabelo atrás da orelha, o rosado de suas bochechas ganhando um tom mais escuro.

– Ela disse que ontem um cheque apareceu misteriosamente na caixa de correio dela. O remetente é anônimo, mas o dinheiro é suficiente para cobrir pelo menos um ano de despesas com alimentação e moradia.

– Sério? – Mantive uma expressão neutra. – Que sorte. Acho que coisas boas acontecem com pessoas boas.

– Acho que sim. – Sloane fez uma pausa, depois disse de forma bem deliberada: – Eu mencionei o endereço da Rhea no Dia de Ação de Graças, não foi? Quando falei que mandaria dinheiro para ajudá-la enquanto ela estivesse procurando outro emprego?

– Foi? – Peguei o cardápio e o examinei em busca de algo para comer. Deveríamos pedir logo; eu estava morrendo de fome. – Não lembro.

– Hum. – Sloane contraiu os lábios. – Claro que não.

Dei um sorrisinho em resposta ao tom sabido dela, mas nenhum de nós prosseguiu com o assunto. Em vez disso, mudamos para algo ainda mais satisfatório: vingança.

– Posso confirmar que vamos na festa do Dante e da Viv neste fim de semana? – perguntou ela.

Sloane havia me contado seu plano para a Operação PW, e a festa era crucial para sua execução. Também me daria a oportunidade de conversar com Dante e, com sorte, obter algumas respostas. Mais importante: eu poderia passar mais tempo com Sloane e suas amigas... Não que eu estivesse querendo a aprovação das amigas dela ou algo assim... Mas tê-las do meu lado não faria mal, certo?

Abri um sorriso.

– Não perderia esse evento por nada no mundo.

CAPÍTULO 32

Sloane

A OPERAÇÃO PERRY WILSON entrou em pleno vigor naquele sábado, no baile de gala anual de Dante e Vivian.

Antes do nascimento de Josephine, o evento costumava acontecer na casa deles, mas, como não queriam incomodar a recém-nascida, tinham alugado o salão de baile do Valhalla para uma reunião "íntima" de trezentas das personalidades mais ricas e poderosas de Manhattan.

Uma dessas trezentas era Kai Young.

– Conheço esse olhar – disse ele quando me aproximei, no bar.

Eu levara Xavier como acompanhante, mas tínhamos nos separado para cuidar de nossos respectivos negócios primeiro (eu com Kai, ele com Dante).

– Quem você está planejando destruir?

Ao lado dele, Isabella me deu um sorriso e um joinha quando Kai não estava olhando. Ela havia se oferecido para abordar o assunto com ele, mas achei melhor não. Aquela briga era minha, e ela já havia me ajudado demais.

– Acho que você sabe – respondi. – Ele é uma pedra no meu sapato e no seu.

– Deixa eu adivinhar. – Kai olhou para a noiva, que rapidamente desviou o olhar e fingiu estudar sua bebida. – As iniciais são P e W?

– Sim.

– Ele não tem credibilidade nenhuma. Sei que está chateada com as últimas postagens dele. – O tom de Kai indicava que Isabella havia enchido seus ouvidos com o assunto em mais de uma ocasião. – Mas, como CEO

275

de uma empresa de mídia, não posso me envolver nas brigas pessoais dos meus amigos.

– Não é pessoal – rebati. – Ele pode até não ter credibilidade nenhuma, mas você vem disputando tráfego e cliques com ele há *anos*. Além disso, você o despreza. Ele representa tudo o que há de pior no jornalismo.

– O que ele faz não é jornalismo – respondeu Kai de pronto. Arqueei uma sobrancelha e, depois de um momento, ele balançou a cabeça com um sorriso irônico. – Entendi seu ponto.

Para alguém como Kai, que agia de acordo com as regras e tinha um senso inato de honra, os métodos desprezíveis de Perry eram uma mácula de merda em todo o negócio que os Youngs haviam passado décadas construindo. Uma maçã podre era capaz de estragar todas ao redor.

– E se eu te disser que existe uma maneira de acabar com Perry e ainda garantir que ele não será um problema no futuro?

– Eu diria que, se algo parece bom demais para ser verdade, é porque é. – Kai terminou sua bebida e pousou o copo no balcão. – Mas estou ouvindo.

Contei a ele meu plano. Kai ouviu sem me interromper, mas, quando terminei, ele balançou a cabeça.

– Ele não vai concordar com isso.

– Ele não vai ter escolha.

– Correção: por que *eu* concordaria com isso? Quero estar menos associado a ele, não mais.

– Porque *não será* ele. Será a propriedade dele, mas o homem em si não vai estar lá. – Adotei um tom persuasivo. – Pense em como daria uma ótima história: Kai Young transforma um site de fofocas popular, mas controverso, em um exemplo de respeito no duvidoso setor de notícias sobre celebridades. Ninguém mais sequer *tentaria* limpar a reputação do portal. Se você conseguir, vai virar uma lenda.

Kai me analisou com seu jeito calmo e pensativo. O rosto de Isabella surgiu novamente por cima do ombro dele; dessa vez, ela me deu um duplo sinal de positivo.

Acertou em cheio, disse ela, sem emitir som.

– Isa, querida, pare de falar com Sloane pelas minhas costas – disse ele sem se virar.

Ela ficou boquiaberta.

– Como você *sempre* sabe? Juro que você não é humano – resmungou ela. – Mas tudo bem, vou ficar com a Ale até vocês terminarem. Espero que ela e o Dom não estejam se pegando na biblioteca de novo...

Isabella lhe deu um beijo na bochecha e se afastou. O olhar de Kai a acompanhou carinhosamente por um segundo antes de voltar para mim.

– Pelo que vi desse plano e da boate de Xavier, você sabe como vender uma proposta – disse ele.

– É o meu trabalho. – Inclinei a cabeça. – A propósito, obrigada por ajudá-lo. Sua lista tem sido incrivelmente útil.

– Só passei meus contatos. Cabia a ele fechar os negócios, o que ele fez. Conseguir Vuk Markovic como sócio não é pouca coisa. – Kai abriu um sorriso. – Já era para eu saber que não deveria subestimá-lo, depois do que houve na Espanha.

Meus sentidos ficaram em alerta máximo.

– Como assim?

– A publicação sobre vocês, na Espanha – disse Kai. – Ele entrou em contato comigo depois que ela foi ao ar e perguntou se eu tinha como reduzir seu alcance. Eu não o conhecia bem, mas Xavier foi bastante insistente. Obviamente, eu não pude garantir nada, já que a Young Corporation não é proprietária do site do Perry, mas eu podia impedir que nossos veículos de comunicação replicassem o post.

O que ele não mencionou foi que sua empresa era proprietária de quase todos os principais sites de notícias e veículos de mídia. Quando optou por não reproduzir o conteúdo da postagem, ele efetivamente matou a notícia. As pessoas podiam compartilhá-la nas redes sociais, claro, mas a história não era quente o bastante para isso. Sem oxigênio, as brasas tiveram uma morte silenciosa.

Xavier nunca mencionara nada disso. Eu tinha imaginado que as pessoas não se interessavam pela vida pessoal de assessoras de imprensa, mesmo com Xavier envolvido. Talvez isso fosse verdade, ou talvez a história tivesse morrido por causa do cuidado dele, *antes* mesmo de começarmos a namorar.

A emoção tomou meu peito, e me esforcei para controlá-la minimamente.

– Quanto à sua proposta... é interessante, mas ainda não posso me comprometer – disse Kai, alheio ao caos que seu comentário casual havia provocado. – Terei que debater o assunto com a minha equipe.

Era a resposta que eu esperava, e melhor do que um simples não. Estava confiante de que a equipe dele teria a mesma opinião que eu, depois de pesar os prós e os contras, porque os prós superavam e *muito* os contras.

Depois que Kai se retirou para ir ao encontro de Isabella, pedi uma dose dupla de uísque e deixei que ele queimasse a tontura que acompanhava qualquer pensamento sobre Xavier.

Não era o momento de corar e perder a cabeça por causa dele. Eu tinha um plano de vingança para terminar de colocar em prática.

Com minha determinação renovada e o estômago cheio de uma bebida forte, fui até a mesa de presentes, onde Tilly Denman e suas amigas riam de alguma coisa. Apostaria meu armário organizado por cores que Tilly já havia roubado um dos suvenires, mas eu não estava ali para monitorar suas tendências cleptomaníacas.

Em nosso universo, Tilly e sua turma espalhavam fofocas mais rápido do que um incêndio em mato seco, e eu esperava que fizessem exatamente isso quando dei as costas para elas e fingi atender a uma ligação.

– Oi, Soraya… O que aconteceu? – Fiz uma pausa para dar um efeito dramático. – Fica calma. Me fala o que aconteceu.

As risadas atrás de mim se transformaram imediatamente em silêncio.

Soraya (sem sobrenome) era uma das maiores influenciadoras do planeta. Famosa por seus vlogs tagarelas, roupas sensuais e aparência exuberante, ela tinha mais de 150 milhões de seguidores em suas plataformas, e eles eram *vorazes*. Alguém certa vez chegou a pagar dois mil dólares por um guardanapo que ela havia usado no Met Gala.

Tudo o que ela fazia virava notícia, e qualquer escândalo em que estivesse envolvida ganhava destaque.

– Não, me escuta. Você não pode ir na casa dele. Ele é *casado*. – Abaixei a voz o suficiente para que as curiosas pensassem que eu estava discutindo assuntos confidenciais, mas não o bastante para que deixassem de me ouvir. – Se as pessoas descobrirem que você e o Bryce…

Eu me afastei, reprimindo um sorriso com o suspense que havia usado de isca com Tilly e companhia.

Bryce era outro influenciador com uma base de fãs maluca. Recentemente, havia se casado em uma festa bastante chamativa, e cada segundo da cerimônia estava documentado em seu canal no YouTube, mas havia anos que corriam boatos envolvendo ele e Soraya.

278

Minhas amigas haviam alimentado esses rumores por meio de vários canais que levavam a Perry, e seria uma questão de minutos até que a "confirmação" do suposto caso entre Bryce com Soraya chegasse aos ouvidos dele.

Uma pessoa racional se perguntaria por que uma assessora de imprensa experiente discutiria assuntos delicados de seus clientes no meio da maior festa da temporada, mas Tilly e suas amigas não davam a mínima para a lógica. Queriam apenas drama e fofoca.

Tinha feito a minha parte. Agora precisava esperar Perry morder a isca.

Como eu já tinha finalizado o meu trabalho daquela noite, dei uma volta rápida pelo salão para cumprimentar clientes e pessoas importantes antes de me juntar a Vivian. Xavier e eu tínhamos combinado de nos reunir no bar quando terminássemos nossos afazeres; como ele não estava lá, presumi que ainda estivesse conversando com Dante.

– A festa está ótima, como sempre – comentei, entregando uma taça de champanhe a Vivian. Ela era a promotora de eventos de luxo mais cobiçada da cidade, então eu não esperava nada menos que aquilo. – Você se superou.

– Obrigada.

Ela sorriu, com linhas tênues de exaustão marcando seu rosto. Mesmo assim, Vivian estava deslumbrante em um vestido vermelho e com joias que deixariam a falecida rainha da Inglaterra com inveja.

– Estou feliz que o planejamento tenha terminado. Me lembre de nunca mais organizar uma festa de gala meses depois de dar à luz. Não sei o que eu tinha na cabeça.

Vivian e Dante podiam se dar ao luxo de ter bastante ajuda com Josie, mas preferiam ser mais presentes na criação dos filhos. Eu não entendia, mas também não tinha filhos, então de que valia a minha opinião?

– Combinado – respondi. Dei uma olhada pelo salão. – Cadê a Isa e a Ale?

– Isa e Kai sumiram. Achei melhor não perguntar. A Ale não estava se sentindo bem, então o Dom voltou com ela para casa mais cedo.

– Não estava se sentindo bem mesmo ou foi só...

Vivian arqueou uma sobrancelha perfeitamente modelada.

– Aham – disse ela com um sorrisinho.

Bom pra eles.

O casamento de Alessandra e Dominic havia passado por uma longa e difícil fase por ele ser viciado em trabalho e ter negligenciado a esposa. Os dois chegaram a se divorciar brevemente no ano anterior, depois de ele perder um aniversário de casamento importante, mas depois de algum tempo separados, e de Dominic se arrepender amargamente e mudar de comportamento, os dois se resolveram e estavam mais conectados do que nunca.

– Por falar em casais... – Vivian olhou por cima do meu ombro. – Tem alguém chegando.

Meus batimentos dispararam quando uma mão quente pousou na parte inferior das minhas costas. Não precisei olhar para saber quem era. A forma e a sensação do toque de Xavier estavam tão arraigadas em mim que eu seria capaz de identificá-las mesmo com os olhos vendados.

– Oi, Vivian – disse ele tranquilamente. – Desculpe interromper, mas você se importa se eu roubar a Sloane um minutinho?

– De maneira alguma. – Os olhos dela brilharam de diversão. – Imagino que meu marido já esteja liberado, certo?

Ele respondeu com um sorriso que era puro charme e uma pitada de timidez.

– Ele é todo seu. Desculpe por alugá-lo a noite toda. Tínhamos muito o que conversar.

– Imagino que sim. – Vivian me deu uma piscadela ao passar. – Aproveitem a festa.

– Você é tão puxa-saco... – comentei depois que ela saiu.

– Eu? – Xavier levou a mão ao peito. – Prefiro pensar que estava sendo charmoso.

– Um puxa-saco charmoso.

– Estou apenas tentando me aproximar das suas amigas. Infelizmente, a Alessandra foi embora antes que eu pudesse usar meus truques com ela, e não sei ao certo onde Isabella se meteu. Mas acho que a Vivian gosta de mim.

– Não depois de você ter monopolizado a atenção do Dante a noite inteira – brinquei, contendo uma risada. – Por falar nisso, como foi a conversa com ele?

– Ela simplesmente foi. – Um pouco do bom humor de Xavier se esvaiu. – Ele foi vago sobre o motivo pelo qual meu pai o citou no testamento. Disse apenas que os dois se respeitavam como empresários e que meu pai confiava no julgamento dele. Mas me deu uma bronca por causa daquela vez em que fiz o Luca ser preso.

– Então ele não respondeu – resumi.

– Basicamente isso.

Não era do feitio de Dante ser tão evasivo. Talvez ele também não soubesse por que Alberto o havia colocado no comitê.

Eu poderia pedir a Vivian que investigasse um pouco, pois, se havia alguma chance de Dante ser honesto com alguém, seria com sua esposa, mas aquilo não era problema dela, que já andava ocupada o suficiente com Josie e o trabalho. Não queria sobrecarregá-la.

– Acho que não faz diferença saber, exceto para satisfazer minha curiosidade. Ele vai ser um dos juízes, eu sabendo o motivo ou não – disse Xavier. – Como foi a sua conversa com o Kai?

Fui contando para ele conforme nos dirigíamos para a saída. Não tínhamos planejado ir embora cedo, mas Vivian e Dante estavam ocupados recebendo convidados, e um entendimento mútuo nos afastou da multidão e nos levou para o corredor silencioso junto ao salão.

– Então foi muito melhor do que a minha conversa – brincou Xavier quando terminei. – Você acha que ele vai aceitar?

– Tenho noventa por cento de certeza que sim.

Kai era um homem de negócios, e minha proposta fazia todo o sentido em termos comerciais. No entanto, o que eu mais tinha guardado da conversa não fora nada sobre o plano envolvendo Perry.

A publicação sobre vocês, na Espanha. Ele entrou em contato comigo depois que ela foi ao ar e perguntou se eu tinha como reduzir seu alcance.

Os arrepios de antes voltaram com força total, principalmente agora que Xavier estava ali, mais gostoso do que qualquer homem tinha o direito de ser com seu smoking e seu cabelo desgrenhado. Ele não usava gravata, quebrando o código de vestimenta, mas nele funcionava.

Tudo funcionava nele. Xavier era o epítome do charme natural.

Ele ergueu as sobrancelhas quando agarrei a parte da frente de sua camisa e o empurrei para o banheiro mais próximo.

Como tudo no Valhalla, o local era impecável. Pisos de mármore, espelhos reluzentes, aromas canalizados por difusores ocultos... parecia mais o camarim de uma celebridade do que uma instalação pública, e serviria muito bem para o que eu tinha em mente.

– Lembra a nossa reunião no meu escritório, há umas semanas? – Tranquei a porta atrás de nós. – Aquela que tivemos logo depois que Ayana saiu.

Xavier se encostou na bancada da pia, seu olhar se tornando mais obscuro ao perceber por que eu tinha nos levado até ali.

O ar mudou, ficando mais pesado, mais denso e mais *quente*.

– Talvez eu me lembre de uma coisa ou outra.

O desejo deixou seu tom arrastado mais tenso. Ele não se moveu, mas seus olhos me seguiram como os de um predador, escuros e famintos, enquanto eu me aproximava.

– Bem... – Parei na frente de Xavier, a ponta dos meus sapatos de salto roçando a dos sapatos sociais dele. Enganchei os dedos em seu cinto e o puxei um centímetro mais para perto. – Achei que hoje seria a noite certa para retribuir o favor.

O sussurro rouco nem pareceu vir de mim, mas arrastar um homem para um banheiro para agarrá-lo também não parecia coisa minha, então foi uma noite cheia de primeiras vezes.

A respiração de Xavier acelerou, mas mesmo assim ele não se mexeu quando abri seu cinto e desci seu zíper. Uma expectativa elétrica zumbia em minhas veias, mas não me apressei.

Queria saborear aquilo, e havia algo extremamente excitante na espera, na voracidade do olhar dele e no sutil enrijecimento de seus músculos, como se Xavier estivesse usando toda a sua força de vontade para não me inclinar sobre a bancada e me pegar do jeito que quisesse.

O calor se acendeu entre minhas coxas ao pensar nisso.

Eu me ajoelhei enquanto abaixava a calça e a cueca dele, com água na boca ao ver a ereção grossa e latejante que me aguardava. O pau dele era enorme, e estava duro o suficiente para fazer meu coração disparar. Gotas de pré-gozo escorriam da ponta, e, quando passei a língua para provar, Xavier tremeu da cabeça aos pés.

Era o incentivo de que eu precisava.

Fechei a boca em torno da cabeça de seu pau e chupei, provocando a parte inferior sensível com a língua enquanto acariciava o pau todo com as duas mãos.

– *Caralho* – disse Xavier entre os dentes, inclinando a cabeça para trás enquanto eu descia a boca até onde estavam as minhas mãos.

Tecnicamente, eu estava dando prazer a ele, mas minha pele ardia como se Xavier é que estivesse me provocando. Cada chupada vibrava direto no meu clitóris, cada espasmo se acumulava em meu ventre, até que eu estava gemendo de tesão.

Engoli mais, esperando que isso saciasse minha fome. Os sons úmidos do boquete se misturaram aos gemidos altos dele, enquanto Xavier segurava meu cabelo para se firmar conforme ofegava e se arqueava contra minha boca.

O puxão suave em meu couro cabeludo fez com que arrepios se espalhassem pela minha pele. Meus mamilos endureceram a ponto de doer, mas não tive a chance de saborear a sensação antes que seu pênis atingisse o fundo da minha garganta.

Engasguei, com os olhos lacrimejando e a saliva escorrendo pelos cantos da boca, enquanto me esforçava para engoli-lo por inteiro.

Xavier suavizou o toque, mas meu gemido de protesto fez com que elas se fechassem com força novamente. Ele deu uma risadinha rouca.

– Você gosta disso, é?

Ele deu um puxão, me fazendo erguer os olhos para encará-lo. A luxúria deixava os traços de seu rosto mais marcados e gravava linhas de tensão entre suas sobrancelhas.

– Caralho, Luna, você fica tão linda ajoelhada, engasgando com o meu pau.

Apertei as coxas com suas palavras lascivas. Um frio subiu pela minha barriga quando ele segurou minha cabeça e empurrou os últimos centímetros pela minha garganta adentro. Engasguei novamente, seu pênis tão fundo que meu nariz roçava sua barriga, e, quando minha visão começou a embaçar, ele se afastou até que apenas a cabeça de seu pau repousasse em minha língua.

Consegui respirar num arquejo antes que ele metesse mais uma vez, e outra, e outra, com mais força e mais rápido, até que o ritmo brutal correspondesse às batidas ferozes do meu coração.

O nó de desejo em minha barriga se apertou ainda mais. Estava tão corada que tinha certeza de que, se caísse água em minha pele, evaporaria na mesma hora, e, apesar da ardência na garganta, não consegui resistir a enfiar uma mão entre minhas pernas.

– Com a sua mão, não.

A ordem severa de Xavier me deteve um segundo antes de eu me tocar. Deixei escapar outro gemido de protesto, mas, dessa vez, ele foi implacável. Xavier se moveu, mas não soltou meu cabelo enquanto enfiava o sapato entre as minhas pernas. Ele pressionou a ponta contra meu ponto mais sensível, provocando um grito abafado.

Estava tão desesperada por mais fricção que nem pensei. Apenas fiz o que ele pediu e montei em seu sapato. Abri mais as pernas, a pressão e o atrito do couro contra a seda e a área sensível me deixando louca de tesão.

Meus gemidos aumentaram de intensidade à medida que acelerei os movimentos, me esfregando sem pudor em seu sapato enquanto ele fodia minha boca.

Não me importava se aquilo era vulgar ou se havia pessoas do outro lado da porta; estava perdida demais em uma névoa de sensações.

O relevo dos cadarços roçava meu clitóris inchado e causavam relâmpagos de prazer pelo meu corpo. Eu não conseguia acreditar em quanto estava molhada; estava escorrendo, como se prestes a ter meu primeiro orgasmo do dia.

Ainda assim, não era suficiente. Eu queria, eu *precisava* de mais fricção, e me segurei na coxa dele para me firmar enquanto chupava e me esfregava com mais força. Xavier começou a foder minha boca ainda mais rápido para acompanhar meu ritmo, e minha mente ficou embotada, meus quadris se movendo de um jeito frenético à medida que a necessidade aumentava, aumentava e...

A pressão dentro de mim explodiu ao mesmo tempo que jatos quentes e fortes de porra desciam pela minha garganta. O gemido alto e gutural de Xavier se misturou aos meus gritos estrangulados quando o embotamento se transformou em uma névoa branca.

Tremores e mais tremores tomaram conta do meu corpo enquanto eu gozava e cavalgava loucamente. Tudo estava muito quente, escorregadio e *delicioso*, e quando a névoa enfim se dissipou e Xavier soltou o meu cabelo, caí contra a perna dele, exausta demais para ficar de pé.

Mãos fortes soltaram meus braços de sua coxa e me levantaram. Xavier me apoiou na bancada e me limpou com movimentos suaves e fluidos.

Depois de terminar, ele alisou meu vestido, os olhos brilhando de diversão e de um desejo ainda latente.

– Bem – disse ele, a voz rouca –, se você precisar de algum outro favor, qualquer que seja, estarei sempre à disposição.

Minha risada se transformou em um sorriso quando ele me beijou.

Havia arruinado meu vestido, minha calcinha e minha maquiagem, bem como os sapatos e as calças dele, e não sabia como sairíamos dali sem que as pessoas soubessem exatamente o que tínhamos feito, mas não me importava.

Estava satisfeita e contente demais, e, pelo menos por aquela noite, nenhuma das minhas preocupações conseguiria me abalar.

CAPÍTULO 33

Sloane

DEPOIS DE SÁBADO, EU podia acrescentar o banheiro do Valhalla à lista de lugares que jamais voltaria a enxergar da mesma forma (além do meu escritório, da minha cozinha, da sala de estar do Xavier e, bem, de praticamente todos os lugares onde havíamos transado).

Foi um ótimo encerramento para a noite, mas, para além de boquetes e orgasmos, o baile também deu início à segunda etapa da Operação Perry Wilson, que começou oficialmente na segunda-feira.

Eu tinha acabado de sair do elevador e entrar no escritório quando um alerta de notícias de última hora apareceu na tela do meu celular. Peguei o aparelho na hora.

Escândalo: Soraya está tendo um caso com um influenciador CASADO?!, gritava a manchete. Era uma pergunta retórica.

Um único clique me levou ao site de Perry, que explanava de maneira esbaforida o suposto romance, usando detalhes que minhas amigas haviam espalhado: os presentes, a escapadinha secreta de fim de semana para o norte do estado de Nova York, o boquete no banheiro do avião durante uma viagem a trabalho, no verão, bancada por uma marca.

Era obsceno, desonesto e completamente inverídico, mas Perry não era conhecido por checar os fatos. A publicação estava repleta de alegações sem provas.

Abri um sorriso. Ele tinha mordido a isca direitinho.

– É verdade? – perguntou Jillian, sem fôlego.

Ela já estava em sua mesa, com a caneca de café cheia e uma foto ampliada de Soraya e Bryce durante a tal viagem na tela de seu computador. A logo do portal de Perry estava estampada na parte superior da tela.

– A Soraya está *mesmo* tendo um caso com o Bryce? Eu sonhava em ver os dois juntos antes de ele se casar, mas...

– Jillian. – Eu a encarei com um olhar sério. – A Soraya é nossa cliente?

Ela suspirou.

– *Não.*

– Então se concentre nos nossos clientes, por favor. Como andam as propostas de publicação do perfil da Ayana para as revistas?

Depois de resmungar um pouco, Jillian me atualizou sobre o assunto. Enviei uma mensagem rápida quando ela começou a divagar sobre o quanto odiava determinado editor.

Eu: Sua vez
Soraya: Deixa comigo 😈

Soraya podia não ser minha cliente, mas sua assessora e eu éramos amigas e chegamos a um acordo mutuamente benéfico, firmado por um rígido contrato de confidencialidade.

Como eu tinha dito, era necessário um exército para derrubar as contas de Perry nas redes sociais, e Soraya tinha uma das maiores e mais aterrorizantes bases de fãs da internet. Certa vez, eles derrubaram o site de uma grande marca de maquiagem por 48 horas depois que o diretor de marketing disse que jamais trabalharia com Soraya porque sua "imagem" não era "adequada".

Sorte minha que Soraya estava se aventurando na música e lançaria seu primeiro álbum em breve. Ela queria causar um grande impacto, e um escândalo sexual resultaria num impacto *enorme*. Não existia esse negócio de publicidade ruim e tal. A destemida estrela das redes sociais também não tinha medo de enfrentar Perry, um sujeito que ela já odiava desde que ele tinha inventado um apelido escroto para sua melhor amiga, outra influenciadora, que levou a coitada à reabilitação.

Soraya era uma das poucas figuras públicas com quem ele tinha sido cauteloso, por conta dos fãs. Entretanto, graças a alguns empurrões meus, ele finalmente cedera quando o potencial da história pareceu superar seu senso de autopreservação.

Entrei na minha sala com um passo mais leve do que nas semanas anteriores.

Bryce também sabia que a história seria publicada. Não arrastaria um inocente para meus esquemas sem o seu conhecimento, mas ele e a esposa concordaram com o plano. O furor em cima do casamento deles havia diminuído e os dois gostariam de manter a atenção do público em seu relacionamento.

Depois que Soraya publicou um vídeo negando tudo (acompanhado de fotos e recibos que a mostravam na Europa durante a suposta escapadinha com Bryce para o interior do estado), foi apenas uma questão de tempo até que seus seguidores começassem a acabar com Perry.

Derrubar Perry não resolvia o meu dilema com Pen, mas me dava algum controle, o que eu precisava desesperadamente. Considerando o namoro com Xavier e a sabotagem de Perry, minha vida tinha saído do controle depois da Espanha.

Liguei o computador e resisti à vontade de verificar novamente as atualizações que Xavier me dera sobre Pen. As coisas já podiam ter mudado depois que ele me entregara os papéis, mas eu esperava que a iminência das festas de fim de ano fizesse com que George e Caroline não tomassem nenhuma decisão precipitada. Eles mantinham Pen longe dos holofotes o máximo possível, mas ainda assim seriam questionados se a filha mais nova fosse misteriosamente enviada para o exterior pouco antes do Natal.

Para eles, a única coisa mais poderosa do que o desejo de me irritar era o de manter as aparências. Isso significava que eu tinha até o Ano Novo para encontrar uma solução, porque nunca mais ver Pen estava *fora* de cogitação.

Passei a manhã e a maior parte da tarde recebendo ligações e finalizando trocas de e-mails antes das festas de fim de ano. Estava revisando a entrevista da *Sports World* com Asher quando a porta se abriu.

Ergui a cabeça, esperando encontrar Jillian ou talvez Xavier. Fiquei em choque quando vi a silhueta esguia da minha irmã.

– Sua vadia.

Ergui as sobrancelhas diante de sua saudação áspera. Georgia geralmente era mais sutil do que isso.

– Isso é uma questão de opinião, mas só sou uma vadia com pessoas que merecem – respondi, superando a surpresa e oferecendo a ela um sorriso casual. – Por exemplo, pessoas que aparecem sem ser convidadas no meu local de trabalho e atacam meu caráter antes mesmo de eu tomar meu segundo café.

Georgia parou em frente à minha mesa. Sua pele impecável estava toda ruborizada e um músculo se contraía sob seu olho. Nunca a tinha visto tão irritada, nem mesmo quando soube que nossa avó tinha colocado no testamento que sua coleção Chanel vintage ficaria para mim e não para ela.

– Bentley me contou o que você fez – esbravejou ela.

– Sério? – Aquilo ia ser divertido. – Por favor, o que eu fiz? Me conta.

– Você tentou trepar com ele. Ligou para ele, fingiu que tinha uma coisa importante pra contar e pediu que Bentley se encontrasse com você no mesmo horário do brunch anual pós-Ação de Graças da Windsor Rose Society, porque *sabia* que eu estaria ocupada naquele dia. – Os olhos azuis dela brilhavam de ódio. – Tentar seduzir o marido da sua irmã grávida? Isso é baixo até mesmo para você.

– Não é mais baixo do que transar com o noivo da sua irmã na sala de estar deles na véspera do ano-novo.

Georgia contraiu os lábios.

– Ah, por favor. Isso foi há *anos*, e o Bentley tinha uma boa…

– Me poupe dessa palhaçada, Georgie. – Ela odiava quando as pessoas a chamavam assim, e era por isso que eu fazia isso sempre que possível. – Não vou repetir a mesma conversa que tivemos várias vezes no passado, mas vou te dizer uma coisa: não somos mais as pessoas que éramos naquela época, e eu não tocaria no Bentley novamente nem que você me pagasse um milhão de dólares. – Voltei ao computador. – Você o quer tanto assim? Pode ficar.

– Você é muitas coisas, Sloane, mas não achava que fosse mentirosa. – Georgia jogou o celular na minha mesa. – Você se encontrou com ele no domingo. Não negue.

Olhei para a tela. *Desgraçado.* De alguma forma, Bentley havia tirado uma foto minha no bar, quando eu estava distraída pedindo a bebida. Sua mão também estava em quadro, exibindo seu Rolex favorito.

Eu não sabia o que o havia levado a fazer aquilo – uma medida de segurança, talvez, ou para chantagem –, mas o cara era realmente mais burro do que uma porta. A foto era mais comprometedora para ele do que para mim.

– Eu me encontrei com ele, sim, depois que Bentley me ligou dizendo que queria conversar. – Deslizei de volta o celular. – Foi ele que propôs esse encontro, Georgie.

Não entrei em detalhes sobre o que ele havia dito... ainda.

Foi tão rápido que quase não percebi. Um lampejo tomou o rosto de Georgia, apenas o suficiente para me fazer pensar que as coisas já não andavam bem antes mesmo de Bentley e eu nos encontrarmos.

– Você está mentindo.

– Estou mentindo sobre o vaso Lalique que você jogou na cabeça dele?

Ela ficou mortalmente paralisada.

O vaso era um detalhe singelo e específico, que eu não teria como inventar, a menos que Bentley tivesse me contado. E Georgia não tinha o hábito de atirar utensílios de decoração caros quando era criança.

– Isso não quer dizer nada – respondeu ela, sua pele vários tons mais pálida do que o usual. – O assunto pode ter surgido durante a conversa de vocês.

– Acredite se quiser. Não é meu trabalho te convencer da infidelidade do seu marido. – Minha voz esfriou mais um grau. – Mas existe um velho ditado, Georgie, que diz assim: "Se traiu para ficar com você, vai te trair para ficar com outra." – Fiz uma pausa, deixando a mesquinhez tomar o controle. – Também tem um outro que diz: "Aqui se faz, aqui se paga."

O rubor de antes voltou ainda mais forte, espalhando-se pelo rosto e pelo pescoço de Georgia, e cobrindo sua pele com uma máscara escarlate.

– É por isso que ninguém quer ficar perto de você, Sloane – sibilou ela.

Sempre que se sentia ameaçada, Georgia mostrava as garras, e naquele momento elas brilhavam afiadas e letais sob as luzes.

– Você é uma cobra de coração gelado, sempre foi. Nem sequer chorou quando a mamãe morreu. Que tipo de monstro doentio e sem coração não derrama uma única lágrima quando a mãe morre?

Um frio logo tomou minhas veias, me congelando de dentro para fora.

Eu era capaz de lidar com qualquer coisa que ela dissesse sobre nós, sobre Bentley ou sobre nosso afastamento, mas, como era típico de Georgia, ela havia se concentrado no único ponto fraco que me restava: a ideia de que havia algo errado comigo, de que eu tinha algum defeito por não *sentir* as coisas como as pessoas "normais" sentiam. O medo de que eu fosse um monstro em pele humana, desprovido de compaixão e incapaz de formar conexões genuínas.

Eu sabia que isso não era totalmente verdade. Afinal de contas, amava minhas amigas e Pen, e me conectara com Xavier mais do que com qualquer outro homem no passado, inclusive Bentley. Mas o medo muitas vezes se sobrepunha aos fatos, e Georgia arrancara os pontos das minhas feridas com uma rapidez alarmante.

Fiquei de pé, sentindo-me reconfortada pelo fato de ser mais alta que ela. Minha irmã tinha uma habilidade incrível de fazer com que eu me sentisse pequena, mas eu preferia morrer a deixá-la perceber isso.

– Sai da minha sala.

O comando em voz baixa foi dado em tom de advertência nessa primeira vez.

Georgia o ignorou.

– Graças a Deus nos livramos da Rhea. – Quando ela farejava pontos fracos, parecia um tubarão atrás de sangue. – Ela era uma péssima babá, e eu odiaria que Penny crescesse com uma traidora mentirosa em casa. Quanto você pagou para suborná-la?

– Sai. Da. Minha. Sala.

– Por falar em se livrar das pessoas, você sabe que o Xavier vai te largar, né?

Georgia passou para outro ponto fraco com precisão única.

– Tenho certeza de que no começo deve parecer novidade sair com você. Todo mundo quer derreter a tal rainha do gelo; Bentley diz que só te pediu em casamento por causa disso. Ele gostava da ideia de ter domado você, mas logo percebeu o erro, não foi? – Ela inclinou a cabeça, seu belo rosto com uma expressão cruel. – Olha pro Xavier. Rico, bonito, acostumado a se *divertir*. Quanto tempo você acha que um cara como ele vai ficar com alguém como você sem ficar entediado? Ele não…

– Desde que nos encontramos no hospital, ela ficou mais paranoica. Me acusou de ficar te olhando e disse que eu ainda sinto alguma coisa por você. – A voz de Bentley ecoou da gravação no meu celular. Georgia congelou, seu sorriso murchando ao ouvir as palavras do marido. – Disse que ela era minha segunda opção e que eu sempre a comparava com você. O problema é que… ela não está errada.

Não tirei os olhos do rosto de minha irmã, que empalideceu de repente conforme a reprodução da minha conversa com Bentley continuava. Havia um motivo para eu não ter enviado o áudio para ela logo depois de sair do bar; queria ver sua reação, e foi tão regozijante quanto eu imaginei.

Pela primeira vez, Georgia ficou sem palavras.

Parte de mim havia pensado em guardar o áudio só para mim, mas isso foi antes de ela invadir a *minha* sala, fazer acusações contra *mim* e ignorar os *meus* pedidos para se retirar.

Se ela queria tanto ficar, seria na porra dos meus termos.

Eu ainda estava abalada pelas palavras dela, mas a satisfação de vê-la tremer de indignação foi suficiente para anestesiar temporariamente essas feridas.

– Se preocupa menos com o meu relacionamento e mais com o seu casamento – falei com a voz fria e calma. – Foi preciso um mero encontro casual para que Bentley tentasse voltar para mim. Eu não quero mais nada com ele, é claro, nem nunca mais vou querer. Ao contrário de certas pessoas, prefiro parceiros que entendam o conceito de lealdade. Mas pra mim é fácil manter distância e nunca mais pensar nesse sujeito. Você, por outro lado, está presa a ele. – Dei de ombros casualmente. – Talvez vocês possam tentar aconselhamento ou terapia de casal. Imagino que ser a segunda opção de alguém seja difícil, mas você já deve estar acostumada com isso. Parece querer apenas as coisas que foram minhas primeiro.

A pele de Georgia foi ficando cada vez mais vermelha à medida que eu falava. Aquele era o pior cenário possível para ela: não apenas ouvir as merdas que Bentley falava por suas costas, mas saber que eu, especificamente, estava a par daquela humilhação. Ela odiava que sua reputação fosse questionada diante da "concorrência", e, por mais que Georgia e suas amigas competissem o tempo todo, eu sempre fui sua maior concorrente.

Se havia uma coisa que Georgia Kensington não tolerava era ficar em segundo lugar.

– Agora, se era só isso, eu tenho trabalho a fazer. – Recostei-me em minha cadeira. – Xavier e eu vamos jantar no Monarch, e não quero perder meu compromisso.

O Monarch era um dos restaurantes mais exclusivos da cidade. Até meu pai tinha dificuldades para conseguir uma reserva.

– Grande coisa – disse Georgia. – O Monarch já teve seu tempo. Ninguém mais come lá.

Foi a resposta mais fraca que já tinha ouvido da minha irmã, e apenas a encarei até que ela deu meia-volta e saiu sem dizer mais nada.

Esperei até que a porta se fechasse e vários segundos se passassem antes de desfazer minha expressão de desdém.

Que tipo de monstro doentio e sem coração não derrama uma única lágrima quando a mãe morre?

Graças a Deus nos livramos da Rhea.

Você sabe que o Xavier vai te largar, né?

Na ausência de Georgia, suas provocações logo preencheram o vazio e, sem o meu orgulho para me manter de pé, de repente me senti muito, muito cansada.

Fechei os olhos e tentei respirar em meio ao ritmo acelerado do meu coração. Odiava ter mordido a isca antes de cortá-la com a gravação de Bentley. Odiava o fato de ter sido tão transparente e de suas palavras me ferirem quando eu já deveria estar imune a elas.

Sabia que Georgia estava tentando me machucar e permiti que conseguisse fazer isso.

Minhas mãos se fecharam na borda da mesa. Isso me fez lembrar Xavier, o que me fez lembrar o que Georgia havia dito.

Todo mundo quer derreter a tal rainha do gelo.

Quanto tempo você acha que um cara como ele vai ficar com alguém como você sem ficar entediado?

O término do nosso período de experiência de dois meses se aproximava, já no final do mês. Vinha evitando pensar no assunto porque não tinha certeza do que fazer; ficar em um relacionamento que me fazia absurdamente feliz e correr o risco de que acabasse um dia, ou voltar para o conforto da minha bolha solitária? Isso, claro, supondo que eu tivesse escolha e que Xavier quisesse ficar comigo após o fim do período de experiência.

E se ele não quisesse?

Facilitaria as coisas para mim. Eu não teria que escolher e poderia voltar à minha antiga vida como se nada tivesse acontecido. Como se nunca tivéssemos nos beijado ou flutuado em uma piscina sob o céu da cidade. Como se ele nunca tivesse segurado minha mão durante uma corrida até o hospital ou organizado uma sessão de cinema na cobertura em um lindo dia de outono. Como se eu nunca o tivesse consolado, confiado nele e...

O mundo ficou embaçado por um instante.

Foi tão incomum e desorientador que eu não consegui entender. Quando entendi, uma pontada imprudente de esperança me atravessou e levantei a mão, com a respiração presa em algum lugar entre a garganta e os pulmões.

Toquei minhas bochechas. Estavam secas.

Pisquei os olhos e o mundo clareou.

Óbvio que clareou.

A decepção e o alívio aumentaram a pressão em meu peito. De repente, minha sala parecia pequena demais, o ar, rarefeito demais. Ainda sentia o cheiro do perfume da minha irmã, e isso fez meu estômago revirar.

Precisava sair dali antes que acabasse sufocando.

Jillian aguardava do lado de fora da minha porta quando saí.

– Sloane, me desculpa – disse ela, sua expressão nervosa. – Eu tentei impedir, mas ela passou por mim e, depois que entrou, eu não quis...

– Está tudo bem. – Pelo menos minha voz soou calma. *Graças a Deus pelas pequenas bênçãos.* – Por favor, ligue para a segurança do prédio e peça a eles que coloquem Georgia Kensington-Harris e Bentley Harris na lista de pessoas restritas. Quero que chamem a polícia se um dos dois chegar a um raio de trezentos metros do meu escritório.

– Pode deixar. – Jillian mordeu o lábio, preocupada. – Você está bem? Quer um, hã... um donut?

Ela acreditava que açúcar era a resposta para todos os problemas. Quase sorri, mas meus músculos faciais não conseguiram.

– Não, obrigada. Vou passar o resto do dia trabalhando de casa. Pede pra Tracy supervisionar a entrevista da *Curated Travel* com os Singhs.

Dei a ela mais algumas orientações antes de sair e ir a pé até meu apartamento em vez de pegar um táxi.

Nada clareava mais minha cabeça do que uma boa caminhada.

Sentia falta de Pen. Sentia falta de Rhea. Sentia falta até da pequena ponta de esperança de que minha irmã e eu pudéssemos nos reconciliar um dia, o que era irônico, considerando que eu nunca senti que realmente pertencia à minha própria família. Mas houve um tempo em que eu era capaz de fingir e, nos dias em que estava cansada demais para lutar, fingir me bastava.

O que aconteceu na minha sala acabou com essa esperança. Tinha sido dolorosa demais.

Quanto a Xavier...

Entrei no saguão do meu prédio e me enfiei no elevador logo antes de as portas se fecharem.

Quanto a Xavier, ele não me dera nenhuma pista de que queria que terminássemos. Desde que começamos a sair, só me deu apoio e carinho; eu seria idiota de duvidar dele. Certo?

Quando saí do elevador e destranquei a porta do meu apartamento, já havia colocado as provocações de Georgia no fundo da mente. Não conseguia controlar os gatilhos que ela despertava em mim, mas podia controlar *minha reação*, e eu já lhe dera mais atenção do que ela merecia.

Esqueça o que ela disse. Concentre-se no trabalho.

Acendi as luzes e tirei os sapatos. Tinha uma hora e meia para trabalhar antes de encontrar Xavier para o jantar. Parte de mim queria pedir para remarcarmos, mas vê-lo sempre fazia com que me sentisse melhor. Eu precisava dele depois daquele dia de merda.

Precisava.

Nunca havia precisado de ninguém, e a ideia de que precisava dele me causou um pequeno arrepio na coluna... se de medo ou de prazer, não tinha certeza.

Joguei minha bolsa no sofá e estava prestes a vestir algo mais confortável quando parei. Os pelos da minha nuca se arrepiaram quando olhei ao redor.

Havia algo errado.

O apartamento estava silencioso. Silencioso *demais*.

Peguei lentamente o frasco de spray de pimenta que sempre mantinha na bolsa enquanto meus olhos percorriam a TV, as estantes e a porta do meu quarto. Tudo estava como eu havia deixado naquela manhã, então por que...

Meu olhar se fixou no aparador.

O aquário do Peixe estava ali, limpo e transparente.

No aquário, O Peixe geralmente nadava à vontade, me cumprimentando toda vez que eu cruzava a porta, com suas escamas alaranjadas brilhando.

Não mais.

O Peixe flutuava de cabeça para baixo no tanque, seus olhos fundos e as pupilas turvas.

O frasco caiu, o som abafado pelo súbito latejar do sangue em meus ouvidos, mas não consegui me obrigar a pegá-lo de volta.

Morto. Ele estava morto. *Ele estava morto.*

Não entendi a fonte de tristeza que brotou do meu peito ou o tremor que enfraqueceu meus joelhos. Eu não tinha uma explicação satisfatória para o ardor em meus olhos ou para a súbita e avassaladora sensação de *vazio* que invadiu o apartamento.

Não estava preparada para nada disso, porque O Peixe não era um animal de estimação fofinho que eu havia comprado para mim. Ele era meu animal de estimação por acaso, abandonado por um desconhecido e abrigado ali temporariamente enquanto eu esperava o momento certo para realocá-lo. Ele nunca deitara a cabeça no meu colo quando eu estava triste nem me trouxera um brinquedo para brincar de pega-pega, porque ele era a droga de um peixe.

Mas fazia cinco anos que eu morava com ele e, por cinco anos, naquele apartamento estéril, nós éramos tudo o que o outro tinha.

Afundei no sofá e quis chorar, expelir a pressão que se acumulava em meu peito.

Uma vez. Queria esse alívio apenas *uma vez*, mas, como sempre, não consegui.

E uma eternidade depois, quando a pressão se tornou insuportável e minha vontade de lutar se esvaiu, simplesmente me encolhi no sofá, fechei os olhos contra a dor e fingi que era outra pessoa, em outro lugar, porque essa era a única coisa na vida que eu sempre tinha sido capaz de fazer.

CAPÍTULO 34

Xavier

HAVIA ALGO DE ERRADO.

A reserva para o jantar com Sloane era às 19h e já eram 19h15. Para a maioria das pessoas, quinze minutos de atraso não era o fim do mundo, mas para Sloane era. Ela *nunca* se atrasava.

Sloane não havia respondido a nenhuma mensagem minha e, quando liguei, foi direto para a caixa postal.

Verifiquei o relógio novamente, minha preocupação aumentando a cada minuto. Quando tentei o escritório dela, mais cedo, Jillian disse que ela havia saído duas horas antes para trabalhar de casa. Será que tinha caído no sono? Teria sido vítima de um assalto? Sofrido um acidente de carro e levada às pressas para o hospital?

Uma pontada fria de medo me perfurou diante dessa perspectiva.

– Foda-se.

Ignorei o olhar escandalizado do casal ao meu lado e peguei meu blazer no encosto da cadeira. Não ficaria sentado ali feito um idiota enquanto Sloane talvez estivesse sangrando até a morte em algum lugar.

Joguei uma nota de cinquenta dólares na mesa pelo incômodo e fui direto para a saída. Talvez estivesse exagerando e Sloane fosse aparecer logo depois que eu saísse, revirando os olhos e reclamando das minhas conclusões precipitadas, mas não achava que fosse o caso.

Mesmo que ela não estivesse gravemente ferida, com certeza estava machucada. Podia *sentir* isso, uma mistura insistente de instinto e intuição que me colocou no banco de trás de um táxi a caminho da casa dela.

Meu celular tocou logo depois que dei o endereço ao motorista.

Meu coração disparou e depois ficou apertado. Não era Sloane, era do escritório de Vuk.

– Boa noite, aqui é Willow, assistente do Sr. Markovic. – Uma suave voz feminina atravessou a linha. – Estou entrando em contato acerca do e-mail que o senhor enviou hoje de manhã. O Sr. Markovic gostaria de agendar uma visita conjunta ao cofre assim que possível e discutir alguns assuntos relacionados aos seus negócios. Agora é um bom momento para conversarmos?

– Oi, Willow. Fico feliz em ouvir tudo isso, mas… – O táxi parou em um sinal, depois seguiu na velocidade de um caracol grogue. Como eu consegui pegar o único motorista lerdo de Manhattan? – Estou no meio de uma emergência pessoal, então não posso falar agora.

Minha resposta foi recebida com uma longa pausa.

– Só para esclarecer, você está se recusando a encontrá-lo?

– Estou adiando o encontro devido à emergência que mencionei. – Cobri o celular com a mão e me inclinei para a frente. – Se você chegar lá em dez minutos, eu te dou cem dólares de gorjeta.

O carro acelerou de repente.

Sloane sempre reclamava da quantidade de dinheiro que eu carregava, mas era muito útil em momentos como aquele.

Retornei à ligação.

– Por favor, peça desculpas ao Sr. Markovic. Terei prazer em conversar em qualquer outro momento, exceto agora. Quanto à visita guiada, por favor, me mande um e-mail com a disponibilidade dele, e eu me encaixo na agenda.

Desliguei antes que ela pudesse protestar. Estava nervoso demais para discutir ou ter uma conversa profissional.

Talvez eu tivesse dado um tiro no pé ao insultar Vuk tão cedo, logo depois de ele se tornar meu sócio, mas a única coisa que me importava naquele momento era garantir que Sloane estivesse bem.

O táxi parou em frente ao prédio dela. Entreguei os cem dólares extras ao motorista e saí correndo do carro. Era a primeira vez que eu visitava o apartamento dela – sempre ficávamos na minha casa ou em um hotel –, mas duzentos dólares, uma foto minha e de Sloane no meu celular e uma interfonada não atendida para o apartamento dela convenceram o porteiro a me deixar passar.

Ela não estava atendendo o telefone. *Por que ela não estava atendendo o telefone?*

Imagens de Sloane inconsciente no chão de seu quarto ou se afogando na banheira ou... merda, nem sabia mais o quê, de repente sangrando depois de acidentalmente ter cortado uma artéria vital na cozinha preencheram minha mente.

Às vezes, eu odiava a minha imaginação.

O elevador parou no andar dela. Atravessei depressa o corredor e passei por uma fileira de apartamentos até chegar ao dela.

– Sloane! – Bati na porta. – É o Xavier. Você está aí?

Obviamente, ela não poderia responder se estivesse inconsciente. Eu deveria ter pedido ao porteiro que me acompanhasse para que ele pudesse abrir a porta, nesse caso.

Bati outra vez na porta enquanto minha mente repassava rapidamente as opções. Poderia ficar e esperar mais um minuto. Poderia descer correndo as escadas e chamar o porteiro. Poderia *ligar* para o porteiro e pedir que ele subisse, mas minhas chances de convencê-lo a deixar seu posto eram maiores se eu pedisse cara a cara.

Cada segundo contava, e...

Tinha um som vindo de trás da porta?

Congelei, querendo que meus batimentos cardíacos desacelerassem para que eu pudesse ouvir com mais atenção. Era definitivamente um farfalhar, seguido pelo clique de uma fechadura destrancando.

Então a porta se abriu, e ali estava ela. Cabelos loiros, olhos azuis, pele de alabastro sem marcas de sangue ou hematomas.

O alívio atravessou meu pânico, mas acabou um segundo depois, quando notei a expressão perturbada nos olhos dela e as linhas de tensão em sua boca.

– Ei.

Fui na direção dela, mas parei no meio do caminho, com medo de que Sloane fosse desmoronar ao meu toque. Ela sempre era muito forte, mas, naquele momento, parecia frágil. Delicada.

– O que aconteceu?

– Nada.

Ela se afastou para que eu pudesse entrar, evitando meu olhar o tempo inteiro.

– Sloane.

Era uma pergunta, uma súplica e um comando em uma só palavra. Ela não gostava de falar sobre seus problemas, mas, se os mantivesse aprisionados o tempo todo, acabariam explodindo.

Alguma coisa no jeito como falei seu nome fez o queixo dela tremer, mas, quando finalmente respondeu, sua voz estava sem emoção.

– O Peixe morreu.

– O...

O Peixe. Seu peixinho dourado de estimação. Meu estômago revirou.

– Ah, que merda. Sinto muito, Luna.

Ela odiava chavões, mas eu estava falando sério. Quando Hershey morreu, fiquei inconsolável. Foi um dos motivos pelos quais nunca mais tive outro animal de estimação. Não queria passar por essa dor de novo.

– Está tudo bem.

Sloane virou a cabeça, e eu segui seu olhar até uma folha de papel na mesa de centro. Um olhar mais atento revelou uma lista impressa com instruções detalhadas de como cuidar do Peixe.

1. Dê a ele um grão de ração, uma vez por dia, todos os dias, exceto aos domingos. NÃO dê a ele mais do que a quantidade permitida ou ele comerá mais do que o indicado.
2. Aos domingos, dê a ele um pouco de artêmia em conserva para nutrição.
3. A água deve estar sempre a 23 graus.

O restante da lista estava obscurecido por outro papel, mas ficou óbvia a dedicação dela ao bichinho.

– Era só um peixinho dourado. – Sloane pegou as instruções, rasgou-as ao meio e jogou-as em um cesto de lixo próximo. – Ele nem era meu de verdade. Não podia sair do aquário, nem fazer barulho, nem fazer nada que outros animais de estimação fazem. Ele não era o mais inteligente nem o mais bonito, e provavelmente não... – Seu queixo tremeu novamente. – Quer dizer, ele provavelmente não sabia nem se importava com quem eu era, desde que eu o alimentasse.

– Você o teve por anos – respondi gentilmente. – É normal ficar triste pela morte de um animal de estimação.

– Para outras pessoas. Não para mim.

Ela reparou no meu blazer e na calça. Normalmente, eu não me vestia de maneira tão formal, mas o restaurante tinha um código de vestimenta rígido. A constatação tirou um pouco do estoicismo de seu rosto.

– Tínhamos reserva pra jantar, né? Me desculpa. Eu ia trabalhar um pouco antes de sair, mas vi O Peixe quando cheguei em casa e tive que pensar no que fazer com o corpo dele. Depois, tive que limpar o aquário, porque não adianta deixá-lo lá, já que ele está morto, e, quando estava na cozinha, vi todos esses sacos de comida de peixe que não foram usados e que obviamente não preciso mais, então…

– Sloane. Está tudo bem. Era só uma reserva. – Levantei o queixo dela para que seus olhos encontrassem os meus. – Não é importante.

Ela engoliu em seco, um tom de rosa florescendo ao redor de seus olhos e nariz.

– Não – disse ela com dificuldade. – Acho que não é mesmo.

Ela não resistiu quando a puxei para o meu peito e, quando ela se enroscou em mim, só um pouquinho, quis abraçá-la com força e não soltar nunca mais.

– O que você fez? – perguntou ela. – Quando o Hershey…

– Chorei – respondi com sinceridade. – Muito. Ele era meu melhor amigo. Por sorte, ele estava do lado de fora com a governanta durante o incêndio que…

Hesitei ao lembrar de Hershey correndo até mim depois que acordei. Ele se recusou a sair do meu lado por semanas após o acidente, como se soubesse que eu ficaria destroçado se não tivesse algo a que me agarrar.

– Se não fosse por ele, não sei como eu teria sobrevivido àqueles primeiros meses. Fiz terapia de luto por um tempo, mas não funcionou tão bem quanto ter o Hershey por perto.

Um pouco da rigidez se dissipou dos ombros de Sloane enquanto eu contava minha experiência. Quando terminei, ela permaneceu em meus braços antes de dizer, bem baixinho:

– Ter O Peixe por perto também me ajudou. Eu não percebia exatamente, mas, quando estava chateada, era bom ter alguém, alguma coisa, com quem conversar.

Ela enterrou o rosto mais fundo em meu peito, como se tivesse vergonha do que estava prestes a dizer.

– Estou triste por ele ter morrido. Nunca dei a ele um nome de verdade.

– Bem, ele era um peixinho dourado – respondi de maneira prática. – Você podia ter dado um nome bem pior.

Seu riso abafado me fez sorrir. Eu sabia como Sloane achava difícil admitir seus sentimentos, então sua confissão aparentemente pequena era, na verdade, um grande passo.

– Enfim, foi por isso que eu não tinha saído ainda – disse ela. – Perdemos a reserva, mas se você me der quinze minutos, posso me arrumar e...

– Esquece o jantar. Vamos pedir comida e assistir ao novo filme da Cathy Roberts.

Eu preferia mesmo estar ali do que em qualquer restaurante chique. Sloane levantou a cabeça.

– Aquele em que a garota rica da cidade grande é forçada a se mudar para o interior da Austrália e se apaixona pelo rancheiro lindo e grosseirão? – perguntou ela, esperançosa.

– Isso. Vou até deixar você escrever sua resenha em paz, sem questionar sua injusta implicância com os pobres atores ou com o roteirista.

Os olhos dela brilharam.

– Combinado.

Enquanto eu pedia a comida, Sloane colocou o filme e pegou seu caderno e uma caneta.

No entanto, ela hesitou conforme os créditos de abertura eram exibidos na tela, e uma batalha secreta se travou em seu rosto antes que ela falasse novamente.

– Tem mais uma coisa – disse ela. – Georgia foi lá no meu escritório hoje. Ela me acusou de tentar seduzir o Bentley.

Fitei os olhos dela. Aquela declaração veio tão do nada que não pude fazer mais do que ficar olhando, atônito, enquanto ela explicava o que havia acontecido com a irmã e com Bentley no fim de semana do feriado.

Porém, quanto mais eu ouvia, mais a raiva se infiltrava sob minha pele, lenta, mas *ardente*. Até então eu a vinha controlando firmemente, mas não havia possibilidade de eu permitir que alguém falasse com ela do jeito que Georgia e Bentley falaram.

– Eu deveria ter te contado sobre a ligação dele antes, mas não sabia o que Bentley ia dizer e não queria estragar o Dia de Ação de Graças.

Sloane ficou dando batidinhas com a caneta no joelho. Era um tique nervoso que eu havia percebido anos antes, logo depois que começamos a trabalhar juntos. Na época, era uma das poucas rachaduras em sua fachada perfeita.

– Georgia me irritou muito, e eu estava muito mal para ficar no escritório, então voltei para casa. Foi quando eu vi... bem. – Ela deu um pigarro. – Não sei por que estou te contando isso, mas achei que você deveria saber. Só para o caso de alguém tentar transformar meu encontro com ele em algo além do que foi.

Um calor se espalhou pela minha barriga, acalmando a fúria. Engoli as palavras que tinha para dizer sobre o ex dela e falei simplesmente:

– Você pode me contar qualquer coisa.

Sloane parou com a caneta.

– Eu sei – respondeu ela, ainda mais baixo do que antes, e uma muralha minúscula e crucial em meu coração se desfez.

Não falamos muito mais depois disso, porém, mais tarde naquela noite, depois que o filme acabou e o resto da comida esfriou, carreguei Sloane, sonolenta, até seu quarto e a coloquei debaixo do edredom.

Ela estava completamente apagada antes mesmo de sua cabeça tocar o travesseiro. Tinha sido um dia longo e emocionalmente desgastante para ela, mas ainda fiquei contente de ver que ela ficava à vontade para pegar no sono comigo por perto.

Enquanto tirava uma mecha de cabelo de sua face, revelando a curva de suas maçãs do rosto e as sombras de seus cílios fechados, a pergunta que Pen me fez no centro de simulação ecoou em meus ouvidos.

E eu me perguntei, minha mente indo do momento em que nos vimos em seu escritório pela primeira vez até aquele momento ali, no presente, como é que eu havia me apaixonado por Sloane Kensington.

CAPÍTULO 35

Xavier

NÃO CONFESSEI AQUILO A Sloane. Ainda não.

Não tinha certeza se ela sentia o mesmo por mim, e precisava descobrir uma maneira de me declarar sem assustá-la.

No entanto, fiquei com Sloane de segunda à noite até terça-feira de manhã, quando ela saiu para trabalhar e eu liguei para o escritório de Vuk, pedindo desculpas e confirmando uma visita ao cofre no final do mês. Passei o resto do dia cuidando de questões da boate.

Na quarta-feira, tratei de assuntos menos oficiais.

O Arthur Vanderbilt Tennis Club era um dos clubes de tênis privados mais antigos da Costa Leste. Um dos locais favoritos do público que usava polo e jogava polo, cobrava uma anuidade obscena pelo acesso e era famoso pela ocasião em que o astro do tênis Richard McEntire atacou um gandula com sua raquete e arrancou vários dentes dele. Eu não sabia que era possível arrancar os dentes de alguém com uma raquete, mas aparentemente era, porque McEntire e o clube fecharam um acordo de dois milhões de dólares.

Como eu era um Castillo, tinha entrada garantida, então na tarde de quarta-feira, no final do horário de almoço, enquanto banqueiros de famílias ricas e nobres se reuniam nas quadras cobertas para se exercitar e falar bobagens, eu avancei pelos corredores em direção ao vestiário masculino.

Uma cacofonia de ruídos me recebeu quando entrei. O vapor adensava o ar, obscurecendo parcialmente os painéis de mogno e as personalidades do mercado financeiro que se preparavam para voltar ao trabalho. No entanto, não demorei muito para encontrar quem estava procurando.

Bentley Harris II estava no disputado corredor central. Estava ocupado rindo e brincando com vários caras que pareciam cópias idênticas dele: cabelo bem cortado, barbeados e parcialmente vestidos com roupas formais.

Ele estava de costas para mim, por isso não notou minha aproximação.

– A nova recepcionista é gostosa, mas é loira – disse ele. – Já tenho isso em casa. Georgia tem sido uma escrota ultimamente. Chegou em casa na segunda-feira toda irritada com sei lá o quê... O que foi?

Um de seus amigos havia notado a minha presença e cutucou o braço dele.

Bentley se virou, e sua expressão azedou quando me viu.

– Harris. – Adotei um tom afável, do tipo que usaria para cumprimentar um antigo colega de turma ou um conhecido simpático.

– Castillo – disse ele com rigidez. – Não sabia que você era membro do clube.

– Me ofereceram um título de cortesia quando me mudei para Nova York – respondi preguiçosamente, meu sorriso escondendo o lampejo de raiva em minhas entranhas. – Claro, eu venho muito pouco. Por que vir aqui se posso frequentar o Valhalla?

Uma onda de descontentamento constrangido se espalhou pelo ar, sutil mas absolutamente visível.

Eu também quase não usufruía do meu acesso ao Valhalla, mas todo mundo sabia que o clube de tênis era um prêmio de consolação para as pessoas que não conseguiam ser convidadas para o Valhalla – como Bentley e sua turma, por exemplo.

O maxilar de Bentley enrijeceu. Seus olhos dispararam na direção dos amigos antes de ele forçar uma risada.

– Que sorte a nossa ver você por aqui, então – zombou ele. – Veio só para ver como vive a ralé, ou o Valhalla finalmente te expulsou depois de perceber que o seu título poderia ir para alguém que valesse mais a pena?

– Alguém como você? É uma pena, mas não há vagas – respondi lentamente. – Quanto a visitar a ralé, você tem razão. Eu vim aqui para ver você.

O ruído do vestiário inteiro diminuiu enquanto todos tentavam, e não conseguiam, fingir que não estavam prestando atenção. Uma agressividade iminente crepitava como estática antes de uma tempestade, e um gotejar constante de água dos chuveiros soava estranhamente alto no ar tenso.

Bentley deu um passo em minha direção, o rosto todo sorridente, mas os olhos quentes e brilhantes de raiva pela humilhação.

– Se quiser falar comigo, vai ter que marcar um horário – disse ele, numa bravata impensada. Ele achava que estava seguro ali, cercado por seus amigos e por seu privilégio. – Não falo com fracassados sem emprego.

A raiva que senti segunda-feira à noite foi reacesa; não por conta do insulto a mim, mas por imaginá-lo falando com Sloane com aquela mesma condescendência sarcástica.

– É aí que você se engana – respondi, meu tom ainda afável. – Não vim aqui para conversar.

Então ergui o braço e acertei um soco na cara dele.

Houve um estalar de ossos satisfatório, seguido de um uivo de dor. O sangue jorrou de seu nariz enquanto ele cambaleava para trás e a tempestade no ar desabou, desencadeando um frenesi de gritos e vaias enquanto os demais ocupantes do vestiário se empurravam para ter uma visão melhor da briga.

Nenhum deles interveio, mas o tumulto alimentou a raiva que me consumia rapidamente.

Eu não era uma pessoa violenta. Pouquíssimas vezes precisei recorrer a embates físicos para resolver um problema e, no caso de Bentley, não era uma questão de precisar, mas de *querer*.

Ele se recuperou o suficiente para vir na minha direção, os punhos cerrados, mas eu estava pronto para enfrentá-lo.

Com um passo rápido para o lado, eu me esquivei de seu golpe desajeitado e aproveitei a oportunidade para dar um soco poderoso em suas costelas.

Ele se dobrou com o impacto e levou a mão à barriga, a respiração ofegante. Não dei a ele chance de recuperar o fôlego antes de puxá-lo pelo colarinho e jogá-lo contra um armário.

– Esse foi o seu primeiro e último aviso – falei, baixo o suficiente para que só ele ouvisse. – Se você encostar, falar ou até mesmo *pensar* na Sloane outra vez, eu vou fazer com que aquilo que o Richard McEntire fez no gandula com a raquete de tênis pareça ridiculamente leve. Isso inclui qualquer contato indireto. Se você dificultar a vida dela de *qualquer* forma, vai entrar tão rápido na lista de banidos da alta sociedade nova-iorquina que nem vai entender como aconteceu.

– Você não tem esse poder – zombou Bentley, mas um brilho de medo surgiu sob seus olhos sombrios.

Para alguém como ele, entrar nessa lista era ainda pior do que levar uma surra.

– Não? – respondi suavemente. – Experimenta só pra ver.

Eu não abusava da riqueza ou do sobrenome da minha família com frequência, mas ainda era um Castillo. Mesmo com minha herança e minha reputação de hedonista, poderia acabar com Bentley Harris II como se ele fosse um inseto.

Ele sabia disso tão bem quanto eu, e foi por isso que não falou uma palavra quando o joguei no chão feito um saco de batatas.

– Passe essa mensagem pra sua esposa – falei, meu rosto endurecendo. – O mesmo vale para ela.

Jamais tocaria em Georgia. O relacionamento de Sloane com a irmã era território dela, mas isso não significava que eu tinha que ficar parado assistindo enquanto tentava acabar com a mulher que eu amava.

Amava.

Era um conceito estranho, com o qual eu nunca havia tido contato antes. Mas, agora que o identificara, não conseguia acreditar que havia levado tanto tempo para reconhecer o sentimento.

A forma como minha mente mapeava cada detalhe relacionado a Sloane, tanto consciente quanto inconscientemente, como se eu fosse me afogar se não inalasse o suficiente dela. O conforto que sentia ao compartilhar meus segredos com ela e a maneira como meu pulso disparava sempre que Sloane estava por perto. O calor, o ciúme, o sentimento de proteção feroz e avassalador.

Eu a *amava*, total e completamente, e não deixaria em hipótese alguma que alguém a machucasse.

Bentley deve ter notado a determinação cruel em minha voz, porque não tentou se defender na frente dos colegas. Os gritos dos outros haviam se transformado em resmungos de decepção pela rápida briga, mas eu não esperara que durasse.

No fim das contas, pessoas como Bentley Harris eram covardes. Os covardes nunca duravam muito tempo diante de gente disposta a desmascarar seu blefe, e eu sabia, com toda a certeza, que ele e Georgia nunca mais incomodariam Sloane.

Passei por cima das pernas esparramadas de Bentley e saí, deixando-o sangrando e humilhado no chão.

Não me dei ao trabalho de cumprimentar os outros sócios do clube nem de aproveitar as quadras vazias na saída.

Meu trabalho ali estava feito.

CAPÍTULO 36

Sloane

EU DEVERIA TER ME sentido constrangida de ficar tão abalada por conta de um peixinho dourado, mas tinha sido um acontecimento surpreendentemente catártico, pelo menos com Xavier. Eu suspeitava que a sensação não teria sido a mesma se eu tivesse aberto a porta e encontrado outra pessoa.

Mas não. Ele foi até lá e ficou.

Até de manhã.

Já era um passo bem grande para mim, porque eu não deixava homens aleatórios invadirem meu espaço pessoal. Mas ele não era um homem aleatório; ele era *ele*, e a casa parecia tão mais vibrante quando Xavier estava lá que eu deixei a cautela de lado e o convidei para passar o fim de semana.

Isso mesmo. Eu, Sloane Kensington, havia voluntariamente convidado alguém para ficar (vamos contar) uma, duas, *três* noites comigo, e não fiquei nem um pouco apreensiva com isso.

O que aconteceu comigo?

Para manter o clima de sentimentalismo piegas que fazia parecer que alienígenas tinham tomado meu corpo, também tentei fazer o jantar na sexta-feira à noite. Os resultados foram… dúbios.

– Você já cozinhou antes?

Xavier estava recostado no batente da porta, uma sobrancelha arqueada ao ver a minha tentativa de fazer biscoitos de chocolate enquanto uma fornada de cupcakes assava no forno. Seu olhar era divertido, com um toque de preocupação.

Eu mal tinha usado meus eletrodomésticos antes daquela noite. Geralmente, comia na rua ou pedia em casa; a cozinha era apenas para causar uma boa impressão e às vezes tomar uma xícara de café.

– Não, mas aprendo rápido.

Franzi a testa para a receita que havia imprimido.

Bata a manteiga e o açúcar. O que aquilo significa? Era para eu misturar os ingredientes? Se sim, por que não dizia *misturar* em vez de *bater*, um verbo enlouquecedoramente vago?

– Ah, é?

Xavier soou cético, e não gostei nem um pouco disso.

– Aham.

Foda-se. Eu ia misturar. Não havia como errar, misturando direitinho.

– Não é que eu não acredite em você, querida, mas seus cupcakes estão queimando.

O ruído do detector de fumaça abafou a última parte da frase dele, e um cheiro forte tomou conta das minhas narinas.

– Merda!

Girei a tempo de ver a fumaça saindo do forno. Abri a porta e tossi quando uma nuvem de fumaça cinza-claro me envolveu. Depois de queimar a mão, abrir a janela e abanar loucamente com uma revista, o alarme parou de apitar, nos mergulhando no silêncio.

Ficamos olhando para a bandeja de cupcakes torrados em cima da mesa.

Xavier jogou na lixeira a revista que havia usado para afastar a fumaça.

– A Crumble & Bake faz entregas – disse ele, cauteloso. – Talvez devêssemos pedir.

Meus ombros murcharam.

– Acho que sim.

Meia hora depois, estávamos aconchegados em meu sofá com um filme do Nate Reynolds e uma caixa de cupcakes da Crumble & Bake. Eu tinha abandonado minha massa de biscoito na cozinha, e foi melhor assim, embora eu não estivesse feliz com isso.

– Queria tentar fazer algo novo – resmunguei. – Cozinhar é uma habilidade essencial para a vida.

Me sentia envergonhada demais para admitir que estava tentando impressioná-lo. Era ridícula e retrógrada demais a noção de que uma mulher tinha que ser boa na cozinha. Não era para isso que existia o serviço de entrega? Mas eu gostava muito de Xavier, e assar biscoitos me parecera uma atividade doméstica agradável para trazer mais vida ao apartamento.

Tentava não olhar para a mesa lateral onde O Peixe costumava ficar. Havia jogado o aquário fora dias antes, mas ainda sentia sua ausência.

– Sabe o que mais é uma habilidade essencial para a vida? Viver – provocou Xavier. – Tenho medo de que alguma tentativa futura de assar qualquer coisa resulte em um incêndio na sua cozinha.

– Engraçadinho. – Joguei um guardanapo amassado nele. – Da próxima vez, *você* faz os biscoitos.

– Não, estou de boa. Sei quais são os meus talentos, e não é na cozinha. – Seu braço estava apoiado no encosto do sofá, e a ponta de seus dedos roçava meu ombro. – Mas você não precisa cozinhar pra mim, Luna. Fico feliz em pedir comida.

– Porque os restaurantes fazem melhor?

– Bem, sim.

Ele riu quando bati meu joelho no dele como bronca, mas um sorriso rompeu meu descontentamento.

Se eu dedicasse tempo e esforço suficientes, tinha *certeza* de que arrasaria na confeitaria. Era impossível que um pouco de açúcar e farinha pudessem me derrotar, mas eu não gostava de cozinhar e não precisava ser boa em tudo (embora pudesse ser, se quisesse).

– Mudando para um assunto mais agradável... As contas das redes sociais do Perry foram banidas – comentei enquanto Nate Reynolds se envolvia em um tiroteio com um grupo de mercenários.

Xavier sempre assistia a comédias românticas comigo, então aceitei o sofrimento de encarar um thriller de ação por ele. Não era tão ruim quanto eu esperava. Na verdade, era muito bom, e o Nate era um colírio para os olhos.

Xavier ergueu as sobrancelhas novamente, dessa vez de surpresa.

– Quando isso aconteceu? Elas estavam no ar ontem à noite.

– Há menos de uma hora, pouco antes de o detector de fumaça disparar – respondi. – Vi a mensagem da Isa na minha tela de bloqueio.

Havia pesquisado vorazmente a notícia no Google enquanto Xavier pagava o entregador.

Depois que Soraya publicou o vídeo negando tudo, no início da semana, os fãs dela invadiram as contas de Perry com uma determinação visceral e conseguiram banir *todas* as suas redes sociais. Aparentemente, as plataformas negaram os recursos dele, e Perry já havia feito uma nova postagem no site implorando por ajuda para recuperar as contas.

Isso não faria com que meu pai recontratasse Rhea nem me ajudaria a ver Pen, mas era profundamente satisfatório.

– Então a vingança foi concluída – disse Xavier.

– Ainda não. Ainda tem o site dele. – Dei um tapinha no meu celular. – Um passarinho me contou que Bryce entrou com um processo por difamação e pelo sofrimento emocional provocado em seu casamento.

– Muitas pessoas já o processaram por difamação antes. Nunca deu em nada.

– Desta vez é diferente. Há provas de que Perry agiu com negligência e publicou a notícia sem verificar nenhum dos "fatos".

– Perry Wilson em um tribunal. Vai ser mesmo um belo espetáculo – disse Xavier. – Estou surpreso que ele tenha sido burro o suficiente para fazer isso. Todo mundo pode falar o que quiser do cara, mas ele costuma ser mais cuidadoso com essas coisas.

Dei de ombros.

– O ego de um homem é sempre a sua ruína. – Abri um pequeno sorriso. – Além disso, talvez eu tenha plantado um boato de que um blog iniciante estava prestes a roubar dele um furo de reportagem sobre o escândalo do ano.

Além de ser conhecido por ser maldoso, Perry era famoso por uma forte mania de perseguição.

– Os anunciantes já estão assustados – acrescentei. – Se esse processo por difamação avançar mesmo, o que eu acho que vai acontecer, todo mundo vai migrar pra outras bandas, o que significa que ele precisará de dinheiro, o que significa...

– Que será o cenário perfeito para uma aquisição – concluiu Xavier. – Kai Young?

– Ele me mandou um e-mail ontem. Disse que está disposto a fazer isso, se o preço e as condições forem adequados.

Eu não duvidava que Kai fosse capaz de arrancar de Perry o melhor acordo possível por seu site moribundo.

– Assim, você se livra de Perry Wilson, o indivíduo, e garante que sua única plataforma restante fique em mãos mais amigáveis. – Xavier assobiou. – Me lembre de nunca virar seu inimigo.

– Não costumo fazer coisas desse tipo, mas ele merece – respondi.

Não se tratava apenas de mim ou de Xavier; tratava-se de tudo que Perry fomentava. Fofocas e boatos sempre existiram, mas ele os levara a um novo patamar, nojento e desonesto.

E sim, tudo bem, também era *um pouco* pessoal. Meu sangue fervia toda vez que eu pensava na postagem sobre Pen. Atacar adultos era uma coisa; arrastar uma criança para aquilo era outra.

– Se eu tivesse acesso à minha herança, compraria o portal e pouparia você de todo esse trabalho – disse Xavier. – Sempre quis ter um pedacinho do universo da internet.

Dei risada.

– Agradeço a gentileza, mas a ideia de você administrar um portal de notícias é aterrorizante.

– Você acha que eu não consigo?

– Acho que você consegue bem *demais*.

Se bem que, em vez de publicar notícias sobre celebridades, Xavier provavelmente o usaria para documentar suas aventuras, muitas das quais o colocariam diretamente na mira da imprensa.

Parti um pedaço de um cupcake, a cabeça agitada. *Se eu tivesse acesso à minha herança...*

– Se eu te fizer uma pergunta, você me responde com sinceridade? – perguntei.

Xavier olhou para mim, então fez uma careta e pausou o filme.

– Vixe. Depois dessa introdução nunca vem nada de bom.

– Não é nada ruim – assegurei. – Só estou curiosa. Por que você quer tanto a herança? Não pode ser só pelo dinheiro.

À primeira vista, parecia óbvio por que alguém ia querer bilhões de dólares. Mas Xavier tinha questões com o dinheiro do pai e, embora consumisse dinheiro na velocidade em que certas celebridades consumiam cocaína, ele não me parecia o tipo de pessoa que queria ter dinheiro só por ter.

– Por que não? – perguntou ele num tom casual. – Talvez eu seja um escroto ganancioso, pura e simplesmente.

Eu apenas o encarei sem dizer nada e, após um longo e tenso silêncio, sua irreverência se dissolveu em um suspiro.

– Vou doar metade do dinheiro para a caridade.

Quase engasguei com o cupcake. Não era aquilo que eu esperava. *Não mesmo.*

– Não é que eu não considere admirável doar para a caridade, mas não é exatamente isso que o testamento do seu pai estipula que vai acontecer com o dinheiro, se você não fizer esse lance todo de CEO acontecer? – perguntei.

– Sim.

– Então por que...

Minha pergunta foi interrompida pelo sorrisinho de Xavier. Meus olhos se estreitaram e se desviaram para a tatuagem do brasão da família rival dos Castillos em seu bíceps. Representava a dualidade de Xavier: sua teimosia e seu ressentimento, mas também sua dedicação e sua paixão. Ele era o tipo de pessoa que registrava no corpo um símbolo de sua guerra contra o pai, e de repente entendi exatamente qual era a pegadinha.

– Você vai doar para instituições de caridade que seu pai odiava, não é?

O sorriso aumentou.

– Eu não diria que ele odiava as instituições de caridade em si... Mas certamente não teria aprovado a doação para algumas de suas causas.

Ele me entregou seu celular. O aplicativo de notas estava aberto, e percorri a lista de instituições que Xavier havia reunido. A maioria se concentrava em direitos civis e humanos, com algumas causas relacionadas a artes e música. Apostaria meu apartamento que aquelas eram em homenagem à mãe dele.

Ela adorava arte, por isso doava muito dinheiro e tempo para galerias locais.

Também me lembrei das organizações listadas no testamento de Alberto. Todas eram voltadas para negócios ou comércio.

Cheguei ao último nome da lista e ri alto.

– Fundo patrimonial de Yale?

– Meu pai estudou em Harvard; ele odiava Yale. Rivalidade escolar e tudo mais. – As covinhas de Xavier surgiram e sumiram. – Vou me certificar de que construam uma biblioteca com o nome dele no campus.

– Você é do mal, mas é um gênio. – Devolvi a ele o celular, ainda rindo. – Um gênio do mal.

– Obrigado. Sempre quis ser essas duas coisas. Os malfeitores se divertem muito mais, e os gênios são, bem, gênios. – Xavier guardou o celular no bolso. – Para ser sincero, eu teria doado para essas causas de qualquer maneira. O fato de que meu pai teria desaprovado noventa por cento delas é a cereja do bolo.

Ergui meu cupcake pela metade.

– À vingança.

– À vingança. – Ele bateu seu cupcake de chocolate contra o meu de framboesa com limão, mastigou e engoliu antes de acrescentar: – Mas não me entenda mal. Com certeza vou ficar com parte do dinheiro. Gosto dos meus carros e de hotéis cinco estrelas.

– Você quer dizer que gosta de destruir hotéis cinco estrelas.

Xavier ignorou minha alusão a seu fim de semana de aniversário em Miami.

– Mas eu não preciso de *todo* o dinheiro. É mais do que qualquer pessoa sensata seria capaz de gastar em uma vida inteira. – Ele ficou pensativo. – Assim que eu conseguir abrir a boate, vou ganhar meu próprio dinheiro e não vou precisar depender do dele. Vai ser um corte definitivo, de uma vez por todas.

Ele não mencionou a teoria de Eduardo sobre a brecha no testamento, e eu também não toquei no assunto.

– Você vai conseguir – falei simplesmente.

O sorriso de Xavier foi puro calor e, mais tarde naquela noite, quando estávamos deitados, suados e saciados nos braços um do outro, ainda o sentia aquecendo minha pele.

Pela primeira vez desde a morte do Peixe, dormi profundamente.

CAPÍTULO 37

Xavier

DESGRAÇAS SEMPRE VÊM EM trios.

Essa era uma superstição que me perseguia desde criança, mas ninguém nunca definira o intervalo de tempo em que essas três coisas ruins aconteciam. Poderia ser um dia, uma semana, um mês ou, no meu caso, três meses.

A morte de meu pai e a cláusula da herança em outubro.

Perry expondo nosso passeio com Pen em novembro.

Eram duas, mas o período relativamente ameno após a exposição no site me levou a uma enganosa sensação de tranquilidade. A questão envolvendo Pen e Rhea ainda pairava sobre nossa cabeça, mas pelo menos Pen estaria na cidade até um futuro próximo, e Rhea estava financeiramente segura até encontrar um novo emprego.

Depois que as redes sociais de Perry foram derrubadas e da mudança implícita, mas significativa, em meu relacionamento com Sloane – ou seja, a constatação de que eu a amava, mas não podia dizer a ela para não fazê-la sair correndo feito louca –, a vida retomou seu ritmo normal. Ou seja, uma doideira.

Apesar da aproximação das festas de fim de ano, a boate estava a todo vapor. Havia contratado uma equipe de construção, encanadores, eletricistas e todos os profissionais necessários para colocá-la em funcionamento antes mesmo de Farrah dar início ao projeto propriamente dito, e no final de dezembro eu já estava mergulhado no planejamento da inauguração.

Estávamos avançando bem, mas ainda não era *suficiente*. O tempo não parava, meu trigésimo aniversário se aproximava cada vez mais e minha ansiedade só crescia. Sempre que pensava em minha interminável lista de tarefas, ficava sem ar e um atordoamento me dominava.

No entanto, guardei tudo isso para mim enquanto levava Vuk e Willow para um passeio pelo cofre.

– Vamos preservar os pisos e as janelas originais, mas estamos transformando os compartimentos dos caixas em expositores de garrafas – expliquei. – Os banheiros ficarão onde estão as salas de contagem privativa, e os cofres serão pintados para formar um ponto focal na parede.

Vuk ouvia, seu rosto impassível. Em vez dos ternos de grife preferidos pela maioria dos CEOs, ele usava uma camisa simples e calça preta. Ao seu lado, sua assistente fazia inúmeras anotações em uma prancheta.

Willow era uma mulher de 40 e poucos anos, com cabelos acobreados brilhantes e uma personalidade direta. Ou ela era capaz de ler mentes ou já trabalhava para Vuk por tempo suficiente para ler a *dele*, porque fazia todas as perguntas que ele teria feito se, bem, ele falasse.

– Quando a obra será concluída? – perguntou ela.

Como se tratava de um canteiro de obras ativo, nós três estávamos usando equipamentos de proteção individual, mas eu podia imaginar seus olhos de águia observando cada detalhe por trás dos óculos de segurança.

– No final do mês – respondi. – Farrah já está cuidando da compra da maior parte dos móveis e materiais de que precisamos para podermos começar assim que a obra for concluída.

Fiz um gesto mostrando os arredores. Operários andavam de um lado para outro, martelando pregos, instalando a fiação e gritando uns com os outros em meio ao barulho de furadeiras e serras.

Ter tantos funcionários ali no mesmo dia não era o ideal. Aumentava o risco de acidentes, mas, como o tempo estava voando, eu não tinha escolha. Precisava que o básico estivesse pronto antes do ano-novo para que então pudéssemos nos concentrar na decoração. Isso exigiria muito tempo, e eu nem estava contando outros detalhes importantes, como contratações e marketing.

Vuk era um sócio oculto. Suas principais contribuições eram nome e dinheiro; o resto cabia a mim.

Reprimi uma onda familiar de pânico e respondi o resto das perguntas de Willow da melhor maneira que consegui. Eu não era especialista em construção, mas sabia o suficiente para satisfazer a curiosidade dela por enquanto.

– Ei, chefe.

Ronnie, o eletricista-chefe, aproximou-se de mim na metade do tour. Era um homem baixo e atarracado, com olhos castanhos e rosto pétreo; o melhor do ramo. – Posso falar com você um segundinho? É importante.

Merda. Aquele tom de voz não fazia bem para minha pressão arterial.

Enquanto Vuk e Willow examinavam os caixas, acompanhei Ronnie até os fundos, onde uma confusão de fios cruzados formava uma espécie de nó górdio horroroso.

– Estamos com um probleminha – disse ele. – Essa fiação não é trocada há décadas. Não é urgente... você provavelmente ainda tem um ano ou até que uma nova fiação seja prioridade máxima... mas achei que ia preferir resolver isso antes de inaugurar.

– Onde que está a pegadinha, então?

Fazer a troca era bastante simples. Ronnie não teria me chamado a menos que houvesse algo mais.

– Não tem como fazer isso antes do ano-novo – disse ele. – Uma troca na fiação dessa escala vai levar pelo menos dez dias, isso sem contar os acabamentos da decoração.

Faltavam catorze dias para o fim do ano. Ronnie estaria de recesso a partir de quarta-feira. Abri a boca, mas ele balançou a cabeça antes que eu pronunciasse uma única palavra.

– Desculpa, chefe, mas não dá. Minha esposa está planejando nossa viagem de Natal desde o Natal *passado*. Se eu cancelar ou adiar, ela arranca minhas bolas, e não estou falando no sentido figurado. Nenhuma quantia de dinheiro vale minhas bolas.

– É uma questão de tempo. Eu cubro todas as despesas da viagem, se vocês forem depois do ano-novo.

Ronnie fez uma careta.

– Só de sugerir isso, já perco *uma* bola. O Natal é importante pra ela.

Percebi que não havia como convencê-lo, o que me deixava com opções limitadas.

Opção nº 1: tentar encontrar outro eletricista que pudesse fazer o trabalho a tempo (possível, mas a qualidade do trabalho dele podia não ser a mesma e isso levaria a dores de cabeça maiores no futuro).

Opção nº 2: esperar até o ano-novo para refazer a fiação, mas isso significaria adiar os planos do projeto de decoração. Considerando o cronograma e toda a programação e mão de obra necessárias para esse processo, essa era a opção menos desejável.

Opção nº 3: ficar com a fiação atual e trocá-la quando a casa já estivesse funcionando. Também não era o ideal, mas nada na minha situação era.

– Você disse que a situação não é urgente, certo? Então não precisamos refazer antes da inauguração.

– Não, mas... – Ronnie hesitou. – Em alguns fios, há pontos em que o isolamento está desgastado, então é também uma questão de segurança.

Merda em dobro.

Passei a mão pelo rosto, uma dor de cabeça se instalando na base do crânio.

– Qual é a gravidade dessa questão de segurança?

– Não é urgente, mas tem que ficar de olho. É preciso garantir que os fios sejam manuseados adequadamente e não superaqueçam, ou pode ser um belo choque para você.

Dei um sorrisinho.

– Você notou algum problema elétrico? – perguntou Ronnie. – Luzes piscando, queda de energia ou coisas do gênero?

Fiz que não com a cabeça.

– Então acho que *por enquanto* está tudo bem. Mais uma vez, recomendo trocar a fiação o mais rápido possível, mas sei que você tem um prazo. Vou tentar fazer o máximo que puder antes de sair de recesso. – Ronnie apontou a parede com a cabeça. – Então, como vai ser?

Parte do trabalho de administrar uma empresa consistia em tomar decisões difíceis, e eu tomei a minha antes que tivesse chance de pensar demais.

– Vamos trocar a fiação depois que a decoração estiver concluída. Quem sabe? Talvez até dê para fazer antes da inauguração – respondi, com mais otimismo do que sentia de fato.

– Talvez. – Ronnie deu de ombros. – É você quem manda.

Depois disso, voltei para junto de Vuk e Willow, que havia guardado a prancheta em sua bolsa gigantesca.

– Sinto muito, mas temos que ir embora antes do combinado – disse ela.

– O Sr. Markovic tem uma emergência pessoal para resolver.

319

Olhei para Vuk, que não parecia particularmente preocupado com sua suposta emergência pessoal. Talvez ele e Alex fossem parentes. Tinham mais ou menos a mesma gama de expressões faciais.

– Gostaríamos de concluir o tour em outro momento – disse Willow. – O Sr. Markovic está... indisponível de domingo até o final do ano, mas podemos passar aqui no sábado de manhã. Ele tem mais algumas perguntas sobre seus planos para a casa.

Sloane e eu tínhamos combinado de patinar no gelo no sábado, mas eu não queria repetir a desfeita adiando o encontro. Se eu concluísse a visita durante a manhã, teria a tarde e a noite livres para nosso encontro.

Abri um sorriso.

– Sábado, então.

Sábado amanheceu com o céu claro e luminoso.

Sloane havia dormido na minha casa e ainda estava na cama quando saí para encontrar Vuk. Ela raramente dormia até tarde, mas eu a mantivera ocupada a noite toda, então não a despertei antes de sair.

A cidade já estava acordada e movimentada quando meu táxi me deixou no arranha-céu que abrigava o cofre. Uma família de turistas com suéteres de Natal combinando bloqueava a entrada do edifício, e tive que suportar suas canções de natal espontâneas enquanto os contornava.

Ao mesmo tempo, alguém veio do outro lado e esbarrou em mim. Um boné de beisebol escondia metade do rosto da pessoa, mas ele parecia vagamente familiar. Antes que eu pudesse olhar melhor, ele desapareceu ao virar a esquina, e minha curiosidade sobre a identidade do sujeito ficou em segundo plano quando entrei no cofre e encontrei Vuk e Willow me aguardando.

Ele usava a mesma camisa e calça preta; ela, um vestido vermelho que combinava com seu cabelo.

– Se você acrescentar uns acessórios verdes a esse traje, até a árvore do Rockefeller Center vai ter inveja de você – brinquei.

Willow não achou graça.

Eu pagara à empresa de construção muito dinheiro para que trabalhassem durante os fins de semana; mesmo assim, eles só podiam dispor de uma equipe mínima tão perto do Natal.

Havia apenas três operários lá dentro, o que tornou aquela visita muito mais tranquila do que a primeira. Na verdade, foi mais do que tranquila.

Foi fácil.

Perfeita.

Até que deixou de ser.

Tinha acabado de responder à última pergunta de Willow sobre as medidas de segurança quando ela de repente virou a cabeça para a esquerda. Ao lado dela, Vuk ficou tenso, suas narinas se dilatando, o primeiro sinal de emoção que o vi expressar.

– Aconteceu alguma coisa? – perguntei.

– Está sentindo esse cheiro? – A voz e o corpo de Willow estavam tão retesados quanto as cordas de um violino.

Parei, meus sentidos deixando de lado o cheiro pungente de madeira e metal do canteiro de obras para me concentrar no cheiro de algo mais forte.

Fumaça.

A constatação veio assim que as furadeiras pararam e um grito de pânico ecoou pelo local.

– *Fogo!*

O que aconteceu em seguida foi tão rápido que meu cérebro não processou até que a parede dos fundos explodiu em chamas.

Mais gritos. Correria. Agitação. *Calor.*

Um calor do caralho. Era um calor horroroso, do tipo que nos atingia como um súbito apagão, mergulhando sua mente na escuridão e causando um curto-circuito nas vias entre o cérebro e os músculos.

Um calor sufocante, paralisante e que ceifava vidas.

O suor envolveu minha pele.

Xavier! ¿Dónde estás, mi hijo?

Ela ficou presa... não conseguiu passar pela porta da frente...

Morreu por inalação de fumaça...

Por sorte, conseguimos recuperar o corpo...

Deveria ter sido você.

Minha mente fervilhava com imagens que era melhor deixar enterradas. A realidade oscilava, indo do passado para o presente, e vice-versa.

Deveria ter sido você.

Uma tentativa de respirar trouxe fumaça em vez de oxigênio. Tossi, os pulmões ardendo, e, ironicamente, foi isso que me tirou do estado de alerta.

Os cheiros, o calor, o pânico. Já havia passado por aquilo antes.

Tinha quase morrido aos 10 anos, mas eu não tinha mais 10 anos e não existia a *menor* chance de outro incêndio terminar o que o primeiro havia começado.

Pisquei e o ambiente voltou com uma clareza horripilante. As chamas dançavam ao meu redor com uma alegria malévola, espalhando-se mais rápido do que meus olhos eram capazes de rastrear. As labaredas vermelhas e alaranjadas se agarravam avidamente a qualquer coisa no caminho e lançavam um brilho surreal nos pisos de pedra e nos tetos com nervuras da abóbada. A temperatura subiu a níveis tão insuportáveis que cada centímetro da minha pele gritava por alívio.

Ainda assim, meus pés permaneceram plantados no chão.

Minha mente voltou a funcionar, mas meu corpo permaneceu congelado até que um estalo alto finalmente, felizmente, me tirou daquele torpor e me estimulou a me mover.

Não perdi tempo verificando o que havia causado o som.

Simplesmente corri, desviando de ferramentas abandonadas enquanto cobria a boca e o nariz com o antebraço. As chamas corriam atrás de mim como formigas na direção de uma cesta de piquenique, e consegui chegar na metade do caminho até a saída antes que uma vertigem me detivesse.

Tropecei, mas não parei. Já estava zonzo por conta da fumaça; se parasse ali, morreria.

Andei mais uns três metros quando um vislumbre de preto chamou minha atenção.

Meu coração quase saiu pela boca. *Vuk.*

– Markovic! – Tossi com o esforço de gritar em meio à escassez de oxigênio. – Temos que sair daqui!

O fogo estava se aproximando. Se não saíssemos logo, ficaríamos presos.

Vuk não se moveu. Ficou ali, os olhos vazios e o corpo tão imóvel que não dava para saber se ele conseguia respirar. Se ele não estivesse de pé, diria que estava morto.

Willow não estava por perto.

– Vuk!

Eu não me importava se ele odiava seu nome de batismo. Só me importava que ele me ouvisse.

Não foi o caso.

Merda.

Xinguei baixinho, usando todos os palavrões em inglês e espanhol que conhecia enquanto me aproximava e o puxava em direção à saída.

Eu estava em excelente forma. Fazia exercícios regularmente e tinha bastante músculo, mas tentar arrastar um sérvio nada cooperativo de mais de cem quilos em meio a um incêndio era como tentar puxar um trem de carga com um carrinho de brinquedo.

O suor escorria para os meus olhos. Meus músculos enfraqueceram e amoleceram. A distância entre nós e a porta se estendia infinitamente, cada passo um novo monte Everest.

Parte de mim queria desistir, deitar no chão e deixar as chamas queimarem a dor, as preocupações e os arrependimentos.

Mas, se eu fizesse isso... se eu não nos levasse até a saída... morreríamos. Nunca mais veria Sloane, e seria responsável por mais uma morte.

Não podia deixar isso acontecer.

Com pura força de vontade, nos arrastei centímetro a centímetro pelo chão. Naquele momento, eu não respirava mais, apenas ofegava, e pontos escuros salpicavam minha visão.

Mas, de algum jeito, eu consegui.

Não sabia como. Talvez tivesse sido a mesma força sobre-humana que permitia que mães levantassem carros de cima de seus filhos, ou talvez o último suspiro do meu corpo antes de entrar em colapso.

Fosse o que fosse, nos puxou pela saída do cofre e em direção à escada. A porta se abriu e, de repente, vi apenas um borrão preto e amarelo. Uniforme de bombeiro.

Vislumbrei a sigla do Corpo de Bombeiros de Nova York antes de alguém tirar Vuk dos meus braços e outra pessoa me agarrar, então estávamos nos movendo, nos abaixando e subindo as escadas às pressas enquanto outros membros da equipe lutavam contra o fogo que se aproximava.

Deixei que me guiassem, atordoado e desorientado demais para fazer algo além de seguir em frente, mas olhei para trás uma vez – apenas por tempo suficiente para ver o cofre, meu sonho e tudo o que vinha com ele arder em chamas.

CAPÍTULO 38

Xavier

TINHA SIDO A FIAÇÃO elétrica.

Depois que a fumaça se dissipou e as perguntas dos socorristas foram respondidas, fiquei sentado na parte de trás de uma ambulância, observando a atividade ao meu redor com olhos opacos.

A causa do incêndio não seria oficial até que a prefeitura e a companhia de seguros investigassem, mas eu tinha ouvido os comentários dos bombeiros.

Incêndio elétrico. Fiação antiga – a mesma fiação que eu havia permitido manter, apenas dois dias antes.

Uma pequena parte lógica me dizia que eu não tinha culpa e que o incêndio teria acontecido de qualquer maneira, pois o eletricista não teria terminado a troca mesmo que eu tivesse dado o aval. Uma parte maior e mais insidiosa questionava por que eu não havia tomado as medidas de segurança adequadas antes de abrir o cofre para dezenas de prestadores de serviços e colocá-los em perigo.

Eu deveria ter me certificado de que tudo estava em ordem antes de correr com a obra, mas não fiz isso porque estava focado demais em cumprir o prazo.

Um único erro, e pessoas tinham saído machucadas.

A ardência persistente em minha garganta reacendeu. Os sintomas imediatos da inalação da fumaça haviam desaparecido depois que os médicos os trataram com um alto fluxo de oxigênio, mas eu ainda me sentia dolorido e machucado, como se alguém tivesse me virado do avesso e me chutado até tirar sangue.

Felizmente, ninguém havia morrido, mas dois dos operários tinham sido levados para o hospital com queimaduras graves. Outro conseguiu sair apenas com alguns hematomas e uma mão quebrada depois que algo caiu em cima dele. Eu não tinha visto Vuk desde que os bombeiros nos resgataram, mas vi Willow esperando do lado de fora, seu rosto branco feito neve. Quando terminei de responder às perguntas dos médicos, Vuk e Willow já tinham ido embora.

Tive sorte de não haver mais pessoas lá dentro e de o fogo não ter se espalhado para outros andares nem danificado a estrutura do edifício. Tive ainda mais sorte de o incêndio não ter ocorrido com a boate aberta e lotada.

Mas não me sentia com sorte; sentia como se estivesse me afogando.

Minha culpa.

Tudo aquilo tinha sido minha culpa outra vez.

Busquei qualquer fragmento de emoção... raiva, tristeza, vergonha... e não encontrei nada além de um entorpecimento terrível e completo. Até mesmo a culpa era oca, como se o fogo tivesse sugado sua essência e espalhado as cinzas pelo meu corpo. Ela não se manifestava mais como facas afiadas perfurando minha consciência; apenas estava *ali*, difusa e intangível.

Como eu pude achar que conseguiria? Abrir uma boate em seis meses era uma loucura, e eu jamais deveria ter sequer tentado. Deveria ter *sabido* que apressar as coisas levaria a um desastre, mas estava cego demais pelo orgulho e pelo ego.

– *Deveria ter sido você. – Meu pai me encarou com raiva, seus olhos avermelhados pela dor e pelo álcool. – Você deveria ter morrido, não sua mãe. Isso é culpa* sua.

Ele tinha razão. Ele sempre teve...

– Xavier.

Uma nova voz adentrou minha névoa de lembranças. Parecia distante, como algo saído de um sonho.

Tranquila, suave e feminina.

Gostei daquela voz. Tinha a sensação de que ela havia me trazido grande conforto no passado, mas isso não foi o suficiente para me tirar de meu estupor.

– Xavier, você está bem? – A preocupação se sobrepôs à suavidade. – O que aconteceu?

Cabelos loiro-claros e olhos azuis preencheram meu campo de visão, bloqueando a vista dos arranha-céus, dos médicos e dos transeuntes curiosos.

Sloane.

Um entre mil nós se desfez, mas foi o suficiente.

O mundo voltou a ficar nítido. As buzinas dos carros soavam, os socorristas concluíam seu trabalho e o horrendo fantasma da fumaça serpenteava por meus pulmões.

Era um dia frio de dezembro, mas os vapores acres ainda me envolviam feito filme plástico, cobrindo minha pele e me sufocando de dentro para fora.

– *Xavier.* – Mãos quentes emolduraram meu rosto. – Olha pra mim.

Olhei, mesmo que apenas por não ter forças para discutir.

A preocupação estava estampada nas feições de Sloane. Seu olhar me percorreu freneticamente e, quando ela voltou a falar, sua voz estava mais suave do que eu jamais ouvira.

– Você está bem? – repetiu ela.

Sloane usava uma blusa de gola alta de caxemira, casaco e calças. Era estranho eu reparar nisso, dadas as circunstâncias, mas me lembrou de que tínhamos combinado de patinar no gelo naquele dia. Naquele exato momento, deveríamos estar no Rockefeller Center, observando as pessoas e tomando chocolate quente.

Era engraçado como os dias, os planos e a *vida* podiam mudar sem mais nem menos. Em um piscar de olhos, tudo podia mudar.

– Estou bem – respondi, minha voz soando fraca de culpa.

Aquele era o problema. Eu sempre ficava bem, e as pessoas ao meu redor eram as que sofriam.

Eu sobrevivi; minha mãe morreu. Saí do cofre sem um arranhão, enquanto dois homens estavam sendo tratados por queimaduras de terceiro grau.

– O que aconteceu? – perguntou Sloane, a voz ainda suave. – Como…?

– Foi um incêndio causado por um curto-circuito – respondi, sem rodeios.

Expliquei tudo para ela: a fiação antiga, o aviso do eletricista, minha decisão de adiar a troca e, o mais importante, minha incapacidade de prever a importância de resolver aquele tipo de coisa antes de dar início à obra.

– Não foi você que causou isso. – Sloane sempre tinha a incrível capacidade de ler minha mente. – O próprio eletricista disse que a fiação não era uma emergência. Você...

– Talvez não, mas era minha *obrigação* pensar em coisas como essa. – Contraí a mandíbula. – Não dá pra cortar caminho desse jeito. Imagina se isso tivesse acontecido depois da inauguração. Teria sido outro Cocoanut Grove.

O incêndio de 1942 no Cocoanut Grove, em Boston, fora o incêndio em boate com mais mortes da história.

– Mas não foi. – Sloane se manteve firme. – Eu falei com um dos socorristas. Ninguém morreu, e os danos não são tão graves quanto você imagina. O cofre tem muitos elementos à prova de fogo. Vai ser apertado, ainda mais do que antes, mas, com a equipe certa, a fiação vai ser trocada, os danos causados pelo fogo serão consertados e você vai conseguir abrir a boate a tempo. Talvez não seja...

– O quê?

Eu a encarei, tentando processar suas palavras. Faziam sentido isoladamente, mas juntas eram uma confusão.

– Do que você está falando?

– Da boate. Fiz alguns cálculos rápidos. Vai levar dois meses para corrigir os danos, o que atrapalha o cronograma inicial do projeto, mas, se focarmos menos na decoração e mais na experiência, é possível.

Não conseguia acreditar no que estava ouvindo.

– Não vamos focar menos em nada, porque a boate já era. Não vai rolar.

O choque tomou o rosto de Sloane.

– Xavier, dá pra recuperar o cofre. Ele...

– Não, não dá. – O nó que se soltara antes se torceu em uma espiral inquebrável. – Dei o meu melhor, e foi isso que aconteceu – disse, apontando ao redor. – Se isso não é um sinal para desistir, então não sei o que é.

– Não é sinal de nada. – Se eu era teimoso, ela era inflexível. – Vai ser mais difícil, mas se...

– Que merda, Sloane!

Uma torrente de emoções reprimidas atravessou meu torpor. Dor, fúria, frustração, arrependimento... tudo jorrou, corroendo minha racionalidade e meu controle até que restasse apenas instinto puro e natural.

E, naquele momento, meu instinto foi atacar o alvo mais próximo.

– *Fodam-se* a boate e a decoração – disse, meu tom grave e cruel. – Pessoas quase *morreram* por minha causa. Por causa de um erro *meu* e das decisões que *eu* tomei. Sobrevivi a um incêndio hoje e você acha que eu quero planejar uma festa? Essa é a *última* coisa passando pela minha cabeça.

A boca de Sloane tremeu por uma fração de segundo antes de ela endireitar os ombros e levantar o queixo.

– Entendo que esteja chateado, e você tem razão – disse ela com uma calma irritante. – Agora não é hora de falar de negócios. Podemos fazer isso mais tarde, depois que você estiver...

– Não vamos falar sobre isso, nem mais tarde nem nunca. – Eu não conseguia respirar por conta da pressão que me sufocava. – Eu já disse, o clube *já era*. Você está me ouvindo? Quer dizer que não vai mais acontecer. Por que você não entende?

– Porque eu sei que você está falando isso só porque está abalado! – Ela enfim perdeu a compostura. – Você passou por muita coisa hoje, e não estou querendo minimizar nada. Mas você não pode tomar uma decisão que vai influenciar todo o seu futuro com base em...

– Eu posso, sim! – Eu me levantei, precisando me mexer, precisando fazer *algo* para alimentar a fera horrível dentro de mim. – Tentar garantir a porra do meu "futuro" quase *matou* pessoas. Esse projeto sempre foi impossível, e não consigo parar e ficar fazendo cálculos enquanto há homens feridos em um hospital por minha culpa. Nem todo mundo consegue passar a vida fingindo que não sente nada, Sloane!

Ao contrário de você.

Eu não disse isso, e nem precisava; esse era o problema de nos conhecermos tão bem.

Sloane ficou pálida. Ela tinha dado um passo para trás quando me levantei, e me encarava com uma expressão que eu nunca tinha visto antes: uma mágoa crua e indisfarçável.

Uma mágoa que *eu* havia causado – intencionalmente, de forma insensível e vil. Eu conhecia o ponto fraco dela e o ataquei sem pensar.

Sem combustível, a fera dentro de mim murchou, deixando apenas arrependimento em seu rastro.

Merda. Estendi a mão para ela, minha garganta embargada com o resíduo amargo de minhas palavras.

– Luna...

– Você tem razão. – Ela recuou do meu toque, os olhos ainda com aquele brilho de mágoa. – Nem todo mundo consegue.

– Eu não…

– Tenho que ir. – Sloane se afastou, o peito subindo e descendo com a respiração acelerada. – A gente conversa depois que as coisas se acalmarem.

Não vá.

Me perdoe.

Eu te amo.

Palavras que eu deveria ter dito, mas não disse. *Não consegui.*

A única coisa que fui capaz de fazer foi vê-la se afastar enquanto meu mundo desabava pela segunda vez naquele dia.

CAPÍTULO 39

Sloane

ELE TINHA FALADO DA boca pra fora.

Eu sabia disso porque, no fundo, Xavier não era cruel, nem vil. Estava mal por causa do incêndio e acabou explodindo.

Olhando em retrospecto, eu não deveria ter insistido tanto no assunto da recuperação da boate logo depois do incêndio. Tinha sido o momento errado, mas quando o vi sentado lá, parecendo tão arrasado, entrei em pânico e me voltei ao que sabia fazer melhor: solucionar crises. Não sabia como amenizar a culpa que ele estava sentindo, então resolvi focar no que havia de concreto; ou seja, a boate.

Racionalmente, eu entendia tudo isso, mas meu lado emocional não conseguia arrancar as farpas das palavras dele. Haviam se cravado em feridas antigas, reabrindo cicatrizes e suturas para despejar sal na carne viva.

Nem todo mundo consegue passar a vida fingindo que não sente nada, Sloane!

Se qualquer outra pessoa tivesse dito aquilo, teria sido doloroso, mas em pouco tempo eu esqueceria. Afinal, já havia sido acusada de coisas piores ao longo dos anos.

Mas, vindo de Xavier, a frase me deixou arrasada. Ele não estava totalmente errado, *por isso* machucou tanto. Ninguém gosta de ouvir a verdade vindo da pessoa com quem mais se importa, em especial quando foi dita com raiva.

Mesmo uma semana depois, mesmo sabendo que ele tinha falado da boca pra fora, doía tanto que eu não conseguia respirar. Era isso que mais me assustava: o fato de outra pessoa ter tanto poder sobre mim.

– Mais pipoca? – Alessandra colocou a tigela no meu colo.

Balancei a cabeça, assistindo à nossa quarta comédia romântica de Natal do dia sem de fato prestar atenção. Meu caderno de resenhas estava em branco no meu colo; toda vez que tentava escrever alguma coisa, imaginava Xavier me provocando por isso e as palavras me fugiam.

– Esse filme é chato. – Isabella bocejou. – Talvez a gente devesse mudar de gênero. Assistir a um suspense, talvez.

– Tudo bem – respondi sem entusiasmo.

Não estava mesmo com vontade de ver casais fictícios tendo seus "felizes para sempre". O conceito de "felizes para sempre" era uma mentirada. Minhas amigas se entreolharam. Era o dia seguinte ao Natal e uma semana havia se passado desde o incêndio. O acidente tinha chegado às manchetes, mas todos estavam distraídos com as festas de fim de ano e o caso não gerou o mesmo alarde que teria gerado na mídia se tivesse acontecido em qualquer outra semana do ano.

Eu havia contado às minhas amigas o que acontecera, e recusado o convite de Alessandra de passar o Natal com ela e Dominic. A única coisa pior do que estar sozinha no Natal era segurar vela no Natal.

Isabella e Kai tinham passado as festas de fim de ano em Londres, e Vivian, Dante e Josie tinham ido a Boston visitar a mãe de Vivian, portanto a última coisa que eu esperava quando a campainha tocou naquela tarde era ver minhas três melhores amigas amontoadas na porta, armadas com pipoca e vinho suficientes para derrubar um elefante.

Aquele tinha sido o único momento alegre da minha semana.

Enquanto Isabella procurava um novo filme, Vivian me olhou com uma preocupação discreta.

– Você falou com Xavier depois de sábado? – perguntou ela gentilmente.

A pergunta arranhou as feridas expostas, e eu balancei a cabeça, me recusando a encará-la.

– Você *quer* falar com ele?

Novamente, balancei a cabeça, dessa vez com menos convicção.

Xavier e eu não tínhamos nos falado nem trocado mensagens desde que fui embora do local do incêndio, nem mesmo para desejar feliz Natal um ao outro. Parte de mim se sentira tentada a entrar em contato primeiro, para ter certeza de que ele estava bem e pedir desculpas por ter me excedido, mas meu orgulho e meu senso de autopreservação me impediam toda vez que eu pegava o celular.

Talvez fosse melhor a gente não se falar. Obviamente, eu não sabia como confortá-lo direito, e minha presença piorou as coisas, em vez de melhorá-las.

– Você vai ter que falar com ele em algum momento – interveio Alessandra. – O período de teste expira em breve.

Uma dor me atravessou.

– Eu sei.

Não ganharia prêmios por minha eloquência naquele dia, mas tinha medo de que, se dissesse mais do que umas poucas palavras de cada vez, meu tênue controle sobre minhas emoções fosse por água abaixo.

Não tinha me permitido *sentir* completamente as implicações do que havia acontecido com Xavier e do silêncio posterior e, se dependesse de mim, jamais sentiria. Algumas coisas eu achava melhor reprimir mesmo.

Isabella fez uma pausa em sua busca pelo thriller perfeito e outra troca de olhares correu a sala.

– O que você vai fazer depois do julgamento da herança? – perguntou Isabella, cautelosa.

Travei o maxilar para compensar a pressão que aumentava em meu peito.

– Não sei.

Só que eu sabia.

Só não sabia se ainda tinha forças para dar conta do recado.

Xavier

EU PODERIA DESCREVER A semana após o incêndio em uma palavra: inferno.

A burocracia? Um inferno. Visitar o hospital e ver de perto as queimaduras dos funcionários? Um inferno. Falar com as famílias angustiadas? Inferno.

Não ver nem falar com Sloane, sabendo o quanto a magoara da última vez que nos falamos? Inferno multiplicado por mil.

Deveria ter saído correndo atrás de Sloane e me desculpado logo depois que ela foi embora, mas fiquei com medo de piorar as coisas. Não estava com cabeça para fazer nada além de ir para casa, tomar um copo de uísque e cair na cama.

Os dias que se seguiram foram repletos de telefonemas, reuniões, burocracias e um milhão de outras coisas que eu não queria fazer. Tentei entrar em contato com Vuk, mas não consegui, e passei o Natal em casa, dividido entre ligar para Sloane e evitar nosso inevitável confronto feito um covarde.

O covarde venceu.

Não me orgulhava disso, mas nosso período de teste terminaria em breve, e eu não precisava ter o QI de um gênio para saber que havia estragado tudo.

Desde que não conversássemos, eu podia viver em negação e fingir que estávamos passando apenas por uma pequena turbulência, e foi assim que acabei no bar do Valhalla no domingo após o Natal, afogando minhas mágoas com uísque Lagavulin.

Terminei minha bebida e pedi outra ao barman. Ele deslizou outro copo de uísque pelo balcão enquanto alguém se acomodava no banco ao meu lado.

– Me poupe – disse sem nem virar a cabeça.

– Isso é bem patético. – Kai ignorou minha rejeição prévia, seu tom suave. – Por acaso já considerou outros métodos de lidar com a situação além de beber sozinho às... – Ele consultou o relógio. – Três da tarde?

– Não estou com disposição para ser julgado e não sou o único sentado no bar às três da tarde. – Lancei a ele um olhar de soslaio. – Você não deveria estar em Londres agora?

– Voltamos mais cedo por insistência da Isabella. – Uma pausa delicada. – Parece que uma amiga dela está precisando de uma "boa animada". Palavras dela.

Era óbvio a quem Isabella se referia.

Meu estômago embrulhou com a menção indireta a Sloane, e precisei de todas as minhas forças para não interrogar Kai.

Isabella já conversou com Sloane? O que ela disse? Como ela está? Quanto ela me odeia no momento?

– A amiga dela não é a única – disse Kai, acenando com a cabeça em agradecimento quando o barman lhe trouxe um gim-tônica de morango. Ele tinha um estranho gosto por aquele drinque em particular. – Sinto muito pelo incêndio. De verdade.

Ele soou sincero, o que só piorava as coisas. A última semana não havia contribuído muito para aliviar minha culpa, e eu sentia não merecer a simpatia das pessoas.

– Já falou com o Alex? – perguntou Kai.

Fiz uma careta.

– Ainda não. Vamos nos encontrar amanhã.

Não estava ansioso por isso. A assistente de Alex havia agendado a reunião, então não sabia o que ele achava do incêndio em seu prédio, mas imaginava que não fosse nada de bom.

– Também não falei com Markovic depois do incêndio.

Lembrei o olhar desesperado de Vuk e as antigas cicatrizes de queimadura em seu pescoço.

– Ele desapareceu depois que saímos do cofre. Você acha que...?

– O Sérvio é assim mesmo – respondeu Kai.

A maioria das pessoas chamava Vuk de "Sérvio" porque era como ele preferia mesmo, mas eu não conseguia me livrar do hábito de chamar as pessoas... bom, pelo nome delas.

– Ninguém sabe o que se passa na cabeça dele, mas se ele ainda não dissolveu a sociedade, então imagino que esteja tudo bem.

Meus ombros ficaram tensos.

Os olhos de Kai se aguçaram por trás dos óculos.

– *Está* tudo bem?

– Além desse probleminha do incêndio? Claro. – Virei minha bebida em um gole. – Porque eu mesmo vou dissolver a parceria, depois do Ano--Novo. Não vai ter mais boate nenhuma.

– Por que não?

Agora a dor de cabeça também tinha se instalado atrás dos meus olhos. Estava cansado de explicar a mesma coisa o tempo todo. Citei os mesmos motivos que dera a Sloane; assim como ela, Kai não pareceu nem um pouco abalado.

– Todo mundo erra – disse ele. – Empreendedores erram ainda mais. É impossível ter sucesso nos negócios sem errar, Xavier.

– Talvez, mas aposto que a maioria dos erros envolve uma interrupção no fluxo de caixa ou um mal-estar com a imprensa, não um incêndio que poderia ter matado várias pessoas.

– Poderia, mas não matou.

– Por algum milagre.

– Não acredito em milagres. Tudo acontece por uma razão. – Kai se virou para me olhar de frente. – Sabe aquela lista de nomes que eu te dei? São algumas das pessoas mais perspicazes do mundo dos negócios. Elas acreditaram em você o bastante para investir tempo, dinheiro e recursos na boate, e não teriam feito isso se não achassem que você era capaz de dar conta. Então para de usar essa postura de mártir como desculpa e descobre como terminar o trabalho que começou.

A repreensão acalorada foi tão atípica de Kai que me deixou em um silêncio atordoado. Não éramos amigos, não exatamente, e talvez por isso suas palavras tivessem conseguido me atingir. Não havia nada mais humilhante ou esclarecedor do que ser repreendido por um mero conhecido.

Abri a boca, fechei e abri novamente, mas não saiu nada, porque ele tinha razão. Eu *estava* me martirizando. Havia resumido o incêndio a mim e à minha culpa, e usado isso como desculpa para desistir da boate.

Apesar de ter sido bem-sucedido em dar início ao projeto e de ter os melhores dos melhores a bordo, ainda tinha medo de fracassar. O incêndio me deu a oportunidade de cair fora sem admitir esse medo.

Tinha bebido três copos de uísque antes da chegada de Kai, mas a constatação me deixou sóbrio em um segundo.

Primeiro Sloane, agora isso. Eu era mesmo um covarde. *E pensar que acusei Bentley exatamente disso, sendo que sou pior.*

Engoli o nó que havia se alojado em minha garganta e tentei pensar racionalmente.

Kai podia ter razão, mas isso não mudava o fato de que realizar uma grande inauguração do clube no início de maio seria quase impossível, do ponto de vista logístico. Daria para organizar algo menor, mas qualquer coisa que eu fizesse precisaria ser aprovado pelo comitê de herança.

Basicamente, poderia me esforçar mais, mas minhas chances de fracasso haviam aumentado exponencialmente.

Esfreguei as têmporas, desejando, não pela primeira vez, ter nascido em uma família simples e comum, com empregos e vidas normais, em vez de nessa confusão digna da série *Succession*.

– Isabella te mandou vir falar comigo, não foi?

Mesmo no estado em que me encontrava, eu continuava lúcido o suficiente para reconhecer que o aparecimento de Kai naquele lugar específico, naquele dia específico, não era uma coincidência.

Ele não respondeu, mas a pequena contração de seus lábios disse tudo.

– Como você sabia que eu estaria aqui hoje? – perguntei.

– Foi só uma suposição, ainda que embasada. Já encontrei muita gente afogando as mágoas neste bar. – Ele meneou a cabeça para a prateleira reluzente de garrafas caras e copos de cristal. – Talvez eu também tenha pedido à segurança para me alertar se e quando você fizesse o check-in.

Bufei.

– Fico lisonjeado por você ter se dado ao trabalho.

– Não precisa. Eu não fiz isso por você – disse Kai secamente. – Fiz isso pela minha reputação e pela Isa. Fui eu que te coloquei em contato com as pessoas da lista, e pegará mal pra mim se o seu projeto não for adiante. Além disso... – O olhar dele se voltou para o celular. – A Isa não me deixaria em paz se eu não desse um jeito de tirar você desse buraco.

Sloane.

Flexionei os dedos ao redor do copo quando outra onda de arrependimento me atingiu. Ela havia tentado me ajudar e eu a afastara. Depois, não me dei nem ao trabalho de dizer um simples "me desculpe", nem mesmo no Natal, porque estava mergulhado demais nas minhas próprias bobagens.

Meu Deus, eu era um idiota.

Fiquei de pé abruptamente e peguei meu casaco no gancho embaixo do balcão.

– Escuta, a conversa tá boa, mas...

– Vai. – Kai voltou ao seu drinque. – E se alguém além da Isa perguntar, essa conversa nunca aconteceu.

Não precisava pedir duas vezes.

Saí correndo do clube e entrei em um dos carros do Valhalla. Dei ao motorista o endereço de Sloane.

Fazia oito dias, duas horas e trinta e seis minutos desde a última vez que nos falamos.

Só esperava que não fosse tarde demais.

CAPÍTULO 40

Xavier

— SINTO MUITO, SENHOR, mas não posso deixá-lo subir — disse o porteiro sem nenhum sinal de simpatia. — Seu acesso não foi autorizado.

— Faz semanas que eu venho aqui. — Reprimi minha frustração, abrindo um sorriso. Gentileza gera gentileza, e tal. — Apartamento 14C. Interfone para ela. Por favor.

— Sinto muito, senhor.

Aquele não era o mesmo porteiro que havia me deixado subir quando achei que tinha acontecido alguma coisa com Sloane, e se mostrava notavelmente resistente aos meus poderes de persuasão.

— A Sra. Kensington deixou instruções específicas informando que nenhum visitante deve ser admitido sem sua aprovação explícita por escrito.

— Eu sou namorado dela. Eu tenho aprovação por escrito — argumentei.

Tecnicamente, não estava mentindo. Estávamos namorando, e eu não tinha certeza se ela *não* havia acrescentado meu nome à lista de visitantes aprovados.

— Talvez você a tenha perdido.

— Não perdi.

— Talvez outro porteiro a tenha perdido.

— Isso não aconteceu.

Cerrei os dentes. Gentileza o cacete. Queria partir para cima dele de um jeito nada gentil, mas não tinha tempo para violência sem sentido nem discussões.

— Se você me deixar subir, isso aqui é seu.

Deslizei uma nota de cem dólares pelo balcão. O porteiro me encarou, o rosto impassível. Nem sequer tocou no dinheiro.

Acrescentei mais cem à pilha. Nada.

Trezentos. Quatrocentos.

Mas que merda. O que havia de errado com ele? Ninguém dizia não para tanto dinheiro.

– Dez mil em dinheiro. – Era tudo o que eu tinha na carteira. – Dinheiro totalmente livre de impostos, se você me deixar subir por apenas alguns minutos.

Eu podia só passar por ele, mas, sem a credencial de morador, o elevador não sairia do lugar e eu não conseguiria abrir a porta da escada.

– Senhor, isso é desnecessário e impróprio – disse ele calmamente. – Não aceito subornos. Agora, vou precisar insistir para que se retire do local, ou os seguranças terão que escoltá-lo para fora.

Ele meneou a cabeça para os dois seguranças do tamanho do Hulk que pareciam ter surgido do nada.

Claro que o prédio de Sloane era protegido por duas montanhas de pedra e pelo único porteiro incorruptível de Manhattan.

No entanto, eu não iria embora sem vê-la, o que significava que precisava de um plano C. Examinei o saguão em busca de outro caminho possível, quando meus olhos pousaram em uma pequena placa afixada à parede.

THE LEXINGTON: UMA PROPRIEDADE DO ARCHER GROUP

Meu coração disparou. *Archer Group.*

Havia apenas uma pessoa que poderia me ajudar naquele momento.

Pedir um favor a ele não era a melhor ideia do mundo, considerando que eu tinha acabado de provocar um incêndio em uma de suas propriedades, mas a necessidade faz a ocasião.

Depois de encarar a irritação de Alex Volkov ao telefone e a má vontade do porteiro, adentrei o saguão de Sloane.

Surpreendentemente, Alex não me deu nenhuma bronca, embora eu suspeitasse que ele estava se guardando para a nossa reunião. Mas deixaria para me preocupar com isso no dia seguinte, pois tinha algo mais urgente a fazer.

Bati na porta de Sloane.

Ninguém respondeu, mas ela estava lá dentro. Dava para sentir.

Outra batida, e minhas entranhas foram se contorcendo cada vez mais com o passar dos minutos. Não era do feitio dela não atender à porta. Será que o porteiro havia interfonado para avisá-la de que eu estava no prédio?

Estava prestes a ligar para ela para ver se conseguia ouvir seu celular tocando lá dentro quando escutei uma leve movimentação... que desapareceu tão rapidamente quanto começou. Se eu tivesse me mexido ou se o elevador tivesse se movido naquele momento, eu não teria ouvido, mas ouvi, e foi o suficiente para reabastecer meus esforços.

Uma terceira batida, mais forte.

– Abra a porta, querida. Por favor.

Não tinha certeza se ela havia me ouvido, mas, uma eternidade depois, passos se aproximaram e a porta se abriu.

Meu coração palpitou com o golpe de ver Sloane de novo. A última semana tinha parecido meses, e eu a absorvi como um andarilho perdido tropeçando em um oásis no deserto. Ela estava sem maquiagem e vestia um pijama de seda, o cabelo enrolado em um coque, os olhos cautelosos enquanto mantinha a mão na maçaneta.

– Oi – falei.

– Oi.

Segundos passaram, maculados pela amargura de nossa última conversa.

– Posso entrar? – perguntei por fim.

Fazia muito tempo que não ficávamos tão constrangidos um com o outro, e a tensão lançava uma sombra sobre todo o hall.

– Agora não é um bom momento – disse Sloane, evitando meu olhar. – Tenho muito trabalho a fazer.

– Em pleno domingo depois do Natal?

Silêncio.

Passei a mão pelo rosto, tentando reunir as palavras certas da maneira certa. Havia milhares de coisas que queria dizer a ela, mas, no final, optei por ser direto e sincero.

– Sloane, o que eu falei na semana passada foi totalmente da boca pra fora – disse baixinho. – Sobre você não ter sentimentos. Eu estava frustrado e chateado, e descontei em você.

– Eu sei.

Hesitei por um segundo; não esperava por aquilo.

– Sabe?

– Sei – respondeu Sloane, tensa. Suas orelhas estavam levemente rosadas. – Também preciso te pedir desculpas. Eu não deveria ter te pressionado tanto logo após o incêndio. Não era disso... Não era disso que você precisava naquele momento.

– Você só estava tentando ajudar. – Dei um pigarro, ainda pouco à vontade. – E me desculpe por não ter te procurado no Natal. Sinceramente, eu estava envergonhado demais para te ligar como se nada tivesse acontecido, e achei que você não fosse querer falar sobre o incêndio naquele momento...

Não era a melhor justificativa, mas nenhuma das minhas atitudes recentes podia ser classificada como muito inteligente.

– Eu também não te procurei. É uma via de mão dupla.

Sloane brincou com o pingente em seu pescoço.

– Talvez a gente ainda possa comemorar – sugeri. – As pistas de gelo ainda estão abertas.

– Talvez – respondeu ela, tão baixo que quase não ouvi.

Fiz uma pausa, tentando entender por que tudo aquilo parecia errado. À primeira vista, estávamos de acordo. Eu havia pedido desculpas, ela havia pedido desculpas, estava tudo bem. Então por que uma tensão ainda pairava sobre nós como uma nuvem de tempestade? Por que Sloane não estava me olhando nos olhos? Por que ela parecia tão triste?

A única coisa em que consegui pensar foi...

Não. Uma onda de pânico tomou meus braços e pernas, mas escondi minhas suspeitas com um sorriso forçado.

– Então estamos bem. Sei que temos muitas coisas para resolver em relação à boate, mas eu e você estamos bem, certo?

Procurei em seu rosto um indício, *qualquer* indício, de que ela concordava.

Não encontrei e, quando Sloane abriu a boca, parte de mim já sabia o que ela ia dizer.

– Xavier...

– Não. – Cerrei a mandíbula. – Ainda não está na hora.

– Nosso período de experiência acaba daqui a dois dias.

Sloane finalmente me olhou nos olhos, e foi como olhar para um mar de estrelas no céu noturno. Davam a ilusão de estarem ao meu alcance, mas, se eu estendesse a mão e tentasse agarrar aquelas emoções fugazes, elas escapariam por entre meus dedos como meras provocações.

– E como vai ser depois? – perguntou ela.

– Depois vamos finalizar a experiência e começar a namorar de verdade. – Não me esquivei de ser direto. – É isso que eu quero, Luna. Vai me dizer que não é isso que você quer também?

Havia muitas coisas que eu não entendia, mas eu entendia Sloane. Sabia que ela tinha sentimentos por mim. Tinha provado esses sentimentos em seus beijos, ouvido em suas risadas, sentido na forma como ela pressionava o corpo ao meu. Não tinham sido ilusões de um homem apaixonado; eram verdadeiros, e não havia a menor chance de eu deixar aquilo me escapar.

Mas quando Sloane endireitou os ombros e sua expressão se tornou mais fria, suspeitei que os sentimentos que eu achava que nos aproximariam acabariam fazendo com que ela se afastasse de mim.

– Eu não queria fazer isso hoje, mas, já que você está aqui, é melhor resolver logo esse assunto. – Os nós de seus dedos ficaram brancos na maçaneta da porta. – Nós nos divertimos; não estou negando isso. Mas nosso período de experiência está praticamente no fim e nós não vamos... – Ela engoliu em seco. – Não vamos dar certo a longo prazo.

Um latejar estranho surgiu em meus ouvidos.

– O que você está querendo dizer? – perguntei baixinho.

Sabia exatamente o que ela estava querendo dizer, mas queria ouvir de sua boca. Não deixaria que ela saísse daquela situação tão facilmente.

– Estou querendo dizer que não vamos estender o prazo. – A boca de Sloane vacilou por uma fração de segundo antes de se firmar. – Eu quero terminar.

Sloane

EU ESTAVA CONGELANDO.

O aquecedor estava no máximo, mas meus braços e pernas estavam arrepiados, e a maçaneta parecia gelo na minha mão.

Ou talvez o frio estivesse vindo do corredor, onde Xavier estava parado como uma noite de inverno, o rosto marcado pela surpresa.

Então os traços afiados da surpresa se transformaram em determinação bem diante dos meus olhos, e ele balançou a cabeça.

– Não.

Fechei os olhos, desejando estar em qualquer outro lugar, que seu chamado do outro lado da porta não tivesse enfraquecido tanto as minhas defesas a ponto de eu ter abandonado meu plano original de terminar com ele por telefone.

Não teria sido a coisa mais corajosa a se fazer, mas seria dez vezes melhor do que testemunhar a mágoa e a descrença de Xavier pessoalmente.

Reabri os olhos e reforcei minha determinação contra a voz que ecoava em minha cabeça, gritando para eu *não fazer isso*.

Mas eu precisava. Se não terminássemos naquele momento, teríamos que terminar algum dia, e eu preferia cortar os laços antes de estar envolvida demais.

Você já está envolvida demais, rosnou a voz.

Eu a ignorei.

– Não dificulte ainda mais as coisas – pedi. – Os termos eram claros. Nós íamos passar dois meses juntos e depois decidir se daria certo. Bem, esses dois meses acabaram e eu concluí que não vai funcionar.

– *Você* concluiu. Eu me lembro de você falar que era uma via de mão dupla. – A quietude fria de Xavier desapareceu e seus olhos revelaram um brilho de emoção. – Me dê um bom motivo pra gente não dar certo.

– Somos muito diferentes.

– Isso nunca foi problema quando estávamos juntos. Várias pessoas completamente diferentes têm relacionamentos longos, Luna. Isso não é um fator determinante.

– Para nós, é.

Um nó grande e afiado se instalou em minha garganta, e cada palavra arranhou dolorosamente ao sair.

– Eu não sirvo para relacionamentos longos, entende? Fico entediada. As coisas não funcionam. O que temos já é complicado porque trabalhamos juntos, e vai ser mais fácil para nós dois se terminarmos logo, antes de sermos forçados a isso.

Eu havia ensaiado meu discurso centenas de vezes ao longo dos últimos dois dias, mas naquele momento ele soou tão falso quanto da primeira vez.

Havia um bom motivo para nosso relacionamento não dar certo, mas não podia contar a ele porque estava morrendo de medo – dele, daquilo, de *nós*.

Ele jamais me magoaria de propósito, não assim de cara, mas, se eu abrisse a porta, ele tomaria conta da casa. Eu sucumbiria às suas promessas, seu poder sobre mim se solidificaria e, um dia, eu acordaria e perceberia que Xavier tinha o poder de me partir em mais pedaços do que qualquer outra pessoa. Seu comentário impulsivo, feito no calor do momento na semana anterior havia me deixado atordoada. O que aconteceria se ele *fizesse de propósito*?

Durante a fase de lua de mel de um relacionamento, tudo é maravilhoso, mas essa fase acaba em algum momento, e eu me recusava a ficar vulnerável quando isso acontecesse.

Não importava o quanto doesse no curto prazo, terminar era a melhor coisa a fazer pensando no longo prazo.

– Forçados? – Os olhos de Xavier faiscaram com a minha resposta. – Quem vai nos forçar, Sloane? Sua família, nossos amigos, o mundo? Por mim, pode todo mundo ir à merda.

– Chega. Essa é a decisão mais intelig...

– Eu não dou a mínima para isso. Eu me importo com nós dois e com o fato de você estar mentindo para mim.

O calor fez minhas bochechas arderem e afugentou o frio gélido.

– Eu *não* estou mentindo – rebati, tentando esconder a falha na voz. – Sabe quando encontramos o Mark no restaurante? Você disse que ele não se mancava. Não cometa o mesmo erro.

Foi um golpe baixo, e meu peito se contraiu quando Xavier se encolheu.

Não queria magoá-lo, mas, se fosse necessário, magoaria, não importando o quanto isso também me destruísse.

– Talvez, mas existe uma diferença crucial entre mim e o Mark.

Xavier deu um passo em minha direção e, instintivamente, dei um passo para trás. Seus ombros largos preencheram o vão da porta e, embora ele não tivesse entrado de fato no meu apartamento, sua presença permeou cada molécula de ar até que ele fosse a única coisa que eu era capaz de ver, cheirar e *sentir*.

Seu perfume terroso dominou meus pulmões, e a lembrança de sua pele sob meu toque era tão vívida que, por um momento, senti como se pudesse esticar a mão e rastrear no ar os ecos de nossos momentos juntos.

– Eu vou te contar um segredo – disse ele baixinho.

Cruzei os braços, mas isso não evitou uma cascata de calafrios quando Xavier voltou a falar.

– Você sempre me perguntou por que eu te chamo de Luna. Não contei antes porque tinha medo de que você saísse correndo. Mesmo antes de a gente se beijar, antes de não sermos *nada* além de assessora e cliente, você era uma luz na minha vida. Uma luz persistente, às vezes assustadora, mas mesmo assim uma luz. – O pescoço de Xavier se moveu quando ele engoliu em seco. – *Luna* é a abreviação de *mi luna*. Minha lua. Porque, por mais escuras que fossem as noites, você estava sempre lá, brilhando tão intensamente que eu sempre encontrava o caminho.

Senti um formigamento atrás dos olhos. Meu peito era um emaranhado de emoções, mas não mexi nelas, com medo de que puxar um único fio me fizesse desabar.

– Não sei quando isso aconteceu. Um dia, eu só era obrigado a ficar perto de você para poder manter meu estilo de vida. No outro, você era... *você*. – Um sorriso triste tocou os lábios de Xavier. – Linda, brilhante e extremamente cuidadosa por baixo dessa máscara que apresenta ao mundo. Você pode tentar esconder, mas agora é tarde demais. Eu vi quem você é de verdade, partida em pedaços perfeitos, e eu amo cada um deles.

O formigamento chegou a um ponto insuportável. Pontos dançaram na frente dos meus olhos, embaçando o rosto de Xavier e transformando meu mundo em uma aquarela de emoções. Cada ponto me apunhalava, e eu tinha certeza de que, se Xavier continuasse a falar e eu não conseguisse me livrar dele, sangraria ali mesmo no chão da minha sala.

– Chega – sussurrei, mas ele não parou de falar.

– Há anos eu venho me apaixonando por você, dia após dia, e nem tinha me dado conta disso – disse Xavier com a voz embargada. – Bem, agora eu sei.

– Não faz isso.

A sala se contraiu ao meu redor, espremendo o ar de meus pulmões, e o simples ato de respirar se tornou uma tarefa árdua. Minha cabeça estava rodando. Queria me agarrar a alguma coisa para me manter firme, mas Xavier era a única ao meu alcance, e tocá-lo me derrubaria de vez.

Ele prosseguiu, sem se importar com o fato de estar me esfolando viva.

– Eu *amo você*, Sloane. Cada centímetro de você, porra, e quero que você olhe nos meus olhos e me diga que não sente o mesmo. Diz pra mim que o motivo para você fugir não é o medo de se magoar de novo. Diz que você *realmente* acredita que a gente não tem como dar certo, quando os últimos dois meses foram os melhores da minha vida. Mesmo com a morte do meu pai, com o Perry e com uma dezena de coisas que deram errado, eles ainda foram perfeitos porque você estava lá.

Tremores percorreram meu corpo. A pressão estava aumentando, e eu não conseguiria suportá-la por muito mais tempo.

– Isso não importa. – A mentira tinha um gosto tão amargo que quase me engasguei com ela. – Quero que você vá embora. Por favor.

– Não foi isso que eu perguntei – disse ele com firmeza. – Você sempre foi sincera comigo. Não…

– Eu estou sendo sincera!

Algo pesado e frenético assumiu o controle do meu corpo e deu um empurrão no peito do Xavier. Ele não podia ficar ali. Não podia me ver desmoronando, e eu sabia, com uma certeza profunda, que isso estava prestes a acontecer.

– *Eu não quero você aqui.* Você me ama, mas eu não sinto a mesma coisa por você. Então vai embora!

Empurrá-lo foi como empurrar uma parede de tijolos, mas uma onda de pânico me deu uma força sobre-humana.

Nem vi as coisas acontecerem. Só sei que, em um segundo, ele estava na soleira; no outro, eu tinha batido a porta na cara dele. Eu mal tinha virado a chave e já estava no chão, minhas pernas tremendo enquanto eu tentava ignorar as batidas e as súplicas dele.

O formigamento aumentou, formando uma película branca e cinza, e a dor que surgiu dentro de mim foi tão avassaladora que parecia que meu âmago havia se transformado em pó.

Nunca havia sentido aquele nível de desespero, nem mesmo quando flagrei Bentley e Georgia juntos, tantos anos antes.

Eu me importo com nós dois e com o fato de você estar mentindo para mim.

Não conseguia ver Xavier através do borrão em meus olhos, no final, mas ouvira a angústia em sua voz e a sentira no ar. Ela refletira a mesma dor que se apressava em preencher o vazio em meu peito, porque Xavier tinha razão. Eu havia mentido, sim.

Eu me importava. Mais do que isso.

Ele me fez sentir tudo quando eu achava que não era capaz de sentir nada, e essa percepção me levou a uma verdade inegável: eu o *amava*, tanto que não conseguia respirar, e o afastara porque sabia que o amor sempre acabava em decepção.

A jornada não valia o destino.

Não sabia por quanto tempo tinha ficado ali, encostada na porta, com o peso do que eu havia feito me prendendo ao chão, mas foi tempo suficiente para que as batidas de Xavier se transformassem em silêncio.

Algo quente e úmido deslizou pela minha bochecha.

Foi uma sensação tão estranha que não toquei minha pele, com medo do que encontraria, até que senti algo pingar do meu queixo.

Levei os dedos ao rosto. Uma gota escorreu para meus lábios, e foi só quando provei o gosto salgado que percebi o que era.

Uma lágrima.

CAPÍTULO 41

Xavier

MINHA FAMÍLIA NÃO ME chamava de *pequeño toro* à toa.

Na noite anterior, eu havia ficado do lado de fora do apartamento de Sloane até o vizinho dela chegar em casa e ameaçar chamar a polícia. Normalmente, isso não teria me dissuadido (o pior que poderiam fazer seria me acusar de vadiagem), mas não havia chance de Sloane mudar de ideia e se jogar em meus braços no mesmo dia em que terminamos.

Precisava de uma nova estratégia.

Naquela manhã, passei a viagem de trem inteira até Washington, D.C., angustiado com tudo aquilo. Sloane disse que não me amava, mas sua reação não foi a de alguém indiferente. Eu jamais a vira tão abalada e, por mais que me arrasasse saber que ela estava sofrendo, sua dor era algo positivo. Significava que ela sentia *alguma coisa*; se não sentisse, simplesmente teria me dispensado da mesma forma que dispensara Mark.

Ironicamente, quanto mais fortes fossem os sentimentos dela, mais provável era sua propensão a se fechar e se afastar. Sloane tinha medo de se magoar de novo, mas, por causa daquele merda do Bentley, nenhuma garantia de minha parte seria capaz de convencê-la de que ela não acabaria magoada. Ela precisava chegar a essa conclusão sozinha.

A questão era: como eu podia ajudá-la a fazer isso?

Porque não havia a menor chance de eu levar aquele término a sério. Não quando ele parecia ter deixado Sloane tão arrasada quanto eu.

Eu não quero você aqui. Você me ama, mas eu não sinto a mesma coisa por você. Então vai embora!

Meu peito ficou apertado. Passei a mão pelo rosto, tentando apagar da mente a imagem de Sloane arrasada.

– Precisa de mais um tempinho para sonhar acordado com frivolidades ou podemos começar nossa reunião?

Uma voz fria me trouxe de volta ao presente. Era tão acolhedora quanto um mar de cactos, mas pelo menos conseguiu afastar os pensamentos sobre o término... temporariamente.

Alex Volkov me observava do outro lado da mesa. Irradiava insatisfação, mas estava ali, o que era um sinal mais ou menos bom.

– Tive que adiar um passeio da família ao zoológico para te encontrar, então vamos ser breves – disse ele. – Você tem dez minutos.

Tentei imaginar Alex empurrando um carrinho de bebê pelo zoológico, mas a única maneira de visualizá-lo pisando no local era se ele tivesse sido magicamente transformado em um daqueles linces ferozes que ficavam em recintos fechados.

– Veja pelo lado positivo – falei, tentando um tom leve. – Tenho certeza de que o zoológico ainda estará lá daqui a dez minutos, a menos que alguém tenha uma bomba ou algo do tipo.

Ele me encarou, inexpressivo, mas eu poderia jurar que a temperatura havia caído dentro da sala.

Certo. Havia esquecido que Alex era tão bem-humorado quanto uma pedra.

Dei-lhe uma breve visão geral do que acontecera no incêndio. Ele já sabia de tudo, mas a recapitulação era uma oportunidade de avaliar sua reação cara a cara.

Ele se mostrara estranhamente calmo com a destruição de uma de suas propriedades mais valiosas. Era verdade que ele não era exatamente uma pessoa emotiva, mas eu tinha esperado *alguma* reação. Uma repreensão pesada, um atirador de elite em frente à minha casa... sei lá, até uma cara feia.

Ele não fez nada disso.

– Entendo – disse ele depois que acabei de falar. O resíduo amargo da culpa permanecia em minha boca, mas se dissipou com o que ele disse a seguir. – Eu investiguei. O incêndio não foi resultado de um acidente elétrico aleatório. Foi sabotagem.

Sabotagem. A palavra detonou como uma bomba atômica.

Ondas de choque se espalharam pela sala, e eu olhei para Alex, e teria jurado que ele estava brincando, não fosse pelo fato de que ele não brincava. Nunca.

– Do que você está falando?

– Minha equipe investigou o incêndio, já que não dá para contar que aqueles idiotas da seguradora tenham um pingo de competência – disse Alex. – A fiação era antiga, mas não explodiu sozinha. Alguém deu uma força.

– Não tinha ninguém lá dentro, exceto eu, Vuk, Willow e os operários – respondi. – Os membros da equipe passaram pela aprovação minuciosa do Harper.

– Não, não pode mesmo ter sido um deles. Quem fez isso entrou sorrateiramente antes de os operários chegarem, raspou o isolamento dos fios bons restantes e os reposicionou para maximizar as chances de exposição.

Meu Deus. Era como se eu tivesse dormido e acordado no meio de um filme do Nate Reynolds.

– A sua equipe conseguiu descobrir tudo isso em um cofre que pegou fogo?

O sorriso de Alex não continha um único traço de cordialidade.

– Eu contrato os melhores.

Se estava preocupado com o fato de o sabotador ter como alvo outro edifício seu, ele não demonstrou.

Sabotagem. Fiquei pensando na palavra e em suas implicações.

– Isso não faz sentido – comentei. – Quem ia querer causar um incêndio criminoso no cofre?

A indústria da vida noturna era cruel, mas a maioria dos seus integrantes evitava cometer crimes tão descarados, a não ser que fossem da máfia. Se fosse *esse* o caso, o tipo de estabelecimento que administravam era muito diferente do meu; não havia nenhuma ameaça ali.

– Eu tenho meu quinhão de inimigos. Vuk também. E você também. – Alex parecia entediado, como se estivéssemos falando sobre o clima em vez de um incêndio criminoso. – Vai levar um tempo até eu encontrar os culpados, mas vou conseguir.

Por fim, ela apareceu: um lampejo da raiva glacial sob a fachada controlada de Alex. Quem quer que fosse o culpado, viveria um inferno quando Alex o localizasse.

– Eu não tenho inimigos – respondi.

Concorrentes, sem dúvida. Pessoas que não gostavam de mim, com certeza. Mas inimigos? Eu não era da máfia. Não havia ninguém que quisesse me matar ou ferir as pessoas próximas a mim.

– Qualquer pessoa rica e exposta ao público tem inimigos, mesmo que não saiba disso – respondeu Alex. Ele deu um tapinha no relógio; já haviam se passado dez minutos. – Eu cuido do sabotador. Você se encarrega de reparar os danos.

Havia me esquecido da iminente decisão sobre o futuro da boate; estava distraído demais com Sloane e com a reunião com Alex.

Kai tinha razão sobre eu estar me martirizando, mas, a menos que descobrisse uma maneira de congelar o tempo, jamais conseguiria colocar a boate em funcionamento dentro do prazo.

Comentei isso com Alex.

– Isso não tem relevância para o nosso caso – disse ele, verificando o relógio outra vez. – Você não falou para o Markovic que daria um jeito, independentemente do que acontecesse? "Se você disser não, ainda vou abrir o clube. Se não conseguir o cofre, vou encontrar outro local. Não é o ideal, mas negócios nem sempre funcionam como queremos. Só precisamos agir, e eu farei isso com ou sem você."

Fiz uma careta. Era estranho ouvir minha conversa com outra pessoa ser citada para mim mesmo.

– Você queria algo seu; bem, esta é a sua chance – disse Alex. – A menos, é claro, que você tenha mentido e no fundo só queira abrir a boate por causa da herança. Se for esse o caso, significa que eu o julguei muito mal, e não gosto de estar errado. – Seus olhos verdes brilharam com advertência. – Tome uma decisão até o meio-dia do dia 1º de janeiro.

Ele se levantou e me deixou sozinho em sua sala, as palavras pairando como uma guilhotina pronta para descer.

O bom de ser repreendido por um homem que não se importava nem um pouco com você era que dava para rapidamente colocar as coisas em perspectiva.

Alex podia ter investido na boate, mas não investira em mim pessoalmente, e foi direto ao cerne da questão.

Ele também estava certo. A Vault começara como uma necessidade, por conta da herança, mas logo se tornara um projeto pessoal. *Gostei* de construir um negócio. Adorei as emoções, os desafios e a criação de algo que era meu. Será que eu realmente deixaria um prazo arbitrário estragar isso?

Não precisei esperar até o dia 1º de janeiro para encontrar a resposta; já a tinha quando cheguei em Nova York no final daquele dia.

No entanto, não contei a Alex; tinha outro assunto muito mais urgente para resolver. Meu período de experiência com Sloane terminaria oficialmente no dia seguinte, e eu precisava convencê-la antes disso.

Meu encontro com Alex tinha me preocupado o suficiente para amenizar o sofrimento da noite anterior, mas quando o prédio do escritório de Sloane entrou em meu campo de visão, uma dor violenta ressurgiu.

Eu quero terminar.

Você me ama, mas eu não sinto a mesma coisa por você.

A dor se transformou em uma faca que se retorceu em minhas entranhas. Outros homens talvez tivessem desistido depois de serem dispensados de modo tão categórico, e eu também teria, se achasse que ela estava falando sério. Mas a única coisa pior do que ouvir aquelas palavras saindo da boca de Sloane foi ver seu rosto enquanto ela as pronunciava. Sua angústia espelhava a minha, e eu odiava imaginar o quanto ela devia ter sofrido para sentir tanto medo do amor.

Ou talvez eu estivesse apenas me iludindo.

De qualquer maneira, ainda não tinha desistido. Faltavam alguns minutos para o apito final, mas eu ainda tinha a chance de mudar o jogo e conseguir uma vitória de virada. Essa pontada de esperança era a única coisa me fazendo seguir em frente, porque a ideia de perder Sloane...

Isso não vai acontecer. Você não vai perdê-la.

Eu não podia. Não quando tinha acabado de encontrá-la. Não quando perdê-la significava perder uma parte crucial de mim mesmo.

Meu coração batia acelerado quando entrei no edifício, mas a ansiedade se transformou em confusão quando cheguei à Kensington PR e encontrei Jillian e vários profissionais juniores aglomerados do lado de fora da sala de Sloane, com os ouvidos literalmente encostados na porta.

– O que...?

– *Shhh.* – Jillian colocou um dedo sobre a boca. – *Perry* – disse ela, sem produzir som.

Ah, merda.

Parei ao lado dela e espiei pelo vidro. Sloane não havia fechado totalmente as persianas, revelando um vislumbre do drama que se desenrolava lá dentro.

Perry Wilson, o mestre da fofoca em pessoa, gesticulava descontroladamente. Era apenas a segunda vez que eu o via ao vivo e, de novo, fiquei impressionado por ele ser tão comum.

O cabelo com luzes e a gravata-borboleta cor-de-rosa eram suas marcas registradas, mas, tirando isso, poderia ser um sujeito aleatório na rua. Não chegava a 1,70 metro de altura, era um magricelo em um blazer e calça jeans. Para alguém tão corajoso por trás do teclado, ele era ridiculamente pequeno pessoalmente.

Sua voz, no entanto, era alta o bastante para atravessar a porta.

– Eu sei que foi você. Foi *você* que plantou aquelas informações falsas para mim.

Sloane estava sentada atrás da mesa, observando-o com uma expressão de tédio.

– Perry, querido, eu não faço ideia do que você está falando. Sou uma assessora de imprensa com clientes e problemas sérios. Não tenho tempo para me envolver no tipo de subterfúgio de que você está me acusando. – Ela deu um tapinha em seu celular. – Você já está sendo processado por difamação. Não acrescente calúnia ao pacote.

O rosto de Perry ficou rosa como a sua gravata.

– Eu tenho olhos e ouvidos em toda parte, Sloane. Fiquei sabendo que a Tilly ouviu *você* falando sobre o caso na festa de fim de ano dos Russos. Agora os seguidores idiotas da Soraya deram um jeito de me banir das redes… e esse processo por difamação é uma palhaçada.

– Ótimo. Então você não deveria estar preocupado – disse Sloane. – Quanto aos seus olhos e ouvidos, talvez eles devessem ter verificado os fatos para você, antes daquela postagem. Estamos no século XXI, Perry. Se você não consegue lidar com uma garota de 22 anos e seus fãs, talvez seja melhor mudar de carreira. Ouvi dizer que a *Velozes e felpudinhos* está procurando um novo redator.

Perry tremia de indignação.

– Você não vai se safar dessa.

– Por favor, me poupe desses clichês de vilão. – Sloane suspirou. – Tenho clientes para atender, e você tem anunciantes para tranquilizar antes que todos abandonem o seu barco, que inclusive já está afundando.

Perry estava tão furioso que sua voz baixou para um tom quase inaudível, e só consegui ouvir trechos do que ele disse em seguida.

Piranha... pergunta pro seu cliente VIP... e não estou falando daquele que você tá pegando.

Jillian e os outros assessores afastaram-se da porta depressa. Um minuto depois, Perry saiu em um tornado de cor-de-rosa e colônia.

– Ei, cara. – Bati em seu ombro com força suficiente para que ele tropeçasse ao passar. – Sinto muito por tudo que você vem passando. Boa sorte na *Velozes e felpudinhos.*

Perry deu um gritinho de indignação, mas foi esperto o suficiente para não me confrontar fisicamente. Ele se dirigiu ao elevador batendo os pés feito uma criança fazendo birra, e eu não consegui acreditar que *aquele* era o homem que havia causado tanta dor de cabeça a tantas pessoas poderosas ao longo dos anos.

Foi como espiar por trás da cortina e ver o verdadeiro Mágico de Oz. Decepcionante.

Jillian deu uma risadinha e não me impediu quando entrei na sala de Sloane e fechei a porta.

Com Perry fora dali, a rigidez nos ombros de Sloane havia diminuído, mas eles se retesaram novamente quando ela me viu.

Ela estava obviamente exausta, mas, mesmo com leves manchas arroxeadas sob os olhos e linhas de tensão marcando a boca, era a mulher mais bonita que eu já tinha visto. Isso não tinha nada a ver com sua aparência e tudo a ver com quem ela *era*.

Inteligente, determinada e minha, muito minha.

Deveria ter admitido isso antes, e esperaria para sempre até que ela também admitisse.

– Quer dizer que o Perry já era mesmo, né? – perguntei.

Era estranho falar sobre algo tão banal como Perry quando a conversa destruidora da noite anterior ainda não havia se assentado totalmente. Os destroços flutuavam ao nosso redor, cada fragmento um lembrete silencioso do que estava em jogo.

No entanto, ir direto ao assunto que me levara àquela visita seria uma maneira infalível de fazer com que Sloane se fechasse. Precisava ir com calma e, sinceramente, estava disposto a usar qualquer justificativa para falar com ela de novo, não importava o assunto.

– Por enquanto, mas pessoas como ele sempre dão um jeito de sobreviver. – Sloane batia a caneta na mesa, os olhos cautelosos. – Não temos nenhuma reunião marcada para hoje.

– Não, não temos.

Tec. Tec. Tec.

O ritmo nervoso espelhava a tensão que pairava no ar. Era tão forte que eu podia sentir seu gosto no fundo da garganta e, embora não quisesse nada além de agarrá-la e beijá-la com toda a força, eu precisava ser esperto.

Eu tinha uma última chance e não ia desperdiçá-la.

Sloane engoliu em seco.

– Xavier...

– Não se preocupe. Eu não vim pra fazer cena. – Coloquei as mãos nos bolsos e fechei os punhos para me forçar a não tocar nela. – Vim te contar três coisas. Primeiro, conversei com Alex hoje de manhã sobre o incêndio. Ele disse que foi sabotagem.

A batida parou. Eu praticamente podia ver as engrenagens de sua mente girando enquanto ela processava a informação.

– Sabotagem. Quem fez isso?

– Ainda não se sabe. – Fiz um resumo da reunião para ela. – É o Alex, então ele vai descobrir, além de garantir que nada do tipo volte a acontecer enquanto eu cuido dos reparos da boate.

Sloane ficou imóvel, olhos arregalados de surpresa e de uma esperança cautelosa que alimentou ainda mais a minha. Esperança significava que ela ainda se importava e, se ela ainda se importava, isso significava que havia uma chance minimamente maior de meu risco compensar.

– E tem uma segunda coisa – falei com mais calma. – Vou seguir em frente com a Vault. Você e o Alex tinham razão, e não me importo de extrapolar o prazo e não receber a herança. O objetivo da boate não é mais esse. Eu só precisava de um tapa na nuca. – Um sorriso sarcástico tomou meu rosto. – Ou dois.

O olhar de Sloane cintilou com outra emoção que não consegui identificar antes que ela voltasse à sua expressão pétrea.

– Ótimo. Não vale a pena desperdiçar o esforço que você já fez.

– Última coisa. – Dei um passo para mais perto, meus olhos fixos nos dela. – Nosso período de experiência só expira amanhã, o que significa que ainda não terminamos. Não oficialmente.

Sloane segurou a caneta com mais força.

– Eu já tomei minha decisão.

– Isso não importa quando ainda há tempo para mudar de ideia.

Sua boca tremeu por uma fração de segundo antes de se firmar em uma linha.

– Não dificulte as coisas.

Seu tom era angustiado, e isso foi o suficiente para me estimular. Odiava vê-la magoada, mas se isso significava que eu estava conseguindo mexer com ela, suportaria.

– Eu vou dificultar o máximo que puder – respondi com firmeza. – Eu te amo, Sloane, e se acha que vou desistir de você assim tão facilmente, está enganada. Passei metade da vida fugindo de dificuldades e optando pelo caminho mais fácil porque nunca quis nada o suficiente para *me esforçar* por isso. – Engoli em seco. – Aí conheci você e finalmente entendi o que as pessoas querem dizer quando falam que vale a pena lutar pelo amor. Sei que parece clichê e que, se lhe falassem que isso tudo é coisa de filme, você provavelmente escreveria uma crítica mordaz sobre ele.

Sloane abafou uma risada.

– Mas estou falando sério. Aprendi a lutar pelo que é importante, e não há *nada* neste mundo que importe mais para mim do que você. Nem a boate, nem a herança, nem minha reputação.

Dei mais um passo para perto dela, desesperado para tocá-la, mas sabendo que não podia.

– Eu sei que você está com medo. Merda, eu também estou. Nunca me apaixonei e nunca quis me apaixonar. Não tenho ideia do que as pessoas fazem nessas situações, e provavelmente é por isso que estou aqui assim, fazendo papel de idiota. – Uma pontada de constrangimento se infiltrou em minha voz. – Se você realmente não sente nada por mim, tudo bem, eu aceito. – *Mesmo que isso me mate.* – Mas, se você sente, mesmo que minimamente, então não faça o que eu costumava fazer. Não fuja do que pode acontecer por medo do que *talvez* aconteça.

Fui direto, mas Sloane sempre reagira melhor à franqueza. Essa era uma das muitas coisas que eu amava nela.

– Não vou mentir e dizer que sei como será nosso futuro. Ninguém sabe. Mas sei que, aconteça o que acontecer, vamos dar um jeito juntos – afirmei baixinho. – A gente sempre dá.

Sloane não se moveu, não disse nada, mas seus olhos brilharam de um jeito sugestivo.

Respirei fundo e me preparei para o que estava prestes a dizer.

– Amanhã, no topo do Empire State Building. Me encontre lá à meia-noite. – Era quando nosso período de experiência expirava oficialmente. – Se você não aparecer... – Engoli em seco o nó na garganta. – Eu vou saber qual é a sua resposta e nunca mais falarei sobre esse assunto.

Sloane soltou uma risada embargada.

– Você está brincando de *Sintonia de amor* comigo?

– De *Gossip Girl*, na verdade. Doris era uma grande fã – respondi, com um sorriso fugaz. Então fiquei sério e minha voz se suavizou para um tom mais carinhoso. – Sei que você acha que não existe "felizes para sempre", Luna, mas não precisa ser assim. Você só precisa acreditar o suficiente.

Ela não falou mais nada. Não esperava que falasse, mas, quando saí, com o coração apertado, não pude deixar de questionar minha estratégia.

Havia feito uma grande aposta ao dar um ultimato a Sloane, mas éramos iguais em tantos aspectos quanto éramos diferentes. Ela precisava daquele empurrão.

Só esperava que, ao fazer isso, não tivesse cometido o maior erro da minha vida.

CAPÍTULO 42

Sloane

NÃO CONSEGUIA PARAR DE conferir a hora.

Era uma da tarde; faltavam onze horas para o fim do meu período de experiência com Xavier, mas o iminente vencimento do prazo havia tirado meu apetite e eu revirava a salada no prato.

Se você não aparecer, eu vou saber qual é a sua resposta e nunca mais falarei sobre esse assunto.

Tirando o fim do nosso relacionamento, o que aconteceria se eu não aparecesse? Não trabalharíamos mais juntos? Eu nunca mais o veria? Os últimos dois meses desapareceriam no passado, como se nunca tivessem acontecido?

Deveria estar feliz com isso. Era o que eu *queria*, mas, nesse caso, por que meu estômago estava embrulhado?

As poucas garfadas que eu havia me forçado a engolir antes reviraram em minha barriga. Cortar todos os laços com Xavier era a coisa mais inteligente a fazer. Não seria possível voltar à nossa antiga relação de trabalho quando eu conhecia o gosto dos lábios dele, como era senti-lo dentro de mim e a maneira que ele me abraçava como se...

– Alôôô. Terra chamando Sloane. – Isabella acenava diante do meu rosto, cortando meus pensamentos. – Tá viajando?

– Desculpa. – Tentei dar outra garfada na comida, sem nem sentir o gosto. – Só estava pensando.

– Sobre hoje à noite? – Os olhos de Alessandra brilhavam, preocupados e compreensivos. – Já decidiu o que vai fazer?

Em geral, eu pedia comida no trabalho nos dias úteis, mas havia pedido às minhas amigas que me encontrassem em um restaurante de verdade porque precisava do conselho delas. Contei a respeito do ultimato de Xavier, e as reações foram as mais variadas.

Isabella queria que eu fosse encontrar com ele, sem a menor dúvida. Vivian disse que eu deveria seguir meu coração, o que não ajudou muito, porque meu coração tinha o hábito de fazer escolhas terríveis. Alessandra foi surpreendentemente neutra, mas, de todas na mesa, era a única que entendia a importância de que aquela decisão fosse tomada no meu tempo, não no tempo de outra pessoa.

O problema era que eu não fazia muito tempo; algumas horas, no máximo.

– Não.

Separei um pedaço de noz; tinha me esquecido de dizer ao garçom para não incluí-las na minha salada.

Não sabia do que você gostava, então pedi um pouco de tudo. Mas nada com nozes.

A emoção reprimida me deu um nó na garganta. Não havia chorado desde a noite anterior e não tinha contado às minhas amigas sobre as lágrimas. Não eram relevantes; eram um sintoma físico, só isso.

Só não me permiti parar para pensar sobre o *motivo* do sintoma físico.

– É melhor não ir. Não vou – disse com pouca convicção. – Encontrar com ele é uma ideia idiota, certo? Nós vamos acabar nos separando, então é melhor arrancar o curativo agora do que mais para a frente.

Isabella franziu a testa, Alessandra cortou um pedaço de frango em silêncio e Vivian tomou um gole de água sem me encarar.

Aff. Eu amava minhas amigas, mas, obviamente, elas eram parciais. Todas estavam ridiculamente apaixonadas e, embora tivessem tido seus "felizes para sempre", o caso delas não contava. Elas *queriam* estar apaixonadas e autossabotagem não fazia parte da personalidade delas. Eu jamais seria o tipo de mulher delicada e amorosa que se saía bem em relacionamentos, e era muito feliz sozinha.

Muito. Feliz.

Espetei um morango no garfo com tanta força que o prato sacudiu.

– Enfim, chega de falar sobre a minha vida amorosa. Eu contei a vocês sobre a visita do Perry ao meu escritório ontem? Ele estava *furioso*.

Diverti todo mundo à mesa contando do satisfatório colapso de Perry, e todas manifestaram ruidosamente seu incentivo, mas percebi que ainda estavam presas ao meu dilema com Xavier.

Para ser sincera, eu também estava.

Minha voz ficou embargada no final, quando me lembrei do que aconteceu depois que Perry foi embora. Xavier tinha aparecido, e meu coração disparara contra as costelas como se estivesse desesperado para se libertar.

Sei que você acha que não existe "felizes para sempre", Luna, mas não precisa ser assim. Você só precisa acreditar o suficiente.

Meu estômago revirou outra vez e me levantei abruptamente, tirando a atenção de minhas amigas de seus pratos.

– Vou ao banheiro. Já volto.

Abaixei a cabeça e fui depressa até o banheiro feminino. Quanto mais eu caminhava, mais fácil ficava respirar e bloquear as lembranças de Xavier – o calor dos seus olhos, a vulnerabilidade em sua voz, o breve vislumbre de suas covinhas depois do meu comentário sobre *Sintonia de amor*. O ruído de conversa no salão do restaurante também ajudava. Nada como um pouco de ruído branco para reprimir pensamentos indesejados.

Havia decidido encontrar minhas amigas no Le Boudoir, que tinha conseguido recuperar sua reputação depois que um convidado morreu durante a inauguração, no ano anterior. O legista concluiu que se tratara de uma morte natural, e o evento mórbido acabou acrescentando uma mística sinistra ao restaurante, que estava surpreendentemente movimentado para aquela época do ano.

Em um canto, Buffy Darlington reinava em uma mesa de distintas socialites de famílias tradicionais. Em outro, Ayana estava sentada com seu acompanhante, um homem bonito, de cabelos escuros e expressão séria. Os dois pareciam travar uma discussão acalorada, por isso não os cumprimentei; de qualquer forma, não estava a fim de conversa fiada.

Abri a porta do banheiro e usei as instalações. Minha pele estava fria e úmida, mas, quando lavei as mãos e reapliquei o batom, a náusea já estava sob controle. Ou quase isso.

Verifiquei meu celular novamente. *Faltam dez horas e meia.*

Engoli a bile que subiu pela minha garganta. Era muito tempo. Certamente eu...

– Sloane.

Olhei para a porta. Reconhecia aquela voz e, de todas as pessoas que não gostaria de ver naquele momento nem nunca mais, ela estava no top cinco.

Minha madrasta se aproximou, vestindo um terninho Chanel de tweed, com a expressão de alguém que acabara de chupar um limão.

Livrei meu rosto de qualquer sinal da minha perturbação.

– Caroline.

Nunca havia concordado com a ideia de que as mulheres precisavam ir ao banheiro em grupo, mas desejei que uma de minhas amigas estivesse ali comigo, ao menos para não ser acusada de lesão corporal por arrancar os olhos de Caroline.

Ela havia demitido Rhea, impedido Pen de me ver e era um ser humano horrível em todos os aspectos. Levando em consideração o meu humor naquele momento, ela teria sorte se eu não a furasse com o meu salto.

Os saltos dela tilintaram contra o piso de ladrilhos até que ela parou ao meu lado. Caroline enfiou a mão na bolsa e pegou um batom.

– Não esperava ver você aqui em uma tarde de terça-feira – disse ela, reaplicando a cor discreta com precisão. – Você não deveria estar naquele seu empreguinho?

– O meu *empreguinho* é em uma das principais agências de relações públicas do país. – Dei a ela um sorriso duro. – Nem todo mundo precisa se casar para ter dinheiro. Algumas de nós são inteligentes o suficiente para se virar sozinha.

– Que exótico. – Caroline fechou o batom e o devolveu à bolsa. – Por mais que eu adore ouvir sobre suas aventuras *plebeias*… – Ela franziu o nariz. – Tem outra coisa que gostaria de discutir.

– Não faço a menor ideia de onde você pode polir os seus chifres. É melhor procurar no Google por *serviços para demônios* e partir daí.

Ela contraiu os lábios.

– Sinceramente, Sloane, é por isso que é melhor para você *trabalhar* do que tentar encontrar um marido decente. Nenhum homem respeitável toleraria esse humor juvenil.

– Ainda bem que eu não gosto de homens "respeitáveis". Eles têm o hábito de dizer uma coisa e depois voltar atrás e fazer o oposto… às vezes com sua própria irmã.

Caroline estreitou os olhos com a referência a Bentley, mas não mordeu a isca.

– É sobre a Penelope – disse ela, e na mesma hora meu sarcasmo desapareceu.

Não havia recebido nenhuma notícia de Pen desde o relatório que Xavier me fornecera. Não queria dar a Caroline a satisfação de implorar por informações, mas meu coração batia em um ritmo frenético enquanto eu esperava por suas próximas palavras.

– Ela tem andado diferente, nos últimos tempos – disse Caroline após uma pausa. – Mal come, e a adaptação com a nova babá tem sido... difícil. Ela normalmente é muito bem-comportada.

Como você sabe? Você mal fala com a própria filha.

Engoli a réplica para não acabar afastando minha madrasta no momento em ela estava me dando, em primeira mão, notícias do que havia acontecido após a postagem bombástica de Perry. A revelação de que Pen não estava comendo me preocupou, mas eu não conseguia acreditar que Caroline estivesse chocada com os acontecimentos. Ela *tinha* que saber o motivo.

– Ela sente falta da Rhea – expliquei. – Rhea toma conta da Pen desde que ela nasceu. É praticamente uma mãe para ela, e você a mandou embora no meio da noite sem nenhum aviso. É claro que ela está chateada.

Caroline ficou tensa. Eu achava que ela não se importava com nada além de suas roupas e seu status, mas jurava ter visto um lampejo de mágoa com o comentário sobre Pen enxergar Rhea como uma *mãe*.

– Sim, bem, talvez tenhamos sido um pouco precipitados nesse sentido – disse ela com rigidez. – No entanto, Rhea armou com você aquela visita secreta à Penelope enquanto George e eu estávamos fora. Ela não é digna de confiança e suas atitudes não podiam ficar impunes.

– Não é digna de confiança? – Eu teria rido se não estivesse tão irritada. – Se você está preocupada com isso, deveria prestar atenção em algumas outras pessoas ao seu redor. Sim, Rhea mentiu por omissão, mas ela fez isso pela Pen. Você pode até não se importar de manter sua filha em casa e fingir que ela não existe porque Pen não é *perfeita* o suficiente para os seus padrões, mas ela é uma criança. Precisa de alguém que se importe com ela, e você simplesmente tirou a única pessoa dentro da sua casa que se encaixa nesse perfil.

Os lábios de Caroline formaram uma fina faixa cor de malva.

– Seja como for, você sabia muito bem a gravidade da situação quando se afastou e *humilhou* esta família, anos atrás. Por sua causa, o nome Kensington estará para sempre manchado por um escândalo. Ninguém em nosso meio esquece afastamentos, Sloane, e você *optou* por abrir mão da Penelope junto com o resto dos seus privilégios. Na época, você não conseguiu passar por cima do seu orgulho e agora arrastou Rhea com você. Não pode culpar ninguém além de si mesma.

– O fato de você considerar o acesso à Pen um privilégio, como se ela fosse um cartão de crédito ou uma conta bancária, é exatamente o motivo pelo qual não está apta a ser mãe dela – respondi, minha voz baixa de tanto ódio.

– Ah, desce desse seu pedestal hipócrita – zombou Caroline. – Se eu não fosse "apta a ser mãe dela", não estaria falando com você agora. Acredite, tenho coisas melhores para fazer no meu tempo livre do que ficar de papo com minha *ex*-enteada no banheiro de um restaurante. – Ela respirou fundo antes de dizer, mais calma: – Como mencionei, Penelope está agindo de forma estranha. Ela também tem perguntado por você. Sem parar. E, ao contrário do que você pensa, eu não sou um monstro sem coração. Ela é minha única filha. Eu me preocupo com os desejos e necessidades dela.

Eu não comprava aquele súbito papinho de mãe amorosa. Talvez Caroline até se preocupasse com os desejos e necessidades de Pen, mas se preocupava muito mais consigo mesma.

– Tanto que você a ignora desde que ela foi diagnosticada com SFC – rebati.

Não consegui evitar; havia muito tempo que ansiava em dar um sermão em Caroline e, agora que tinha a chance, seria impossível deixar passar. Minha flecha deve ter acertado o alvo, porque o rosto dela ficou vermelho na mesma hora.

– Eu não a ignoro – retrucou ela. – Eu a mantenho em casa para protegê-la. Não acho que Pen deva ficar andando pela cidade, nas condições dela, e você, mais do que ninguém, deveria saber como o mundo trata qualquer pessoa considerada "diferente" ou "insuficiente". – Ela contorceu os lábios. – Só Deus sabe todos os momentos difíceis que passei depois que me casei com o George. Por *anos* não me deixaram fazer parte de nenhum comitê de caridade.

– Meus pêsames. Não acredito que você sobreviveu a um problema tão terrível.

– Você pode fazer todas as piadas que quiser, mas a questão não sou eu nem você – disse Caroline com os dentes cerrados. – O único motivo pelo qual estou falando com você é porque tentamos de tudo para ajudar a Penelope e não funcionou. Chegamos a pedir à Georgia que conversasse com ela.

– Pedir para a Georgia ajudar alguém é como pedir um abraço a um escorpião.

Para minha surpresa, minha madrasta soltou uma risada curta e concordou.

– Nunca gostei da sua irmã. Ela sempre se achou melhor do que eu.

– Ela se acha melhor do que todo mundo, e você nunca gostou de mim também.

– Não, mas você é a única pessoa que consegue se conectar com a Penelope. Isso é mais do que uma birra de criança. Se continuar desse jeito, a saúde dela vai sofrer o impacto. – O olhar de Caroline percorreu o banheiro. – George ainda não sabe que estou fazendo isso, mas estou disposta a fazer um acordo. Penelope disse que quer ver você, e eu posso arranjar esse encontro se ela desistir da greve de fome.

Meu coração se alegrou com a possibilidade de ver Pen novamente sem precisar me esconder, mas parte de mim continuou desconfiada.

– Qual é a pegadinha?

Caroline não era altruísta o suficiente para fazer isso apenas para o benefício de Pen.

– Tão jovem, mas tão cínica. – Minha madrasta deu um sorriso sem humor. – Não tem pegadinha. Acredite ou não, nem todo mundo quer te passar a perna o tempo todo. Fique atenta, eu entro em contato assim que falar com o George. Até lá, não conte a *ninguém* sobre esta conversa.

O eco de sua proposta me acompanhou de volta à mesa, onde minhas amigas estavam terminando de almoçar.

– Está tudo bem? – perguntou Vivian quando voltei a me sentar. – Você demorou.

– Tudo.

Peguei meu copo, louca para aliviar a incerteza que embargava minha voz. Xavier, Caroline, Pen... era muita coisa ao mesmo tempo, e minha cabeça latejava com uma enxaqueca iminente.

– Está tudo bem.

CAPÍTULO 43

Sloane

DESGRAÇA POUCA ERA BOBAGEM.

Aparentemente, as más notícias não se intimidavam com as festas de fim de ano, pois, depois que voltei ao escritório, fui bombardeada com problema atrás de problema. Jillian havia verificado o aviso que Perry dera sobre Asher antes de sair, e descobrira um vídeo de Asher e Vincent DuBois trocando socos. O vídeo ainda não havia chegado à internet e eu levei duas horas para conseguir garantir que isso jamais aconteceria.

Depois de apagar *esse* incêndio, tive que lidar com um CEO em pânico no telefone, depois de ter sido pego comendo a hostess de um restaurante em um banheiro; uma estrela de cinema que havia sido presa por atacar um paparazzo; e uma socialite que havia deixado sua bolsa Dior de edição limitada em algum lugar entre Paris e Nova York (essa eu encaminhei para a assistente dela – eu não era bem-remunerada o suficiente para caçar bolsas de luxo perdidas entre dois continentes).

Aquele tinha sido de longe o meu dia de trabalho mais cheio do ano e, quando finalmente recuperei o fôlego, já eram dez da noite. Havia mandado Jillian para casa horas antes, então estávamos apenas eu, um macarrão instantâneo sem graça para jantar e a contagem regressiva para a meia-noite.

Duas horas e meia.

Engoli uma garfada do macarrão gorduroso. Minha enxaqueca tinha piorado desde o almoço, mas isso não me impedia de mergulhar nas redes sociais para evitar pensar em Xavier.

No dia anterior, sua presença havia enchido a sala. Naquele momento, o cômodo parecia vazio sem ele, como um filme sem graça.

Duas horas e quinze minutos.

Desisti de comer e joguei o resto do macarrão já frio no lixo. Havia concluído meu trabalho, então por que estava ali, em vez de estar em casa, assistindo a um bom filme com uma taça de vinho?

Porque o Empire State Building fica a vinte minutos a pé daqui.

Porque voltar para casa significa que você fez sua escolha.

Porque este é o último lugar onde você o viu, e se sente mais próxima dele aqui do que em qualquer outro lugar.

Soltei um grunhido e cobri os olhos com as mãos.

Se ao menos eu tivesse uma bola de cristal para me dizer o que fazer... Sempre me orgulhei da minha natureza decidida, mas, quando se tratava de Xavier, eu ficava caótica.

Às vezes, ele me deixava maluca, mas me desafiava como ninguém. Ele me obrigava a sair da minha zona de conforto, ao mesmo tempo que me fazia sentir segura o suficiente para isso, e me fazia rir, chorar e *sentir* mais do que qualquer outra pessoa que eu já havia conhecido.

Quando mais nova, acreditei de verdade que o que eu tinha com Bentley era amor, mas foi só depois de Xavier que percebi que Bentley tinha sido um mero prólogo da verdadeira história.

Xavier e eu, o mais improvável dos casais. Opostos em muitos aspectos, mas semelhantes em vários outros. Ele conhecia cada parte de mim intimamente – mente, corpo e coração – e me amava não apesar dos meus defeitos, mas *por causa* deles.

Já tínhamos visto o lado mais feio um do outro, mas nos apaixonamos mesmo assim.

Um punho de mármore apertou meu peito.

Não tem pegadinha. Acredite ou não, nem todo mundo quer te passar a perna o tempo todo. A voz de Caroline se infiltrou em minha consciência.

Jamais imaginei que um dia ela diria algo útil, mas sentada ali sozinha, em minha sala escura, enquanto o homem que eu amava me esperava a minutos de distância, suas palavras me atingiram em cheio.

Não tem pegadinha.

Sentia medo de que doesse mais se Xavier e eu terminássemos no futuro, depois que eu estivesse irreparavelmente apegada, só que eu já estava apaixonada por ele e já estava doendo a ponto de não conseguir pensar direito. Tinha chorado pela primeira vez na vida e estava comendo macarrão instantâneo sozinha no meu escritório no meio da noite, pelo amor de Deus.

O mesmo escritório onde nos conhecemos.

O mesmo escritório onde ele me deu o ultimato.

O mesmo escritório onde eu havia contado a Georgia a verdade sobre Bentley. Eu achava que havia me libertado do impacto da traição de Bentley sobre minhas decisões, mas claramente não era o caso. Ainda sentia tanto medo de me machucar que estava disposta a deixar que um cenário hipotético afastasse o único homem com quem eu conseguia me ver tendo um futuro.

Não fuja do que pode acontecer por medo do que talvez aconteça.

Sendo bem franca comigo mesma, admitia que podíamos dar certo. Xavier era o único que me entendia, que se encaixava perfeitamente na minha vida e, de alguma forma, a tornava melhor, e sem ele *todos* os meus dias seriam como aquele.

Solitária, sozinha, lamentando por algo que eu poderia ter tido, mas que deixei escapar por entre os dedos.

– Meu Deus, eu sou uma idiota – sussurrei.

Meu corpo tomou a decisão uma fração de segundo antes do meu cérebro. Peguei meu casaco e saí correndo pela porta antes de realmente processar o que estava fazendo. Sabia apenas que precisava chegar ao topo do Empire State Building. Naquele minuto.

Felizmente, por causa da hora, o elevador não ficou parando nos andares durante a descida. Eu tinha bastante tempo para...

As luzes piscaram uma vez e o elevador parou depois de sacudir um pouco. O painel luminoso parou no número *4*.

– Isso *só pode* ser brincadeira.

Em todos os meus anos de trabalho naquele edifício, nunca tive um único problema com o elevador. O universo devia estar me punindo pela minha indecisão, porque não havia a menor possibilidade de aquilo ser uma coincidência.

Apertei furiosamente o botão do térreo outra vez. Nada.

Verifiquei o celular. Não havia sinal, e ele estava com apenas dois por cento de bateria. Estava tão ocupada com o trabalho que me esquecera de carregá-lo.

Merda.

A única opção que restava era apertar o botão de emergência e rezar para que (1) alguém estivesse de plantão àquela hora da noite durante o recesso de fim de ano; e (2) o socorro chegasse depressa.

Depois de uma espera aparentemente interminável, uma voz áspera atendeu minha ligação e garantiu que a ajuda estava "a caminho". Ele não respondeu às minhas solicitações de uma estimativa de tempo mais precisa.

Comecei a andar de um lado para outro na pequena caixa de metal e verifiquei meu relógio novamente. *22h30.* Tudo bem. Mesmo que a equipe de resgate demorasse uma hora, eu chegaria ao Empire State Building antes da meia-noite.

Meu Deus, torci muito para que não levasse uma hora.

Alguém em algum lugar devia ter ouvido minhas preces, pois dois técnicos apareceram vinte minutos depois e me tiraram de lá. Apenas agradeci às pressas e fui embora.

23h05.

O ar do final de dezembro foi um sopro gelado bem-vindo depois do elevador claustrofóbico, e percorri todo o caminho até a Rua 34, onde ficava o Empire State Building, antes de parar bruscamente. Havia barricadas de metal alinhadas em ambos os lados da rua, me impedindo de atravessar. Eu as tinha visto no caminho até ali e presumido que terminariam antes de eu chegar ao meu destino; claramente, tinha me enganado.

Fui até um policial e forcei um sorriso educado.

– Olá, pode me dizer o que está acontecendo? – Apontei para a irritante fortaleza improvisada. – Estou tentando chegar ao Empire State Building.

– Desfile Anual Snowflake. – O policial com cara de tédio apontou com o polegar por cima do ombro. – A avenida inteira está fechada. Se você quiser atravessar a rua, vai ter que dar a volta.

Contive um resmungo. Como podia ter me esquecido de uma das piores tradições da cidade? Tinha pensado que o tumulto era por causa dos típicos turistas que se aglomeravam na cidade para as festas de fim de ano, mas não, era um desfile inteiro dedicado a um fenômeno natural completamente desinteressante.

– Dar a volta por onde?

Ele me explicou, e quase xinguei em voz alta quando calculei quanto tempo levaria para chegar à rua transversal aberta mais próxima.

367

O prédio estava *bem ali*. Podia vê-lo brilhando do outro lado da rua, com sua torre perfurando o céu noturno. Levaria pelo menos quarenta minutos para chegar lá pela rota alternativa (talvez mais, considerando a multidão), mas não havia escolha; o desfile já tinha começado e era impossível passar pelas barreiras sem ser abordada por um membro da polícia de Nova York.

Em vez de perder mais tempo discutindo, dei meia-volta e segui na direção indicada. Eu não era um gênio da matemática, mas sabia que saltos de oito centímetros mais uma multidão de transeuntes se movendo lentamente e tirando selfies não resultavam em velocidade *nem* conforto.

Quando cheguei ao cruzamento, estava suada, exausta e com falta de ar. *Resolução de ano-novo: fazer mais exercícios aeróbicos.* Ioga e pilates não haviam me preparado para caminhar pela cidade em sapatos Manolo Blahnik.

O outro lado da avenida estava igualmente lotado, mas pelo menos não teria que cruzar um desfile inteiro. A pessoa que tinha inventado o conceito geral de desfiles merecia ser fuzilada.

Abri caminho em meio à aglomeração. Na metade, alguém esbarrou em mim com tanta força que bati os dentes. Olhei para cima, pronta para dar uma surra no cara.

Olhos verdes, rosto fatalmente bonito. Ele me pareceu estranhamente familiar, o suficiente para me fazer hesitar um momento, mas desapareceu antes que eu tivesse a chance de dizer uma única palavra.

Melhor assim. Não tinha tempo para discutir com um estranho, por mais bruto que ele tivesse sido.

23h47.

Acelerei o passo e quase derrubei uma mulher que usava um chapéu branco de floco de neve.

– Ei! Presta atenção, loirinha! – gritou ela.

Eu a ignorei. Os carros, as pessoas e as vitrines das lojas passaram em um borrão até que finalmente, *finalmente*, cheguei à entrada do Empire State Building.

23h55.

Passei rapidamente pelo esquema de segurança e rezei para que o elevador dali, ao menos, funcionasse corretamente.

23h58.

O elegante elevador de vidro me levou até o octogésimo sexto andar. Subi, subi, subi, tão rápido que meus ouvidos estalaram, e então...

Cheguei.

Meia-noite.

Saí correndo para o deque de observação ao ar livre, encharcada de suor e com o coração batendo forte o suficiente para quebrar minhas costelas. Normalmente, teria ficado constrangida com minha aparência naquele momento, mas isso não era o mais importante.

O mais importante era encontrar Xavier.

Examinei o deque. Estava praticamente vazio, e por um bom motivo. Os aquecedores não eram páreo para o vento, que batia contra qualquer pele exposta com ferocidade cruel, e o frio era tão cortante que atravessava as camadas de lã e caxemira para se infiltrar profundamente em meus ossos.

Minha expiração formava pequenas baforadas enquanto eu contornava a área externa. Meu rosto ficou dormente depois da primeira volta, mas isso não se comparava ao gelo que percorreu minhas veias depois da segunda.

Ele não estava lá.

Ou tinha ido embora... ou nem tinha aparecido.

Parei entre a saída e o parapeito e fiquei ali, tremendo. Estava tão cansada que fiquei surpresa por minhas pernas ainda funcionarem, e o manto de luzes da cidade lá embaixo ganhou um caráter surreal, como poeira estelar esperando que alguém fizesse um desejo.

Se você não aparecer, eu vou saber qual é a sua resposta.

Eu havia chegado lá exatamente à meia-noite. Se Xavier tivesse saído depois disso, eu o teria visto. Será que ele tinha se atrasado ou ido embora antes por causa de alguma emergência?

Não. Se ele disse que estaria lá, estaria lá – a menos que tivesse mudado de ideia.

Não o julgava por isso. Se eu fosse ele, também teria mudado, pois por que alguém... por que...

Um soluço torturado me escapou.

Nunca tinha ouvido algo assim sair da minha garganta, e levei um minuto para reconhecer que o som vinha de mim.

Assim que o primeiro escapou, os demais o seguiram, e não consegui mais detê-los, assim como um muro de areia não podia deter um tsunami.

No domingo à noite, tinha chorado lágrimas silenciosas, mas naquele momento não havia nada de silencioso em meu choro. Eram soluços guturais, de tremer o peito, do tipo que ecoavam pelo deque e faziam até o ar tremer de compaixão. Seria humilhante se alguém me visse, mas, àquela altura, eu não me importava.

Tinha arruinado meu relacionamento com o único homem que amei de verdade e não havia ninguém para culpar além de mim mesma.

– Luna.

Outro soluço fez meus ombros tremerem. Pressionei o punho contra a boca, mas o som saiu mesmo assim e, quando fechei os olhos, pude sentir o espectro do calor de Xavier roçando minhas costas.

Era pior do que o frio, porque não era real; era minha mente conjurando coisas para me torturar.

– Luna.

Eu precisava sair dali. Se ficasse por mais um segundo, morreria de frio ou perderia a cabeça, mas não conseguia me mexer.

Não é ele. Era apenas um produto da minha imaginação, e...

Mãos firmes seguraram meus braços e me viraram, e lá estava ele. Cabelos negros caindo descuidadamente sobre a testa, lábios grossos em uma expressão preocupada, olhos que enquanto me examinavam abriram um rastro de calor em meio às minhas lágrimas gélidas.

Ele ainda estava me segurando. O calor de seu corpo se infiltrou em minhas roupas e outra série de arrepios percorreu minhas costas... dessa vez por causa do calor, não do frio. Talvez minha mente conseguisse evocar sons, imagens e sensações, mas jamais poderia criar *aquilo*: a paz envolvente e plena que eu só sentia quando estava com ele.

Não é uma ilusão. Ele era real.

Chorei ainda mais.

– Ei. – Seu olhar era de preocupação. – Está tudo bem. Não chora. – Xavier enxugou uma lágrima com um toque gentil do polegar. – Shh... Está tudo bem.

– Achei que você tinha ido embora – solucei, envergonhada, mas aliviada demais para parar.

Xavier se mostrava compreensivo.

– Tinha um casal de idosos aqui mais cedo. Um deles levou um tombo, então eu os ajudei a descer as escadas. Mandei uma mensagem para você, caso aparecesse enquanto eu estivesse fora.

– Meu celular ficou sem bateria. – Solucei novamente. – Esqueci de carregar.

– Ah. – A voz de Xavier ficou rouca quando ele me puxou em sua direção. – Estou aqui, Luna. Não fui embora. Estou aqui.

Suas palavras deveriam ter me tranquilizado, mas abriram ainda mais as comportas. Enterrei o rosto em seu peito enquanto anos de emoções reprimidas se derramavam.

Cada medo, cada frustração, cada desgosto. Haviam esperado uma vida inteira para se libertar e, uma vez que isso aconteceu, não pararam até que a última gota tivesse evaporado e eu estivesse mergulhada em Xavier, vazia e exausta.

Durante todo o processo, ele me abraçou, mesmo enquanto eu arruinava seu suéter, provavelmente bastante caro, e a minha própria aparência também.

– Desculpa – falei num último soluço. – Eu não... Quando eu...

Eu não era do tipo que fazia discursos profundos ou elogios floreados, e uma prova de como Xavier me conhecia bem foi o fato de ele não precisar de nenhuma dessas coisas para entender o que eu estava tentando dizer.

– Não precisa se desculpar. Eu sei. – Ele me apertou ainda mais nos braços. – A única coisa que importa é que você está aqui.

Levantei a cabeça e meu coração doeu quando olhei para o homem que sempre esteve ao meu lado, de um jeito ou de outro, desde que entrara em minha vida.

– Eu te amo – confessei baixinho.

Já dissera aquelas palavras antes, havia muitos anos, mas daquela vez parecia diferente. Daquela vez, parecia certo.

– Me desculpa por ter levado tanto tempo para admitir, e por ter te afastado. Eu só... – Minha voz baixou ainda mais. – Estou com medo.

Gostava de estrutura e rotina. Minha vida era construída em torno do porto seguro que ergui para mim mesma desde que terminei com Bentley, e o que Xavier e eu tínhamos eram águas completamente desconhecidas. Poderiam dar no melhor lugar que já tínhamos visto ou nos guiar para um penhasco de trinta metros de altura sem um kit salva-vidas.

– Eu também estou, mas é por isso que vale a pena. – Ele afastou uma mecha de cabelo dos meus olhos, seu toque incrivelmente carinhoso. – A vida seria entediante demais se sempre soubéssemos o que vai acontecer.

Funguei.

– Na verdade, me parece maravilhoso. Eu ia adorar.

– Bem, você organiza seu material de escritório por cores, então não fico nada surpreso.

Meu riso molhado aliviou um pouco da tensão.

– Engraçadinho.

– Imagino que essa seja uma das coisas que você ama em mim. – Xavier me deu um daqueles sorrisos tortos e com covinhas que eu tanto detestava e adorava. – E a sua dedicação em garantir que os marcadores verdes estejam *sempre* alinhados à esquerda dos azuis é uma das coisas que adoro em você. – Ele inclinou a cabeça, pressionando a testa contra a minha. – Amor não tem a ver com perfeição, Luna; só com pessoas imperfeitas criando sua própria versão de "felizes para sempre". E, embora eu não saiba tudo, sei de uma coisa… todas as versões do meu "felizes para sempre" incluem uma versão de você.

Novas lágrimas irromperam de mim. Ah, meu Deus. Eu tinha passado vinte e tantos anos incapaz de chorar, e agora não conseguia parar.

Xavier se inclinou para me beijar, mas eu me afastei, atipicamente constrangida.

– Você não quer me beijar agora. Eu estou toda acabada.

Evitava de propósito olhar meu reflexo em uma vidraça próxima, mas sabia o que encontraria: olhos inchados, nariz vermelho, vestígios de rímel escorrendo pelo rosto e cabelos pegajosos de suor. Não estava exatamente beijável.

Xavier emoldurou meu rosto com as mãos, me fazendo parar.

– Eu sempre quero te beijar, e você é perfeita exatamente do jeito que é.

Se viesse de qualquer outra pessoa, eu não teria acreditado, mas quando sua boca tocou a minha, todos os outros pensamentos se dissiparam. O vento, as lágrimas já secando, a maldita jornada que eu havia feito naquela noite para chegar até ali… nada disso importou quando entrelacei meus dedos em seus cabelos e retribuí o beijo de corpo e alma.

Tudo o que eu havia passado valera a pena por aquele momento. E, sim, um casal se beijando no topo do Empire State Building depois de uma grande reconciliação era um clichê de filme, mas como eu disse…

Às vezes, as comédias românticas acertam.

CAPÍTULO 44

Xavier

QUANDO VOLTEI AO DEQUE de observação e vi Sloane parada lá, meu alívio foi tão grande que não consegui me mover por uns bons cinco segundos.

Tinha passado horas esperando e houve um momento (*muitos* momentos) em que pensei que ela não apareceria. Estava convencido de que tinha estragado tudo ao dar a ela um ultimato e arruinado minhas chances de reconquistá-la.

Mas, por algum milagre, ela *tinha* aparecido, e isso era tudo de que eu precisava para nunca mais soltá-la.

Não ficamos muito tempo no Empire State Building. Primeiro porque estava frio pra caralho. E segundo que... bem, tínhamos coisas melhores para fazer.

Sloane e eu entramos no apartamento dela sem afastarmos as mãos ou a boca um do outro.

Conhecíamos o corpo um do outro de maneira tão íntima que a precisão de nossos gestos era praticamente intuitiva: uma mordidinha no ponto sensível atrás da orelha esquerda dela, uma carícia da minha barriga para o meu peito até os ombros.

Nossas roupas deixaram um rastro desde a porta até o quarto, onde eu a atirei na cama e parei, tirando um momento para absorvê-la.

Sloane me encarou, os lábios inchados dos meus beijos e os olhos brilhando de um jeito que fez meu coração ficar apertado.

Eu te amo.

373

Três palavras, pronunciadas inúmeras vezes por inúmeras pessoas ao longo dos séculos. No entanto, vindas dela, tinham o poder de me deixar de joelhos.

Eu a beijei novamente, traçando um caminho vagaroso da boca até o pescoço e os ombros. Fiz um desvio prolongado em seus seios, onde rocei meus dentes suavemente em seus mamilos intumescidos. Um estremecimento percorreu o corpo dela, e seus gemidos se tornaram súplicas conforme eu a lambia, chupava e provocava, até Sloane estar me implorando para comê-la.

– Por favor – disse ela, ofegante. – Preciso de você dentro de mim. *Xavier.*

Ela gemeu outra vez quando finalmente deixei seus seios e beijei sua barriga até chegar ao ponto de maior excitação. Ela estava tão molhada que me deu água na boca.

Queria tocá-la, saboreá-la, preenchê-la. Queria cada centímetro dela contra cada centímetro meu e não podia esperar nem mais um segundo.

Mergulhei como um homem faminto, lambendo-a por fora e por dentro, saboreando-a profundamente. Meus dedos trabalharam em conjunto com minha boca e, quando passei a língua sobre seu clitóris suplicante, seu gemido ecoou direto no meu pau, que já latejava.

Chupei suavemente seu clitóris sensível antes de passar a língua por ele, deixando que ela estabelecesse o ritmo à medida que seus movimentos iam se tornando mais frenéticos. Sloane se esfregou na minha cara, as mãos enroscadas em meus cabelos, os quadris se movendo cada vez mais rápido até que...

Ela soltou um grito de protesto quando me afastei.

– Ainda não, querida. – Peguei um preservativo na primeira gaveta da mesa de cabeceira, coloquei e alinhei a cabeça do meu pau na entrada dela. – Quero sentir você gozar comigo dentro.

Ela estreitou os olhos, o rosto corado dos nossos movimentos e pelo orgasmo negado.

– Então me come logo.

Uma gargalhada ecoou do meu peito, mas se transformou em um gemido quando agarrei seus quadris e finalmente mergulhei nela.

Meu Deus. Podia jurar que era capaz de sentir cada milímetro de sua boceta enquanto ela me recebia até o talo, e era tão apertada, molhada e *perfeita* que era impossível acreditar que não havia sido feita para mim. Não quando estar dentro dela era como voltar para casa depois de anos vagando sem rumo.

Eu a fodi com movimentos longos e lentos, dando tempo para Sloane se acostumar e para eu mesmo recuperar o controle antes de aumentar o ritmo. Ela soltou um gritinho na primeira estocada forte, seguido de um suspiro ofegante quando encontrei o ângulo exato que fez com que se agarrasse às minhas costas, totalmente entregue.

Sloane rebolava para acompanhar meu ritmo, e a cabeceira da cama batia contra a parede enquanto eu a fodia em um misto de suor e porra. As batidas de pele contra pele, os gemidos de Sloane, a forma como seu corpo tremia com a força das minhas estocadas...

Foi demais.

Engoli outro gemido. Estava prestes a gozar, mas não havia a menor chance de deixar isso acontecer se ela não gozasse comigo.

Mantive o ritmo constante enquanto meus dedos buscavam seu clitóris. Ele ainda estava inchado e sensível devido aos meus estímulos anteriores, e eu mal o toquei antes que os músculos dela se enrijecessem e sua boceta se contraísse ao meu redor.

As unhas de Sloane fizeram sulcos dolorosos em minha pele quando ela gozou com um grito alto. *Senti* seus espasmos em cada célula do meu corpo, e isso fez com que eu chegasse ao clímax em uma explosão intensa.

Não seria capaz de identificar o som que fiz nem se tentasse, mas meu orgasmo foi tão intenso, tão avassalador, que minha mente ficou em branco por um minuto inteiro antes de voltar lentamente à realidade.

Encostei a testa na dela, o peito arfando, e fiquei dentro de Sloane até que todas as contrações e pulsações do meu pau finalmente cessassem.

Foi com extrema relutância que saí de dentro dela e me desfiz do preservativo antes de me acomodar ao seu lado novamente. Passei um braço ao redor de sua cintura e a puxei para perto, me confortando com o ritmo constante de sua respiração.

– Meus vizinhos vão me odiar – murmurou ela.

Dei risada, afastando seu cabelo para poder admirar cada centímetro de seu rosto corado e contente.

– Só porque estão com inveja.

– Até dona Irma, a senhorinha de 90 anos? – perguntou ela, cética.

– Principalmente dona Irma, a senhorinha de 90 anos. – Hesitei. – Mas se algum dia você quiser fazer a três...

– *Xavier*. – Sloane deu um tapinha em meu peito, sua risada se misturando à minha. – Você é terrível.

– E você adora.

– É. – Ela suspirou. – Tenho um gosto questionável.

– Eu ficaria ofendido se não tivesse certeza de que sou muito bonito e incrivelmente cativante. – Encostei meus lábios nos dela. – E se eu não te amasse tanto.

A expressão de Sloane se suavizou.

Parecíamos um daqueles casais cafonas que ela adorava criticar nos filmes, mas não me importava, e, a julgar por como se aconchegou em mim, ela também não.

Não dissemos mais nada, até que ela pegou no sono. Meus olhos também estavam ficando pesados, mas me forcei a ficar acordado um pouco mais para poder aproveitar o momento: meus braços em volta de Sloane, sua cabeça contra meu ombro, o ritmo de nossas respirações subindo e descendo em uníssono.

E enquanto meu olhar traçava o delicado leque de seus cílios e a curva satisfeita de seus lábios, apenas uma palavra passava pela minha cabeça.

Minha.

CAPÍTULO 45

Xavier

SLOANE E EU PASSAMOS o resto do recesso de fim de ano em uma felicidade orgástica, interrompida apenas pela entrega ocasional de comida e por 23 minutos de um filme tão ruim que era quase bom, envolvendo famílias rivais, duendes e um cachorro caolho chamado Tobey. No vigésimo quarto minuto, já havíamos trocado o filme por atividades mais interessantes.

Depois do ano-novo, porém, voltamos ao trabalho. Ela ficou envolvida no turbilhão que foi o anúncio do noivado de Ayana, e eu me dediquei a recuperar o cofre o mais rápido possível, sem tomar atalhos.

Meu aniversário não era mais o prazo final, mas, de qualquer maneira, eu me esforçaria ao máximo para abrir a boate até lá. Estava me desafiando.

Se conseguisse, maravilha. Se não... bem, meu pai havia construído seu império a partir de centavos. Eu também seria capaz.

Consultei meia dúzia de empreiteiros e o consenso era de que os danos não eram tão graves quanto eu temera. Sloane tinha razão: o cofre possuía muitos elementos à prova de fogo e, embora fosse necessário muito trabalho, a equipe certa pelo preço certo seria capaz de concluí-lo em dois meses.

Tirei o dinheiro do meu próprio bolso com prazer.

O novo cronograma exigiu que eu mudasse os planos originais de decoração, mas Farrah era a melhor designer de interiores da cidade por um motivo. Depois de várias sessões de brainstorming, chegamos a um novo conceito que levaria menos tempo para ser implementado, mas que ainda assim se encaixava na minha visão para a boate. Isso alterou completamente o cronograma de fornecimento dela, mas o bônus alto que lhe paguei compensou o problema.

No entanto, havia mais uma ponta solta que eu precisava resolver antes de mergulhar de cabeça em meus novos planos.

Na segunda terça-feira do ano, depois que a cidade havia se recuperado da calmaria do recesso e retomado seu ritmo acelerado habitual, fui à mansão de Vuk no Upper East Side.

Do lado de fora, a ampla construção parecia mais uma fortaleza do que uma casa. Havia esquemas de segurança suficientes para fazer com que o Fort Knox parecesse brincadeira de criança, mas o interior era o auge do luxo da velha guarda. Escadas em espiral, janelas em arco e influências góticas em abundância. Cada cômodo era maior do que o anterior, e bustos de mármore me encaravam de seus pilares enquanto eu seguia o mordomo até o escritório de Vuk.

O mordomo me anunciou e desapareceu em um discreto lampejo de cabelos prateados e uniforme branco engomado.

O escritório de Vuk era tão escuro e sombrio quanto o resto da casa. Painéis pretos, escrivaninha preta, móveis de couro preto. Os únicos pontos de cor eram o abajur de vidro esmeralda em cima da mesa e os olhos azuis invernais que me acompanhavam conforme eu me aproximava.

Era a primeira vez que eu o via desde o incêndio. Sua expressão distante estava muito longe da cara aterrorizada que eu havia vislumbrado antes de arrastá-lo para fora do cofre, mas jamais me esqueceria daquele olhar.

Congelado. Desesperado. *Assombrado.*

– Como você está?

Meu tom irreverente de costume foi substituído por uma preocupação genuína. Vuk e eu não éramos amigos, mas ele era meu sócio e havia apostado alto em mim. Além disso, fora vítima do incêndio por minha causa, então eu me sentia parcialmente responsável pelo que ele tinha passado nas últimas semanas.

Ele meneou a cabeça, o que considerei um sinal de que estava bem.

– E a Willow? – perguntei.

Ele meneou a cabeça outra vez.

– Certo.

Havia me esquecido de como era difícil manter uma conversa com alguém que se recusava a falar. Ele não parecia inclinado a expressar nenhum outro pensamento, então fiz um breve resumo dos meus planos atuais para a boate e da mudança em relação à festa de inauguração.

Parecia estranho falar de negócios quando quase havíamos morrido na última vez que nos vimos, mas Vuk não me parecia do tipo que gostava de discutir sentimentos ou traumas passados (nem nada, para falar a verdade).

Ele fez um ruído de aprovação quando terminei de falar e escreveu alguma coisa em uma folha de papel.

Quem está na lista de convidados para a inauguração?

Interessante. De tudo o que eu dissera, aquele era o ponto com o qual eu menos esperava que ele se importasse.

– Vou fechar esta semana. Envio para você por e-mail assim que terminar.

Não estava confiante de que conseguiria ter a boate pronta até o meu aniversário, mas confiava, sim, na minha capacidade de organizar uma festa de alto nível. Ainda que as pessoas duvidassem da minha perspicácia nos negócios, apareceriam para me ver afundar ou decolar, e se divertiriam muito no processo.

– Se quiser que eu inclua alguém, é só me avisar – acrescentei.

Fiz a oferta apenas por educação. Vuk não tinha namorada, não tinha um círculo social próximo e não se importava com aparições públicas, então eu não esperava que ele tivesse ninguém em mente.

Entretanto, ele me surpreendeu ao escrever outra coisa em uma nova folha de papel.

Continha apenas uma palavra, mais especificamente um nome:

Ayana.

A mesma Ayana que acabara de ficar noiva.

Olhei para a expressão estoica de Vuk. Ele não deu nenhuma explicação para o nome, e eu não perguntei.

– Ela já está na lista, mas vou checar mesmo assim – respondi, também mantendo minha expressão neutra.

Ele assentiu, eu saí, e foi isso. A reunião mais rápida e fácil que enfrentei desde que tive a ideia da Vault.

Na verdade, poderia ter sido uma reunião virtual, mas eu queria ver Vuk pessoalmente e verificar se ele estava bem depois do incêndio. Obviamente, ele estava.

Saí da mansão, pensando no nome de Ayana escrito em um traço preto e grosso. Ele havia pressionado a caneta com tanta força que fizera um pequeno furo no papel.

Pensando melhor, talvez Vuk não estivesse bem, mas isso não era da minha conta.

Já tinha muito o que fazer sem me preocupar com os problemas dos outros, então deixei de lado o estranho interesse de Vuk pela supermodelo e apenas fiz uma nota mental de garantir que Ayana estaria na inauguração, não importava o que acontecesse.

Sloane

ERA ESTRANHO ESTAR APAIXONADA.

De modo geral, o ritmo do meu dia a dia permaneceu o mesmo de antes – eu ainda ia para o trabalho, saía com as amigas e lidava com as demandas alucinantes dos clientes –, mas passei a encarar os detalhes de outra forma. Estavam mais suaves, mais fluidos, como o luar se infiltrando pelas persianas da minha vida.

Eu sorria mais facilmente e demorava bem mais tempo para me irritar. O ar tinha um cheiro mais fresco, e meus passos estavam mais leves. Tudo parecia mais tolerável por saber que, independentemente do que acontecesse, havia um homem que me considerava dele e eu o considerava meu.

Algumas manhãs, ficava de preguiça na cama com Xavier em vez de levantar para fazer ioga; algumas noites, por sugestão dele, me arriscava em filmes de terror (hilários: os protagonistas de terror eram quase todos idiotas) e comédia pastelão (não era para mim). Passávamos as tardes comendo na minha mesa (em dias de trabalho particularmente agitados) ou em um dos bistrôs cada vez mais adoráveis que Xavier descobria.

A rotina se tornou uma inspiração, e cada sugestão de atividade se tornava um pouco mais mágica quando Xavier estava envolvido.

Eu estava feliz de um jeito nauseante, mas, mesmo assim, ainda havia alguns pontos difíceis em minha vida que precisavam ser resolvidos.

Um deles era a situação envolvendo Pen e Rhea.

Duas semanas depois de ter esbarrado com Caroline no Le Boudoir, recebi um e-mail curto solicitando que eu a encontrasse na cobertura da minha família. Xavier tinha ido encontrar com Vuk, então fui sozinha, meu coração dando uma pequena cambalhota quando vi o edifício que chamei de lar durante metade da minha vida.

A aparência estava exatamente a mesma da última vez que estive lá, inclusive o toldo verde e os vasos de plantas na entrada.

– Srta. Sloane! – O porteiro me cumprimentou com um sorriso surpreso. – Que bom vê-la novamente. Quanto tempo.

– Oi, Clarence.

Sorri de volta, estranhamente emocionada por ele ter se lembrado de mim depois de todos aqueles anos. Clarence costumava me dar doces quando eu voltava da escola. Meu pai havia me proibido de comer muito doce e ficou furioso quando encontrou algumas embalagens em meu quarto. Menti e disse a ele que os tinha comprado na escola.

– Muito tempo mesmo. Como está a Nicole?

– Ótima. – Ele sorriu ainda mais quando mencionei sua filha. – Está no primeiro ano na Northwestern. Jornalismo.

Conversamos por mais alguns minutos até que outro morador desceu e solicitou que ele lhe pedisse um táxi. Me despedi de Clarence e peguei o elevador direto para a cobertura. Não reconheci a governanta que atendeu a porta, mas, ao segui-la pelos corredores, tive que lutar contra uma surpreendente onda de nostalgia.

As pinturas a óleo. O piso de mármore creme. O aroma de copos-de--leite. Era como se alguém tivesse preservado a casa da minha infância em uma cápsula do tempo dourada e, embora eu não sentisse falta de morar ali, sentia falta dos momentos felizes que tive na infância.

Claro que não foram muitos e, de todo modo, esses poucos acabaram sendo ofuscados por meu pai ou minha irmã.

Isso foi o suficiente para me trazer de volta à realidade.

Balancei a cabeça e me livrei dos últimos resquícios daquele sentimentalismo compreensível, mas impertinente, antes de entrar na sala de estar, onde meu pai e Caroline me aguardavam.

Obviamente, Caroline havia conversado com ele, como prometido, mas nenhum dos dois parecia muito feliz em me ver. Tudo bem, eu também não estava feliz em vê-los, embora estivesse um pouco surpresa por ver meu pai em casa em uma tarde de dia de semana. Supus que fosse uma vantagem de administrar a própria empresa.

Me sentei no sofá em frente a eles e arqueei uma sobrancelha com frieza. Estava morrendo de vontade de fazer mil e uma perguntas sobre Pen, mas não queria dar a eles nenhuma vantagem ao me manifestar primeiro.

A tensão pairou ao nosso redor por vários minutos até que Caroline começou.

– Discuti a situação da Penelope com o George – disse ela sem preâmbulos. – Ele concordou que está insustentável. Portanto, decidimos que, apesar dos termos iniciais do seu afastamento desta família, seria... benéfico para todas as partes envolvidas se você retomasse o contato com Pen.

Pelo tom, parecia que Caroline estava arrancando tiras da própria pele a cada palavra.

– Mas vamos deixar uma coisa bem clara: isso não é um passe livre para você voltar para esta família. – Os olhos do meu pai brilharam sob as sobrancelhas grossas e grisalhas. – Você nos desrespeitou, nos envergonhou e nos ignorou quando lhe demos a oportunidade de fazer as pazes. No entanto... – Seu olhar ficou mais duro quando Caroline o encarou seriamente. – Penelope é claramente apegada a você, então, para o bem dela, estamos dispostos a ceder um pouco, desde que você se comporte de maneira adequada.

– Não tenho a menor intenção de voltar para esta família – respondi com frieza. A ideia era risível. – Estou muito bem sozinha, então vamos deixar *outra* coisa bem clara: o único motivo pelo qual estou aqui é a Pen. Ela é a única Kensington com quem quero ter alguma relação, e não tenho nenhum interesse em revirar o passado. Vocês me traíram, eu envergonhei vocês... Não estou nem aí. Agora, vamos ao verdadeiro motivo de estarmos aqui, pode ser?

Não estava preocupada com a possibilidade de eles me expulsarem. Já tinham engolido uma enorme quantidade de orgulho só de me pedirem para vir, e não desperdiçariam a chance de dizer o que queriam.

O rosto de meu pai ganhou um fascinante tom de roxo. Ele havia me deixado abalada, no hospital, mas naquela ocasião eu não havia planejado vê-lo nem confrontá-lo. Dessa vez, eu estava preparada, mas já não queria levar a conversa além do necessário.

Em algum ponto entre a hospitalização de Pen e aquele momento, eu havia me curado o suficiente para não deixar que sua simples existência me afetasse.

– Estamos dispostos a permitir que você veja a Penelope sob as nossas condições – disse Caroline com rigidez, chamando minha atenção de volta para ela. Fiquei irritada com sua escolha de palavras, mas mantive a boca fechada até ela concluir. – Especificamente, uma vez por mês, em um horário, data e local predeterminados de nossa escolha.

– Uma vez por semana, em um horário e data predeterminados de *nossa* escolha.

Balancei a cabeça quando ela abriu a boca para argumentar.

– Pen tem 9 anos. Estuda em casa, portanto não tem muitas oportunidades de interagir com crianças da idade dela. Você e o George raramente estão em casa e vocês demitiram a única pessoa que a tratava com normalidade. O mínimo que podem fazer é permitir que ela tenha algum poder de decisão sobre a própria vida.

O silêncio tomou conta da sala.

Caroline olhou para George. Uma veia reveladora latejava em sua testa, mas ele concordou.

– Tudo bem. Uma vez por semana, em um horário, data e local da escolha de vocês. – Ele se levantou abruptamente, irradiando uma raiva mal contida. – Encerramos por aqui.

Ele saiu sem olhar para mim nem para a esposa.

Caroline não se importou com sua partida repentina.

– No futuro, você e Penelope se encontrarão em outro lugar – disse ela, passando os olhos por mim. – Não tenho interesse em colocar você dentro da nossa casa outra vez. Como pode ver, sua presença gera conflitos.

Ignorei sua provocação e me concentrei na primeira parte.

– No futuro?

Isso significa...? Meu estômago revirou com uma súbita onda de esperança.

Caroline sorriu levemente.

– Talvez você queira ficar mais um tempo aqui.

Em seguida, ela também se retirou, mas mal havia partido quando uma vozinha familiar gritou:

– Sloane!

Virei a cabeça a tempo de ser agarrada por um pequeno borrão loiro. Pen me abraçou pela cintura, e uma onda de puro e indescritível alívio encheu meus pulmões.

Eu a abracei de volta, o peito tão apertado que mal conseguia respirar.

– Oi, Pen! – Sorri apesar do nó de emoção em minha garganta. – Estava com saudades.

– Eu também estava.

Ela me encarou, seus olhos marejados brilhando. Parecia muito mais magra do que da última vez que nos vimos. Embora eu estivesse feliz em vê-la novamente, precisávamos conversar sobre sua greve de fome... depois que eu terminasse de apertá-la.

– Pensei que nunca mais fosse ver você nem a Rhea – disse ela baixinho.

Meu coração se partiu com o desamparo em suas palavras.

– Confie em mim. Eu teria dado um jeito de te ver de novo.

Estava falando sério. Meu pai e Caroline não teriam me impedido de ver Pen para sempre. Eu teria encontrado uma maneira de contorná-los, embora aquela fosse uma alternativa muito melhor do que outras, talvez menos éticas.

Pensei que nunca mais fosse ver você nem a Rhea. Parei para pensar na última parte da frase de Pen e franzi a testa. O que ela...

Um vislumbre de movimento chamou minha atenção. Eu me virei, vendo a mulher na porta.

– Rhea! – Arfei. – Você voltou!

A antiga babá de Pen sorriu, parecendo cansada mas satisfeita.

– Voltei. A Sra. Kensington me ligou depois do ano-novo. Penny armou uma confusão tão grande que a babá que eles contrataram depois de mim pediu demissão.

– A nova babá era péssima – disse Pen. – Ela não sabia nem que o Blackcastle é um time de futebol.

A tensão remanescente se desfez, e houve muitos abraços e lágrimas enquanto a gente se reunia pela primeira vez desde novembro. Bem, não lágrimas minhas – eu não tinha conseguido chorar de novo desde a reconciliação com Xavier. Suspeitava que tivesse esvaziado o poço tão completamente que levaria mais vinte e tantos anos até que o fenômeno acontecesse de novo.

No entanto, a alegria de ver Pen outra vez não me impediu de repreendê-la pela greve de fome. Não era algo saudável, ainda mais para alguém com a condição dela.

– Que história é essa de você se recusar a comer?

Ela se recostou em seu assento.

– Eu não me *recusei* a comer. Só pulei algumas refeições e ameacei pular mais, a menos que eles me deixassem ver você.

– Você não deveria fazer isso, Pen – falei com delicadeza. – Sua saúde é a coisa mais importante, e pular refeições pode ser seriamente prejudicial.

– Mas eles me afastaram de você e da Rhea, e as ameaças funcionaram! – protestou ela. – Tá vendo? Olha a gente aqui. – Ela apontou para o nosso trio. – Sinceramente, eu deveria ter tentado essa tática antes. Assim, a gente não teria passado tantos anos nos encontrando escondidas.

Suspirei enquanto Rhea balançava a cabeça. Era impossível discutir com Pen; ela sempre ganhava.

– O que você quer fazer hoje? – perguntei, mudando de assunto.

Desde que ela voltasse a comer regularmente, não adiantava ficar pensando no que já estava feito.

– Tirei folga do trabalho, então sou toda sua.

Havia planejado ir ao escritório naquela tarde, mas tinha acabado de enviar um e-mail para Jillian avisando que não passaria lá.

Pen contraiu os lábios, o rostinho franzido enquanto pensava.

– Quero ver um filme.

Ergui as sobrancelhas. Ela raramente queria fazer algo tão calmo como assistir a um filme. Ela via jogos de futebol, mas era diferente.

– Um filme? Tem certeza?

– Tenho. – Ela assentiu com firmeza. – Não quero me cansar tão rápido.

– Um filme, então.

Fomos para a sala de projeção, onde coloquei uma animação sobre fadas princesas e contei a ela o que havia acontecido desde a última vez que conversamos. Omiti as partes impróprias para crianças; Pen jamais precisaria saber algumas coisas sobre minha vida.

– Xavier magoou você? – perguntou ela. – Porque eu falei que ia mandar a Mary atrás dele se ele fizesse isso.

– Magoou, mas foi de leve e sem querer, e ele pediu desculpas. – Eu hesitei, as sobrancelhas franzidas. – Quem é Mary?

– Uma boneca vitoriana amaldiçoada.

Estreitei os olhos.

– Você *não tem* uma boneca vitoriana. Você morre de medo delas.

– Eu sei. – O sorriso de Pen foi pura malícia. – Mas *ele* não sabe disso.

Não tive como não cair na gargalhada. Pen *com certeza* ia dar muito trabalho quando crescesse.

Ela conseguiu assistir ao filme inteiro antes que sua energia baixasse. Agora que nossas visitas eram às claras, ela não protestou tanto quanto de costume quando nos despedimos.

Pedi a Rhea que me ligasse dentro de alguns dias para agendarmos o próximo encontro e esperei que elas entrassem no quarto de Pen antes de sair.

Estava na metade do saguão quando a porta da frente se abriu e dei de cara com minha *outra* irmã.

Georgia e eu congelamos ao mesmo tempo.

Ela estava impecavelmente arrumada, como de costume, mas detectei sombras sob seus olhos um pouco vermelhos. Sua barriga finalmente estava aparecendo, mas isso não a impedia de usar saltos de dez centímetros nem de passear pela Madison Avenue; seus braços estavam carregados de sacolas de compras de uma dúzia de lojas de grife.

– Quer dizer que a víbora voltou pro ninho? – perguntei. – Que fofo.

Georgia fungou e jogou o cabelo de lado, mas seus olhos se moviam da esquerda para a direita como se preferisse estar em qualquer outro lugar.

– Estou hospedada aqui enquanto a nossa casa está sendo reformada. A poeira faz mal para o bebê – disse ela, enfatizando a última palavra como se eu me importasse com o fato de ela estar grávida e eu não.

Mentira. Ela era controladora demais para não ficar se metendo na reforma o mais de perto possível. Mas se a casa não estava sendo reformada, então por que…

– Bentley também está hospedado aqui? – perguntei, em um palpite.

A pálpebra de Georgia se contraiu, provando que meu palpite estava correto.

Não sabia o que havia acontecido depois que enviei a ela o áudio, mas, obviamente, foi o bastante para que ela voltasse para a casa da família por algum tempo. Ainda usava a aliança de casamento, mas isso não significava nada. Muitas pessoas continuavam com as alianças muito tempo depois de o amor por trás delas ter se dissolvido.

Em vez de me sentir triunfante ou vingada pelos evidentes problemas no relacionamento deles, eu não senti... nada. Porque não me importava. Não mais.

– Você pode até pensar que me mostrar aquele áudio no seu escritório surtiu algum efeito, mas não – disse Georgia quando passei por ela. – Eu e Bentley estamos passando por alguns problemas no momento, mas não vamos nos separar nunca. Eu *sempre* vou ser a pessoa que ele escolheu no seu lugar.

Olhei para Georgia, com seu cabelo perfeito, suas roupas caras e o anel de diamante, e senti algo que nunca imaginei que sentiria por ela: pena.

Cresci sentindo inveja e ressentimento de Georgia por ela ser a favorita de nosso pai e por interpretar tão bem o papel de filha e socialite perfeita, enquanto eu tinha tanta dificuldade de fazer o mesmo. Ela sempre conseguia o que queria, e eu achava que isso era algo invejável.

Só naquele momento percebi que minha inveja não fazia sentido, porque Georgia nunca ficava *feliz* com o que tinha; ela só ficava feliz quando tirava as coisas dos outros. Passara a vida inteira tentando vencer competições invisíveis com outras pessoas porque isso fazia com que se sentisse superior, quando, na verdade, seus jogos de poder eram o maior sinal de sua insegurança.

Se ainda me importasse o suficiente com ela como irmã, tentaria ajudá-la, mas não era o caso. Aquela relação já acabara havia muito tempo.

– Engano seu. Surtiu efeito, sim – respondi calmamente. – Eu provei que o seu marido é um canalha mentiroso, embora eu já tivesse imaginado que isso não faria a menor diferença, considerando que você levou todo esse tempo para reconhecer os defeitos dele. Se você quer ficar com ele, fica. Se quiser se divorciar dele um dia, faça isso, então. Não existe a menor necessidade de me contar, porque eu realmente não dou a mínima. Mas espero que, para o bem desse bebê que ainda nem nasceu, ele trate melhor o filho do que tratou qualquer outra pessoa na vida. Caso contrário, ele vai descobrir que filhos nem sempre são tão tolerantes quanto esposas.

Georgia arfou ruidosamente, mas não esperei por uma resposta.

Saí pela porta e não olhei para trás.

CAPÍTULO 46

Xavier

OS QUATRO MESES SEGUINTES passaram repletos de um turbilhão de reuniões e obras durante o horário comercial e encontros na rua ou em casa à noite.

Durante esse período, Sloane e eu ficávamos na casa um do outro. Em uma semana, eu ficava no apartamento dela; na seguinte, ela se instalava na minha casa. Dei um armário a ela, para que não precisasse ficar carregando seus pertences pela cidade, e ela colocou minha marca favorita de café expresso em sua despensa, para que eu pudesse tomar minha dose de cafeína sem precisar sair de casa.

Foram marcos silenciosos que vieram sem alarde, mas que me mantiveram firme durante a época mais agitada e indutora de cabelos brancos da minha vida. Atrasos de empreiteiros, problemas alfandegários, a explosão de um cano de aquecimento nas proximidades, que cortou nosso acesso ao cofre por uma semana inteira... os problemas foram muitos durante todo o processo de reforma e construção, sem contar os egos gigantescos com que tive que lidar nas questões de marketing.

– O cofre é subterrâneo – expliquei ao subassistente de determinado astro do rock. – Não tem um heliponto anexo... Não, infelizmente não podemos construir um antes da inauguração. Sim, vou me certificar de colocar seguranças para que ele não seja atacado por fãs no percurso de três metros entre o carro e a entrada.

Lancei um olhar irritado para Sloane, que sorria de seu assento ao meu lado no sofá. Ela estava cuidando das confirmações de presença da festa, mas eu havia insistido em dividir as tarefas envolvendo os convidados porque tinha relações pessoais com muitos deles.

Estava profundamente arrependido dessa decisão.

No entanto, apesar dos problemas com a obra e de alguns convidados arrogantes, grande parte do período que antecedeu a inauguração da Vault ocorreu como o planejado. Não houve mais incêndios, graças a Deus, nem acidentes ou ferimentos graves. A explosão da tubulação de aquecimento prejudicou nosso cronograma, que já era apertado, mas a equipe conseguiu recuperar o tempo perdido por um triz.

No dia anterior ao meu trigésimo aniversário, ainda estávamos fazendo o acabamento dos azulejos dos banheiros, mas...

Conseguimos. Demos conta de tudo.

Na noite seguinte, depois de dezenas de outras que passei sem dormir e de uma insegurança esmagadora, a Vault foi oficialmente aberta antes que o relógio batesse meia-noite e eu completasse 30 anos.

Duzentos e cinquenta dos moradores mais ricos e influentes da cidade lotaram o espaço reformado, bebericando coquetéis ao lado das paredes originais de aço de quinze centímetros e admirando o lustre de latão centenário.

Todos os convidados tinham confirmado presença. Ayana e o pessoal da moda, Isabella e os chefões do mercado editorial, Dominic e os barões de Wall Street, e muito mais. Todos os principais veículos de entretenimento e da alta sociedade estavam presentes para fazer a cobertura, pois, naquela noite, havia mais gigantes dos mundos dos negócios, da política, das celebridades e da arte reunidos em um só lugar do que houvera em qualquer outro desde o último Legacy Ball.

Eu nunca sentira tanto orgulho.

A noite era uma criança e ainda havia centenas de coisas que poderiam dar errado, mas o fato de eu ter chegado até ali já era incrível.

Independentemente do que o comitê de herança decidisse no dia seguinte, eu havia criado meu próprio negócio e legado, e ninguém poderia tirar de mim aquela realização.

– Você viu o dono daqui? Tenho um recado pra ele.

Eu me virei, abrindo um sorriso ao ver Sloane, que me tirou daquele estado contemplativo. Estava aproveitando um tempo sozinho nos fundos do clube antes de começar a circular, mas os convidados podiam esperar um pouco mais. Eles tinham muito com que se entreter.

Sloane veio em minha direção em seu vestido branco-prateado cintilante e saltos que faziam suas pernas parecerem ainda mais longas. Seu cabelo caía em ondas ao redor dos ombros e seus olhos brilhavam com um toque de malícia quando ela se aproximou.

Não importava quantas manhãs eu acordasse junto dela ou quantas noites dormisse ao seu lado, ela sempre me deixava sem fôlego.

– Não sei exatamente onde ele está, mas ficarei feliz em passar o recado – respondi.

Meu sangue ficou um pouco mais quente quando ela pousou a mão no meu peito, mas mantive uma postura enganosamente casual enquanto esperava.

– Ótimo.

Sloane enfiou os dedos da outra mão em meu cabelo, guiou minha boca até a dela e pressionou os lábios suavemente contra os meus.

Um segundo. Dois segundos. Três.

O beijo se prolongou até o terceiro segundo antes de ela se afastar, deixando um sabor de menta e morango.

– Passa isso pra ele – murmurou ela. – Dê os parabéns pelo aniversário e pelo trabalho bem-feito.

Senti um calor no peito, mas não pude resistir a fazer uma leve provocação.

– Com prazer, mas você se importa de repetir do começo? Quero ter certeza de que entendi *direitinho*.

Sloane revirou os olhos, mas sorriu.

– Só porque é uma noite muito importante.

Ela me beijou de novo, mais profundamente dessa vez.

– Você conseguiu – disse ela, deixando a fachada de lado. – Como se sente?

– Incrível, e *nós* conseguimos – respondi. – Não teria conseguido fazer nada disso sem você.

Além de tudo que fez no papel de minha assessora de imprensa, sua fé em mim me mantivera firme durante os muitos contratempos e frustrações dos últimos quatro meses.

Ela balançou a cabeça.

– Eu ajudei, mas tudo isso foi possível graças a *você*. Não faça pouco das suas conquistas. A Vault é o seu bebê. Aceite o crédito.

A centelha de calor se transformou em uma chama crepitante.

– Eu já te disse quanto eu te amo?

– Uma ou duas vezes, mas não sou contra ouvir outra vez.

– Eu te amo – murmurei. – *Más que cualquier otra cosa en el mundo.*

Dessa vez, eu a beijei, e demoradamente.

O tempo com Sloane sempre voava, e talvez tivéssemos ficado em nosso cantinho ali nos fundos para sempre se um dos convidados não tivesse nos visto e interrompido para me dar os parabéns.

– Acho que devíamos voltar para a festa – disse ela depois que ele se afastou.

Suas bochechas estavam coradas por causa do nosso beijo, mas eu podia ver que ela estava voltando ao modo profissional.

– Todo mundo está aqui por sua causa. Vamos comemorar sozinhos mais tarde.

– Mal posso esperar – respondi com um sorriso malicioso que deixou as bochechas dela ainda mais vermelhas.

Mas Sloane tinha razão, então, depois de um último beijinho (ei, era meu aniversário, eu tinha direito de demorar), fomos para o andar principal, onde uma multidão já havia se formado em torno do bar feito sob medida onde servíamos a primeira vodca sem álcool da Markovic Holdings. Os mixologistas faziam sua mágica, criando impressionantes drinques sem álcool cor-de-rosa, azul e verde, e servindo-os em copos foscos enfeitados de várias formas diferentes. Do outro lado do salão, o bar de bebidas alcoólicas atendia um público igualmente grande.

Vuk comandava a própria mesa no espaço entre os dois bares. Estava sentado sozinho e era difícil dizer se estava feliz, entediado ou indiferente. Nem sequer estava prestando atenção no lançamento de seu mais recente produto, ocupado demais olhando para alguma coisa.

Segui seu olhar até Ayana, que estava com seu noivo, um CEO da indústria da moda que, de acordo com os rumores, também era um amigo de faculdade de Vuk.

Isso não pode ser bom sinal.

Antes que eu pudesse perguntar a Sloane o que ela sabia sobre a relação entre Vuk e Ayana, Isabella apareceu com um coquetel não alcoólico roxo.

– Oi, pessoal! Que festa maravilhosa, e feliz aniversário, Xavier. Este lugar é um *sucesso*.

Sorri com o entusiasmo dela.

– Obrigado.

– Então, eu estava te procurando porque tive uma ideia para a série Tendências.

Os olhos de Isabella brilhavam. Isso, combinado com o sorriso repentino de Sloane, disparou todos os alarmes em minha cabeça.

– O que você acha de ser o anfitrião do lançamento do livro erótico com dinossauros da Wilma Pebbles? – perguntou Isabella. – Eu a conheci recentemente em um evento, e ela me deu uma prévia do *Penetrada pelo pterodáctilo*. É *incrível*, e ela tem uma enorme base de fãs.

Eu hesitei, sem saber se ela estava brincando ou falando muito sério. Era sempre difícil definir quando se tratava de Isabella.

– Hum...

– Pensa no assunto. – Ela olhou para o lado, claramente distraída com a chegada de outra estrela de cinema. – Vou te mandar a lista de livros dela para você ter uma ideia do conteúdo. Eu realmente acho que seria um evento divertido!

Então ela se afastou e eu fiquei ali, balançando a cabeça.

– Achei que ela fosse sugerir que eu sediasse o evento do novo livro *dela*, não da Wilma Pebbles.

– Ah, o amor da Isa por livros eróticos envolvendo dinossauros é muito mais profundo do que suas ambições profissionais – disse Sloane, seu sorriso aumentando. – Acredite.

Para o meu próprio bem, não pedi mais informações.

Na metade da noite, Sloane e eu nos separamos para falar com diferentes convidados. Agradeci pessoalmente a todos que me ajudaram a fazer a Vault decolar, inclusive Dominic Davenport, que parecia cirurgicamente grudado à esposa, e Sebastian, que havia ajudado com o serviço de bufê.

– Você conseguiu, cara. – Sebastian apertou meu ombro. – Agora eu devo dez paus ao Russo.

– Você apostou contra mim? – perguntei com um ar ofendido.

– Eu tinha fé em você, mas Luca geralmente está errado. – Ele riu, então olhou por cima do meu ombro e seu sorriso se transformou em uma careta. – Por falar em Russos, vou deixar você lidar com esse. Boa sorte.

Ele desapareceu antes que eu pudesse responder, e Dante assumiu seu lugar.

Não conversávamos desde seu baile de gala de fim de ano, mas ele parecia muito mais relaxado naquele dia do que no Valhalla. Talvez estivesse finalmente se adaptando ao ritmo da paternidade, ou talvez fosse o copo de uísque praticamente vazio em sua mão.

– Impressionante – disse ele, pulando os cumprimentos de praxe. – Eu tinha minhas dúvidas em relação a você, mas você conseguiu.

– Todo mundo me diz isso – resmunguei, mas era difícil ficar irritado quando a noite estava indo tão bem. – Obrigado.

Dante inclinou a cabeça, olhando para o bar onde Vivian estava conversando com Sloane, Isabella e Alessandra. Ele se deteve na esposa por um momento antes de se voltar para mim e seu olhar endurecer.

– Preciso admitir que parte de mim torcia para que você fracassasse – disse Dante com surpreendente franqueza. – Não me esqueci de Vegas, de Miami nem das dezenas de situações questionáveis para as quais você arrastou o Luca. No entanto... – Seu tom se tornou seco. – Se o meu irmão é capaz de se reabilitar depois de anos de festas inúteis, imagino que você também seja.

Dante Russo, o rei dos elogios atravessados.

– Não diria que as festas foram inúteis. Elas me deram a experiência necessária para fazer isso aqui – respondi, apontando ao redor.

Dante estreitou os olhos uma fração de centímetro. Então, para minha surpresa, soltou uma risada genuína.

– Mantenha essa mesma energia amanhã – disse ele, passando por mim para se juntar a Vivian. – Você vai precisar.

Amanhã. Minha primeira avaliação. O destino de oito bilhões de dólares.

Estaria mentindo se dissesse que meu estômago não afundou um pouco com a lembrança, mas amanhã era amanhã. Tinha dado meu melhor e não havia nada que eu pudesse fazer até o dia seguinte para mudar a situação de forma significativa.

Então, em vez de me preocupar, peguei uma bebida da bandeja de um garçom que passava, virei de uma vez só e simplesmente aproveitei o resto da noite.

Eu merecia.

O Dia do Juízo ocorreu na manhã seguinte, por videoconferência. Considerando a pompa e a circunstância que cercaram a leitura do testamento do meu pai, pareceu bastante anticlimático que o destino de oito bilhões de dólares fosse decidido pelo Zoom, mas todos estavam ocupados demais para ir a Bogotá para uma reunião presencial, então foi on-line mesmo.

Sloane e eu estávamos na minha casa, mas, por questões práticas, fizemos a chamada em cômodos separados. Eu fiquei na biblioteca; ela, na sala de estar.

Cinco rostos me encaravam na tela enquanto eu explicava meu plano de negócios, meus esforços na reconstrução após o incêndio e o grande sucesso da inauguração. A única coisa que não contei a eles foi a parte da sabotagem que deu origem ao incêndio. Alex havia me pedido segredo, e isso levantaria mais perguntas do que respostas, em especial depois que ele me disse que havia descoberto quem era o sabotador, mas "não podia revelar sua identidade ainda". Tudo o que ele me disse foi que a pessoa tinha conexão com um grupo mercenário que tinha como alvo certos membros da comunidade empresarial por "razões confidenciais".

Parte de mim queria detalhes para poder me vingar da pessoa que causara tantos problemas, mas uma parte maior estava feliz de manter o incêndio no passado e deixar que os profissionais lidassem com isso.

Regra geral da vida: não ir atrás de mais problemas do que os que você já tem.

Depois que terminei meu discurso, Mariana falou primeiro:

– Antes de prosseguirmos com a avaliação, seríamos negligentes se não reconhecêssemos a parcialidade de alguns membros do comitê.

A presidente do Castillo Group era pequena e de aparência robusta, com cabelos pretos brilhantes e um ar de competência e autoridade. Nunca gostara de mim; achava que meu comportamento prejudicava a imagem da empresa e, embora não estivesse exatamente errada, eu não ia deixar que ela ficasse no controle da reunião nem difamasse Sloane.

Obviamente, era dela que Mariana estava falando. Para seu crédito, Sloane nem piscou diante do comentário, mas eu não deixaria passar.

– Presumo que você esteja se referindo ao meu relacionamento com Sloane. Se for o caso, isso não é um problema – respondi com frieza. – Se *fosse*, você ou outro membro do comitê deveria ter levantado suas preocupações antes.

Mariana me deu um sorriso discreto.

– Não estou acusando ninguém de nada – disse ela, seu tom se igualando ao meu. – Estou apenas lembrando a todos os presentes que vocês dois estão, de fato, namorando, e qualquer coisa que a Sra. Kensington disser terá *influência* desse relacionamento.

– Você tem razão – intrometeu-se Sloane antes que qualquer outra pessoa pudesse responder.

Seus olhos brilhavam e eu escondi um sorriso repentino. Mariana estava prestes a levar uma surra.

– O que eu disser *será* influenciado pelo nosso relacionamento. Eu trabalho com Xavier há três anos e meio, e sou a *única* pessoa nesta chamada que acompanhou a construção da Vault do zero. Eu o vi crescer, deixando de ser um *bon vivant* degenerado...

Nossa, um pouco pesado, mas tudo bem.

– ... e se tornando um homem cheio de paixão, orgulho e *propósito*. *Esse* é o homem por quem me apaixonei e, quando der meu voto, esses serão os motivos por trás dele. Meu voto não será parcial porque estamos namorando; será parcial porque sei em primeira mão o quanto ele se esforçou para lançar a Vault. Se ele não fosse o tipo de homem capaz de fazer isso, nós nem estaríamos namorando, para começo de conversa.

Sloane lançou um olhar firme para a câmera.

– O testamento de Alberto dizia que Xavier deveria "ocupar o cargo de CEO da melhor maneira possível". Na minha opinião, ele fez isso e muito mais. – Ela se dirigiu ao restante do comitê. – Não deve ser surpresa, então, que o meu voto seja "sim".

Meu sorriso discreto se abriu completamente.

Em cinco minutos, Sloane rebatera o ataque sorrateiro de Mariana, redirecionara a atenção do comitê para o objetivo da convocação e acrescentara o primeiro sim à minha conta.

Essa é a minha garota.

Mariana parecia ter engolido um galão de suco de limão puro, mas não havia mais nada que ela pudesse dizer sobre o assunto.

A votação prosseguiu depressa.

– Concordo com a opinião da Sloane – disse Eduardo. – O que o Xavier realizou em seis meses é extraordinário, e o evento de inauguração só recebeu elogios. Também voto a favor.

Meu coração se agitou de expectativa.

Dois de cinco. Mais um voto, e eu estava liberado.

– Um prazo impressionante, mas não estou convencida da longevidade da Vault – disse Mariana. – Casas noturnas são instáveis e, na minha opinião, é um conceito preguiçoso, para início de conversa. Apesar de ter um sócio oculto, você responde basicamente a si mesmo. Não há conselho, nem acionistas, nada que ateste o seu cargo de CEO. Cumprir os deveres de CEO da melhor maneira possível significa escolher algo que não seja uma vitória fácil. Meu voto é "não".

Vitória fácil? Segurei uma resposta ácida por trás dos dentes cerrados. Argumentar não seria inteligente, mas ela estava votando de má-fé. Eu também havia abordado essa preocupação dela durante minha apresentação, que incluía planos de expansão se a unidade de Nova York fosse bem-sucedida o bastante.

De todo modo, não esperava que Mariana votasse a favor, então deixei por isso mesmo.

O voto seguinte, no entanto, me chocou.

– Sinto muito, Xavier – disse *tío* Martin. Um sentimento de pavor se formou em meu peito. – Por mais orgulhoso que eu esteja, Mariana trouxe alguns pontos pertinentes. Eu também voto "não".

Ele não se explicou, e eu soube, com súbita certeza, que, apesar de todo o seu senso de justiça, ele não era imune à manipulação doméstica. Obviamente, havia votado "não" para aplacar *tía* Lupe.

Dois contra dois. Era um empate, e restava um voto. Todos os olhos se voltaram para Dante.

Ele esfregou o polegar pelo lábio inferior com uma expressão pensativa. Nossa breve conversa na noite anterior havia me dado alguma esperança, mas eu não fazia ideia se seria suficiente para superar a antipatia que ele tinha por mim havia tanto tempo.

Os segundos passaram devagar.

Tío Martin se remexeu em seu assento.

Eduardo franziu as sobrancelhas, preocupado.

Mariana contraiu tanto os lábios que ficaram até parecendo uma ameixa seca.

Sloane e eu éramos os únicos impassíveis, embora uma gota de suor descesse pelas minhas costas, apesar do ar-condicionado.

Dante baixou a mão e disse, tão casualmente que parecia até estar falando sobre uma amenidade qualquer como o clima, em vez de uma fortuna de 7,9 bilhões de dólares:

– Sim.

Só isso.

Nenhuma explicação, nenhum grande elogio, depois de nos manter em suspense por tanto tempo. Apenas um simples e retumbante "sim".

Era tudo o que eu precisava.

O alívio explodiu em meu peito, me deixando zonzo. Eduardo abriu um sorriso e começou a falar sobre a papelada que precisávamos resolver, mas suas palavras ficaram abafadas sob o peso da minha alegria.

Consegui. Eu consegui, porra.

Não *precisava* da validação deles, mas sinceramente? Era bom tê-la.

A chamada terminou minutos depois, e fiquei muito satisfeito ao ver a cara amarrada de Mariana antes de encerrarmos.

– Fiz uma captura de tela da cara da Mariana para você poder olhar sempre que estiver triste.

Me virei e outro sorriso tomou conta do meu rosto quando Sloane entrou no cômodo. Ela usava uma blusa de seda perfeitamente passada e short de pijama.

A maior vantagem de fazer reuniões de trabalho em casa? Ninguém podia ver abaixo da cintura.

– Você me mima tanto... – provoquei, puxando-a para o meu colo. – A propósito, obrigado por ter dado o primeiro voto. O que você disse...

– É a verdade. Não falei nada da boca pra fora. – O rosto de Sloane se suavizou por um instante, então surgiu um lampejo de malícia. – Só não se esqueça disso quando estiver redigindo o seu próprio testamento. Estou fazendo tudo só pelo seu dinheiro.

– Agora é assim?

– Ahaaaaaam!

Ela soltou um grito de surpresa quando me levantei abruptamente, nos levando ao chão e ficando por cima dela.

– O que você estava dizendo sobre o meu dinheiro? – ameacei, prendendo seus pulsos acima da cabeça com uma das mãos.

Desfiz o sorriso e fiz uma carranca severa. Os olhos de Sloane estavam calorosos e brilhantes.

– Que ele te deixa 7,9 bilhões de vezes mais gato... *ai, meu Deus.*

O resto de sua frase se dissolveu em um suspiro quando deslizei a mão por baixo de sua camisa e envolvi seu seio. Era fim de semana, eu tinha acabado de ter a maior noite da minha vida e tinha um dia longo e livre pela frente.

Se Sloane queria me provocar, eu poderia retribuir cem vezes o favor.

– Deus não, Luna. – Inclinei a cabeça, minha boca roçando a dela a cada palavra. Ela tinha um sabor doce, quente e *perfeito.* – Deus não tem nada a ver com o que estou prestes a fazer com você.

Era melhor assim, considerando que nossas atividades na biblioteca, no meu quarto e no terraço durante o resto do dia foram inegavelmente profanas.

Sloane e eu não falamos sobre trabalho, dinheiro ou qualquer outra coisa, nem mesmo quando o sol estava se pondo e nos pegamos deitados, suados e exaustos na cama.

Aquela era a melhor parte de estar com a pessoa certa.

Em alguns dias, podíamos conversar a noite toda; em outros, não precisávamos de palavras. Só o fato de estarmos juntos já era suficiente.

EPÍLOGO

Xavier

Dezoito meses depois

DE ACORDO COM OS termos do testamento do meu pai, eu receberia uma parcela da herança a cada avaliação. Tinha acabado de passar na terceira, na semana anterior, e o número antes dos zeros em minha conta bancária aumentou exponencialmente, mesmo depois de eu ter doado metade da quantia para várias instituições de caridade.

Ironicamente, a Vault estava indo tão bem que eu não *precisava* mais da herança, mas era bom ter essa segurança. Após a estrondosa noite de abertura e o subsequente perfil da *Mode de Vie* sobre mim na seção de grandes nomes da sociedade, a boate disparou para a fama. Já estava fazendo planos para abrir uma nova casa em Miami, mas, antes disso, tinha uma mudança ainda maior a realizar em casa.

– Acho que é isso. – Sloane apoiou as mãos nos quadris e examinou a sala de estar. – Tudo descarregado e conferido.

Pilhas de caixas de papelão cobriam o chão, cada uma delas cuidadosamente etiquetada de acordo com o conteúdo. *Roupas (outono/inverno). Roupas (primavera/verão). Livros. Material de escritório.* E assim por diante.

Os entregadores tinham passado o dia transportando aquelas caixas do antigo apartamento de Sloane para a minha casa. Quando pensei que não poderia haver mais nada, outro caminhão chegou.

– Tem certeza? – perguntei. – Você trouxe tão pouca coisa…

– Engraçadinho. – Ela bufou e deu um tapinha em uma das caixas. – Não podia deixar minha coleção de sapatos Louboutin nem meus cadernos de resenhas.

– Você tem uma caixa *inteira* de cadernos?

Meu Deus, quantos ela havia escrito?

– Não seja ridículo – respondeu Sloane. – Eles não couberam em uma caixa. Precisei de duas.

Balancei a cabeça com uma expressão falsamente chocada.

– Mudei de ideia: você não pode mais se mudar para cá. Você claramente não é humana, e isso é inegociável para mim.

– Está bem. – Sloane se virou e começou a desempacotar uma caixa com a etiqueta *Velas*. – Eu tinha planejado batizar todos os cômodos da casa para comemorar minha mudança, mas se você não me quer por perto...

Ela deu um grito quando passei um braço ao redor de sua cintura por trás e a puxei para mim.

– Você joga sujo – rosnei. – Mas quem sou eu pra atrapalhar seus planos de um batismo tão completo? Retiro o que disse. Você pode se mudar pra cá, sim.

– Muito generoso da sua parte.

Sloane ainda estava rindo quando a virei para beijá-la.

Desde que começamos a namorar, jantamos nos melhores restaurantes, assistimos aos shows mais exclusivos e nos deliciamos com escapadelas de fim de semana para diversos lugares, de St. Lucia a Malibu, mas aqueles eram meus momentos favoritos: casuais e confortáveis, em que podíamos ser nós mesmos e nada mais.

Estávamos indo com calma, mas morar juntos parecia natural depois de tanto tempo de namoro. Sinceramente, eu já estava pronto havia muito tempo, mas esperei até que Sloane se sentisse confortável o suficiente para abrir mão de seu apartamento e, assim, de parte de sua independência.

Era um grande passo para ela, por isso dei o devido valor quando ela me disse que preferia se mudar para a minha casa a ficar onde morava.

Um alarme soou no celular de Sloane, interrompendo nosso beijo.

– Droga. – Ela se afastou e silenciou o toque. – Já são seis horas, nem vi o tempo passar. Temos que nos arrumar logo ou vamos nos atrasar para a festa da Isa.

Isabella e Kai haviam se casado logo após a inauguração da Vault, e ela fizera uma pequena pausa no livro para aproveitar a lua de mel. No entanto, Isabella terminara recentemente seu último romance e estava comemorando a publicação com uma festa de lançamento.

– Luna, a *Isabella* vai se atrasar para a própria festa – respondi. – E antes de começarmos a nos arrumar, tenho um presente de boas-vindas para você.

– Eu já venho aqui há tempos, não preciso de boas-vindas. – Os olhos de Sloane cintilaram diante do meu suspiro de exasperação. – Mas adoro presentes. O que é?

– Está aqui.

Eu a conduzi até o hall ao lado da sala de estar. Tive certeza de que era o presente certo quando o comprei, mas uma onda de ansiedade percorreu minha coluna quando viramos no corredor e o mais novo membro de nossa família ficou à vista.

Sloane inspirou bruscamente.

– É um...?

– Um peixinho dourado – confirmei.

A preocupação de que eu tivesse passado dos limites se dissipou quando ela tocou no pequeno aquário, com os olhos brilhando de uma forma intrigante. O peixe amarelo-alaranjado brilhante lá dentro nadou em direção à mão dela e a examinou por um segundo, sacudindo as nadadeiras, antes de voltar para o pequeno pagode que a loja de animais havia instalado no meio de seu habitat. Aparentemente, ele estava mais interessado em explorar seu novo lar do que nos humanos que o cercavam.

– Não imaginei que sentiria tanta falta de ter um peixinho dourado me ignorando – disse Sloane com a voz embargada. – Ele é perfeito. Obrigada.

– Fico feliz que você tenha gostado. A loja disse que ele era o mais peralta. – Ficamos olhando para o peixe enquanto ele rodeava preguiçosamente o pagode. – Mas não explicaram o que isso significa.

– Peralta. – Sloane franziu os lábios, pensativa. – Esse deveria ser o nome dele.

Peralta, o Peixe? Meu Deus.

– Se a loja dissesse que ele era o mais dourado, você o chamaria de Dourado? – perguntei, sorrindo tanto que minhas bochechas doíam.

A expressão pensativa dela deu lugar a um olhar severo.

– Muito engraçado – disse Sloane, as bochechas rosadas. – Não sou muito boa em dar nomes a animais de estimação, e daí?

– Não, não, acho que Peralta é um ótimo nome. Um nome de respeito. Um nome literal!

Sloane saiu marchando de volta para a sala de estar. Gargalhadas ecoavam ao meu redor enquanto eu a seguia.

– Cala a boca antes que eu jogue um abajur em você – ameaçou ela. – Se é tão bom assim com nomes, escolhe *você*.

– Não, ele é seu, e o nome que você escolher é o que vale. Pelo menos Peralta é uma opção melhor do que O Peixe 2.0. – Tentei fazer uma expressão mais séria. – Todo peixe merece um nome, e o dele é Peralta.

Quase consegui terminar a frase sem cair na gargalhada outra vez. Quase.

Meu fracasso fez com que Sloane jogasse uma almofada na minha cara, mas valeu a pena.

Peralta, o Peixe. Dei risada.

– Se eu contar isso para a Dra. Hatfield e ela disser para eu terminar com você, farei isso sem hesitar – alertou Sloane.

– Ah, para com isso, Luna, estou só brincando. – Engoli outro arroubo de riso. – Além do mais, a Dra. Hatfield nunca diria isso. Ela me ama.

– Ela não te conhece.

– Ela me conhece por tabela.

A Dra. Hatfield era a nova terapeuta de Sloane.

Nós dois havíamos retomado a terapia no ano anterior, com diferentes profissionais especializados em questões de família (extremamente disfuncional). Depois de algumas tentativas, encontramos as pessoas certas, mas havia me esquecido de como era reconfortante discutir meus problemas com um desconhecido cujo trabalho era exatamente ouvir esses problemas.

A terapia fora ideia de Sloane. Ela jamais faria as pazes com o pai ou com Georgia, mas Pen ainda era parte da família. Sloane achava que a terapia a ajudaria a lidar melhor com seu relacionamento com Pen e com o resto dos Kensingtons, agora que via a irmã semanalmente, o que significava um contato maior com George e Caroline. Às vezes, eu a acompanhava nas visitas a Pen; em outras, eu as deixava viver o momento entre irmãs.

Foi surpreendente, mas a terapia estava me ajudando mais dessa vez do que quando eu era adolescente. Talvez estivesse mais aberto agora que não estava mais tomado de ressentimento e culpa. De todo modo, as sessões quinzenais haviam me ajudado a lidar com meu passado e minha relação com meu pai. No fim das contas, não importava por que ele havia deixado a brecha no testamento ou por que fizera qualquer uma das coisas que fez.

Esse capítulo ficou para trás e eu estava pronto para passar para o próximo.

– Esqueci de te contar. Adivinha quem eu encontrei outro dia? – perguntou Sloane depois que encerramos o assunto do Peralta e subimos as escadas para tomar banho e trocar de roupa. – Tive uma reunião com um colunista da *Modern Manhattan*. Eles são do mesmo conglomerado da *Velozes e felpudinhos* e, quando eu estava no elevador...

– Não... – Eu sorri, já antevendo suas próximas palavras.

– Perry Wilson entrou – disse Sloane, gargalhando. – Você precisava ter visto a cara dele. Ele tentou sair, mas as portas já tinham se fechado. Passamos dez andares fingindo que o outro não existia.

Perry havia perdido o processo por difamação, no ano anterior, e Kai comprara seu portal logo depois. Ele o rebatizara de *Casos confidenciais*, excluíra todos os vestígios de Perry do site e contratara uma equipe de profissionais responsáveis pela redação e pela verificação dos fatos. E o site estava atraindo o dobro do tráfego que Perry havia atingido em seu auge. As pessoas estavam cansadas de *clickbaits* e acusações infundadas, e um número cada vez maior de pessoas vinha preferindo consumir notícias de melhor qualidade.

Enquanto isso, Perry tinha sido rebaixado ao atendimento ao cliente da *Velozes e felpudinhos*. Eu não sentia a menor pena.

Sloane e eu entramos em nosso quarto.

Nosso. Não soou tão estranho quanto eu pensci que soaria. Na minha cabeça, já considerava *a casa* nossa antes de ela se mudar.

Dito isso, não seria apropriado pular uma comemoração oficial, não é mesmo?

– Então... – falei casualmente enquanto Sloane tirava a roupa para entrar no banho. – Você estava falando de...

– Não. – Ela sabia o que eu ia dizer antes de eu dizer. – Não temos tempo. Vamos nos atra-*saaar!*

Sloane soltou um gritinho e gargalhou enquanto eu a agarrava e a puxava para a cama.

Ela estava certa. Acabamos chegando atrasados à festa da Isabella, mas também batizamos o primeiro de muitos cômodos da nossa casa.

Era impossível pensar em um jeito melhor de começar o próximo capítulo de nossas vidas juntos.

Sloane

Seis meses depois

– VOCÊ TINHA RAZÃO. Era exatamente disso que eu precisava. – Estiquei os braços acima da cabeça com um suspiro de satisfação. – Seria capaz de ficar aqui para sempre.

– Repete – disse Xavier.

– O quê?

– As três primeiras palavras. *Você tinha razão.*

Revirei os olhos, mas não consegui conter um sorriso.

– Você é insuportável.

– Mas você está aqui comigo. O que isso diz a seu respeito, hein? – provocou ele.

Uma brisa soprou seus cabelos, bagunçando os fios pretos enquanto caminhávamos pela praia.

– Que sou masoquista.

– Ah. Eu sabia que tinha um motivo pra te amar.

Dei risada, incapaz de continuar fingindo quando ele parecia tão relaxado e feliz, e eu me *sentia* tão relaxada e feliz.

Estávamos chegando ao fim da nossa viagem de um mês à Espanha. Xavier havia me surpreendido com as passagens no Natal anterior, mas esperamos o tempo esquentar para irmos.

Nossa governanta estava cuidando do Peralta, a Vault finalmente entrara em uma rotina estável o suficiente para que Xavier pudesse tirar tanto tempo de folga, e eu tinha deixado a Kensington PR nas mãos competentes de Jillian, que eu havia promovido a diretora de operações no ano anterior, com um aumento de salário proporcional. Confiava plenamente em sua capacidade de comandar a empresa na minha ausência. Eu ainda verificava meu e-mail compulsivamente sempre que Xavier estava no banho ou preparando bebidas para nós, mas não sentia mais a necessidade de controlar tudo o que passava pela minha caixa de entrada.

Afinal de contas, estava de férias.

Assim, ao longo de três semanas e meia, Xavier e eu comemos, dormimos e bebemos em Madri, Sevilha, Valência e Barcelona, antes de chegarmos ao lugar que dera início a tudo: Maiorca.

A ilha havia marcado o primeiro momento de virada em nosso relacionamento. Como nossas primeiras férias lá tinham sido interrompidas, pareceu apropriado voltar e terminar o que tínhamos começado.

– O que você quer fazer hoje à noite? – perguntou Xavier, entrelaçando os dedos nos meus. – Podemos sair para dançar de novo ou ficar em casa.

– Vamos ficar em casa. Meus pés não aguentam mais dançar.

Tínhamos ido a três boates diferentes nas últimas três noites, sendo que duas vezes ficamos até o sol nascer, e meu corpo estava pronto para me abandonar de vez.

Pelo menos minhas habilidades de dança haviam melhorado, graças a Xavier.

Caímos em um silêncio confortável enquanto o sol mergulhava no horizonte, transformando o céu em uma paleta de tangerina e lavanda. As nuvens pareciam incendiadas nas bordas, um espetáculo capturado pelo espelho pacífico formado pelo oceano.

Fiquei à espera de uma familiar pontada de tristeza, mas ela não veio. Olhando em retrospecto, não a sentia havia algum tempo, mas não tinha notado sua ausência até então.

– Em que você está pensando? – quis saber Xavier. – Você fez uma expressão de surpresa.

Um sorriso curvou meus lábios. Ele sempre me interpretava tão bem...

– Eu costumava odiar o pôr do sol – admiti. – Achava deprimente. O pôr do sol representava um fim e me lembrava de que tudo o que é bom acaba. Eu sempre ficava triste quando via um, mas agora... Não os acho mais tão ruins. – Dei de ombros. – De qualquer maneira, gosto mais da noite que do dia.

Noites significavam jantares em casa, sob o lustre pelo qual nos apaixonamos durante nossa última viagem a Paris. Significavam lareiras crepitantes e conversas na cama, do tipo que se estendiam casualmente até que um de nós ou ambos adormecêssemos. As noites eram de amor, calor e luar, meu refúgio protegido do mundo.

Sem o pôr do sol, não haveria noite e, sem mais nem menos, minha animosidade de décadas em relação a esse fenômeno tão amado se dissolveu silenciosamente, como se nunca tivesse existido.

– Que bom saber – disse Xavier suavemente. – Eu também gosto mais da noite.

Mais tarde, quando nos enrolamos no sofá para assistir a um filme, não me preocupei em pegar o meu caderno de resenhas.

Só queria curtir o filme, e foi o que fiz. O primeiro encontro dos protagonistas no escritório, a sequência de encontros fofos, o herói correndo pelo aeroporto para seu grande gesto romântico, até mesmo o final feliz com um cachorro de estimação e um anel: amei tudo.

Não cabia a mim julgar os clichês alheios.

Afinal de contas, estava em uma viagem romântica pela Europa com meu namorado, que começara como um cliente que eu odiava até gradualmente ficarmos apaixonados um pelo outro (embora eu tivesse sido teimosa demais para admitir) e eu quase perdê-lo antes de recuperar o bom senso e me reconciliar com ele no topo do Empire State Building.

Agora morávamos juntos e tínhamos um peixe de estimação e um cinema no terraço, e estávamos ridiculamente felizes.

Quem disse que não existe "felizes para sempre"?

CENA BÔNUS

– LONGE DE MIM questionar suas decisões, mas tem algum motivo pra termos dado quatro voltas no quarteirão nos últimos... – paro para olhar o relógio – ... vinte minutos, sem nenhum destino à vista?

– Nenhum motivo específico. – Sloane virou a esquina, sua expressão com uma neutralidade suspeita. – O dia está tão bonito que pensei que seria bom dar um passeio gostoso.

Estreitei os olhos.

Sloane estava agindo estranho desde que saíramos do brunch com nossos amigos, mais cedo. Era uma tarde de sábado, que geralmente reservávamos para passear pela cidade e fuxicar as pilhas de DVDs e fitas VHS antigos na velha locadora da St. Mark's Place, onde encontramos um verdadeiro tesouro de comédias românticas estrangeiras.

No entanto, ela havia insistido que fôssemos direto para casa naquele dia, o que já acendeu meus sinais de alerta. Depois, quando estávamos a apenas alguns minutos de distância, ela mudou de ideia e disse que deveríamos dar uma volta (ou quatro) no quarteirão.

Algo não cheirava bem.

– Você odeia caminhadas – disse.

– Mentira. Eu adoro caminhadas.

Resisti a comentar que atropelar turistas em Midtown enquanto repreendia alguma pobre e incompetente alma ao telefone pelos erros cometidos não contava exatamente como uma "caminhada". Ao longo dos anos, eu havia aprendido a só discutir quando necessário.

– Você odeia essas caminhadas *lentas* – corrigi.

– Não estamos lentos.

Ela deu um passo para o lado e permitiu a passagem de uma mãe empurrando um carrinho.

– Luna, se fôssemos um pouco mais devagar, poderíamos ligar para o prefeito e nos declararmos as mais novas estátuas da cidade.

A expressão neutra de Sloane se rachou e um pequeno sorriso apareceu em seu rosto.

– Você é tão exagerado. É muito fofo.

Um sorriso de resposta surgiu em minha boca, mas logo se desfez. Ela não ia me distrair com seus elogios daquela vez, nem com o brilho de diversão nos olhos, nem com seu perfume, nem com a maneira como seu cabelo brilhava ao sol. Mesmo depois de anos de namoro, ela continuava me deixando sem fôlego.

Dito isso, ainda queria saber por que diabos Sloane protelava nossa ida para casa.

Respostas primeiro, admiração depois.

– Você está tramando alguma coisa. Desembucha logo, ou não vamos ver *O doce Natal no castelo* este fim de semana.

Aquilo a fez parar de repente.

– Você me privaria de uma comédia romântica de fim de ano em *dezembro*? – Sloane arfou, parecendo genuinamente ofendida. – Faltando apenas duas semanas para o Natal?

Eu jamais seria capaz de privá-la de nada e nós dois sabíamos disso, mas precisava fingir, por uma questão de dignidade.

– Não quero te privar. Estou te dando opções – respondi lentamente. – O que vai ser, Luna? Mais uma volta no quarteirão ou uma noite agradável e aconchegante com pipoca, chocolate quente e noventa minutos assistindo mais um amor surgindo entre uma confeiteira e um príncipe?

O olhar de Sloane foi fulminante o bastante para derreter o Círculo Polar Ártico inteirinho.

– É por isso que eu nunca faço coisas legais para os outros – resmungou ela. – Em resposta, eles só...

O toque de uma ligação interrompeu o que eu tinha certeza de que teria sido um discurso mordaz sobre minha audácia de ameaçar nossas tradições festivas anuais.

Reprimi outro sorriso quando ela atendeu o telefone. Nunca me cansaria de irritá-la, mas também percebi seu deslize ao mencionar *coisas legais*, e foi por isso que não me dei ao trabalho de disfarçar meu interesse enquanto ela se afastava e baixava a voz.

Tentei me aproximar e entreouvir, mas só consegui captar alguns trechos.

– Tá pronto? Perfeito... porque eles são idiotas... não... segunda-feira de folga. Obrigada, Jillian.

Depois de mais um ou dois minutos, Sloane desligou e se virou para mim, sua expressão dura de antes se transformando em um sorriso inocente.

– Sabe de uma coisa? Estou cansada e preciso tirar uma soneca. Vamos pra casa.

Estreitei os olhos novamente.

Sloane não tirava sonecas. Para ela, sonecas eram reservadas a gatos e à parcela mais preguiçosa da sociedade, mas, novamente, segurei a língua até chegarmos em casa, cinco minutos depois.

O tempo todo, minha mente zumbia tentando entender a que *coisas legais* ela poderia estar se referindo e o que elas tinham a ver com Jillian.

Alguns meses antes, Sloane finalmente dera à sua assistente uma chave da nossa casa, para o caso de alguma emergência. Isso facilitava o trabalho, já que atualmente Sloane costumava ir para o escritório apenas metade da semana; o resto do tempo ela passava com os clientes ou trabalhando de casa.

Mas para que ela precisava da ajuda de Jillian durante o fim de semana, se não fosse algo relacionado a trabalho? Talvez *fosse* relacionado ao trabalho e não tivesse nenhuma conexão com o comportamento esquisito de Sloane, mas eu duvidava, já que ela imediatamente encerrou nosso "passeio gostoso" após a ligação.

Sloane Kensington, o que você está tramando?

Jillian já tinha ido embora quando chegamos em casa, então não consegui arrancar nenhuma pista dela. Felizmente, não precisei.

Ao longo dos anos, Sloane e eu havíamos acumulado diversas bugigangas e lembranças de nossas viagens. Elas estavam tomando conta da casa, mas, quando entramos na sala, meus olhos imediatamente se fixaram na caixa no chão. Não estava lá quando saímos para o brunch naquela manhã e, de repente, as peças se encaixaram.

– Então era por *isso* que você estava agindo toda estranha. Você estava esperando Jillian deixar isso aqui. – Soltei um muxoxo. – Espertinha.

409

Sloane não se deu ao trabalho de negar.

– Você deveria entrar pro FBI com essas habilidades de dedução – disse ela, séria.

– Não mude de assunto. É o meu presente de Natal, né? – brinquei. – Luna, não precisava...

Estava só implicando. Nunca trocávamos presentes até a manhã de Natal, então, quando suas bochechas ficaram rosadas, arqueei as sobrancelhas.

– Na verdade, é – admitiu ela. – Não deu pra esperar até o dia 25 por... questões de logística.

– O que você...

Um baque dentro da caixa me interrompeu.

Congelei. Aquilo era...?

Não. Não pode ser.

– Abre.

Agora que estávamos em casa, Sloane deixara de lado a postura neutra, revelando um toque incomum de nervosismo. Ela colocou uma mecha de cabelo atrás da orelha enquanto eu caminhava até o meio da sala. Meu coração batia forte no peito; ela não era a única nervosa ali, embora eu não tivesse nenhuma razão para isso além de uma suspeita crescente a respeito do que me aguardava dentro daquela caixa.

Quando me aproximei, vi pequenos buracos nas laterais, e minhas suspeitas foram de *quase certeza* para *certeza*.

Mesmo assim, não consegui respirar até abrir a caixa e...

Porra. Lá estava ela.

Minha garganta se fechou quando vi grandes olhos castanhos me encarando com pura confiança e adoração. Ela parecia tão pequena naquela caixa grande que eu voltei à infância, quando abri uma caixa parecida e vi uma carinha semelhante me cumprimentando.

Já tinha passado por aquilo antes. Não no mesmo lugar, não na mesma situação, mas as emoções, o vínculo instantâneo, o peso no peito, nada disso havia mudado.

– É uma labrador marrom – disse Sloane enquanto eu apenas encarava a cachorrinha em silêncio. Ela mordeu o lábio inferior. – Você sempre fala sobre quanto sente falta do Hershey, e toda vez que passamos pelo parcão você faz uma carinha... Temos o Peralta, mas não é a mesma coisa que um cachorro, então eu pensei... Enfim, a gente pode devolver se você não...

– Luna.

– Oi?

O nervosismo tomava o rosto dela e, se eu já não soubesse que a amava além do imaginável, teria me apaixonado naquele momento.

– Você é incrível demais.

Suas bochechas ficaram ainda mais rosadas.

– Então você gostou dela. – O alívio suavizou a pergunta em uma afirmação.

Sloane jamais admitiria, mas parte dela ainda se preocupava de não ser calorosa ou empática o suficiente para ser considerada "normal", e isso acabava comigo. Ela vinha lidando melhor com essa questão, mas nossas inseguranças nunca passavam por completo, por mais que diminuíssemos. Eram elas que nos tornavam humanos.

Além disso, embora Sloane não fosse capaz de verbalizar seus sentimentos tão abertamente ou com tanta frequência, ela demonstrava a intensidade deles com atitudes.

O número de vezes que alguém dizia *eu te amo* não importava, e sim como a pessoa expressava esse amor – tipo comprar um cachorrinho porque percebeu quanto seu parceiro queria um, mesmo quando ela não era fã de nada que soltasse pelo pela casa.

– Se eu gostei dela? Você tá brincando? – Tirei a filhotinha da caixa com delicadeza e o segurei junto ao peito. – Essa aqui é a minha filha.

A língua da filhote pendeu para fora em um sorriso canino e meu coração se apertou. Nunca tive outro cachorro depois do Hershey porque não queria sofrer a dor de perder outro animal de estimação, e meu estilo de vida não era exatamente propício a ter um cachorro. Mas agora que Sloane e eu morávamos juntos e eu havia feito as pazes com o meu passado, o desejo por um parceiro canino havia voltado nos últimos meses.

Não tinha me dado conta de que Sloane havia notado, mas claro que ela notou. Ela sempre notava.

Sloane revirou os olhos enquanto sua boca se curvava em um sorriso.

– Filha? Agora você está sendo *muito* exagerado.

– Faz parte do meu charme. – Beijei o topo da cabeça da cachorrinha. – Onde você arranjou ela?

– A cachorra do irmão de um conhecido meu acabou de ter filhotes, então o momento coincidiu direitinho. – Ela soltou um suspiro. – Era para eles terem chegado em casa mais cedo, para a Jillian poder buscar um dos cachorrinhos e trazer pra cá, mas houve alguma falha de comunicação em relação ao horário, porque, aparentemente, eles não sabem usar agenda. Por isso o nosso passeio sem rumo no frio.

– Sem rumo, é? Achei que foi um passeio *gostoso*. – Dei risada quando Sloane me lançou outro olhar duro. – Brincadeira. Obrigado, Luna. – Eu me aproximei e lhe dei um beijo suave nos lábios. – Esse é… porra, esse é o melhor presente que já ganhei. De verdade.

– Não precisa agradecer. – A expressão dela se suavizou. – Fico feliz que você tenha ficado feliz.

A dor em meu peito se aprofundou. Não importava por quanto tempo já estávamos juntos, ainda havia dias em que não conseguia acreditar que ela era minha.

– Qual vai ser o nome dela? – perguntou Sloane.

Analisei a filhote aconchegada em meus braços. Pelo marrom brilhante, orelhas caídas, olhar carinhoso. Fiquei tentado a chamá-la de Hershey também. Gostava do nome, e ela se parecia com meu velho amigo em muitos aspectos, mas seria um desserviço compará-los.

Era hora de algo novo.

– Coco – decidi. – Ela tem cara de Coco.

Não conseguia explicar por quê, mas parecia fazer sentido.

– Primeiro Hershey, agora Coco. – Sloane balançou a cabeça, fingindo decepção. – Pelo menos você não escolheu Snickers.

– Ei, uma pessoa que batizou o peixe de *Peralta* não tem o direito de julgar o nome dos animais de estimação dos outros. – Segurei Coco para que nossos olhos ficassem no mesmo nível. – Não é mesmo, Coco?

Seu sorriso canino se alargou e ela soltou um pequeno latido, concordando.

– Já é uma filhinha do papai – resmungou Sloane. – Não esqueça que fui eu que te trouxe pra cá, *Coco*.

No entanto, sua indignação derreteu visivelmente quando Coco virou a cabeça e se esfregou em sua mão, e, depois de alguns segundos, Sloane cedeu e, com relutância, deu uma coçadinha atrás de suas orelhas.

– Não me faça me arrepender disso – alertou ela à cachorrinha toda feliz. – Ou te mando de volta para o Upper East Side, onde vão te vestir com suéteres horrorosos cheios de fru-fru e botinhas com pompom. Entendido?

Coco latiu novamente, desta vez com preocupação audível.

– Não dê ouvidos à sua mãe – falei pra ela. – Aqui em casa, ela late, mas não morde. – Fiz uma pausa. – Quer dizer, às vezes ela morde, mas de um jeito bom.

– Xavier!

Dei risada outra vez quando o rosto de Sloane ficou da cor das meias de veludo vermelho que enfeitavam nossa lareira. Tínhamos andado completamente envolvidos com decorações de Natal, e a casa estava cada vez mais bonita, modéstia à parte (embora Sloane tivesse rejeitado minha ideia de instalar um Papai Noel eletrônico que oferecia canecas de chocolate quente para os visitantes no hall de entrada).

– Estou brincando. De qualquer maneira, a Coco não entende piadinhas humanas. – Passei o braço livre pela cintura de Sloane e a trouxe para perto. – Eu já te disse quanto eu te amo?

Ela abriu um sorriso.

– Uma vez ou outra.

– Uma vez ou outra? Então não estou fazendo um bom trabalho. – Rocei os lábios nos dela. – Eu te amo, Sloane Kensington. Sempre e para sempre.

– Para sempre é muito tempo.

– Não o suficiente.

– Você é *tão* cafona – disse ela, mas isso não a impediu de retribuir meu beijo nem de suspirar quando mergulhei a mão em seu cabelo.

– Eu também te amo, Xavier Castillo – murmurou ela. – Sempre e para sempre.

A dor se expandiu para além do meu peito, invadindo cada maldita molécula do meu corpo.

Talvez eu fosse cafona mesmo, mas estava falando sério, e sabia que ela também. Sloane mudara completamente a minha vida. Eu tinha demorado demais para encontrá-la e, como disse, ainda não passara tempo suficiente com ela.

Mas não fazia sentido ficar pensando no passado ou no futuro, quando o presente tinha tudo o que eu poderia querer. Mais tarde naquela noite, quando Sloane, Coco e eu nos acomodamos para ver *O doce Natal no castelo* com chocolate quente e pipoca, como prometido, eu tive certeza de que aquilo, aquilo ali…

Aquilo era tudo de que eu precisava.

Agradecimentos

UM DOS MEUS LEITORES beta disse que *Rei da Preguiça* parecia uma carta de amor às comédias românticas, e sabe de uma coisa? É isso mesmo.

Um brinde aos felizes para sempre "irrealistas", aos beijos no topo do Empire State Building e à ideia de que o amor sempre prevalece, mesmo quando se dá entre os parceiros mais improváveis.

Xavier e Sloane ganharam meu coração, e adorei cada minuto que passei com eles. No entanto, a história dos dois não teria sido possível sem alguma ajuda ao longo do caminho, portanto aproveito este momento para agradecer.

A Becca: o que posso dizer que ainda não tenha dito? Obrigada por ser meu porto seguro e minha maior torcedora. Não importa se estou presa em um ponto da trama ou apenas precisando de alguém para conversar, você está sempre presente e sou muito grata por tê-la como amiga.

A minhas leitoras alfa, Brittney, Rebecca e Salma: seus emojis e reações sempre me fazem sorrir, e o feedback de vocês ajuda a iluminar minhas histórias. Obrigada por serem minhas fiéis escudeiras!

A Ana e Aliah: muito obrigada por suas observações detalhadas, suas dicas a respeito da cultura colombiana e pela tradução para o espanhol. Jamais teria conseguido sem vocês.

A minhas leitoras beta, Tori, Theresa, Malia e Jessica: todas vocês fizeram acréscimos únicos ao debate, que me fizeram enxergar diferentes partes da história sob diferentes aspectos. Muito obrigada por compartilharem seu tempo e sugestões comigo; vocês ajudaram a elevar o nível deste livro.

A Amy: obrigada por editar este livro. Seu olhar para os detalhes é sempre muito precioso!

A Mary Catherine Gebhard: obrigada por compartilhar suas observações e comentários sobre a representação da síndrome da fadiga crônica. Agradeço imensamente por compartilhar seu tempo e sua experiência.

A Cat: temos outra capa para os livros! Trabalhar com você é sempre um prazer. Obrigada por ser não apenas uma designer incrível, mas também uma pessoa incrível.

Às maravilhosas equipes da Bloom e da Piatkus: obrigada pelo apoio constante. Alcançamos muitos marcos juntos e estou animada para ver o que o futuro nos reserva!

A minha agente Kimberly e à equipe da Brower Literary: sou muito grata por tê-los ao meu lado. Vocês são todos maravilhosos!

A Nina, Kim e todos da Valentine PR: obrigada por trabalharem nos bastidores para que meus lançamentos sejam tranquilos. Não sei o que eu faria sem vocês.

Por fim, a meus leitores: obrigada por serem a melhor parte da minha jornada como autora. Nunca subestimo o tempo, o amor ou o apoio de vocês, e espero que tenham gostado de ler *Rei da Preguiça* tanto quanto gostei de escrevê-lo.

Com amor,
Ana

Leia a seguir um trecho de Partindo para o ataque, que dá início a **Deuses do Jogo**, próxima série de Ana Huang

CAPÍTULO 1

ASHER

NUNCA FUI DE FICAR muito nervoso nos jogos, mas nada como saber que setenta mil pessoas estão testemunhando você fazer merda para ficar completamente desestruturado.

Encharcado de suor, recebi a bola do ponta-esquerda. A torcida foi à loucura, e uma pontinha de ansiedade se instalou nas minhas entranhas.

Normalmente, o entusiasmo dos torcedores me estimulava. Afinal de contas, eu *sonhava* com momentos como esse desde criança. Jogar em um time profissional, ouvir milhares de pessoas gritando meu nome, ser a pessoa que levaria o time à glória.

Momentos como esse certificavam que eu havia conseguido chegar lá, provando que os críticos estavam errados – o que eu já tinha feito inúmeras vezes.

Claro que tinha, porque eu era simplesmente O Asher Donovan.

Mas hoje, no último minuto da última partida dessa temporada da Premier League, eu me senti apenas Asher, o novo e polêmico jogador do Blackcastle.

Era minha primeira temporada com o time, o jogo estava empatado, e estávamos em segundo lugar na classificação, atrás do Holchester United.

A gente *precisava* de uma vitória para levar o troféu para casa, mas, até o momento, a partida se mostrava uma tragédia absoluta.

Uma bola interceptada aqui, um pênalti perdido ali. Estávamos completamente desorientados em campo, e eu já via a vitória escapando por entre os dedos.

Fiquei ainda mais frustrado ao tentar atravessar o enxame de zagueiros do Holchester, Bocci, Lyle, Kanu. Eu conhecia bem as táticas deles, mas eles também conheciam as minhas.

Este era o problema de jogar contra seu antigo time: não tinha muito como enganá-los.

Sem ter por onde passar, toquei a bola para outro atacante e tentei ignorar o tempo que se esgotava.

Quarenta segundos.

Trinta e nove.

Trinta e oito.

A bola quicou entre os jogadores até que, em um golpe de sorte e azar, Vincent dominou a bola em um contra-ataque.

Os aplausos se transformaram em um rugido baixo, abafado pela minha inquietação.

Dezessete.

Dezesseis.

Quinze.

Minha posição era perfeita para receber a bola. Estava de cara para o gol, mas pude ver os olhos de Vincent vasculhando o campo em busca de alguém, *qualquer* outra pessoa para quem tocar a bola.

Meu coração batia acelerado.

Vamos lá, seu desgraçado.

Não havia mais *ninguém.* Eu era o único jogador do time que tinha chance de marcar um gol naquele momento. Vincent deve ter chegado à mesma conclusão, porque, com uma contração perceptível da mandíbula, finalmente deu o passe para mim.

Os torcedores ficaram exultantes, mas já era tarde demais.

Os poucos e preciosos segundos de hesitação de Vincent deram ao Holchester uma abertura, e eles roubaram a bola antes que eu pudesse alcançá-la.

Um murmúrio coletivo se espalhou pelo gramado.

Pisquei para afastar o suor e tentei me concentrar, mas os olhares de provocação do meu antigo time e o brilho das luzes do estádio me desorientaram, uma sensação que eu não experimentava desde *aquela* partida muito tempo atrás.

Cinco.

Uma tentativa fracassada de roubar a bola.

Quatro.

Flashes de manchetes de jornais e de programas de TV ecoavam na minha cabeça. *Traidor. Judas. Vendido.* Será que eu valia a transferência recorde de 250 milhões de libras ou era o erro mais caro da história da Premier League?

Três.

Por algum milagre, consegui roubar a bola na segunda tentativa.

Dois.

Não havia tempo para pensar.

Um.

Chutei.

A bola foi para fora ao som do apito final, e o estádio caiu num silêncio tão grande que eu conseguia ouvir minha pulsação nos ouvidos.

Meu time estava atônito, enquanto os jogadores do Holchester pulavam e gritavam em comemoração.

Era o fim.

E tínhamos perdido.

Minha primeira temporada com o Blackcastle (aquela em que todos esperavam que eu levasse um troféu para casa) chegara ao fim. E tínhamos *perdido*.

Tudo ao meu redor se transformou em um fluxo abafado de ruídos e frenesi, e mal senti o tapinha de consolo de um colega de equipe nas minhas costas, tampouco percebi a dor em meus músculos.

Praticamente não sentia nada.

Ninguém deu um pio no trajeto até o vestiário, e a apreensão era palpável.

A única coisa pior do que perder um jogo era enfrentar o técnico depois, e ele nem sequer nos deu a chance de sentar antes de começar o esporro.

Frank Armstrong era uma lenda no mundo do futebol. Como jogador, ficou famoso por marcar três gols – o bom e velho *hat-trick* – em várias partidas consecutivas nos anos 1990; como técnico, ficou famoso por sua abordagem inovadora de liderança e por seu temperamento explosivo, este último em plena exibição enquanto ele nos esculachava.

– Esse é o nível do futebol de vocês? – esbravejou ele. – Essa é a porra do nível do futebol de vocês? Porque eu vou dizer uma coisa: não está nem *perto* do nível da Premier League. É uma grande merda, isso sim!

Falta de foco, péssimo trabalho em equipe, nenhuma coesão: ele abordou todos os problemas que vinham nos afligindo desde que fui transferido no meio da temporada, e não era preciso ser um gênio para saber o motivo.

Enquanto o técnico nos repreendia, cabeças oscilavam entre mim e Vincent, que estava sentado do outro lado do vestiário.

A dinâmica do time tinha ido para o ralo desde a minha chegada. Parte disso era consequência natural da incorporação de um novo integrante em um grupo muito entrosado. O principal problema, no entanto, era que eu, o artilheiro da liga, e Vincent, o principal zagueiro e capitão do time, nos odiávamos.

Jogávamos em posições diferentes, mas nossa rivalidade era notória. Ele era o único concorrente à altura que eu tinha quando o assunto era mídia, status e patrocínios (coisas importantes em nosso mundo), mas a grande origem da nossa rixa foi o que aconteceu durante a última Copa do Mundo.

A queda. A briga. O cartão vermelho.

Tentei não pensar nisso, porque era bem capaz de acabar dando um soco na cara dele, e acho que o treinador não ia gostar muito que eu fizesse isso no meio do seu discurso sobre trabalho em equipe.

– DuBois! Donovan!

Ergui a cabeça de imediato ao ouvir meu nome, e Vincent fez o mesmo.

Ao que parecia, o técnico havia finalizado o discurso, porque o restante do time estava se trocando e ele nos encarava.

– Minha sala. *Agora.*

Obedecemos sem discutir. Não éramos burros.

– Querem adivinhar por que chamei justo vocês dois aqui? – O técnico nem esperou que a porta se fechasse completamente antes de começar a segunda parte de seu discurso.

Vincent e eu permanecemos em silêncio.

– Eu fiz uma pergunta.

– Porque nós perdemos – respondi.

Meu estômago revirou com a palavra *perdemos*.

Todo mundo odeia perder, mas a derrota daquele dia foi particularmente difícil para mim, porque eu sabia que havia pessoas loucas para que eu me desse mal no Blackcastle, ou seja, os torcedores do Holchester United que me odiavam por ter ido para o seu maior rival.

Tive muitos adversários durante a infância – professores que achavam que eu nunca chegaria a lugar nenhum, torcedores que pensavam que eu era apenas um fenômeno de momento, a imprensa que procurava algum podre em todos os aspectos da minha vida –, e eu não suportava a ideia de deixar que aqueles que me criticavam tivessem razão.

– Não, não é porque nós perdemos! – esbravejou o técnico. – É porque vocês dois são os jogadores que o resto do time mais admira, mas deixaram que essa rivalidade ridícula afetasse o jogo. Pior ainda, que afetasse a confiança de vocês.

Afundamos em nossos assentos, constrangidos.

– Eu sabia que haveria um período de transição, mas achei que vocês superariam essa história e se resolveriam, porque são adultos. Mas parece que estou lidando com crianças, porque aqui estamos, na pós-temporada, e não temos nada para mostrar, exceto uma série de erros que poderiam ter sido facilmente evitados se vocês tivessem aprendido a *trabalhar juntos*! – A voz do técnico aumentou a cada palavra até ficar alta o suficiente para atravessar as paredes.

O volume já baixo da conversa no vestiário diminuiu de maneira perceptível, e meu rosto ficou vermelho de vergonha.

A decepção do técnico foi quase tão insuportável para mim quanto a derrota. Eu o idolatrava desde a infância, e a oportunidade de trabalhar com ele foi um fator importante para que eu aceitasse me transferir.

Não era *assim* que eu imaginava encerrar nossa primeira temporada juntos.

Vincent se remexeu na cadeira ao lado.

– Frank, eu...

– Nem adianta vir com as suas desculpinhas – cortou o técnico. – Que merda foi aquela nos acréscimos? O Donovan estava *na cara* do gol. Você deveria ter passado a porcaria da bola pra ele quando teve a oportunidade. Viu um espaço, passa a bola. É a regra básica do futebol!

Vincent contraiu os lábios. Ele não podia dizer o que todos sabíamos: que não havia passado a bola imediatamente porque não queria que eu marcasse o gol da vitória. A imprensa reprisaria aquele lance várias e várias vezes, e eu seria apontado como o herói da partida. Vincent não suportaria ver isso.

Babaca egoísta. Não sei como agiria se estivesse no lugar dele, mas achei melhor nem pensar nisso.

O olhar do técnico era certeiro. Estava à frente do time havia tempo suficiente para saber as motivações de Vincent sem que ele precisasse verbalizá-las.

– Já que vocês querem agir feito crianças, vou tratá-los como crianças – disse ele. – Normalmente, eu deixo o treino fora da temporada a cargo de cada jogador, mas não neste verão. Neste verão, vocês dois vão fazer um *cross-training* na Royal Academy of Ballet. Juntos.

– O quê? – Vincent e eu explodimos ao mesmo tempo.

Os clubes quase *nunca* ditavam os detalhes de como passávamos o período entre uma temporada e outra. Os jogadores vinham de todas as partes do mundo, então o verão era a chance de voltar para casa, ver a família e treinar como bem entendessem.

– Já falei com a diretora da RAB. Ela está de acordo – anunciou o técnico. – Não falei nada antes porque queria ver se vocês dois conseguiriam tomar jeito e vencer a merda do último jogo. Como não foi o que aconteceu, vocês terão aulas particulares com a *mesma* instrutora durante o verão. Ela é uma das melhores da escola e sabe bastante de futebol. Vocês estarão em boas mãos.

Não queria estar em nenhuma outra mão que não fosse a minha. Eu não tinha nada contra balé. Até conhecia jogadores que fizeram treinamentos funcionais usando técnicas da dança e adoraram, dizendo que haviam melhorado sua força, flexibilidade e as técnicas com os pés.

No entanto, eu já havia criado meu plano de treino. Não precisava que uma desconhecida aparecesse e me dissesse o que fazer.

Vincent se endireitou, seu rosto tomado por uma palidez fantasmagórica.

– Não me diga que é a…

– A instrutora será Scarlett DuBois. – O técnico deu um sorriso sem graça. – De nada.

DuBois? Tipo…

– A irmã do Vincent? – gaguejei. – Você tá brincando. Isso é conflito de interesses!

Nunca tinha visto a irmã de Vincent, embora já tivesse ouvido falar sobre ela. Os dois eram próximos, o que era péssimo. Não precisava que os irmãos DuBois conspirassem contra mim.

– Não quero treinar com a minha irmã – disse Vincent. – Isso não é... *Não.*

– Que bom que nenhum dos dois tem direito de opinar sobre o assunto. – A voz do treinador retornou ao volume normal, mas suas palavras continuavam cortantes. – A diretora me garantiu que ela é a pessoa ideal para a proposta e que não vai deixar relações pessoais afetarem seu trabalho. Eu acredito nela. Isso significa que vocês dois *treinarão* com a Scarlett e *levarão* a sério. E, senhores...? – Ele nos encarou com um olhar penetrante. – Quando voltarem, é melhor me convencerem de que são capazes de trabalhar juntos, ou vão direto pro banco. Não quero nem saber se vocês são o capitão ou o artilheiro do time. Entenderam?

– Sim, senhor – murmuramos.

O técnico estava decidido. Não havia nada que pudéssemos fazer ou dizer para nos livrarmos daquilo, logo eu passaria o verão inteiro preso aos irmãos DuBois.

Respirei fundo.

Eu não sabia muito sobre Scarlett DuBois, mas sua ligação com Vincent me fazia ter certeza de uma coisa: não ia gostar dela.

Nem um pouco.

CAPÍTULO 2

SCARLETT

- AGORA UM POUCO mais rápido. Pra trás, pro lado, pra trás, pro lado. – Caminhei pelo estúdio, corrigindo a postura e o alinhamento dos alunos. – Não cruzem as pernas muito para trás. Agora *demi-plié...*

Minha perna doía, mas ignorei. Aquilo não era nada comparado às verdadeiras crises, que podiam durar dias, semanas ou meses, e faltavam apenas dez minutos para a aula terminar. Eu lidaria com isso depois.

O estúdio estava silencioso, exceto pelo som da minha voz e do som do piano acompanhando os movimentos. Eu dava aula para turmas avançadas e de nível profissional, com alunos tão concentrados que uma bomba nuclear poderia explodir que eles nem perceberiam.

No passado, eu era assim também, e, por mais que adorasse ensinar, desejava poder voltar no tempo para estar do outro lado da hierarquia em aula. As coisas eram tão diferentes naquela época, e...

Para com isso. Já chega de ter pena de si mesma, lembra?

Balancei a cabeça e voltei a me concentrar na tarefa que tinha em mãos.

- Mais rápido, acompanha a batida, Jenna. Sobe, mantém... - Vacilei quando minhas dores se intensificaram, mas logo me recuperei. - Ótimo. Abre um pouco mais o lado de apoio.

Passei os últimos cinco anos sentindo dor e fadiga muscular, por isso cheguei ao fim da aula sem incidentes.

No entanto, precisei reunir toda a minha força de vontade para não apressar a saída dos alunos. Assim eu poderia enfim me sentar em silêncio e colocar os pés para cima.

Apenas por um minuto. Só para respirar um pouco.

- Oi, Srta. DuBois, licença...

Ergui os olhos. Emma estava parada na minha frente, os dedos repuxando a saia e então passando para o decote do collant.

- Desculpa incomodar, mas tenho novidades. - Sua empolgação transpareceu em meio à timidez habitual. - Lembra quando fiz o teste para

O Quebra-Nozes na semana passada? Eles divulgaram os selecionados hoje. Ganhei o papel da Fada Açucarada!

– Ai, meu Deus! – Coloquei a mão na boca, impressionada. – Parabéns, Emma! Isso é incrível.

Não foi uma resposta lá muito profissional, mas Emma era minha aluna havia anos e, embora os professores não devessem ter favoritos, eu a achava sensacional. Era muito esforçada, tinha um comportamento exemplar e não era mesquinha nem competitiva.

O Quebra-Nozes era seu balé favorito. Se alguém merecia o papel de maior prestígio, era ela.

Eu havia sido um dos jurados do teste, mas nenhum de nós sabia qual seria o elenco final até que o diretor anunciasse. Ainda não tinha checado meus e-mails, por isso não estava sabendo de nada.

– Obrigada. Ainda não consigo acreditar – disse Emma, sem fôlego. – É um sonho que se tornou realidade, e eu não teria conseguido sem você. Eu adoraria... quer dizer, se você não estiver ocupada, eu adoraria que você estivesse presente na noite de estreia. Sei que ainda estamos em maio e que a estreia é só em dezembro, e sei que você não costuma ir às apresentações da escola, mas pensei em te convidar mesmo assim. – As bochechas de Emma ruborizaram. – Vai ser no Westbury Theatre outra vez.

Westbury Theatre.

O nome abriu um buraco em minhas entranhas, e minha empolgação vazou como água por uma peneira.

Emma tinha razão. Eu nunca assistia às apresentações da escola porque elas *sempre* eram realizadas no Westbury.

Queria prestigiar meus alunos, mas a ideia de chegar perto daquele teatro me deixava em pânico.

– Você não precisa ir – disse Emma, obviamente percebendo minha hesitação. Ela mordeu o lábio. – É durante as festas de fim de ano, então eu entendo...

– Não, não é isso. – Forcei um sorriso. – Eu adoraria ir, mas talvez esteja viajando. Ainda não tenho certeza. Eu te aviso.

Odiava mentir para ela, mas era melhor do que dizer que preferia enfiar uma faca na perna a pisar no Westbury.

Havia lembranças demais lá dentro. Muitos fantasmas do que eu havia amado e perdido.

– Tá bem. – Emma recuperou um pouco do brilho. – Nos vemos na próxima aula, então?

– Claro! E parabéns de novo. – Meu sorriso foi mais sincero dessa vez. – A Fada Açucarada é um papel muito importante. Você arrasou.

Esperei até que a porta se fechasse e Emma saísse para soltar um suspiro trêmulo e afundar no chão.

O incômodo na perna se transformou em uma dor intensa e aguda, como se a simples menção ao Westbury tivesse despertado os piores aspectos da minha condição.

Dentro, um, dois, três.

Fora, um, dois, três.

Como odiava tomar remédios, respirei fundo e tentei me acalmar em vez de pegar o kit de emergência na bolsa.

Felizmente, meus sintomas haviam melhorado bastante ao longo dos anos, graças às mudanças em meu estilo de vida e ao cuidadoso gerenciamento do estresse. Não era como nos meses logo após o acidente, quando eu mal conseguia sair da cama, mas também não estava totalmente recuperada.

Eu nunca sabia quando a dor ou a fadiga iam aparecer. Precisava estar sempre alerta, mas tinha aprendido a conviver com isso. Ou me adaptava ou acabaria afundando, e já havia passado muito tempo sentindo pena de mim mesma. Meu celular tocou. Nem precisei olhar para a tela para saber quem era. Apenas uma pessoa nos meus contatos tinha esse toque.

– A Lavinia quer falar com você – anunciou Carina, sem rodeios. – Não se preocupa, não é nada ruim. – Uma pausa. – Eu acho.

Fiquei tão chocada que por um segundo parei de pensar na dor na perna.

– Peraí. É sério?

Lavinia era a diretora da RAB e provavelmente a pessoa mais intimidadora que eu conhecia. Fazia quatro anos que trabalhava na academia, e nunca fiquei sabendo de nenhuma convocação repentina para uma reunião fora da agenda.

Não pode ser boa coisa.

– Sim. – A voz de Carina baixou para um sussurro: – Tentei entender melhor, mas ela está sendo *superdiscreta*. Só me disse para pedir a você que fosse falar com ela assim que a aula acabasse.

– Tá bem. – Engoli em seco. – Ai, meu Deus, vou ser demitida.

Será que foi porque me recusei a comparecer às apresentações da escola? Será que ela acha que não sei trabalhar em equipe? Sim, eu nunca fui muito *fã* de trabalhar em equipe, mas só porque as pessoas são tão…

– Não! É claro que não. Se ela te demitir, vai ter que me demitir também – disse Carina. – Somos um combo, e nós duas sabemos que ela não pode se dar ao luxo de perder sua melhor instrutora *e* sua assistente de confiança. Eu tenho as senhas de todos os PDFs dela.

Uma leve risada atravessou a superfície da minha ansiedade. Ela sempre sabia o que fazer para me deixar melhor.

Eu havia perdido muitos "amigos" depois do acidente, mas tinha conhecido Carina três anos antes, quando ela entrou para a RAB como assistente-executiva da Lavinia. A gente se deu bem desde o primeiro dia, graças ao nosso amor por reality shows ruins e quebra-cabeças, e desde então somos melhores amigas.

– Estou indo – falei. – Vejo você daqui a pouco.

Eu me levantei com dificuldade, mas a dor aos poucos se transformou em um desconforto controlável outra vez. Ou talvez fosse tudo coisa da minha cabeça e parecesse controlável quando comparada à minha ansiedade, que tinha chegado às alturas por conta da reunião-surpresa.

Carina estava ao telefone quando cheguei, mas murmurou um *boa sorte* e me fez um sinal de positivo quando bati na porta da diretora.

– Pode entrar.

Pisei na sala com a cautela de alguém que se aproxima de uma cascavel irritada.

O lugar era tão chique e refinado quanto a dona. Janelas gigantescas davam vista para a academia, e uma galeria de fotos milimetricamente organizada dominava a parede oposta à porta. Exibiam a famosa primeira bailarina em todas as fases de sua carreira, desde a iniciante ingênua e promissora, passando pelo momento em que se tornou estrela internacional, até se aposentar e entrar para a história. Sentada à mesa, com o cabelo preso em um coque e óculos empoleirados no nariz elegante, Lavinia folheava alguns documentos.

– Por favor, sente-se. – Ela apontou para a cadeira à sua frente.

Obedeci, tentando domar a onda de nervosismo e fracassando miseravelmente.

– Nós duas temos coisas a fazer, então vou direto ao ponto. – Lavinia era a objetividade em pessoa. – Fizemos uma parceria com o Blackcastle, o clube de futebol, em um programa de treinamento especial neste verão. Quero que você fique à frente dele.

Meu queixo caiu. De tudo o que eu imaginava que ela poderia dizer, um programa de treinamento envolvendo futebol estava entre as cinco últimas opções.

É verdade que eu já havia realizado alguns trabalhos semelhantes no passado, mas geralmente com times da terceira ou quarta divisão, não da Premier League.

– Por "ficar à frente", você quer dizer...

– Que você vai treiná-los. É uma das minhas melhores instrutoras e tem familiaridade com futebol – disse Lavinia. – Confio que você fará um bom trabalho.

Contenho uma recusa instintiva. Sabia exatamente o que ela queria dizer com "familiaridade com futebol". Afinal de contas, meu irmão era o capitão do Blackcastle.

No entanto, por mais que eu gostasse dele e do clube, *não queria* treinar nem ele nem seus colegas de equipe. A maioria dos jogadores de futebol era arrogante, insuportável e egoísta.

Eu sabia do que estava falando porque havia namorado um deles.

Vincent era o único jogador que não fazia aflorarem meus sentimentos antifutebol, e isso porque ele era da família.

– Fico muito honrada – respondi, com cautela. – Mas minha agenda está cheia neste verão, e acho que há instrutores mais adequados pra essa função. Menos conflito de interesses.

Lavinia ergueu as sobrancelhas uma fração de centímetro.

– Está dizendo que não consegue deixar de lado sentimentos pessoais e ser profissional?

Droga. Tinha caído em uma armadilha que estava bem na minha cara.

– Não, claro que não. Estou apenas antecipando problemas com base na percepção que outras pessoas podem acabar tendo. – Dei a primeira desculpa em que consegui pensar. – Não quero ser acusada de favoritismo.

– Eu lidarei com qualquer problema que possa surgir. – Lavinia pareceu não se abalar com a minha explicação. – Se te deixa mais calma, apenas dois jogadores participarão do programa, não o time inteiro.

Pisquei, surpreendida duas vezes em um espaço de cinco minutos. Um recorde, provavelmente.

Achei estranho que o Blackcastle exigisse que seus jogadores ficassem em Londres entre as temporadas, mas, considerando o desempenho deles no dia anterior, imaginei que fosse algum tipo de situação excepcional.

A notícia de que eram apenas dois jogadores foi ao mesmo tempo um alívio e uma preocupação.

– Presumo que meu irmão seja um deles – deduzi. Caso contrário, Lavinia teria negado a questão do conflito de interesses. – Quem é o outro?

Lavinia fez uma pequena pausa antes de responder:

– Asher Donovan.

Senti um buraco se abrindo no meu estômago.

– *Asher Donovan?* – Eu não teria sido capaz de conter o choque nem se tivesse tentado. – Você quer que eu treine o Vincent e o Asher em aulas particulares durante um verão inteiro? Eles vão matar um ao outro!

Já havia perdido a conta da quantidade de vezes que precisei ouvir Vincent falar mal de Asher, e na internet estava sempre pipocando algum debate sobre quem era o melhor jogador. Eu achava as comparações injustas, considerando que eles jogavam em posições diferentes, mas as pessoas adoravam colocar um contra o outro.

Tudo começou anos antes, quando uma inocente enquete on-line do *Match* pediu às pessoas que escolhessem o jogador de futebol mais promissor da época. Asher ganhou de Vincent por um ponto, o que deixou meu irmão furioso. Desde então, a rivalidade entre eles cresceu e passou a abranger quem recebia salários mais altos (Asher), quem tinha mais patrocínios (Vincent) e quem havia ganhado mais Bolas de Ouro (Asher, embora eles tivessem recebido o mesmo número de indicações). A situação chegou ao ápice na última Copa do Mundo, quando o cartão vermelho de Asher transformou a rivalidade deles em algo ainda mais amargo.

– Parte do seu trabalho é garantir que eles *não* matem um ao outro. – O rosto de Lavinia se suavizou um pouco. – Sei que é injusto te avisar com tão pouca antecedência, mas, quando o Frank me procurou, concordamos em manter o acordo em segredo pelo maior tempo possível para evitar que a notícia vazasse. – Frank era o técnico do Blackcastle. – Ele também não havia confirmado sua decisão até o final da partida de ontem.

Eu entendia a lógica da coisa toda, mas isso não significava que gostava da ideia.

Na verdade, quanto mais pensava sobre o assunto, mais nervosa eu ficava.

Era fácil entender por que Frank Armstrong escolhera meu irmão e Asher. A animosidade entre eles havia gerado muitos problemas e feito com que o Blackcastle perdesse o campeonato daquele ano. O clima entre os dois era péssimo, e Frank obviamente queria que eles se entendessem de uma vez por todas, forçando-os a treinar juntos.

Era de fato uma boa ideia, mas, infelizmente, significava que agora eu estava envolvida na situação.

Asher Donovan. De todas as pessoas do mundo, o outro jogador *tinha* que ser ele. Asher fazia sucesso com as mulheres, mas não comigo, porque eu era leal a Vincent e tinha uma regra rígida de não sair com jogadores de futebol. Sem contar que a reputação dele era questionável.

Ele era considerado o maior jogador de futebol do mundo. O atacante que tinha um talento tão impressionante quanto sua beleza, o herói cujos gols trouxeram seu time de volta da derrota iminente inúmeras vezes. Mas, apesar de toda a sua genialidade em campo, vivia atolado em polêmicas fora dele. Acidentes de carro, festas, uma mulher atrás da outra: tudo isso era combustível para inúmeras páginas de fofoca, que o público devorava como se fossem docinhos em festa de criança.

Eu não o conhecia, mas se outros jogadores já tinham um ego enorme, eu nem imaginava o tamanho do ego dele.

– Tem algo que eu possa dizer pra me safar dessa? – perguntei, esperançosa.

Lavinia ergueu as sobrancelhas mais meio centímetro.

Contive um suspiro. *Foi o que imaginei.*

– As aulas começam na próxima segunda-feira – disse ela. – Você já treinou jogadores de futebol antes, portanto pequenos ajustes em seus planos anteriores devem ser suficientes. Também dei uma olhada no seu cronograma de verão e fiz as mudanças necessárias. Mais alguma pergunta?

Ela estava sutilmente me dispensando.

– Não – respondi. – Até segunda te entrego um plano de treino.

– Ótimo. – Lavinia voltou aos seus papéis. – Obrigada, Scarlett.

É, ela estava *claramente* me dispensando.

Quando saí da sala, Carina já me aguardava com a bolsa na mão. Eram 18h35, logo o expediente tinha chegado ao fim.

Ela fez uma careta quando me viu.

– Foi tão ruim assim? – Ela conseguia ler minhas expressões melhor do que ninguém.

– Vou te contar tudo com um drinque na mão – respondi. – Preciso muito de um. Muito mesmo.

CONHEÇA OS LIVROS DE ANA HUANG

Reis do Pecado
Rei da Ira
Rei do Orgulho
Rei da Ganância
Rei da Preguiça

Para saber mais sobre os títulos e autores da Editora Arqueiro,
visite o nosso site e siga as nossas redes sociais.
Além de informações sobre os próximos lançamentos,
você terá acesso a conteúdos exclusivos
e poderá participar de promoções e sorteios.

editoraarqueiro.com.br